書下ろし長編時代小説

秘剣の名医

五

蘭方検死医 沢村伊織

永井義男

コスミック・時代文庫

この作品はコスミック文庫のために書下ろされました。

◇供を連れた医者

『腹内窺機関』（かしこ庵著、文政九年）、国会図書館蔵

◇印刷から製本まで

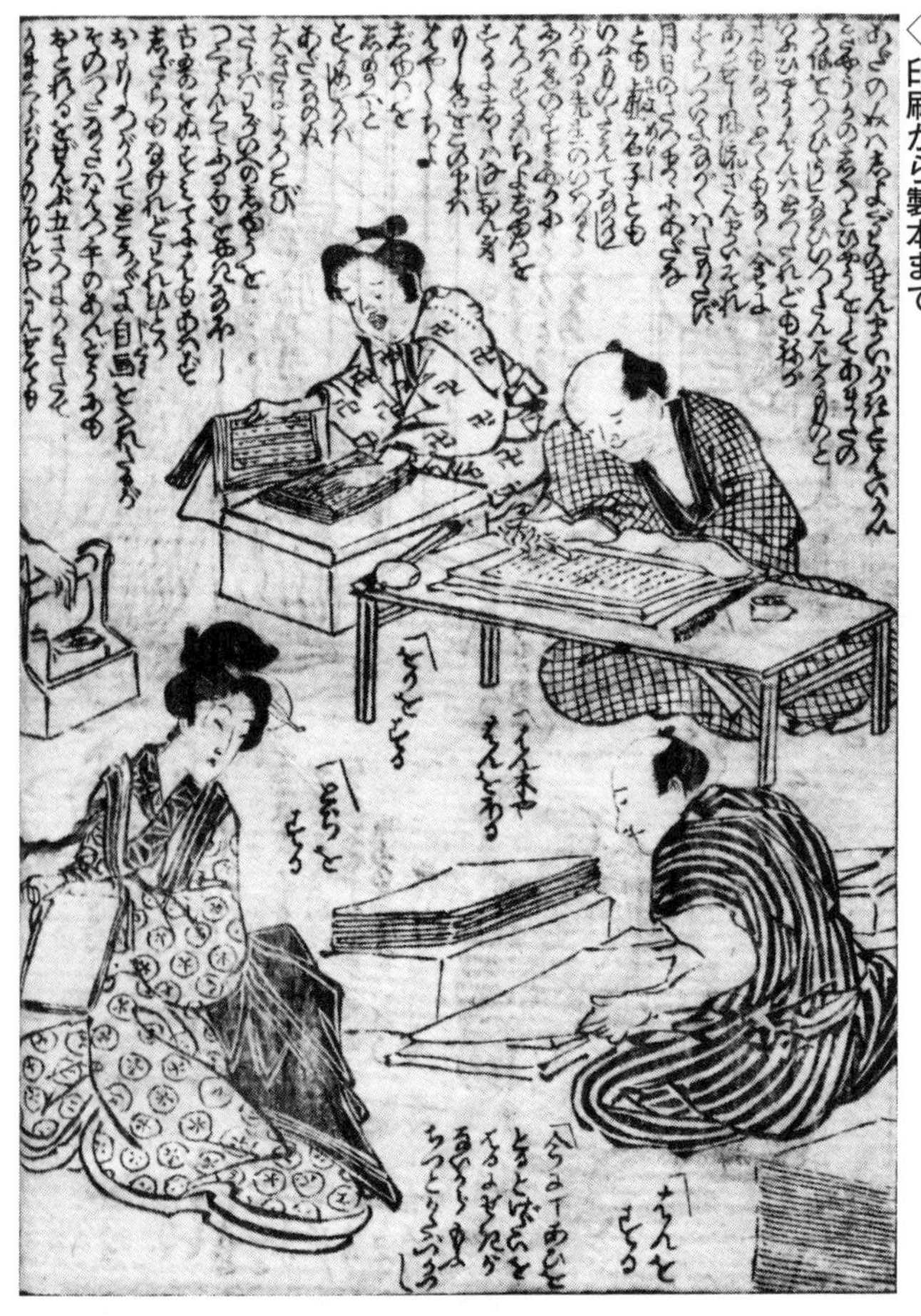

大きな本屋は、出版社や印刷・製本会社を兼ねていることが多い。
『仇名物数寄』（曲亭馬琴著、文化九年）、国会図書館蔵

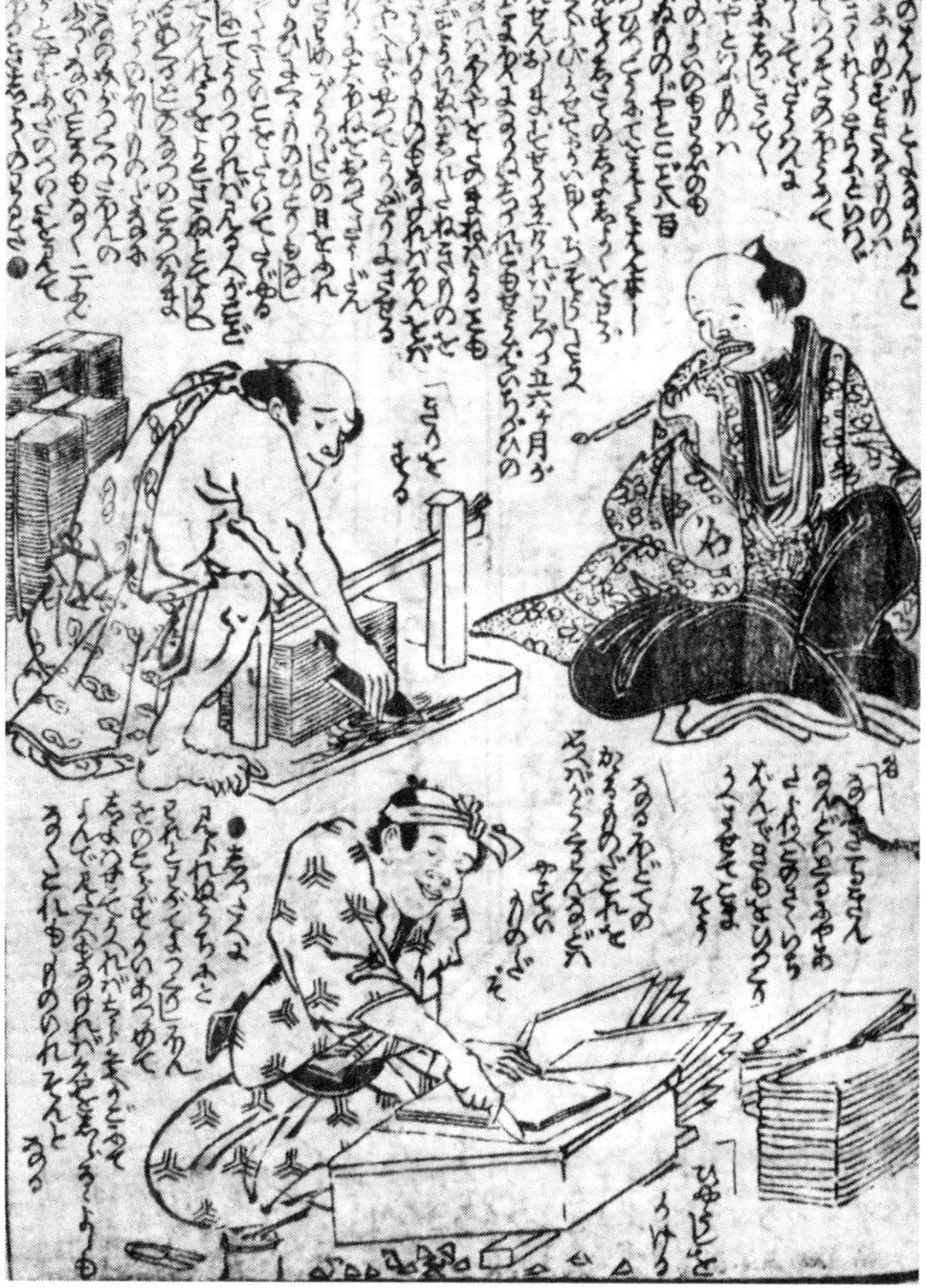

◇本屋

本屋は書籍だけでなく、浮世絵・錦絵も販売した。
『楽屋雀』（東里山人著、文化十一年）、国会図書館蔵

江戸御繪図
駄賃附覧

◇ **煙草入れ**　菖蒲革腰差したばこ入れ
たばこと塩の博物館蔵

◇ **煙草盆**　黒漆塗葦に鷺蒔絵手付きたばこ盆
たばこと塩の博物館蔵

◇ 道場に通う門弟

『嵯峨奥猫魔多話』（棟田舎好文著、安政二年）、国会図書館蔵

◇剣術道場

『孝行娘妹背仇討』（関亭伝笑著、文化五年）、国会図書館蔵

◇甘酒の行商人

『春の文かしくの草紙』（山東京山著、嘉永六年）、国会図書館蔵

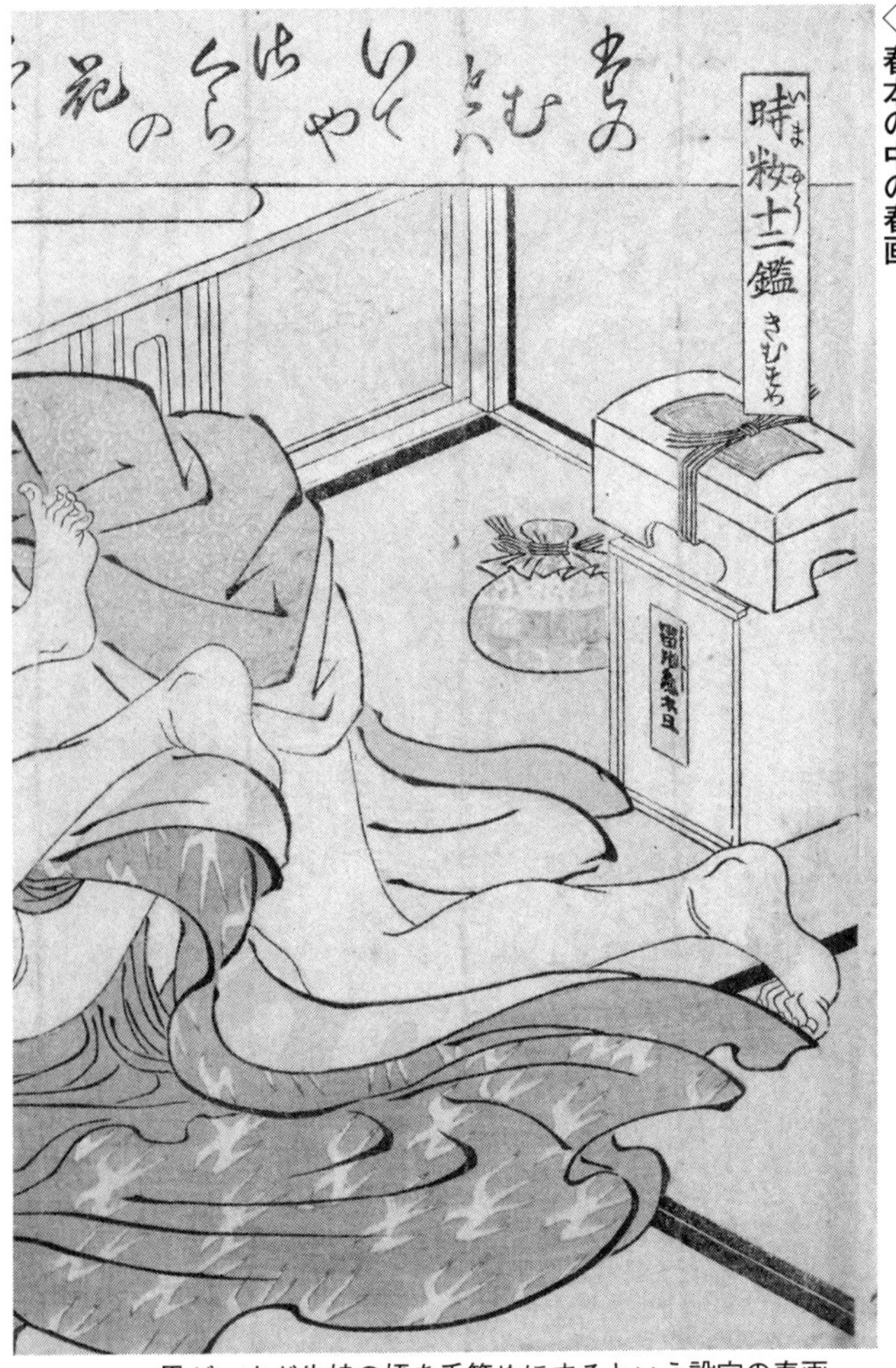

男が、まだ生娘の姪を手籠めにするという設定の春画。
『時籹十二鑑』（鳥居清長）、国際日本文化研究センター蔵

[illegible]さをふ風あまて数とよれせまと

大きなほうれてやがてるこぶかァよりてきてたぬるとのゥ

あゝさおぢさんじれったいよ
おまへさんより[illegible]けるよ

あゝやまりましたよ

こゝをそ[illegible]

◇夜着と布団

掛布団には、袖の付いた夜着を用いた。敷布団は現在とほぼ同じである。
『志賀金春漣』（市川三升著、文政十年）、国会図書館蔵

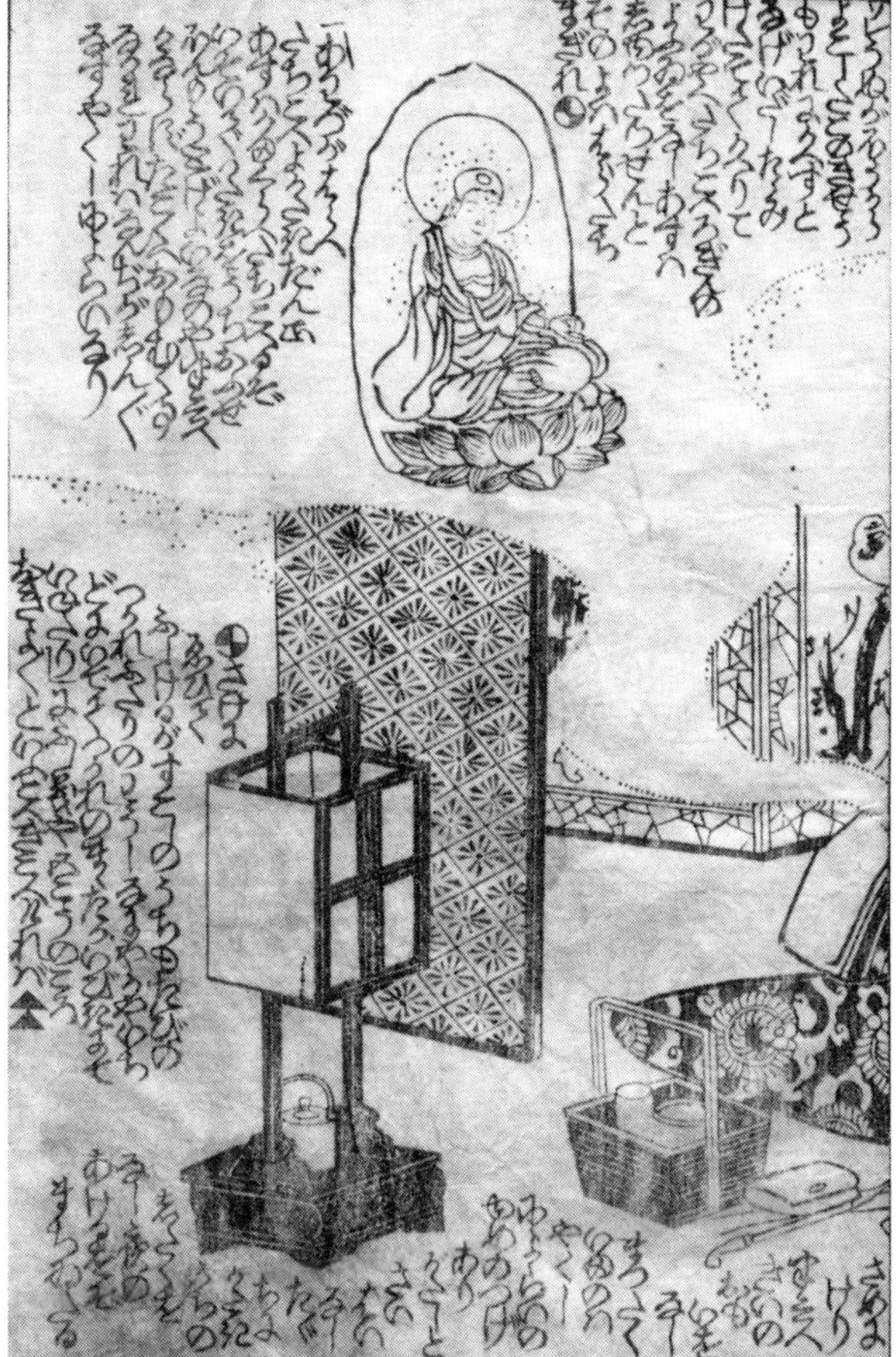

目次

序

広木次太夫の葬儀は、ごく簡略だった。

遺体はそそくさと、下谷にある広木家の菩提寺に運ばれ、あわただしく寺内の墓地に埋葬された。まるで、厄介払いをするかのような手際のよさだった。

もし本人が自分の葬儀の模様を知れば――もちろん、そんなことはありえないのだが――きっと激怒したに違いない。

というのも、次太夫は自分が名士であり、しかも人望があると己惚れていたからだ。

自分の葬儀には、親類縁者はもちろんのこと、広木道場の門弟一同や、町内の人々が多数参列するのを想像し、期待していたに違いない。自分の葬儀は盛大なはず、というわけである。

ところが、次太夫の死を知った人々の反応は、本人の予想とはまったく異なっていたろう。

　ほとんどの人が、

「えっ、死んだ？　いつ？」

と、驚きの声を発した。

　だが、続いて、

「次太夫さんは何歳だったかね。ほう、宝暦四年（一七五四）生まれの七十六歳か。七十が古希だからね。七十六なら大往生だよ。まあ、天寿をまっとうしたんじゃないのかい」

と言うや、なんとも曖昧な笑みを浮かべる人が多かった。

　なかには、

「ほう、亡くなりましたか。どんな人間も、寿命には勝てないということですかなぁ……」

と言いながら、にんまりと笑う者もいた。

　本当は、

「へっ、『憎まれっ子世にはばかる』を地でいっていた野郎も、ついに、くたばったか」

と吐き捨て、鬱憤を晴らしたいのを、どうにか婉曲表現にとどめたとでも言おうか。

つまり、次太夫の死去を心から悼むような人は、皆無だった。

少なくとも、その死を惜しむ声はなかったし、どうにか都合をつけて葬儀に参列しようとする人もいなかった。

埋葬が終わったあと、次太夫の死について、あちこちで奇怪な噂がささやかれるようになった。

当初、誰もが七十六歳という年齢から、当然ながら病死と思っていた。人生五十年と言われるなかにあって、七十六は驚くべき長命である。

ところが、実際は病死ではなさそうだという。

「殴り殺されたらしい。顔面を何度も殴られたようだな。顔を見ただけでは誰だかわからないほど、目も鼻も口も、ぐちゃぐちゃに潰れていたというぜ」

その凄惨な死に顔を、まるで見てきたように語る者もいた。

第一章　襲撃

一

「お願い申します」

そう声をかけたあと、格子戸を開けて玄関の土間に入ってきたのは、商家の手代らしき若い男だった。

下駄履きにもかかわらず、走ってきたのであろう。ハアハアと荒い息をし、着物は尻っ端折りしていた。

沢村伊織は、炊き立ての飯に豆腐の味噌汁、それに古漬けの沢庵という、相も変わらぬ朝食を終えたところだった。

下女のお末は、伊織の食べ終えた膳をちょうど台所に運ぼうとしていた。両手に膳を持ったまま、玄関に出ていく。

「どちらから、まいられましたか」

「浅草阿部川町の越後屋からまいりました。あたくしどもの主人の太郎右衛門が刀で斬られまして。すぐに往診をお願いいたします」

土間に立った男とお末のやりとりは、伊織には筒抜けである。

伊織は、越後屋の屋号には覚えがあった。

玄関に出ていきながら、尋ねる。

「浅草阿部川町の越後屋といえば、本屋の越後屋か」

「へい、さようでございます」

「主人はどこを斬られたのか」

「背中をばっさり」

「応急の血止めはしたか」

「へい、傷口に手ぬぐいをあて、晒し木綿でぐるぐる巻きにしました」

「そうか」

まずはひと安心といえよう。

それにしても、手当てを急がねばならない。

「そのほう、薬箱と蘭引を持って、先に行ってくれ。私は用意して、すぐに向かう。

おそらく、傷口を縫うことになろう。急いで焼酎を用意してくれ。それと、火鉢に炭を熾し、盥に冷たい水を入れておくように」

「へい、かしこまりました」

伊織は薬箱と、風呂敷に包んだ蘭引を手渡した。

お末の亭主の虎吉は、一応、下男ということになっているのだが、足が悪いため荷物持ちの供はさせられない。

そのため、手代に荷物運びを頼む。

「では、あたくしはひと足先に店に戻りますが、道はおわかりですか」

「うむ、わかる。本を買ったこともあるからな。

それはそうと、どこで私のことを聞いたのか」

「広木家の五郎治さんから、下谷七軒町に沢村伊織先生という蘭方の名医がいると聞いたのです。それで、さっそくお願いにあがった次第でして」

「ほう、五郎治から聞いたのか」

そう言いながら、伊織はかえって不審が募ってくる気がした。

伊織がここ下谷七軒町に引っ越し、蘭学塾を開くや、さっそく入門してきたのが広木五郎治だった。

最初で、しかもいまのところ唯一の入門者なのはもちろんだが、その利発さと真面目さが気に入り、伊織も五郎治には期待をかけていたのである。

にもかかわらず、数回通ってきただけで、その後はぱたりと顔を見せなくなり、連絡もない。そのまま、半月ほどになろうとしていた。

伊織は落胆というより、自信を喪失しかけていた。

（俺の教え方では、門人はついてこないのだろうか。俺には、塾をやっていくのは無理なのだろうか……）

そんな自問自答を繰り返していたのだ。

そこに、突如、五郎治の名が浮上した。

伊織は、五郎治と越後屋の関係を問いただしたい気がしたが、いまは、そんな悠長な質問をしている場合ではない。

「では、薬箱と蘭引を頼むぞ。焼酎と火鉢、それに盥に水も忘れるな」

「へい、では、お待ちしておりますので」

手代が一礼して、いそいそと出ていく。

伊織は手早く黒羽織を着た。

頭は剃髪せず、月代も剃らず、のばした髪を束ねて結う、総髪にしていた。腰に脇差も帯びていないが、外出時には孟宗竹でできた杖を手にしていた。

この杖は仕込杖になっていて、中にはかつてナポレオン軍の騎兵が使用していたサーベル剣が忍ばせてある。日頃、身の危険を感じているわけではないのだが、なんとなく外出時には杖を手にするのが習慣になっていた。

「いってらっしゃいませ」

お末の声に送られ、伊織が草履を履き、杖を手にして外に出ると、下男の虎吉がいた。

地面に敷いた筵に座り、手作りの作業台に向かってなにやら作っている。そばには道具箱と、木の板が数枚、置かれていた。

「お出かけですか」

「うむ、ところで、朝からなにをしておるのか」

「先生に使ってもらおうと、本箱を作っていましてね」

「ほう、それは助かるな」

伊織は顔をほころばせた。

もとは大工だけに、虎吉は手先が器用だった。

ほとんど毎日のように、なにかを作っている。たんに無聊を慰めるためだけでなく、伊織に対する感謝の印のようでもあった。

というのは、虎吉は四十なかばを過ぎてから、普請場の事故で怪我をした。その怪我がもとで右足が不自由になり、もう大工はできなくなった。

生活費を稼ぐため、女房のお末が下女奉公をしようとしたが、女中や下女は住みこみが原則である。住みこみで働いていては、足の悪い亭主の面倒を見ることができない。

息子はいたが、すでに所帯を持ち、裏長屋住まいである。とても同居は無理だった。

一縷の望みを託して、お末は口入屋に夫婦で雇ってくれるところを頼んだ。

そのころ、ちょうど伊織が引っ越しをした。

伊織が口入屋に下女を雇いたいと申し出たところ、主人が言った。

「五十前の夫婦者なのですが、どうでしょうか。

亭主は足が悪くて、まあ、使い走りはできませんがね。しかし女房は、

『亭主も一緒に住まわせてもらえるなら、あたしが人の倍、働きます。置いても

らえるだけでありがたいので、給金については、いっさい不平は申しません』と、言っているのですがね。

どうですか。人助けにもなりますしね。

ふたりが寝る場所は、畳二枚分もあればよいでしょう。夫婦が実直なのは、あたくしが保証します」

「そうか、では、まず会って話をしてみよう」

伊織はお末に会ったうえで、夫婦を下男下女として雇うことにした。

そしていま伊織は、虎吉・お末と三人世帯の生活をしていたのだ。

ただし、唯一の難点は、虎吉には荷物持ちの供ができないことだった。

今日のように往診を頼みにきた使いに頼むが、それもできないときは、伊織が自分で薬箱をさげて歩くしかなかった。

二

十日ほど前、沢村伊織が通りを歩いていて見かけたとき、店先には紺地(こんじ)に白く「えちご屋」と染め抜かれた暖簾(のれん)がかかっていた。

また、表の通りに置かれた置行灯には、左右の面に、

浅草阿部川町
絵双紙問屋
越後屋太郎右衛門

えちご屋
さうしや
太郎右衛門

と書かれていた。

だが、いま、道に置行灯はなく、店の板戸もすべて閉じられていた。まるで、深夜の光景である。

板戸の隅に潜り戸があった。

伊織が潜り戸を叩くと、内側から声がした。

「どなたでございますか」

「医者の沢村伊織じゃ」

すぐに、潜り戸がきしみながら開いた。

伊織は身をかがめて、潜り戸から中に入る。

薄暗いため、すぐには中の様子がわからない。目が慣れると、土間にさきほどの手代と、門人の広木五郎治が立っているのがわかった。

五郎治はまだ元服前で前髪があるが、袴を穿き、腰には脇差を帯びていた。薄暗いせいなのか、心なしか頬がこけて、面やつれしているように見える。

伊織は五郎治に声をかけた。

「そのほう、病気でもしておったのか。心配しておった」

「申しわけございません。のっぴきならない事情がございまして。のちほど、くわしくお話しいたします」

「そうだな。いまは、それどころではないな。

怪我人はどこか。案内してくれ」

「へい、こちらでございます。お履物はそこに、お脱ぎください」

手代が先に、土間から上にあがる。

続いて上にあがりながら、伊織は浮世絵が大量に積み重ねてあるのに気づいた。

すべて、色鮮やかな美人画や役者絵であろうが、薄暗いため、図柄も色彩もほとんどわからない。

浮世絵のほか、多数の本も積み重ねてある。伊織は手に取ってじっくりながめたい気がしたが、やはりいまは、それどころではなかった。

手代に導かれて、店舗部分を抜けて、廊下伝いに奥に入っていく。

廊下を歩きながら、伊織が五郎治に言った。

「手術をするとなると、助手が必要だ。そなたに手伝ってもらいたい。よいか」

「はい、かしこまりました。なんなりと、お命じください」

そのきっぱりとした答えに、伊織はまだ師弟関係が切れていないのを感じた。五郎治はなんらかの事情があり、伊織のもとに通うことができなかったのであろう。

案内された部屋も、やはり薄暗かった。

隣近所をはばかっているのか、あらゆる窓の障子(しょうじ)を閉めきっていた。

「旦那(だんな)さま、蘭方の先生がおいでになりました」

手代が声をかける。

太郎右衛門は、部屋の中央にうつぶせになっていた。

返ってきたのは、

「うう、うむ、うう」

という、苦しげなうめき声だけだった。

うつぶせになっているため表情はよくわからないが、年齢は四十くらいであろう。ふんどしだけの真っ裸で、胴体を晒し木綿でぐるぐる巻きにされていた。

枕元に、中年の男女が座っている。一見すると夫婦のようだが、番頭と、太郎右衛門の女房らしい。

女房の横に、五郎治とほぼ同年齢の少年がいたが、袴は穿いていなかった。太郎右衛門の息子だろうか。

ざっと状況を見て取ったあと、伊織が言った。

「暗いですな。障子を開けてもらえますか」

手代はためらっていたが、五郎治がすっと立つや、障子を開け放った。

外光がさっと部屋の中に差しこみ、うつぶせに寝た太郎右衛門の臀部にまで血が垂れているのがわかった。ふんどしも一部、赤く染まっている。

おそらく着物や長襦袢は、たっぷり血を吸ったであろう。

伊織が外に目をやると、窓の外は庭ではなく、濡縁に立って手をのばせば届きそうなところに、隣家との境の板塀があった。

「まず、傷を診ましょうかな。手伝ってくれ」

五郎治の手を借りながら、伊織は太郎右衛門に巻かれた晒し木綿と手ぬぐいを外し、傷を確かめた。

右肩の下から左腰の上にかけて、一尺（約三十センチ）もの斬り傷だったが、さほど深くはない。太郎右衛門が逃げようとするところを、追いすがりざまに斬りつけたと思われる。

切り傷なので、まだ助かる見込みがある。背中から刺されたのであれば内臓をつらぬき、おそらく助からなかったであろう。

「傷を縫いましょう。その前に……」

すでに火鉢と焼酎、盥の水は用意されていた。

伊織は風呂敷包みを解きながら、

「これは蘭引という器具で、私が長崎で手に入れたものだ」

と、五郎治に説明する。

蘭引は三層になっていて、いちばん下の層に焼酎を注ぎ、いちばん上の層には水を入れておいてから、全体を炭火の上に乗せる。

炭火で熱せられた下の層の焼酎は蒸気となって上昇するが、上の層には水があるため底辺部で冷やされて結露となり、真ん中の層に水滴となって落ちる。

その水滴を筒で導きだし、容器に受ける仕組みだった。焼酎から消毒用のアルコールを抽出する装置である。

「オランダから渡ってきたものですか」

「これは銅でできていて、オランダ製だ。だが、いまではわが国でも、陶器製の蘭引が作られている」

五郎治は伊織の説明を聞いたあと、火鉢の上に置かれた蘭引を食い入るように見つめている。

やがて、容器にアルコールが溜まりはじめた。

「よし、はじめよう」

伊織は薬箱から針と糸を取りだした。

まずは、自分の手をアルコール消毒し、続いて五郎治にも手を消毒するよう命じた。

五郎治は、ひやりとした感触に驚いている。

針をアルコールで丁寧に消毒した。

五郎治に指示して、傷口を両側から合わせながら、針と糸で縫っていく。

「うう、うう」

苦痛から、太郎右衛門がうめきながら身体をねじろうとする。

そのたびに、伊織から目で合図された五郎治が、太郎右衛門の身体を抑えこんだ。

傷の縫合を終えると、ふたりがかりで、ふたたび胴体に晒し木綿を巻きつけた。

伊織が見ると、太郎右衛門は軽くいびきをかいている。疲労困憊し、いつしか眠ってしまったようだった。

＊

隣の部屋に移ったあと、番頭がやや声をひそめて伊織に言った。

「いかがでしょうか」

主人の太郎右衛門は隣室に寝ており、女房は枕元にとどまっている。もし太郎右衛門が目を覚ましていた場合、聞こえるのを案じているらしい。

「心配なのは出血です。かなり血を流していますからな。回復する見込みが、七分三分でしょう」

「すると、回復する見込みのほうが大きいわけですな。ご新造さまには、あたくしから伝えます」

「ところで、どのような状況だったのか、お聞かせ願えますかな」

「はい、朝、店の戸を開けてしばらくしてからでした。あたくしは開店の準備をしておったのです。すると、突然、奥で怒鳴り声がして、続いて、ギャーと言う悲鳴が響きました。

　驚いて、声がしたあたりに駆けつけると、旦那さまが蔵の前に倒れていたのです。背中は着物が裂け、血まみれでした。あたくしが、

『誰ですか、こんなことをしたのは。誰の仕業ですか』

と尋ねたのですが、旦那さまはうめき声をあげるだけで、言葉になりません。

　やはり駆けつけてきたご新造さまが、

『早く、早く医者を呼びにやりなさい』

と、叫びました。

あたくしも医者を呼ばねばならないと気づいたのですが、こんなとき誰に頼めばいいのか、とっさに思いつきません。

そのとき、そばにいた五郎治さんが、

『近くに、最近になって開業した蘭方医がいます』

と教えてくれましてね。

そこで、あたくしが手代に命じて、先生の家に走らせたわけです。

そのあと、みなで旦那さまをかかえて座敷に運び、応急の血止めをしました」

「すると、誰に斬られたのかはわからぬわけですな。

それはそうと、そのほうはなぜ、朝からこちらにいたのか」

五郎治はやや顔を赤らめ、

「まだ客が来る前に、本を読ませてもらっていたのです」

と答えるや、下を向いた。

横から、番頭が説明する。

「五郎治さんに本を貸してくれと頼まれたのですが、あたくしどもは貸本屋ではありませんし、本は売り物ですからな。そこで、こう言ったのです。

『お客がやってくる前であれば、うちに来て、目立たないように読むぶんにはかまいませんよ』

するとと、五郎治さんは本当に朝早くやってきまして、店の片隅で本を読んでいたのです。

五郎治さんは、旦那さまの親類でもありますしね。まあ、特別です」

「え、親類なのか」

伊織は驚いて、まじまじと五郎治を見た。

「はい」

そう言うと、五郎治はまたもや下を向いた。

伊織は五郎治の入門時に、幕臣・広木家の息子と聞いていた。

父親は屋敷内に剣術道場を開いているという。そんな広木家と越後屋が、どうして親類なのか。

もっとくわしく聞きたかったが、伊織もこの場で質問するのは遠慮した。

五郎治はさきほど、あとで説明すると述べていた。そのときに、問うことができよう。

「糸を抜くまでには十日ほどかかるでしょうな。抜糸のときにはまいりますが、そのほかでも、容態に変わったことがあれば、知らせてくだされ。すぐに駆けつけます。

今日のところは、これで帰りますが、薬箱と蘭引は、誰かに届けさせてもらえますかな」

「お迎えに行った手代に、届けさせましょう」

番頭の言葉が終わらないうちに、五郎治が言った。

「いえ、わたくしがお届けします」

三

越後屋を出た沢村伊織が通りを歩いていると、向こうから商家の女中らしき女と、供の丁稚(でっち)がやってくる。

(おや、あれは……)

伊織が名を思いだす前に、先方が声をあげた。

「あら、先生ではありませんか」

後藤屋(ごとうや)の女中のお竹(たけ)と、丁稚の定吉(さだきち)だった。

ふたりを見て、伊織が言った。

「このあたりに使いにきたのか」

「ええ、本屋に、ちょいと」

「本屋だと。もしかしたら、越後屋か」

「はい、そうです。ご存じですか」

「越後屋は、今日は休業だ」

「え、どうしたのです」

「怪我人が出て、今日は商売どころではないようだ。私は往診に呼ばれ、治療を終えて、帰るところだ」

「まあ、そうだったのですか」

お竹は残念そうに言った。

急に、口調が変わる。

「ところで、先生、ご新造さんはどんな方ですか」

「え、なんのことだ。私は独り身だぞ」

「ごまかさなくても、よいではありませんか。お見合いをなさったと聞きましたよ。急に引っ越したのも、ご新造さんを迎えるためだと」

お竹が伊織を睨(にら)んだ。

その言葉には棘があった。

伊織は苦笑しながら説明する。

「誤解だ、誤解だ。縁談があったのは事実だが、見合いをする前に流れた」

「え、そうだったのですか……

この近くにお住まいですか」

お竹の視線が強い。

伊織も相手の疑念を察し、笑いながら言った。

「私の住まいを見て、本当に独り身かどうか確かめたいのか。かまわんぞ。では、ちょいと寄っていくがよい。

こんなところで、長々と立ち話もできぬからな。ついでだから、家でいきさつを話そう」

「そうですか、では、ちょいとお邪魔しましょうか」

お竹がまだ半信半疑の口調で同意した。

歩きながら伊織が言った。

「お園どのは、どうしておる」

「お嬢さまはこのところ、ご機嫌がよろしくありませんでね。気鬱というのでし

ようか。これまでだったら、

『本屋に行くから、お竹、ついてきておくれ』

と、おっしゃっていたものです。

ところが、今日など、

『お竹、越後屋に行って、おもしろそうな本を見つくろってきておくれ。あたしはなんだか気分が悪いから、外に出たくないわ』

　ですからね」

「気鬱だと。いったい、どうしたのだ」

「おや、おわかりになりませんか」

　またもや、伊織を見るお竹の視線が強くなった。

　ここに至り、伊織も察しがついた。やはり動揺し、頬も上気する。

　だが、自分にはふさわしくないという思いが抜けきれない。

（美人で聡明で、度胸のある女なのはたしかだ。しかし、しょせん大店のわがまま娘だからなぁ）

　あとは、三人で黙って歩いた。

「すぐそこだ」

伊織が手にした杖で、前方を示した。

だが、お竹は疑わしそうな表情で左右を見まわしている。

これまで歩いてきた周囲には、大名屋敷や旗本の屋敷、さらに御家人の組屋敷などが建ち並んでいた。一帯にはほとんど人通りもなく、森閑としている。

通りをひとつ隔てただけなのだが、浅草阿部川町とはまったく雰囲気が異なっていた。

「このあたりは、お武家屋敷ばかりじゃありませんか」

お竹が怒ったように言った。

伊織に対する疑惑を深めているらしい。

「うむ、この武家屋敷の中に住んでいるのだ」

笑いをこらえ、伊織が堂々たる長屋門を示した。

お竹がつぶやく。

「え、まさか」

「ただし、私が出入りする門はこちらだ」

表門からやや離れた場所に、粗末な木戸門がある。

木戸門から中に入りながら、伊織が言った。

「ここは旗本の屋敷でな。敷地は三百坪くらいあろう。敷地内に貸家が二棟あり、そのうちの一軒に住んでいる」

「お旗本のお屋敷の中に貸家があるとは、どういうことですか」

お竹が眉(まゆ)をひそめた。

まだ呑(の)みこめないようである。

伊織が説明した。

「幕臣といっても、貧窮(ひんきゅう)している旗本や御家人は多い。しかし、生活が苦しいとはいえ、拝領している屋敷地だけは広いからな。そこで、敷地に借家を建てて町人に貸し、家賃収入を得ているわけだ。

もちろん、表向きは禁じられているが、実際には野放しだ。

なかには、敷地内に長屋を建て、多数を住まわせている例もあるようだ。さぞ、にぎやかだろうな。住んでいるほうにしても、狭苦しい町屋の裏長屋よりは快適なはずだ。

とはいえ、幕臣の体面(たいめん)があるから、いかがわしい人間を住まわせるわけにはいかぬ。その点、医者や学者に貸す分には、体裁(ていさい)もいいからな。私などは、

『どうか、住んでください』

と、旗本のほうから懇願されたくらいだ。まあ、それは冗談だが。

ここだ、ここに住んでいる」

お竹も定吉も、ぽかんとした顔で、二階建ての仕舞屋をながめている。

やや離れた場所には、旗本家の広大な母屋がある。見慣れない者には、なんとも奇異な光景であろう。

下男の虎吉はまだ玄関横の筵に座って、なにやら作業している。そばに、完成した本箱が置かれていた。

「おや、お客ですかい。

おーい、お末、先生がお帰りだ。お客が一緒だぞ」

虎吉が女房に声をかける。

伊織が格子戸を開け、お竹と定吉に入るよう、うながした。

小さな土間から上にあがると、十畳の部屋があった。

ここが、診察室兼蘭学塾の教場だった。

左に隣接して三畳の小部屋があり、ここが虎吉お末夫婦の居室になっている。

十畳の部屋の右横に、二階に通じる急勾配の階段があった。

また、十畳の部屋の奥に六畳の部屋があり、台所と便所が隣接していた。風呂はないので、湯屋に行くしかない。

台所には勝手口が設けられていた。

二階には、六畳の部屋がふたつある。

＊

「お嫁さんを迎えるには、広さは充分ではありませんか」

座ったまま室内を見まわしながら、お竹が言った。

その口調には、まだ棘（とげ）がある。

定吉は遠慮して、部屋にはあがろうとせず、玄関の上框（あがりかまち）に腰をおろしていた。

お末が三人に茶を出したあと、台所に引きこむ。

「まあ、ともかく、聞いてくれ」

茶を飲んだあと、伊織が説明をはじめた――。

伊織は、シーボルトが長崎に開設した鳴滝塾（なるたきじゅく）で最先端の西洋医術を学んだが、その際、長崎行きを援助してくれたのが、本町二丁目の薬種屋・鰯屋の主人、善兵衛である。伊織にとって、善兵衛は恩人だった。

神田に住む漢方医が、娘の縁談について善兵衛に相談した。

その漢方医と善兵衛は、古い付き合いだった。漢方医の娘は京といい、十八歳だという。

「やはり、医者に嫁がせたいですな。善兵衛さん、いい人はいませんかね」

漢方医に相談され、善兵衛の頭にすぐに浮かんだのが伊織だった。

善兵衛は娘のお京に面識はなかったが、父親はよく知っているし、人柄も信用していた。良縁だと思い、伊織を推薦したのである。

そこで、父親である漢方医は、大川屋博蔵という男に仲人を依頼した。

博蔵は大川屋という小料理屋を営んでいたが、仲人をなかば稼業のようにしていた。

伊織は訪ねてきた博蔵と会った。

博蔵は丸顔で、目がくりっとしていた。年齢は四十代のなかばなのに、妙に唇が赤い。なにより、よくしゃべる男で、どことなく軽薄そうだった。

だが、博蔵はあくまで仲人である。

伊織はお京の容貌(ようぼう)や教養、性格などを博蔵から聞かされ、乗り気になった。鰯屋善兵衛の顔をつぶすわけにはいかない、という思いも大きかった。

話はとんとん拍子(びょうし)で進み、博蔵の手配で、不忍池(しのばずのいけ)に近い池之端仲町(いけのはたなかちょう)の茶屋で、まずは見合いをすることが決まった。伊織の後見人として、善兵衛も出席する予定だった。

見合いの前日、そのころ浅草田原町(たわらまち)の裏長屋に住んでいた伊織が、湯屋に行こうとして、長屋の木戸門を出たところ、若い女が声をかけてきた。

「沢村伊織先生でございますか」

なかなかの美人なのだが、思いつめた表情をしている。顔色もよくなかった。

伊織はてっきり、婦人病の相談だと察した。

とすれば、立ち話というわけにもいかない。

「さよう、沢村だが。話があるのなら、長屋に戻って聞きますぞ」

「いいえ、そうではございません。あたしは、京でございます」

「え、大川屋博蔵どのからうかがっている、お京どのか」

「はい。その、京でございます。じつは、お詫(わ)びにまいりました」

「なんのことかな」

「あたしは、池之端仲町にはまいりません。いえ、まいるべきではないと存じまして」

「見合いには出ないということか」

伊織も衝撃を受けた。

出鼻をくじかれたと言おうか、初対面で愛想尽かしをされたと言おうか。呆然として立ちすくむ。

お京がつらそうに、言葉を続けた。

「けっして先生に非があるわけではなく、すべてあたしの非であるのをお伝えしたかったのです」

「非があるとは……」

「じつは、あたしには約束をした相手がございます。お腹には、子どももいるのです。

お父っさんはなにも知らなかったものですから。よかれと思って、話を進めたのでございましょうが。

素知らぬふりで見合いに出るのは、ましてや、見合いをしながらあとで断りを言うのは、先生に対してあまりに失礼になります。それで、せめて先生に事情だけは打ち明けておきたいと存じまして、恥を忍び、出てまいりました」

「そうだったのか」

伊織は、ふーっと息を吐いた。

当初は怒りすらこみあげてきたが、冷静に考えると、お京は伊織が面子を失うのを事前に救ってくれたといえよう。

「申しわけございません」

「いや、よくぞ打ち明けてくれましたな。私こそ礼を述べねばなりますまい」

そのとき伊織は、角の塀の陰からこちらを見ている若い男に気がついた。

お京の相手に違いあるまい。

男は伊織と目が合うと、その場で丁寧に頭をさげた。

「あたしが今日、先生にお会いしたことは、できれば仲人には内密にしていただきたいのですが」

「そなたがそれを望むのであれば、そうしよう」

「ありがとうございます」

「ところで、これからどうするつもりか」

伊織は、お京が男と駆け落ちするのではないか、最悪の場合、心中するのではないかと、急に気がかりになった。

お京は静かに微笑(ほほえ)んだだけだった。

最後に深々と礼をして、去っていく。

伊織はそれで決着がついたつもりだった。さばさばした気分と言おうか。

だが、仲人の大川屋博蔵は、お京の側から突然、破談を告げられ、大あわてだった。

伊織のもとにやってきた博蔵は、手ぬぐいで額(ひたい)の汗をしきりに拭(ふ)きながら、弁明(べんめい)に努めた。

「じつは、お京という娘には持病があるのがわかりましてね。父親は医者のくせに、娘の病気を知らなかったのですからね。『医者の不養生』と言いましょうか、いや、これは意味が違いますな。『紺屋の白袴』と言いましょうか。

いやはや、まったくもって、けしからん話でして。

転地して療養するとかで、しばらく江戸を離れなければならないとか申しておりましてね。突然、そんなことを言いだすのですからな。

もう、あたくしは面目(めんもく)丸つぶれでございますよ」

伊織は真相を知っているだけに、博蔵が並べたてるもっともらしい理由を聞きながら、おかしくてたまらなかった。

しかし、鰯屋善兵衛の怒りには、伊織も困惑した。

破談を知らされた善兵衛は、

「あたくしはともかく、沢村伊織先生に恥をかかせてしまったではないか」

と、お京の父である漢方医に憤慨(ふんがい)したのである。

伊織はこの件がもとで、長い付き合いのふたりの仲にひびが入るのを案じ、むしろ善兵衛をなだめたほどだった――。

「というわけで、早手まわしに新居に引っ越しをしたが、肝心の花嫁には逃げられてしまったわけだ」

伊織がおどけて言った。

しかし、お竹は笑うどころか、憤然としている。

「その、お京と言う女、とんでもない女ですね。あたしが会ったら、ほっぺたを引っぱたいて、下駄で向(む こ)う脛(ずね)を蹴(け)りつけてやりますよ」

「まあ、そう言うな。

あとでじっくり考えて、私はむしろ、お京に感謝しなければならないと思ったぞ」

「なぜ、そんな女に感謝するのですか」

「よく考えてみろ。

そもそも、お京は私に出会うより先に、その男と相思相愛の仲だったのだ。

お京が見合いに出て、そのあと、断ってきたらどうなる。私は、自分のどこが気に入らなかったのだろうと、悩む羽目になっただろうな。

あるいは、見合いのあと、とんとん拍子に祝言が決まったとしたらどうなる。

私は、ほかの男の胤を宿した女を娶る羽目になったのだぞ。

お京は土壇場で、そんな事態を回避してくれたのだ。

私を訪ねてきて、事情を打ち明けるのは、勇気がいったと思うぞ」

「まあ、たしかに、そうかもしれませんけどね……。

それで、お京さんと相手の男は、どうなったのですか」

「知らぬ。そこまでは知らぬが、不幸な結末にだけはならねばいいがと、念じている」

「そうでしたか、先生もいろいろと大変だったのですね」

お竹がしみじみと言った。

伊織は大変と評され、なんとなく面映(おもは)ゆい。

「では、そろそろお暇(いとま)いたしますが、その前に、手水(ちょうず)を使わせていただきたいのですが」

「雪隠(せっちん)は奥だ」

お竹は、それまで話をしていた十畳の部屋から、奥の六畳の部屋に向かう。

伊織は、便所に行きたいのは本当だとしても、お竹には台所などを観察する意図があるに違いないと察した。

しばらくして戻ってきたお竹は、晴れ晴れとした顔をしている。台所などを見ても、下女のお末以外、女の気配はないのを確かめたのであろう。

伊織の独身は間違いない、というわけである。

「では、お園どのによろしく伝えてくれ」

「お嬢さまは、すぐに元気になると思いますよ」

そう言いながら、お竹が意味ありげに笑った。

四

後藤屋の女中のお竹と、丁稚の定吉が帰ってしばらくすると、広木五郎治がやってきた。両手に薬箱と蘭引をさげている。

薬箱と蘭引を受け取ったあと、沢村伊織が言った。

「座るがよい」

太郎右衛門どのの様子はどうか」

「越後屋を出る前、様子を見たのですが、眠っているようでした」

「そうか。近いうち、私は越後屋に往診するつもりだ。

ところで、そのほうと太郎右衛門どのは親戚(しんせき)ということだが」

「はい、太郎右衛門さんの祖父と、わたくしの曾祖父(そうそふ)は兄弟なのです。こうした、

太郎右衛門さんとわたくしのような関係は、なんと呼ぶのでしょうか」

「さあ、私も知らぬな。というより、そんな関係を称する言葉はあるまい。親類

縁者とか、一族とか呼ぶしかないのではないか」

「そうですか。では、一族ですね。

わたくしの曾祖父である広木次太夫が半月ほど前、死にました。葬式などであわただしかったものですから、先生のところにうかがうこともできませんでした。申しわけありません」

「そうだったのか。愁傷であった。悔やみ申す。ところで、そなたの曾祖父というと、何歳だったのか」

「七十六でした」

「ほう、近所で、かなり高齢の老人が亡くなったという噂を小耳にはさんだが、そなたの曾祖父だったのか」

伊織の言い方は慎重になった。

というのも、下女のお末が湯屋で聞きこんできて、得々として伊織に伝えた噂は——。

下谷七軒町の武家屋敷で、七十六歳の老人が顔面を手酷く殴られて殺された。七十六歳にもなれば、放っておいてもじきに寿命が尽きよう。それを、殴り殺したのだから、よほどのことがあったに違いない。

怨恨か、憎悪か、お家騒動か……。

しかし、あっさり病死として葬られた。武家屋敷には町奉行所の役人も立ち入れないので、けっきょく、うやむやになるであろう。

──というものだった。

同じ町内で起きた事件だけに、伊織も関心がないわけではなかったが、自分にかかわる権限はない。近所の噂話として聞き流していた。

ところが、その殴り殺された老人のひ孫が、いま目の前にいる五郎治なのだ。

伊織はかけるべき言葉に迷った。

五郎治がきっぱりと言った。

「曾祖父の死について、先生にご相談したいのです」

「私は医者だぞ。亡くなった人間は、医者の領分ではない」

「それはわかっておりますが、わたくしはさきほど、先生が太郎右衛門さんの治療するのを見ていて、

『先生に相談しよう』

と、心に決めたのです」

「どういうことか」

「曾祖父の死に疑問があるのです。世間には病死としていますが、じつは無惨に殺されたのです。噂がお耳に入りませんでしたか」

「うむ、それらしき噂は聞いた」

「噂が広がるのも無理はありません。曾祖父の死に顔を、多くの人が見ましたからね」

「そなたも見たのか」

「はい、まじまじと、この目で」

「そうか、では、話してみるがよい。どこまで力になれるかは、わからぬが。ただし、実際に見たことだけを言うのだぞ。自分の推測や想像などを述べてはならぬ」

五郎治がはっとした表情になった。

続いて、これこそ蘭学の考え方と理解したのか、

「はい、わかりました」

と、うなずく。

下男の虎吉が女房の肩にすがりながら、玄関横の三畳の部屋に入っていった。

そのあと、お末が、外に出ている道具箱などを片付けている。

＊

五郎治が話しはじめた。

「母屋とは渡り廊下でつながった隠居所に、曾祖父の次太夫は住んでおりました。すでに曾祖母は亡くなっております。

死ぬ十日ほど前から曾祖父は体調がすぐれなかったため、もしもの場合に備えて、女中のひとりが次の間に寝るようにしていました。襖で隔てられただけの、隣の部屋です」

「すると夜中は、隠居所にいたのは次太夫どのと女中の、ふたりきりなのだな」

「はい、さようです。

広木家は父の三介が剣術道場をやっているので、朝が早いのです。父は夜明け前に道場に出て、木刀の素振りなどをして汗を流し、そのあとで朝食の膳につきます。

そのとき、わたくしは父と朝食の膳に向かっていました」

「そなたも道場で汗を流したあとだったのか」

「いえ。じつを言うと、わたくしは剣術はあまり好きではないのです。向いていないと言いましょうか。

助太郎――越後屋太郎右衛門さんの倅で、わたくしと同じ十四歳ですが、この助太郎のほうが天稟の才があると思います。

父も剣術に関しては、助太郎に期待しているようです。その日も早朝から、助太郎は道場に来て、ひとりで稽古をしていました」

伊織は、さきほど太郎右衛門の枕元に座っていた少年を思いだした。あの少年が助太郎であろう。

同時に、伊織はやや皮肉を感じた。

武士の家に生まれた五郎治が剣術は苦手で、むしろ学問に興味を持っている。かたや、本屋の家に生まれた助太郎が剣術の才能に恵まれ、かつ熱心に励んでいるのだ。

「すまん、話の腰を折ったようだな。続けてくれ」

「飯を食べていると、突然、

『キャー、誰か来てぇー』

という女中の悲鳴があがりました。わたくしと父は箸を放りだし、悲鳴の聞こえた隠居所に走りました。

『ご隠居さまが、大変です、ご隠居さまが……』

女中が渡り廊下に立ち、泣き叫んでいました。

父が怒鳴りました。

『いったい、どうしたのか』

『お声をかけたのですが、返事がないので、襖を開けてみると、ご隠居さまが布団の中で』

そのときには、鳥居忠兵衛さん、息子の弘四郎さん、それに道場にいた助太郎、そのほか奉公人も駆けつけてきました。

鳥居忠兵衛さんは、父の妹の夫です。

みなで曾祖父の寝室をのぞくと、すでに絶命しているのはあきらかでした。しかも、むごたらしく殺されたのは一目瞭然です。

父が叫びました。

『賊がまだ屋敷内にひそんでいるかもしれない。みな、探せ。そのほうらは、ここで遺体の守りをせよ』

そして、父と、鳥居忠兵衛さんと弘四郎さんは刀を取りに戻るや、三人で手分けして屋敷内をくまなく探索しはじめました。奉公人たちも同様です。わたくしと助太郎は、父が戻ってくるまで、曾祖父の遺骸のそばにいたわけです。

ひとりだと、おそらくじっと遺体を見守っていただけでしょうが、助太郎も一緒だったため、妙に大胆になったと言いましょうか。

お互いに、

『どうやって殺されたのだろうか』

などと言いながら、曾祖父の傷を間近にながめたり、夜着をめくって身体をあらためたりしたのです。もちろん、父には言っていませんが」

五郎治の話が一段落した。

伊織は内心、自分がその場で検屍をしたかったと思った。

だが、次太夫の遺体はすでに埋葬されている。ここは目撃者である五郎治から、判断材料となる客観的な事実をできるだけ引きだすしかない。

「そなたが部屋に飛びこんだとき、遺体の様子はどうだったのか」

「夜着も布団も乱れていませんでした。もし薄暗かったら、曾祖父は静かに眠っているように見えたはずです。それくらい、乱れのない寝姿でした。頭の下にはちゃんと枕もありましたから」

「傷の様子を教えてくれ」

「顔は人相がわからなくなるくらい崩れていました。ところどころ、皮膚が破れて白い骨が見えていました。指先で触ってみたところ、鼻の骨や左の頬骨が砕けていました。

また、喉が赤黒く変色していました。やはり指先で触ってみたところ、喉仏が折れているようでした。

　夜着をめくったところ、寝巻にも姿勢にも乱れはありませんでした」

「部屋に凶器のような物は落ちていなかったか」

「なにもありませんでした」

「畳や廊下に土足の足跡は残っていなかったか」

「とくに気づきませんでした」

「なにか盗まれたり、荒らされたりした形跡はあったか」

「部屋が荒らされた形跡はありませんでした。ただし、金品がなくなっていたとしても、わたくしには、なにがなくなったのかはわかりません」

「それは、そうだな。

次太夫どのの部屋の備品をいちばん知っていたのは、世話をしていた女中であろう。その女中に尋ねてみてはどうか」

「はい、葬儀のあと、部屋の整理をしたはずですから、女中に尋ねてみます」

「ところで、多人数で屋敷内を捜索したようだが、なにかわかったのか」

「いえ、父をはじめ、みな空(むな)しく戻ってきました。曲者(くせもの)は見つかりませんでしたし、外から人が侵入した形跡も見つからなかったそうです」

そこまで言うと、五郎治が目を伏せた。

あらゆる状況が、内部の人間による犯行を強く示唆(しさ)していた。広木一族の誰かが次太夫を殺したと思われる。

しかし、伊織は指摘しなかった。いや、指摘するのを遠慮した。

五郎治はすでに、一族の誰かが手をくだしたと思っているであろう。五郎治だけでなく、広木家の屋敷に住む誰もが内部の犯行と察し、お互い疑心暗鬼(ぎしんあんき)になっているに違いない。

「わたくしは助太郎と話をしたのですが、曲者はそっと障子を開けて廊下から忍びこみ、熟睡していた曾祖父に馬乗りになって、拳で顔面を殴り続けた。そして、最後に首を絞めて、絶命させたのではないでしょうか」

「いや、それは逆だな」

「え、どういうことでしょうか」

「顔面を殴れば相手は悲鳴をあげるし、それなりに抵抗もする。隣室に寝ていた女中は気がついたはずだし、次太夫どのの夜着や寝姿も乱れていたはず。

　顔面に出血はあったか」

「いえ、ほとんどありませんでした」

「それが、死後に殴った証拠だ。

　もし生きている次太夫どのを殴り続ければ、大量の出血があったはずだ。とくに鼻血はおびただしかったはず。それがほとんどなかった。

　死亡すると心臓の動きが止まるため、血液は急速に凝固をはじめる。そのため、死体を切り刻んでも出血はない。

　つまり、寝入っているところに忍び寄って、いきなり首を絞めて殺した。死んだのを確認してから、顔面を殴り続けたのであろう」

　五郎治の顔は蒼白になっている。

あえぐように言った。

「死んだ曾祖父の顔を殴ったのですか」

「そうに違いあるまい。

それと、拳では顔面が骨折するほど殴れない。もしそれほど強く殴れば、自分も手の指を骨折する。

おそらく、石などの硬い物で殴りつけたのであろうな」

「曲者は、殺してもまだ飽き足らなかったということでしょうか」

「かもしれぬが、そのあたりは、私が立ち入る範疇ではない。私はあくまで、検屍から読み取れる事実を述べた」

「じつは、曾祖父にはかかりつけの漢方医がいました。その医者が、

『長くもっても、あと一か月でしょうな』

と診断していたのです」

「そのことは、みな、知っていたのか」

「医者が父に告げ、その後、父がみなに伝えたはずです。曾祖父本人を除き、広木家の一族は知っていたはずです。

曲者は、まもなく曾祖父が死ぬのがわかっていながら、無惨に殺したことにな

りますね」

言い終えると、五郎治は血の気のない顔で、唇を引きしめている。

ふと、伊織は思いついた。

「そなたの屋敷では、ごみはどうしておる」

「庭の隅に穴を掘り、すべてそこに捨てております。穴がいっぱいになると、別の穴を掘るという具合です」

「ごみ捨ての穴を探してみてはどうか。次太夫どのの顔を殴った物が捨ててあるかもしれぬ」

五郎治が虚(きょ)を突かれたような顔をした。これまで、考えてもみなかったのであろう。大きくうなずき、言った。

「はい、そっと探ってみます」

しばらく、沈黙が続いた。

当然、ふたりの話は聞こえているため、下男の虎吉も下女のお末も、話題の深刻さに息をひそめているようだった。

隣家から、赤ん坊の泣き声が伝わってくる。

俳諧(はいかい)の宗匠(そうしょう)の一家が住んでいると聞いていたが、伊織が引っ越しの挨拶(あいさつ)にいったとき、たまたま来客中のようだったので、当主の顔を見ただけだった。

五郎治がふたたび口を開いた。

「曾祖父が死んで半月にも経たないうちに、今度は越後屋の太郎右衛門さんが殺されそうになりました。わたくしは、背後に広木一族の秘密があるような気がしてならないのです」

伊織は話を聞きながら、広木家の事件に深入りすべきではないと感じていた。一方で、謎を解きたいという気持ちが募るのを抑えきれない。

相談してきた五郎治は日が浅いとはいえ、門人に違いない。手助けしてもよいと思ったが、懸念もある。

「一族の秘密というより、闇を暴くことになるかもしれんぞ」

「知れば、なんらかの手が打てると思うのです。放っておくと、さらに死者が出るかもしれません」

「そうか、そなたがそう案じているのなら、私なりに力を貸そう。

人間関係がこみ入っているので、混乱してくる。まずは整理したほうがよいな。説明してくれ」

伊織は硯と筆、それに紙を取りだしてきた。

五郎治の説明を聞きながら、家系図を作成する。（七二ページの図1参照）

できあがった家系図をながめて、

「なるほど、こういうふうに整理すると、よくわかります。これも、蘭学の考え方なのですか」

と、五郎治はしきりに感心している。

一方で、伊織は十四歳の五郎治が、こんなに広木家の縁戚関係にくわしいのに驚くと同時に、疑問も芽生えた。

もしかしたら、次太夫の殺害以来、疑惑をいだき、自分なりに姻戚関係を調べていたのかもしれない。

「家系図で見ると、半太夫という人物が、いわば初代だな」

「はい。三代目の、わたくしには祖父にあたる次作と妻のお雪は、すでに死去しております」

「お雅どのと、夫の鳥居忠兵衛どのは、屋敷内に住んでおるのか」

「はい、母屋とは別に一軒の家があり、そこに住んでいます。屋敷内に住むようになったいきさつは、わたくしもよく知りません。

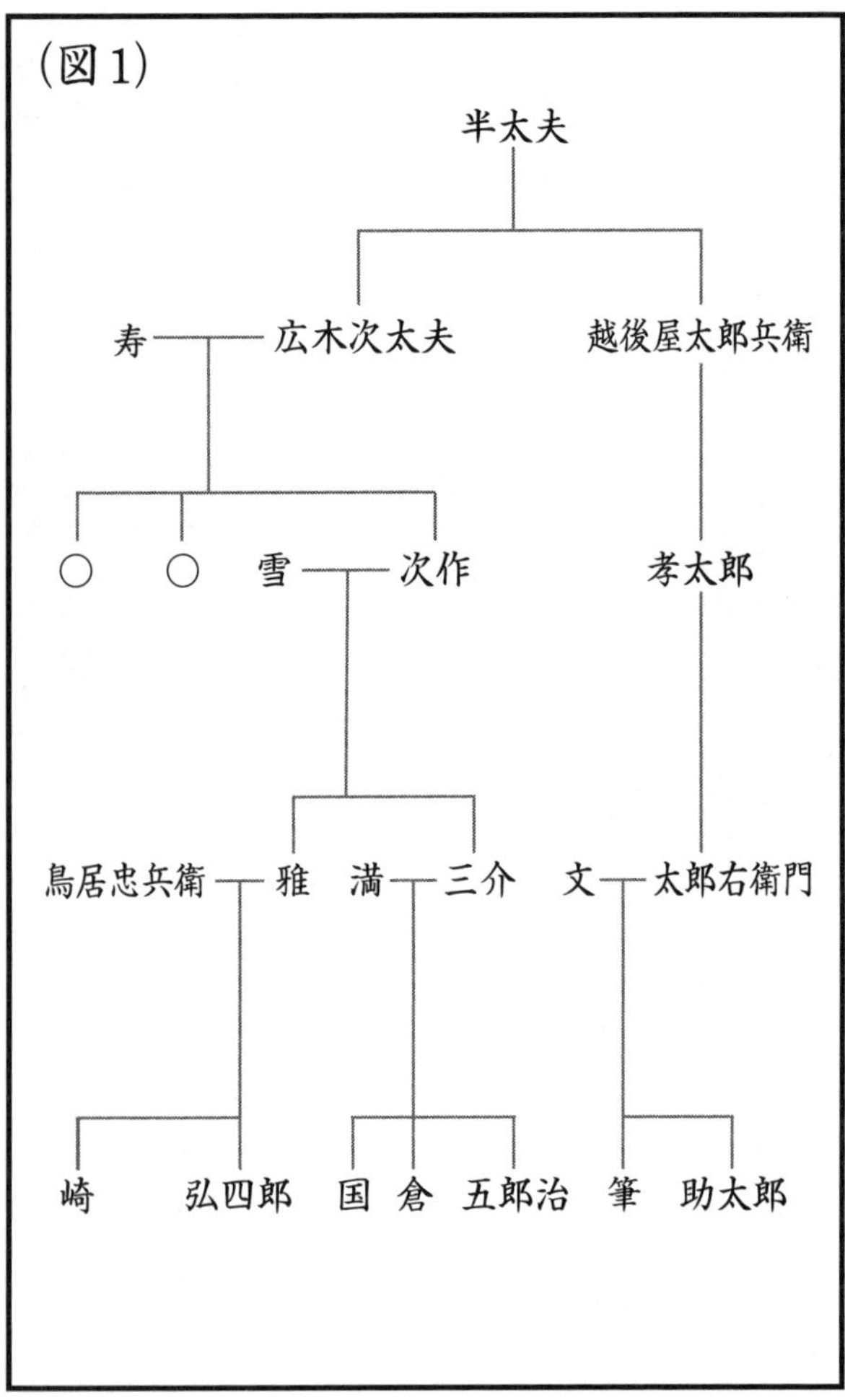
(図1)
半太夫
寿
広木次太夫
越後屋太郎兵衛
○
○
雪
次作
孝太郎
鳥居忠兵衛
雅
満
三介
文
太郎右衛門
崎
弘四郎
国
倉
五郎治
筆
助太郎

息子の弘四郎さんは、わたくしにとって従兄にあたりますが、幼いころからの習慣で、兄さんと呼んでいます。

わたくしの従妹にあたるお崎さんは去年、他家に嫁ぎ、屋敷内には住んでいません」

言い終えると、五郎治は家系図を凝視している。

屋敷内の人物の犯行とすれば、五郎治は叔母・お雅の夫である鳥居忠兵衛か、その息子で従兄の弘四郎に、疑いの目を向けているに違いないと察した。

自分の親類に疑惑をいだく状況は痛々しい。

五郎治が吹っきるように言った。

「今日のところは、これで」

「うむ、そうだな」

伊織は急に空腹を覚えた。

考えてみると、とっくに昼食の時刻を過ぎている。

「おい、お末、なにか食わせてくれ。

ついでだから、そなたも食べていくか。といっても、茶漬けぐらいしか出せぬがな」

「いえ、わたくしは屋敷に戻ります。遅くなると、母に叱られますので」

一礼すると、五郎治は帰っていく。

母に叱られるのを理由にあげるなど、やはりまだ元服前の少年だった。

五

夜がふけてから、岡っ引の喜平次が訪ねてきた。沢村伊織が浅草田原町に住んでいたときの知り合いである。

年齢は四十代のなかばで、風貌はいかつい。着物を尻っ端折りし、紺の股引を穿いていた。

「先生、ちょいと、ようござんすかね」

喜平次はさげていた提灯の火を吹き消すと、下女のお末に渡し、部屋にあがってきた。

「親分ではないか。よく、ここがわかったな」

「浅草阿部川町の越後屋で聞きやしてね。主人の太郎右衛門の治療をしたのは、蘭方医というじゃありませんか。それで、ぴんときて名を尋ねると、やはり先生でした。そこで、住まいを教えてもらったのですよ」

「越後屋に行ってきたのか」

伊織は岡っ引の早耳に驚いた。

刃傷沙汰があったと聞きつけ、さっそく越後屋に出向いたのであろう。

「それで、なにかわかったのか」

「太郎右衛門にも会いましたがね、なにを尋ねても、うめくばっかりで、なにも聞きだせやせん。店の奉公人にも尋ねましたが、埒が明きやせん。そこで、先生に事情をうかがおうと思いやしてね」

「私は今朝、越後屋に呼ばれて行き、治療をした。そのときも、太郎右衛門はうめくだけだった。誰に斬りつけられたのか、なぜ斬りつけられたのか、私にもわからぬ」

「そうでしたか」

お末が煙草盆を持参し、喜平次の前に置いた。

伊織は煙草を吸わないので、煙草盆はもっぱら客人用である。

喜平次は腰に提げた煙草入れから煙管を取りだすと、雁首に刻み煙草を詰めた。

煙管は羅宇こそ竹製だが、雁首と吸口は銀製のようだった。かなり高価であろう。

煙草盆の火入れで火をつけ、一服したあと、喜平次がおもむろに言った。

「わっしは、あのうめき声は芝居だと睨んでいやすがね。話したくないので、うめき声でごまかしているのかもしれやせん。

この事件は、たんなる押しこみや喧嘩(けんか)じゃあ、ありやせんね。ちょいと裏がありやすぜ」

伊織は内心、嘆声(たんせい)を発した。

岡っ引の嗅覚(きゅうかく)には恐るべきものがある。

「さすが、親分の勘は鋭いな」

「じつは、わっしは越後屋には前々から目をつけていやしてね」

「なにか、怪しいことがあるのか」

「いえ、さほど、あくどいことをしているわけではありやせんがね。

越後屋は春本(しゅんぽん)や春画を作って、売っているようなのです。まあ、それしきのことに、わっしも目くじらは立てやせんよ。わっしも春画は、おおいに楽しんでいる口ですから」

喜平次が愉快そうに笑う。

伊織は首をかしげた。

「私はこちらに越してきてから、越後屋で本を買ったこともあるが、店先に春本や春画など見かけなかったぞ」

「ご禁制の品ですから、店先には並べやせん。奥に隠していて、馴染みの客にだけ売るのですよ。それと、貸本屋に卸すのも多いようですな。貸本屋がこっそり客に貸すわけです。

店の奥に作業場があって、そこで版を彫ったり、刷ったり、本を綴じたりしているのでしょうな。ただの本屋にしては奉公人が多いのは、そんな作業をするため、と見ましたがね」

本屋は書籍や浮世絵の販売だけでなく、出版や印刷・製本まで手がけることが多い。越後屋も出版や印刷・製本まで手がけていたが、その分野は春本や春画というわけだった。

（広木五郎治は知っているのだろうか）

それに考えが及んだとき、伊織ははっと気づいた。

今朝、越後屋の番頭が言っていたではないか。五郎治は本を読ませてもらうという名目で、開店前の越後屋に来ていたという。

その本とは、春本ではなかったのだろうか。

脳裏に、自分の少年のころの情景がよみがえる。

微笑ましい光景といえよう。

（十四歳の男だからな）

伊織は漢方医の家に生まれた。

父親の沢村碩庵(せきあん)は、江戸城の大奥(おおおく)にも出入りする奥医師だった。碩庵は自宅に医術を教授する塾も開いていたため、若い男が多数出入りしていた。

そんな門人のひとりから、伊織は春画を見せられたのだ。

男と女が、奇矯(ききょう)な体位で性交している絵だった。やはり目が釘付(くぎづ)けになる。

門人がにやにやしているのが癪(しゃく)にさわったが、そのとき芽生えたのは、

——もっと見たい。

という強烈な欲求だった。

自分の十四歳のころを思いだし、伊織はくすりと笑った。

喜平次が怪訝(けげん)そうに言う。

「どうかしましたか」

「いや、すまん。春画や春本と聞いて、思いだしたことがあってな。子どものこ

ろの、他愛ないことだ」

喜平次が煙管に煙草を詰め、一服した。

「太郎右衛門は、春本や春画がらみで恨みを買ったのかもしれないと思ったもので、つついてみたのですがね。

ちょいと、おもしろいですからな」

「春本や春画が原因で刃傷事件が起きるのは、たしかにおもしろい。しかし、それとは別なところに原因があるかもしれぬぞ」

そう言いながら、この際、伊織は喜平次の協力を得ようと思った。

そのためには、手持ちの材料を示さねばならない。

「近所の武家屋敷で、老人が殴り殺されたのは知っているか」

「広木とかいう御家人で、屋敷内に剣術道場を開いているところですね。わっしも小耳にはさみましたが、武家屋敷には手を出せませんからね。殺人とわかっていても、指をくわえているだけですよ」

「やはり、親分の耳に入っていたか。

こういうものを作ってみた。殺された広木次太夫と、斬られた越後屋太郎右衛門の関係がわかる」

伊織はさきほど作成した家系図を示す。

喜平次はまじまじとながめ、

「ほう、殴り殺された爺ぃと、越後屋太郎右衛門は親戚なのですか」

と、驚いている。

「殺された次太夫は、太郎右衛門にとって大叔父にあたる」

「ふうむ、ふたつの事件は関連があるのですかい」

「いまのところ、わからぬ。ただの偶然かもしれない。しかし、広木家の人間のなかには、関連があると疑っている者もいる。

じつは、その家系図に載っている広木五郎治は私の弟子だ。

また、越後屋太郎右衛門は私の患者だ。

そんなわけで、なんとなく私もかかわるようになってしまった」

「そうだったんですかい」

「いずれ、親分に頼むことがあるかもしれない。そのときは、よろしく願うぞ」

「わかりやした。いつでも声をかけてください。

わっしの家は浅草聖天町で、人に『奈良茶飯の喜平』と聞けば、すぐにわかりやすよ。女房が店をやっていましてね」

奈良茶飯は、炒り大豆などを加えて、茶汁で炊いた茶飯である。

岡っ引は町奉行所から正式に認められた役職ではないので、決まった俸給をもらえるわけではない。

そのため、なんらかの店を持ち、実際の商売は女房に任せている者が多かった。

喜平次は女房に、奈良茶飯の店をやらせていたのだ。

第二章　春　本

一

沢村伊織が朝食を終えてしばらくすると、広木五郎治が現われた。

眼はやや充血し、深刻そうな顔をしている。伊織の前に座ると、ささやくように言った。

「見つかりました」

「ごみ捨て場か」

「はい、これです」

五郎治はふところから、手ぬぐいの包みを取りだした。

手ぬぐいを開くと、折れかかった細い竹と、焼物の福助（ふくすけ）が出てきた。

伊織はいったん手に取ってながめたあと、すぐに戻す。

「待っていてくれ」

二階にあがると、薬箱から虫眼鏡を取りだして、おりてきた。

まず、伊織は折れかけた竹を手に取り、鼻に近づけて嗅いだ。

「煙草の、やにの臭いだな。煙管の羅宇であろう」

ほぼ真ん中のちぎれそうな部分は、かろうじて数本の筋でつながっている。

伊織が筋を虫眼鏡で子細に見ていくと、細い毛が一本、絡まっているのがわかった。髪の毛ではなく、体毛のようだった。

「おそらく、煙管を喉にあて、両手で思いきり押しつけたのであろうな。煙管の両端を押しさげれば、強い力が生じる。羅宇が真ん中で折れたほどだ。

羅宇が折れたところに、毛が絡んでいた。喉か顎に生えていた毛と思われる」

「煙管の羅宇だとすれば、雁首と吸口がありませんが」

「おそらく雁首と吸口は抜き取り、羅宇だけを捨てたのであろうな。次太夫どのの煙管を覚えているか」

「曾祖父が煙草を吸っているところは何度も見ていますが、雁首と吸口は銀製のようでした。自分の持ち物には、惜しげもなく金をかける人でしたから。

どこやらの名店であつらえたと、自慢していたのを覚えています。雁首には彫りがほどこされていた気がしますが、その図柄まではわかりません。

女中に尋ねたところ、煙草盆に掛かっていた煙管が見えない、と言っていました。

その竹は、曾祖父の煙管の羅宇に違いないと思います」

「なるほど、それで辻褄が合う。高価な煙管となれば、雁首と吸口は値打物だな。曲者は、雁首と吸口を捨ててしまうのが惜しかったのであろう」

そう言いながら、伊織は雁首と吸口が手掛かりになる気がした。

もしかしたら、殺害者は雁首と吸口を煙管屋などに持ちこみ、買い取ってもらったかもしれない。それこそ、岡っ引の喜平次の出番ではあるまいか。

次に、伊織は泥で汚れた焼物を手に取った。

片手にあまるほどの大きさがあり、彩色がほどこされていた。

虫眼鏡で子細に見ていく。

かなり泥で汚れていたが、かすかに血痕らしきものが付着していた。また、色彩が剝がれ、欠けている部分がある。強い衝撃を受けたことをうかがわせた。

「この福助人形に覚えはあるか」

「わたくしは覚えていないのですが、女中は今戸焼の福助が見あたらないと言っていました」

「この福助は今戸焼か。かなりの重さがあるな」

日本堤を歩いているとき、隅田川沿いの地から煙が立ちのぼっている光景を見たことを思いだした。今戸焼の窯だったのであろう。

山谷堀に架かる今戸橋の北側の、隅田川沿いの地を今戸という。

その今戸一帯で作られているのが今戸焼で、素焼きが多いが、釉をほどこした陶器もある。

伊織は折れた羅宇と今戸焼の福助をながめながら、犯行を想像した――。

次太夫の寝室に忍びこんだ犯人は、煙草盆に掛かっていた煙管を手に取る。

犯人は次太夫が目を覚まさないよう、そっと枕のほうから近寄る。

そして、煙管の羅宇を喉元に押しあてるや、両手でぐいと押しつける。全体重をかけたであろう。

羅宇がみしっと、折れたほどだった。

次太夫が絶命したのを確かめるや、部屋にあった今戸焼の福助人形を手にする。

そして、両手に持った福助人形を次太夫の顔面に叩きつける。

何度も、何度も。鈍い、湿った音がしたであろう――。

伊織は犯行を想像しながら、ふと気づいた。

「曲者は男とばかり思っていたが、女ということもありえるな」

「え、まさか。

女の力では、首を絞めたり、顔面に今戸焼を叩きつけるなどは、とうてい無理ではございませんか」

「手で首を絞めるのは女では無理だろうが、煙管を両手で押しつけるのであれば、女でもできる。体重を乗せればよいからな。

また、この今戸焼の福助も、両手に持って振りかぶり、落とすように叩きつけるのであれば、女でもできよう」

五郎治の顔は青ざめている。

いまや、自分の母のお満も容疑者であるのを悟ったのであろう。

そんな五郎治を見つめながら、伊織は考えをめぐらせた。

五郎治は自分の父である三介を当然ながら、容疑者から除外しているであろう。

女中が悲鳴をあげたとき、自分と朝食をとっていたからだ。

しかし、女中は次太夫の死体を発見したのである。

次太夫の殺害は、夜が明けはじめたころであろう。真っ暗だと、煙管による絞殺も、今戸焼による殴打も難しい。

しかし、屋敷内に人が行き交う前でなければならない。

ようやくあたりがほの白くなってきたころが殺害時刻とすれば、次太夫が殺されたのは、三介と五郎治が朝食の膳に向かっていたときよりも前、ということになる。

次太夫を殺したあと、素知らぬ顔で朝食の膳に向かっていた。すると、死体を発見した女中が悲鳴をあげる……

そう考えると、三介の犯行は不可能ではない。

（待てよ、そうすれば、五郎治にも犯行は可能だったことになる）

それに気づいたとき、伊織は背筋が寒くなった。

これまで、五郎治を微塵も疑わなかった。最初から、五郎治を圏外に置いていたといってよい。

しかし、五郎治も容疑者のひとりなのだ。

伊織は慄然とする思いだった。

師の顔つきが変わったのを見て、五郎治が言った。

「先生、どうかしましたか」

「いや、いろいろ考えていたのだが……。

できれば、そなたの屋敷を見せてもらえぬかな。建物の中にはあがらなくてもよい。敷地内を案内してくれぬか」

「はい、承知しました。では、これから、おいでください。

ところで、これはどうしましょうか」

五郎治が、目の前の羅宇と福助人形を示す。

伊織はちょっと考えたあと、言った。

「そなたが持っていて、もし人に見られたら、それこそ疑われるぞ。私が保管しておこう」

二

「こちらです」

広木五郎治が言い、角を曲がる。

角を曲がった途端、防具の面や胴、籠手をくりつけた竹刀を肩にかつぎ、連れだって歩く若い男の姿が目についた。

沢村伊織が言った。

「広木道場の門弟か」

「さようです」

「見たところ、町人のようだが」

「門弟の半分以上は、商家の倅や職人衆です。武士の子弟より、むしろ熱心なくらいです」

「そういえば、越後屋の倅も門弟だったな」

歩くにつれ、竹刀を撃ちあう音が大きくなってきた。

周囲は武家屋敷ばかりで閑静なため、ひときわ竹刀の音や気合の声が際立っている。

広木家の屋敷の表門は、冠木門だった。昼間は人の出入りが多いためか、門は開放されている。

「敷地は二百坪ほどあります」

五郎治が説明しながら、門をくぐる。

すぐに母屋の玄関があるが、右手に瓦葺きの母屋とは別棟の、板葺き屋根の建物があった。そこから竹刀の音と、

「やー」

「とう」

という掛け声が聞こえてくる。

「あそこが道場です。まず、道場をご覧になりますか」

「うむ、そうしよう」

近づくと、板壁に武者窓が設けられていた。

そこから中をのぞく。

道場は板張りで、広さは十五坪程度であろうか。

(意外と狭いな)

伊織の偽らざる感想だった。

そんな狭い道場で、まさに押しあい圧しあいするような混雑のなか、防具を身にまとった門弟同士が竹刀で撃ちあっていた。

「メン、メン」

「メン、メン、メン」

むきになって互いに面を撃ちあっている者がいたが、ふたりとも着物を尻っ端折りしている。ともに町人らしい。

　横で対戦しているふたりは、

「おりゃー」

「まだまだ」

と気合だけは勇ましいが、互いに撃ちこめないでいた。

　一段高くなった、畳敷きの場所があった。そこに、いかめしい表情をした男が座って、門弟たちの稽古をながめている。

　五郎治が、座っている男を示して言った。

「父の三介です」

　道場主の広木三介だった。三十五歳のはずである。

　背後の壁には、数本の木刀が掛けられていた。

「叔父の鳥居忠兵衛もいます。わたくしは身体つきで叔父とわかるのですが、面をつけているので、顔は見えません」

　鳥居忠兵衛は四十歳のはずである。初老の年齢ながら、門弟に稽古をつけていることになろう。

伊織はうなずき、

「ほかを見せてくれ」

と、うながした。

道場と母屋のあいだを通って、奥に進む。

母屋を左にまわったところに、茅葺(かやぶ)き屋根の隠居所があった。母屋とは短い渡り廊下でつながっている。

この場所で広木次太夫が惨殺(ざんさつ)されたわけだが、いまは障子(しょうじ)が閉ざされ、外から部屋の中を見ることはできない。

隠居所の横を通り抜けると、一棟の土蔵があった。土蔵の入口には大きな南京錠(なんきんじょう)がかけられている。

さらに進むと、塀(へい)のそばの穴に、下女らしき女が手桶(ておけ)の中身を捨てているのが見えた。

逆さにした手桶の底を、手でトントンと叩いている。

十五、六歳であろうか。前垂れをして、襷(たすき)をかけていた。足元は、素足に下駄履(げたば)きだった。

（広木家のごみ捨て場ではないか）

はっと思いついて、伊織が五郎治にささやいた。

うなずいた五郎治が、下女に声をかける。

「おい、ごみ捨てか」

「へい。そろそろ、いっぱいになってきたので、新しく穴を掘らないといけませんし」

「そういえば、今戸焼の福助と、折れた煙管の羅宇が捨ててあるのを見たが、誰が捨てたのか知らぬか」

「ああ、福助ですか。捨てたのは鳥居忠兵衛さまです。数日前ですが、ちょうど、あたしもごみ捨てにきたところだったので、見かけて、

『おや、捨てるのですか』

と、声をかけたのです。

すると、忠兵衛さまは、

『庭に落ちていた。汚れているし、欠けているところもあって縁起が悪いので、捨てる』

と、おっしゃっていました」

「羅宇はどうか」

「福助をぽいと捨てたあと、折れた竹も捨てていましたね。あれは、煙管の羅宇だったのですか。気がつきませんでした」

「そうか、もうよいぞ」

「では」

下女が一礼して去る。

五郎治は下女を見送ったあと、

「さては、叔父の仕業だったか」

と、歯ぎしりせんばかりだった。

鳥居忠兵衛は、五郎治にとって叔母お雅の夫なので、義理の叔父にあたる。

伊織が諫めた。

「おい、早まるなよ。本当に落ちていたのかもしれない。

考えてみろ。もし、忠兵衛どのが羅宇と福助を凶器に用いたのなら、夜のあいだにこっそり捨てるはず。明るいうちに、しかも下女の見ている前で捨てるはずはあるまい。

軽率な発言は慎め」

「はい」

一応返事はしたものの、五郎治の顔はこわばっている。

あとは黙って歩く。


母屋をまわりきったところに、一軒の瓦葺きの仕舞屋（しもたや）があった。

五郎治が説明した。

「あの家に、鳥居家の三人と奉公人が住んでいます」

その家を見た途端、伊織は自分がいま住んでいる家に似ていると思った。

叔父の鳥居忠兵衛、叔母のお雅、そして従兄（いとこ）の弘四郎が住む家だった。

また、ここまでぐるりとまわってきて、敷地内に畑がないのに気づいた。

旗本や御家人の屋敷では、広い庭を利用して自家菜園を作っていることが多い。大根（だいこん）や茄子（なす）などの野菜を栽培し、家計の足しにするためである。

ところが、広木家では母屋のほかに、道場や隠居所、土蔵、仕舞屋が建っているため、畑を作る余裕がないのであろう。

井戸があり、そばにふんどしだけの裸になった若い男が、手ぬぐいで身体をぬぐっていた。背が高く、筋骨たくましい身体つきをしている。

「兄さん」

「おう、五郎治か」

振り向いた男は、端整な顔立ちをしていた。

いったん笑いかけたが、伊織に視線を移し、怪訝そうな表情になる。

「従兄の鳥居弘四郎です。

こちらは、わたくしが入門した蘭方医の沢村伊織先生です」

「おや、これは失礼」

弘四郎があわてて、そばの柵に掛けた着物に手をのばす。

二十歳のはずである。

「いや、お気遣いなく」

伊織が手をあげて、着物を着ようとする弘四郎を制した。

着物に手をかけた曖昧な態勢で、弘四郎が言った。

「太郎右衛門さんの治療をした先生ですか」

「さよう、越後屋に往診しました」

「見事な手当てだったと評判です。

ところで、五郎治の蘭学はものになりそうですか」

「なかなか筋はいいと見ましたぞ」

「だと、いいのですが。この男は道場主の倅でありながら、剣術のほうはからっきし駄目でしてね。せめて、なにか取柄がないものかと思っていたのですが、そうですか、蘭学は見込みがありそうですか」

「兄さん、言いすぎです」

五郎治がたまりかねたように抗議する。

弘四郎が笑ったが、その笑い声は快活そのものだった。

伊織は五郎治をうながし、弘四郎に会釈して、その場を離れる。

歩きながら、伊織は弘四郎がこちらを強い視線で見つめているのを意識した。


突然、背後で緊迫した声が発せられた。

「なにをするか」

「父の敵。覚悟しろ」

「やめろ。助太郎、乱心したか」

驚いて、伊織と五郎治が振り返る。

越後屋太郎右衛門の息子の助太郎が、ふんどし姿の弘四郎に刀で斬りつけようとしていた。

地面に、大刀の鞘が転がっている。これで、状況が理解できた。

弘四郎は着物を脱ぐに際して、大小の刀を近くに立てかけていた。助太郎は近寄ってくるや、すばやく大刀を取り、鞘から抜き放ったのだ。

助太郎が刀を振るった。

かろうじて弘四郎が避ける。まるで目くらましのように、片手に持った手ぬぐいをひらひらさせていた。

弘四郎がすばやく身をかわしたというより、助太郎が振りおろす刀が間合いを誤り、空を切ったというのが正しいであろう。

これまで広木道場で稽古をし、道場主の広木三介から期待されているといっても、しょせん防具をつけての竹刀の撃ちあいである。助太郎は真剣を振るうのはもとより、手にするのも初めてであろう。

一方の弘四郎にしても、似たようなものだった。これまで道場で稽古を積んでいるといっても、防具と竹刀の剣術だった。抜き身の真剣に直面するのは、生まれて初めてに違いない。

「うわっ」

弘四郎が逃げようとする。

それを、助太郎が追いすがる。

「えい」

十四歳の少年が刀で斬りつけようとするのを、二十歳のふんどし姿の男が逃げ惑う。緊迫した状況にもかかわらず、見ようによってはなんとも間の抜けた、滑稽(こっけい)な光景だった。

「助太郎、よせ」

叫びながら五郎治が走る。

伊織もそれに続いた。

「邪魔するな」

助太郎は五郎治の制止に怒鳴り返し、なおも弘四郎に斬りつけようとする。

制止が入ったことで、かえって逆上したかのようでもあった。

一方の弘四郎は、走って逃げようと思えばできなくはないが、やはり武士の面子(めんつ)があるので、尻尾(しっぽ)を巻いて逃げだすわけにはいかないのであろう。

かろうじて身をかわしながら、どうにか相手を取り押さえようと機会をうかがっていたが、素手で真剣に対処するのは難しい。

このままでは、いずれ弘四郎は血飛沫(ちしぶき)をあげて倒れる結末になろう。

伊織は斜め後ろから近づくと、杖(つえ)で助太郎の左腕をピシリと打ち据(す)えた。

「刀を捨てろ」

助太郎が振り向き、

「くそう、邪魔する気か」

と、憤怒(ふんぬ)のうめきを発した。

顔面は蒼白(そうはく)で、目が異様につりあがっていた。振り向きざま、今度は伊織に斬りつけようとする。

伊織はすばやく杖を手元に引き戻したあと、大きく片足で踏みこみながら、その突進の勢いを杖にこめて水平に突きだす。

道場で竹刀稽古をしていた助太郎には、予想外の動きであったろう。

杖の先端が助太郎の左胸に喰いこみ、

「ぐえっ」

と、うめくや、その場にくずおれる。

手元から刀が離れ、助太郎の身体はピクリともしない。失神していた。

（やりすぎたかな）

伊織は内心、舌打ちをした。

「弘四郎、この騒ぎは、いったいどうしたことですか」

格子戸が開き、髪を丸髷に結った女が立っていた。

弘四郎の母のお雅に違いない。

色白で、ややしもぶくれの顔をしていたが、三十四歳という年齢のわりには、女盛りと言ってもよいほどの色気がある。

「あ、母上、道場の門人のひとりが乱心しまして。いえ、越後屋の倅の助太郎なのですが」

「なんですか、弘四郎、その格好は」

「いえ、この格好は、たまたま、手ぬぐいで身体の汗を拭いておりましたので」

弘四郎がしどろもどろの弁解をする。

伊織が、お雅に言った。

「この者の手当てをしてやりたいので、玄関先をお借りできますかな」

*

玄関にかつぎこまれた助太郎がようやく意識を取り戻し、起きあがろうとしたが、

「ううっ」

と、うめき声を発するや、がっくりと頭を落とした。

「動いてはいかん」

伊織は注意しておいて、助太郎の着物の襟をはだけ、刺突部を診察する。

皮膚は赤紫色に変色し、熱を帯びていた。続いて、指先で触診する。

「うう、うう」

またもや、苦痛で助太郎がうめく。

（ふうむ、折れてはおらぬな）

伊織は内心、安堵のため息をついた。

もしあばら骨が折れていたら、最悪の場合、心臓を傷つけかねない。伊織はそれを恐れていたのだ。

「安心しろ、骨は折れておらぬ。放っておいても、そのうち治る。ただし、当分は身体を動かすと痛むだろうがな。今日のところは、おとなしく寝ていることだ。ところで、晒し木綿を用意していただけますかな」

「はい、すぐに用意させましょう」

お雅が答え、下女に命じた。

しばらくして、下女が晒し木綿を持参した。

伊織は五郎治に手伝わせ、助太郎の胸に晒し木綿を巻いていく。

手当てをされながら、助太郎は悄然としていた。

お雅が下女に命じて、水を持ってこさせた。だが、そばに置かれた茶碗に、助太郎は手をつけようともしない。

あわただしい足音がして、越後屋の奉公人ふたりが現われた。弘四郎が広木家の中間に頼み、越後屋に知らせたのだ。

「ご迷惑をおかけし、申しわけございません。あたくしどもで、連れて帰りますので」

平身低頭したあと、奉公人ふたりが両側から助太郎を支える。

「歩けますか」

「うむ、歩ける」

助太郎がゆっくりと歩きだした。

その後ろ姿に、伊織が声をかけた。

「家に戻ったら、晒し木綿を外し、濡らした手ぬぐいで痛む箇所を冷やすがよい。横になって、動かぬほうがよいぞ」

助太郎の代わりに、奉公人のひとりが返事をする。

「へい、かしこまりました」

その顔に、伊織は見覚えがある気がした。

（ああ、そういえば、昨日、越後屋に往診したのだったな）

すると、越後屋では主人の太郎右衛門に続いて、息子の助太郎までが布団に横たわることになろう。

異様な事態かもしれない。

弘四郎はすでに着物と袴を身につけている。

伊織に向かい、頭をさげた。

「醜態をお見せしました」

「恥じることはありますまい。剣術の名人上手でも、素手では刀に太刀打ちできぬはずですぞ」

「そう言っていただけると、救われた気持ちになります。

ところで、先生は何流の剣術を修業されたのですか」

弘四郎は、伊織がやみくもに杖を突きだしたのではないのを見抜いたようだった。やはり、剣術の稽古をしているからだろうか。

「長崎で蘭方医術の修業をしていたとき、出島に住むオランダ人と知りあい、突きを主体とする西洋剣術を習ったのです」

「ほう、あれは西洋剣術なのですか。すると、西洋剣術のほうが、わが国の剣術より強いのでしょうか」

「さあ、どうでしょうか。西洋剣術と日本の剣術のどちらが強いかは、一概には言えないと思いますぞ。

さきほど、助太郎が私の突きに対処できなかったのは、西洋剣術の動きを知らなかったからでしょうな。

ですから、次に対戦したら、私が負けるかもしれません」

「先生は、西洋剣術も修行したのですか」

そばで、五郎治がしきりに感心している。

「では、私はそろそろ」

伊織がお雅と弘四郎に挨拶(あいさつ)し、辞去する。

(これで、お雅と弘四郎の母子を見たことになるな)

広木一族で、まだ顔を見ていない男は、鳥居忠兵衛ひとりである。

家から離れたのを確認して、五郎治が口を開いた。

「さきほど、助太郎は『父の敵』と叫んでいましたね」

「うむ、そう聞こえたな」

「そうすると、越後屋太郎右衛門さんに斬りつけたのは、弘四郎さんということになりますが」

「助太郎の言い分ではそうなるな。しかし、助太郎の思いこみということもありうる。まだ、決まったわけではないぞ。

くれぐれも、軽々しい行動はするな。軽率なことも言うな」

「はい」

そう答えながら、五郎治の表情は暗い。

広木家の闇(やみ)の深さに、慄(おのの)いているかのようだった。

五郎治の見送りを受け、伊織は広木家の屋敷を出た。

三

日が陰りだしたころ、越後屋の番頭にともなわれて、助太郎がやってきた。

玄関の土間に立った番頭は、

「このたびは、先生には多大なご迷惑をかけ、かつ、大変お世話になりました。本来であれば、主人の太郎右衛門がご挨拶にまいるべきなのですが、ご承知のような次第で、まだ起きあがることもできませんので、とりあえず、番頭のあたくしがご挨拶にまいりました」

と述べ、深々と腰を折った。

横に立って頭をさげている助太郎に、沢村伊織が声をかけた。

「もう、歩いても平気なのか」

「身体をねじったりすると痛みますが、そっと歩くぶんには……」

そこまで言いかけて、助太郎は小さくウッとうめいた。

やはり、ちょっとした拍子に痛みがあるようだ。

伊織はあらためて、助太郎をながめた。

まだ前髪があり、頬骨が高く、やや角張った顔つきだった。体格もよく、同年齢の広木五郎治に比べても、助太郎のほうが精悍な感じがする。

番頭が外に向かって言った。

「おい、こちらへ」

「へい」

返事をして、玄関の外に立っていた丁稚が土間に入ってきた。竹籠を手にしている。

「これは、ほんのお詫びの印でございますが、お収めくださいませ」

番頭が、丁稚から受け取った竹籠を差しだした。

上框に置かれた竹籠の中には青笹が敷かれ、その上にたくさんの魚が載っている。

「お気遣いいただき、痛み入ります」

伊織はかろうじて鱚と小鯛はわかったが、そのほかの魚の名称は知らなかった。

（お末に、魚の料理ができるかな）

下女の料理の腕が、急に不安になった。ともあれ鮮魚である、すぐに塩焼きにすべきであろう。あまった魚は煮つけにしたほうがよいかもしれない。

なおも謝罪を繰り返したあと、番頭が言った。

「じつは、助太郎さんが、先生とじかにお話ししたいと申しております。よろしいでしょうか」

「ああ、かまいませぬぞ」

そう言いながら、伊織は助太郎を見た。

助太郎は目を伏せている。番頭には聞かれたくない話ということになろう。

番頭が助太郎に確かめる。

「では、あたくしは帰りますが、よろしいですね」

「うむ、ひとりで帰れる」

ふと気になり、伊織が尋ねた。

「この件は、太郎右衛門どのは知っているのか」

「旦那さまはようやく、こちらがしゃべることに簡単な返事ができるようになりました。しかし、まだ寝たきりの状態ですから。

ご新造（しんぞ）さまとも相談して、助太郎さんの件は、お耳には入れておりません。いずれそのうち、お知らせしなくてはなりませんが」

「そうか、それがよかろうな」

最後に挨拶をすると、番頭は丁稚を供に連れて帰っていった。

＊

「あがるがよい」

伊織にうながされ、助太郎が部屋にあがり、いったん正座した。

そのあと、畳に両手をつき、

「さきほどは申しわけございませんでした」

と、深々と頭をさげた。

事前に、番頭に教えられていたに違いない。

その後、上体を起こした助太郎は、額に皺を寄せ、歯を食いしばっている。

打撲部分にかなりの痛みがあったのであろう。

伊織は笑いたいのをこらえる。

「詫びは、もうよい。すんだことだ。

ところで、私にじかに話したいということだが、それより先に、そなたに確かめたいことがある。

さきほど鳥居弘四郎どのに斬りつけるとき、『父の敵』と叫んでいたな。あれは、どういう意味か」

「お父っさんに斬りつけたのは弘四郎さんだと思ったものですから、つい、かっとなって。刀を向けると、白状するかと思ったのです」

かなり粗雑な論法である。

しょせん、十四歳の少年ということだろうか。

「なぜ、弘四郎どのが怪しいと思ったのか」

「最近、弘四郎さんが越後屋に来て、お父っさんとなにやら話をしていました。最後は怒鳴りあいになり、弘四郎さんが、

『許さん。このままではすまさんからな。覚えておれ』

と、捨て台詞を吐いて、帰っていったことがあるのです」

「ほう、ふたりは、なにをめぐって怒鳴りあっていたのか」

「越後屋が出した本についてだと思うのですが、くわしくは知りません」

助太郎の説明にはためらいがあり、歯切れが悪い。

伊織はぴんときた。

「春本ということか」

「え、越後屋が春本を扱っているのを、ご存じでしたか」

「まあ、おおよそは知っている」

「そうでしたか。じつは、その春本をこっそりお持ちしました。あとで、お見せします」

「しかし、つい最近、春本をめぐって口論したからといって、親の敵と断定して刀を向けるのは、かなり乱暴ではないか。

　そもそも、さきほど刀を向けるまでに至る、経緯（けいい）を話してみよ」

「はい、広木道場で稽古をしていて、ふと外を見ると、先生と五郎治の姿が目に入りました。そこで、わたしは稽古を切りあげ、急いで防具を外して、あとを追いかけたのです」

「なぜ、私と五郎治を追いかけたのか」

「先生に、お父っさんのことで礼を言いたかったのと、五郎治とも話がしたかったものですから。それで、先生と五郎治を探しながら歩いていると井戸端（ばた）に、ふんどし一丁の弘四郎さんがいました。

『おう、助太郎、親父どのの具合はどうだ』

『まだ、話ができません』

『そうか、下劣な春本などを出すからだ。天罰だと思うぞ』

そして、弘四郎さんはせせら笑ったのです。

わたしもカーッとなりまして。たまたま、両刀が井戸端に立てかけてあるのが目に入ったものですから、わたしは大刀を手に取り、鞘から抜き放ったのです」

「そのあとのことは、私もこの目で見たが……」

伊織は意外な気がした。

もし助太郎の言い分が本当だとすれば、弘四郎の言葉はあきらかに暴言である。助太郎が激怒するのも無理がないといえよう。

弘四郎の第一印象は、けっして悪くなかった。伊織は好感を持ったほどだった。ところが、助太郎に対する無神経な暴言……。弘四郎という人間が、ちょっとわからなくなる。

「そなたが激怒し、我を忘れたのも無理はないが。まあ、事情はわかった。

抜き身の刀を振りまわせば、相手はもちろん、場合によっては自分も大怪我をする。そのことだけは肝に銘じておくことだ。

それで、私にじかに話したいというのは、なんだ」

「広木家と越後屋は親類です。広木家の次太夫さまが殺され、今度は、越後屋の主人であるお父っさんが殺されそうになりました。同じ人間の仕業ではないでしょうか。わたしは曲者を突きとめたいのですが、さきほどのようなていたらくです。

そこで、先生のお力を借りたいのです」

そこまで聞いて、伊織に疑問が生じた。

なぜ、助太郎が自分を頼ってくるのか。

もしかしたら、五郎治と、この助太郎は共謀しているのではあるまいか。まさかとは思うが、十四歳の少年ふたりが結託しているとしたら……。

やや空恐ろしいものを感じた。

「五郎治とは話をしたのか」

「はい、五郎治は殺された次太夫さまのひ孫です。わたしは、殺されそうになった太郎右衛門の倅ですから」

助太郎の表情には、少年らしい真摯さがあふれている。

室内に焼魚の匂いがただよってきた。下女のお末が台所で、越後屋から届けられた魚を、さっそく塩焼きにしているようだった。

へっついの前にべたりと座った亭主の虎吉が、団扇であおいで火の勢いを強めている。

ふたりがかりで魚を料理しているのだろうか。もしかしたら、魚をさばいたのは手先が器用な虎吉かもしれなかった。

「先生にお話ししたいというのは、このことなのです」

助太郎が胸の痛みに顔をしかめながら、片手を着物の中に入れて背中にまわした。

しばらくもぞもぞしたあと、ようやく手ぬぐいの包みを取りだした。

「番頭にばれないよう、背中に隠していたのです」

手ぬぐいを開くと、三冊の本があった。

表紙は藍色で、貼られた題簽には「葉娜古呂裳」と書名が記されていた。「はなごろも」と読むのだろうか。

三冊はそれぞれ、書名の下に上、中、下とあった。上巻、中巻、下巻の三巻本というわけである。

地味な表紙を開くと、見返しには、

淫開亭主人著
変乃古大人画

と記されていたが、ともに隠号であろう。著名な戯作者と、著名な絵師に違いない。

本文こそ墨摺りだが、挿絵の春画は極彩色だった。

春画は肉筆画もあるが、たいていは春本の挿絵である。つまりは、多色刷りの木版画だった。

「最初、先生に見せるべきかどうか迷っていたのですが、越後屋が春本を出していることをすでにご存じなので、思いきってお見せします。この三冊本に、弘四郎さんは怒ったようなのです。わたしは読んでみたのですが、なぜ怒ったのか、よくわかりませんでした」

伊織は、ぱらぱらとめくった。

本文はその場で読むわけにはいかないが、挿絵は一目瞭然である。どれも、男女の性交場面が描かれていた。

　ある絵では、男も女も着物を着ているが、それぞれ裾を大きくはだけ、大きな陰茎を女性器に挿入している。

　別な絵では、女は着物を着ているが、裾を大きくはだけて陰部を丸出しにしていた。男は赤いふんどしだけの姿で、ふんどしの横から大きな陰茎をはみださせ、女性器に挿入している。

　どれも、正常位ではなく、結合部がもろに見えるような不自然な体位だった。また、どの絵も陰茎の大きさが目立つ。

　春画には、書入れと呼ばれる短い文章がついているが、どの女も、

「あれ、ああああ、もうもう、どうも、ふんふん、よくって」

「それ、そこをきつくよ、わたし、もう、いく」

「あれさ、ああ、もう、どうしよう、よくって、よくって」

　などと、盛大に喜悦の声をあげている。

　色刷りの、露骨で卑猥な図柄には違いないが、とくに特徴のある春画には思えない。

「これに、弘四郎どのが怒った手がかりがあるというわけか。しかし、こういうものを、そなたの前でしげしげとながめるのは、ちと照れくさいな」

伊織は苦笑した。

ふと、思いだした。

越後屋の主人太郎右衛門が斬られた朝、広木五郎治はひとりで越後屋に来て、本を読ませてもらっていたという。

これまで、五郎治は自分が春本を読んでいるのを人に知られるのを恥じ、こっそりながめていたのだと思っていた。しかし、実際は、五郎治も春本の中に真相を探ろうとしていたのではあるまいか……

まだ日が暮れていないのに、急に室内が暗くなった。

雨が降りだしたのだ。

お末が行灯（あんどん）に灯（あか）りをともした。

次第に雨音が強くなる。

「今日のところは、帰ったほうがよさそうです」

「そうだな。この本はどうする」

「先生におあずけします。濡らしたら大変ですから」

「売り物だからな。

では、あずかっておいて、今夜、じっくり読んでみよう。なにか、わかるかもしれぬ。

ところで、本を勝手に持ちだしたことが、ばれはしないか」

「お父っさんはまだ店には出ていないので、大丈夫です」

伊織はクスリと笑った。

助太郎も、父親の太郎右衛門は怖いようだった。

「この雨では、濡れ鼠（ねずみ）になりますよ。お持ちなさい」

帰り支度をはじめた助太郎に、お末が傘（かさ）を渡してやった。

四

助太郎が帰ったあとに夕食となるが、せっかくの焼魚はすでに冷めてしまっていた。

伊織は、冷めた焼魚で冷や飯を食べるつもりだった。

江戸では朝、一日分の飯を炊（た）くのが一般的である。

下女のお末も早朝に飯を炊くので、伊織は朝食には炊きたての飯を食べるが、昼食と夕食は、冷や飯に湯をかけて食べるのが普通だった。おかずは質素そのものである。古漬けの沢庵だけというのも珍しくない。

(今日は、魚がつくだけでも豪勢だぞ)

伊織はそんな気分だった。

ところが、お末が勧めた。

「先生、魚の身をご飯に乗せ、醤油をたらしたあと、お湯をかけるという食べ方がありますが、どうですか、試してみますか」

「魚を飯の上に乗せて、湯漬けにするのか」

「へい。これは、あたしではなく、亭主が言いだしたのですがね。亭主が、

『うめぇぞ、先生に食べてもらえ』

と言っているのです」

伊織が虎吉に視線を向ける。

虎吉が恥ずかしそうに言った。

「あっしは大工だったものですから、がさつで申しわけありません。大工は急ぎの普請で忙しいときなんぞ、飯を手早くすませるため、そんな食べ方をすることがありましてね」

「そうか、では、試してみようか」

「はい、では、すぐに」

さっそく、お末が魚の白身を大きくほぐして、飯の上に盛った。その上に、醤油をたっぷりたらす。さらに、上から熱い湯をかけた。

「湯が冷めないうちに、召しあがってください」

お末が膳を持参する。

飯碗を見ると、魚の白身と白米を、薄墨色(うすずみいろ)になった湯がひたしている。

伊織が飯碗を口元に運び、箸(はし)でかきこむと、淡泊(たんぱく)な鱚や小鯛の白身に醤油がしみ、それがさらに湯で薄められ、白米と組みあわさった味わいはなんとも言えない。食べることの充実感があると言おうか。

鱚も小鯛も、たんなる塩焼きで食べるときよりもはるかに美味(びみ)に感じる。淡泊さに隠れていた本来の旨味(うまみ)が、引きだされたかのようだった。醤油が引きだしたのか、湯が引きだしたのか。

「うむ、うまいな。何杯でもいけそうだ」

虎吉はいかにも嬉(うれ)しそうに笑い、

「そうでしょう。あっしは大工をやっていたころ、気が急(せ)いているときなんぞ、立ったままでかきこんだものでしたよ」

と述懐（じゅっかい）する。

威勢のいい大工だった日の思い出であろう。

伊織はうまそうに湯漬けを食べながら、

（しかし、父は絶対に許さないだろうな）

と、内心で苦笑した。

実家では、けっしてできない食べ方だった。

というのも、伊織の父の沢村碩庵は食事作法に厳格で、子どもには外出先でも、屋台店で立ち食いするのを厳禁していたほどである。

沢村家では、魚の身をほぐして茶漬けの具にするなど、もってのほかの不作法だった。

だが、次男に生まれた伊織は沢村家を継ぐ立場ではなかったことから、やや自由だった。

伊織は長崎に遊学する以前、蘭方医で蘭学者の大槻玄沢（おおつきげんたく）が主宰（しゅさい）する芝蘭堂（しらんどう）で学んだ。

京橋水谷町（きょうばしみずたにちょう）にある芝蘭堂からの帰り、伊織は門弟仲間と屋台店で蕎麦（そば）や天ぷらの立ち食いをしたものだった。もちろん、父の碩庵には内緒だったが。

さらに長崎でも、鳴滝塾の仲間としばしば町に出て、屋台店で長崎の味を堪能（たんのう）したものだった。

そんな経験もあったことから、伊織には魚の身を湯漬けの具にすることに、なんの抵抗もない。むしろ、

（こんな、うまい食い方があったのか）

と、感心したほどだった。

＊

夕食を終えたあと、伊織は二階の部屋の行灯に灯りをともし、助太郎が持参した春本を見分していった。

まずは、本文を読んだ。

伊織もこれまで春本を読んだことはある。芝蘭堂のころ、門弟仲間からまわってきたこともあるし、鳴滝塾のころ塾生仲間からまわってきたこともあった。それぞれ貸本屋から借り、返却期限ぎりぎりまで仲間内でまわし読みをしていたのだ。

越後屋が刊行した『葉娜古呂裳』を読みながら、伊織は、

（それなりにおもしろいがな）

という感想をいだいた。

だが、とくに奇異な点はない。いわば、よくある卑猥といおうか。

ただし、一巻目に一か所、気になった場面があった――。

折から来たるはこの地の豪富、春木継太夫という者にて、この年は五十ばかり。されど気軽で、年よりは若く見ゆるが、日頃の自慢。

という具合で、五十代の老人が登場する。

浅香という女は、娘の音勢を富貴な男の妾に出そうとたくらんでいて、この継太夫に相談した。音勢は初潮はあったものの、まだ十四歳だという。

そこで、継太夫が言った――。

「浅香さん、女郎屋なんぞを見るのに、身体が大きけりゃあ、十三でも十四でも、もう見世へ出して客をとらせるが」

と、女が十四で性体験するのは世間ではよくあること。まずは、破瓜をすませたほうがいいと勧める。そして、音勢の破瓜は、自分がしてやろう、と。

こうして、継太夫が音勢の破瓜をすることになった。

いよいよ破瓜の場面――。

継「さあさあ、早くはいんな」と言えど、さすがに入りかぬるを、継太夫、手を取って無理に引きこみ。

継「これさ、そう固まっていちゃあ、いけねえ。すっと、こっちへ、こう寄って、そして足をあげて、俺が足の上へ、あげるのだ。むむ、そうそう、そこでこの枕の下へ手をずいと入れな。それから、こうしようというのだ」と、継太夫、左の手をのばし、音勢が内股へずっと入れると、

音「ああれ、小父さん」と言いながら、股をすぼめる。

継「これさ、それじゃあ、いけねえ」

音「それでも、くすぐったいものを」

継「まあ、そこを少し我慢しなくっちゃあ、殿さまのお気にゃあいらねえ。さあ、ここを広げなよ」

音「こうかえ」
継「むむ、そうだ、そうだ」と、手をやって、むっくりとしたる額際、撫でてみれば二、三分ばかり、もやもやとして指にはさわれど、つまむほどにはまだならぬ、薄毛の様子が愛らしく、それよりだんだん手をやれば、両縁高くふっくりとしたる中にちょんぼり埋み紅舌。その周りには長き毛の四、五本はえて手にさわる、その心地よさ、継太夫が一物、頭を持ちあげて、ぴんぴん勃起立てば、音勢が手を持ち添えて、
継「さあ、これを握ってみな」
音「おや」と言ったばかりに、すぐ離す。その手を押さえ、
継「しっかり握って、上へやったり下へやったり、してみなよ」
音「おかしなもんだねえ」
継「なに、おかしいものか」と、ここにしばらく気を移させ、そろそろ撫でて玉門へ、中指一本はめてみるに、吐淫というはさらになけれど、ずるずる入れば、まずしめたりと……
こうして、継太夫は自分の陰茎を、音勢の陰部に挿入した。五十代の老人が十

四歳の娘を破瓜したのである。

（たんなる偶然だろうか）

伊織が気になったのは、登場人物の名前——春木継太夫だった。広木次太夫とよく似ている。まるで、もじったかのようである。

だが、相手の音勢が誰をもじっているのかがわからない。広木一族の女に、似た名はなかった。

もし、鳥居弘四郎がこの『葉娜古呂裳』を読み、春木継太夫と広木次太夫の類似（るいじ）に気づけば、自分の曾祖父が揶揄（やゆ）されたようで、不快になったであろう。

しかし、これが理由で、出版元の越後屋の主人である太郎右衛門に刀で斬りつけるとは考えにくい。弘四郎が曾祖父のことで、それほどの怒りに駆られるのは不自然である。

（春木継太夫と広木次太夫は、たまたま似ていたのかもしれない。弘四郎は太郎右衛門と口論していたというが、その怒りは、別なところにあったのではなかろうか）

伊織は春木継太夫と音勢の破瓜の場面から離れ、今度は挿絵である春画を丁寧（ていねい）に見ていった。

気になった春画が、中巻にあった。

初老の男が、若い女にのしかかっている。女は股を大きく開き、男は大きな陰茎をそそり立たせている。絵そのものは、よくある春画といえよう。

伊織は、絵の書入れを読んだ――。

「おじさん、あの、ひょっと、おばさんに知れたらどうしようねえ。いっそ怖いようで、うれしいようで、胸がどきどきするよ」

「まさ坊、初めは少し痛いから辛抱しな。だんだん俺がいい塩梅にしてやるから。さてさて、このくれえまで、悪戯をしねえとは、いまどきの娘には珍しい。まず、なんにしろ初物だ」

そこまで読んで、伊織はふたりの関係を理解した。

俗に畜生道といわれる、近親相姦ではないか。男にとって、相手の女は姪なのだ。

しかも、女は処女である。

男は、処女の姪を破瓜していることになろう。

そういう背景を知ってあらためて絵を見ると、途端に淫靡さが増してくる気がした。

男が妊に「まさ坊」と呼びかけていることから、女の名は昌、政、正……。

伊織ははっと気づいた。

(鳥居忠兵衛の妻で、弘四郎の母は、雅ではなかったか)

これも、たんなる偶然なのだろうか。

それとも、狡猾な暗示なのであろうか。

弘四郎が激怒したのは、これが理由とも考えられる。しかし、それこそ言いがかりになろう。

世の中に同じ名の人間はたくさんいる。

また、「雅」ではなく「まさ」と表記しているのだ。この類似を揶揄や侮辱と断じるのは、やはり無理であろう。

それとも、まだ伊織が知らない、なんらかの事情があるのだろうか。

伊織が三巻の春本を閉じたとき、すでに雨はあがったようだった。

家の外で犬が吠えた。

大家である旗本家では、犬を飼っている。その犬が、雨あがりの敷地内をうろついているに違いない。

第三章　魔　性

一

近所の武家屋敷に往診したあと、薬箱を手にさげて戻ってきた沢村伊織は、我が家の玄関前を見て一瞬、わけがわからなかった。

家を間違えたかと思ったほどである。

行商の甘酒屋（あまざけや）が荷をおろし、下女のお末と、後藤屋の女中のお竹が嬉々（きき）として、丼や茶碗（ちゃわん）に甘酒を注（そそ）いでもらっているではないか。それを、後藤屋の丁稚の定吉が受け取り、次々と家の中に運びこんでいる。

「定（さだ）どん、こぼすんじゃないよ」

お竹が笑いながら、睨（にら）む。

そばで、お末も笑みを浮かべていた。

ふたりはすでに、すっかり親しくなっているようだ。

「へい、こぼすもんですか」

返事をしながら、定吉も嬉しそうだった。

あたりに、甘酒のほのかな香りがただよっている。

裏長屋の路地に甘酒の行商人が入ってくるのは珍しくないが、ここはいやしくも武家屋敷である。異例の事態といえよう。

「おい、これはいったい、何事だ」

伊織はお末に声をかけた。

「おや、先生、お帰りなさいませ。

きれいなお嬢さんが中で、お待ちですよ」

お末にはまったく悪びれた様子はない。

むしろ、伊織の当惑を楽しんでいるかのようだった。

伊織は「きれいなお嬢さん」と聞いて、すぐにお園が思い浮かんだ。お竹と定吉がいることからも、お園の到来に間違いあるまい。

驚きはもちろんのこと、当惑も大きい。いったい、なにをしにきたのか。そもそも、この甘酒騒ぎはなんなのか。

「しかしだな、これはいったい、なんの騒ぎだ」

お末に向かって詰問したのだが、お竹が代わって答えた。

「ここに来る途中、甘酒屋が道端にいるのに、お嬢さまが気づいたのです。

『お竹、甘酒はいいわね』

『そうですね、おいしそうですね』

『じゃあ、甘酒を手土産にしましょう』

『でも、どうやって持っていきますか。甘酒を入れる器がありませんよ』

『そうね、困ったわね……。じゃあ、あの行商人ごと、連れていけばいいわよ』

『でも、相手は商売がありますからね』

『全部買うからと言えばいいでしょ。お竹、頼んでみておくれ』

というわけで、あたしがこちらの行商人に掛けあって、ここまでついてきてもらったのです。そして、全部、買い占めているのです」

説明しながら、お竹はくすくす笑っている。

初老の行商人は、

「へへ、全部買い取ってもらえると聞きましてね。こういうことは、滅多にありませんから、へへ」

と言いながら、伊織に向かってぺこりと頭をさげた。

鰓の張った顔で、頭に手ぬぐいを巻いている。着物を尻っ端折りし、色の褪せた紺の股引を穿き、足元は草鞋だった。

お末も笑いながら言った。

「全部となると、入れ物が足りませんでね。先生の湯飲みも飯碗も、いまは甘酒が入っていますよ」

「はい、これで最後です。釜はもう空っぽですよ」

行商人が竹の柄杓で、お竹が持った盆の上の茶碗に、最後の甘酒を注ぐ。

ようやく、伊織もいきさつが理解できた。

お園は供のお竹と定吉に加え、行商の甘酒屋までも従えて、意気揚々と伊織の家に乗りこんできたことになろう。その珍妙な行進の情景を想像すると、苦笑するしかない。

（なんとも大胆と言おうか、奔放と言おうか）

いまさらながら、伊織はお園にたじたじとなる気分だった。

お竹がまとめて代金を支払う。

「ありがとうございやす。おかげで、荷が軽くなりやした」

行商人は、前後に荷をつるした天秤棒を肩で軽々と持ちあげた。

その表情は、なんとも嬉しそうである。こんなに早く商売をしまえるのは、滅多にないことであろう。

＊

玄関の土間に足を踏み入れた伊織は、家の中がいつになく華やいでいる気がした。

お園の存在が雰囲気を明るくしているのだろうか。

満面の笑みを浮かべ、お園が迎える。

「あら、先生、ちょうどいいところに」

みな笑いさざめく。

伊織も笑いながら、

「うむ、香りにつられて……」

と言いかけ、途中ではっとなった。

お園の横に、若い男が座っているではないか。

二十代前半で、伊織よりは二、三歳、年下であろうか。色白で鼻筋が通り、目の大きい、いわゆる役者顔だった。

(まさか、婿さんだろうか)

さすがに伊織も動揺する。

思ってもみない事態だった。

だが、お園は十六歳である。縁談が持ちあがっても少しも不思議はない。

「うむ、まあ、甘酒は、いや、そちらは、どなたかな」

伊織はちょっと、しどろもどろになった。

お園は嫣然とほほ笑む。

「あたくしどもの手代です」

「佐兵衛でございます」

男が丁重に頭をさげた。

口調も物腰もやわらかい。

呉服屋でも大店ともなれば、大身の武士の妻女や奥女中、富裕な商人の妻女、さらに吉原の花魁が得意先だけに、男の奉公人もおのずと言葉遣いや所作が上品で、穏やかになる。

伊織は初めて見る顔だと思ったが、後藤屋は大店だけに、奉公人も多い。知らないのも無理はなかった。

それにしても、伊織はまだ半信半疑だった。

（後藤屋は、この男をお園の婿にするのだろうか）

大店では子飼いの奉公人のうちの、有能で真面目な者を選び、娘と結婚させることは多い。

そんな伊織の疑念を払拭（ふっしょく）するかのように、お園がやや得意げに言った。

「佐兵衛が先生のお役に立てるかもしれないと思ったので、連れてきたのです」

「役に立てるとは、なんのことかな」

「広木家の事件と、越後屋の事件を調べているのでしょう」

「えっ」

伊織は絶句した。

驚きで、言葉が続かない。

急に、お園が口調を変える。

「あら、うっかりしていました。みなさん、甘酒をいただきましょうよ。どうぞ、冷（さ）めないうちに。

お末さん、ご亭主にも差しあげてね。先生も、どうぞ」

そう言いながら、お園が茶碗を差しだす。

伊織は甘酒には見向きもしなかった。

急きたてられるように、質問する。

「なぜ、そなたが、広木家と越後屋の事件を知っているのか」

「喜平次親分に聞きました。浅草田原町の裏長屋で起きた殺人をきっかけに、親分は後藤屋に出入りするようになったのです。それで、ときどき話をするのですけどね」

お園はけろっとしている。

大店には悪質な強請りたかりが来ることがある。そんな連中の対策のため、後藤屋では喜平次に出入りするのを頼んだのであろう。それなりの報酬を渡して、岡っ引にいわば用心棒を務めてもらっているわけだった。

先日の夜、喜平次は伊織の家を訪ねてきた。

そのときに仕入れた話を、喜平次は怪事件としておおげさに、あるいはおもしろおかしく、お園に告げたに違いない。なかば、煽ったのかもしれなかった。

「なるほど、岡っ引の喜平次どのから聞いたのか」

伊織は一応納得したが、まだ呑みこめない部分がある。

そもそも、手代の佐兵衛と事件とどんな関係があるのか、理解できなかった。

「佐兵衛どのが役に立てるというのは、どういうことか」

「広木家にも越後屋にも、あたしどもは浅からぬ縁があるのです」

お園が自信たっぷりに言った。

伊織はまだ疑念が抜けきれない。

「ほう、どんな縁だ」

「あたしは越後屋には、何度も本や浮世絵を買いにいったことがあり、主人の太郎右衛門さんとも顔見知りです」

いささか強引だが、縁があると言えなくはなかろう。

いかにも大店の娘で、しかもお園ほどのあでやかな容姿であれば、主人が出てきて挨拶してもおかしくはない。

「なるほど、越後屋との縁はわかった。

では、広木家とはどんな縁か」

「殺された広木次太夫さまはかつて、後藤屋で着物をあつらえていたのです。そのころ、あたしはまだ子どもでしたから、もちろん覚えていませんが」

お園が佐兵衛のほうを向いて、目でうながす。

遠慮がちに、佐兵衛が口を開いた。

「そのころ、あたくしは丁稚小僧でしたので、広木次太夫さまにお茶を出したことがありますし、できあがった着物を風呂敷に包んで首に巻き、番頭さんなどの供をして、お屋敷にうかがったことがあります。

その後、次太夫さまもお年を召されたので、後藤屋までお越しになることはなくなりました。一方で、あたくしは手代になったこともあって、お得意のひとりである次太夫さまに季節の変わり目など、反物を見せに、ちょくちょくお屋敷にうかがっておりました。

最後にうかがったのが、ちょうど一年前くらいでしょうか。そのとき、次太夫さまの孫にあたる広木三介さまから、

『祖父も、もう歳じゃ。着物を新調することもなかろう。なまじそなたの顔を見ると、あの性格だから、つい新調するからな』

と、婉曲に、もう来ないでくれと言いわたされたのです」

「ほう、すると、そなたは長年にわたり、次太夫どのに接してきたわけだな」

「はい、丁稚のころからすると、十年近くになります」

お園が伊織を見て、

「どうです、佐兵衛から、広木次太夫さまの人となりなどを聞かせてもらっては。参考になるのではありませんか」

と言い、悪戯っぽい笑みを浮かべる。

「う～ん、なるほど」

伊織は思わずうなった。

考えてみると、自分は広木次太夫についてなにも知らないのだ。

かといって、広木家の人々に根掘り葉掘り質問するのは警戒されるだけであろうし、また、たとえ質問しても、肝心のことははぐらかされるに違いない。

次太夫という人物を知る絶好の機会だった。その機会を、お園がお膳立てしてくれたことになろう。

「うむ、ぜひ、お願いしたい」

伊織は言葉に力をこめ、お園と佐兵衛に向かって頭をさげた。

ここにいたり、ようやく甘酒を飲む気分になる。

自分の前に置かれた茶碗に手をのばした。

口に含むと、ほのかな甘みが広がり、伊織は初めて甘酒をうまいと感じた。

台所では、お末とお竹が甘酒を飲みながら談笑している。そばでは、やはり甘酒を飲みながら虎吉と定吉が将棋を指していた。

お園が厳しい口調で、佐兵衛に言った。

「遠慮をする必要はありません。広木次太夫さまはもう、後藤屋のお客ではありませんからね。ただの爺いさまと思いなさい。

これは、次太夫さまの惨殺の謎を解き、極悪人の正体を暴くためですからね。

包み隠さず、しゃべりなさい」

「はい、かしこまりました」

佐兵衛がお園に一礼して、やおら語りはじめた——。

二

広木次太夫さまについて、初対面の人はみな決まって、

「気さくで冗談好きの、いいお方だな」

と、好意をいだくようです。

あたくしも最初は――そのころ、あたくしは丁稚小僧でしたが、後藤屋にお見えになる次太夫さまが好きでしたね。お武家の身分にもかかわらず、あたくしのような丁稚にも気軽に声をかけてくれましてね。

番頭さんや手代たちが陰で、次太夫さまをののしっているのを聞いて、子ども心に義憤を覚えたものでした。あとで、あたくしもわかったのですがね。

次太夫さまは何度か会ううちに、うんざりすると言いましょうか、幻滅すると言いましょうか。本性が見えてくるのですよ。

まあ、誰しもあることかもしれませんが、次太夫さまの本性は、いわば魔性でしたね。

手代になって最初にお屋敷にうかがったとき、まず、十八番の話を延々と聞かされまして。もちろん、十八番なのは、あとでわかったのですが。

その話と言うのは、次太夫さまの父親は裕福で、あちこちに金を貸していたというのです。ところが、死期が迫るに及び、次太夫さまを枕元に呼ぶや、

「保管している借用証文は、すべて焼き捨てよ」

と命じたそうでしてね。

そこで、次太夫さまは庭で借用証文に火をつけて焼いたそうです。

お父上は寝床から、借用証文がすべて灰になるのを見届け、

「よし、これで心残りなく冥土に行ける」

と安堵し、数日後に亡くなったとか。

その話を聞いて、あたくしも感銘を受けました。

ところが、そのあとに、次太夫さまの話が続くのですよ。

「わしは、焼くときに、すべて証文を見たのじゃ」

そして、どこどこに十何両、どこどこに何十両と、並べあげていきます。全部、覚えているわけですね。

「すべて棒引きにしてやったわけじゃ。親仁どのが焼かなければ、わしも左団扇だったのだが、おかげで、こうして貧乏しておる。ハハハハハ」

あたしも、そのときはお追従で笑いましたがね。

これで終わっていれば、あたしも次太夫さまは「気さくで、冗談好き」と思いこんでいたでしょうね。

ところが、次にお屋敷にうかがったときも、その次にうかがったときも、同じ話。そして、最後はハハハハでして。

三度目、四度目になると、さすがにお追従笑いもつらいものがありました。

この証文焼き捨てのほか、ご自分がお屋敷内に道場を造ったとき、因縁をつけにきた武芸者を一喝して追い返した話とか、いくつかありましてね、それを繰り返し聞かされるのです。

同じ日に、ふたつも、三つも聞かされることがありましたよ。

あるとき、次太夫さまに会いにきた表具師と同席になりまして、そのときも十八番を三つばかり聞かされたのですが、たまたま帰り道が一緒だったので、あたくしはふと思いついて、表具師に水を向けたのです。

「おもしろい話ですが、あたくしはすでに聞いたことがありました」

「あたくしなんぞ、同じ話を十回は聞いていますぞ。

それに、あの『常陸屋に二十両』です。

常陸屋はあたくしども、金を借りたのはあたくしの親父です」

「え、次太夫さまは、おまえさんの親父さまと知って、言っているのですか」

「ええ、もちろん、知っていますよ」

あたくしも、さすがにあきれました。

無遠慮と言いましょうか、厚顔無恥と言いましょうか。

「何度も聞かされたら、たまりませんね」

「あたくしは笑っていましたが、本当は腸が煮えくり返る気分ですぞ。『そんなにしつこく言うなら、ちゃらになったはずの親父の借金を返してやらぁ』と、二十両を、あの面に叩きつけてやりたくなりますな。そうすれば、すっきりするはずです。しかし、悲しいかな、おいそれと二十両を捨てるわけにはいきませんし、お得意先を失うわけにもいきませんでね」

「そうでしょうね。常陸屋以外にも、借金を棒引きしてもらった人の名や店の名がたくさん出てきましたが、その子どもや孫は、いまなお次太夫さまが話題にし続けているのを、知っているのでしょうか」

「伝え聞いて、知っているのでしょうな。

『あの爺ぃ、死ぬまで言い続ける気かな』

と、みな、辟易しているはずですぞ」

あたくしも、ほとほと次太夫さまがいやになりました。

とはいえ、次太夫さまはお得意でしたからね。なにせ、黒羽二重の紋付などをご注文いただいておりましたから。表具師にしても、同じだったと思います。

このように同じ話を何度も聞かされるだけだったら、まだ我慢ができるのですがね。

一見は気さくで冗談好きのようでいて、ときどき些細なことで激昂し、暴言を吐き散らすのです。突如、人間が豹変するのですから、呆然とします。

あたくしも、ちょっとした失言で、何度か罵詈罵倒されましたよ。

「てめえなんぞ、後藤屋で手代をやっていられるのは、わしのおかげだぞ。

わしは武士だ。てめえは、素町人じゃないか。どうせ、もとは貧乏百姓の小倅だろうよ。

わしが後藤屋の主人にひとこと言えば、てめえなんぞ、すぐに店を追いだされるぞ」

こんな具合でした。

そんなとき、内心、

「へん、じゃあ、後藤屋の旦那さまに話してみろい」

と啖呵を切れたら、どんなにかすっきりするだろうと思ったものです。

帰り道、さすがに悔し涙が流れました。

罵倒されたのは、あたくしだけではありません。お屋敷にうかがったとき、次太夫さまが逆上して、奉公人をとことん罵倒している場面に、何度か出くわしました。

驚いたのは、奉公人などに怒鳴り散らしたあと、次太夫さまは顔面蒼白になり、はあはあと肩で息をしているのです。

その形相や様子は恐ろしいほどでしてね。

あたくしはどう挨拶してよいものか、言葉をかけることもできず、途方に暮れる思いでした。このまま引き返そうかと迷っていると、次太夫さまは我に返ったように、

「おう、後藤屋の佐兵衛か。まあ、座れ」

となり、そのうち、いつもの十八番がはじまり、大笑いで終わるのです。

不思議と言いましょうか、奇怪と言いましょうか。

そういえば、鳥居忠兵衛さまが罵倒されているところに出くわしたことがありました。

忠兵衛さまは、次太夫さまの孫娘であるお雅さまの夫です。

次太夫さまは、こう面罵していました。

「てめえなんぞ、わしが拾ってやらなかったら、部屋住みで一生を過ごし、嫁ももらえなかったんだぞ」

とにかく、興奮したとき、次太夫さまの声は大きいのです。怒号と言いましょ

うか。お屋敷じゅうに聞こえるほどでしてね。

そのあと、渡り廊下で忠兵衛さまとすれ違いましたが、硬く握りしめた両拳(りょうこぶし)が小刻みに震えていました。

あたくしは痛々しくて、目を合わすことができませんでしたよ。

そういうわけでしたから、お嬢さまから、

「広木次太夫さまを恨んでいる人間に、心あたりはあるかい」

と尋(たず)ねられたとき、あたくしはこう答えました。

「心あたりはたくさんあります」

「恨んでいるといっても、殺したくなるほどの恨みだよ」

「はい、たくさんいると思います。あたくしも一度、思ったくらいですから」

「え、殴り殺したいと思ったのかい」

「いいえ、殴り殺したいとは思いませんでした。絞め殺したいと思いました」

これを聞いて、お嬢さまは大笑いしておられましたが——。

＊

ようやく、佐兵衛の話が終わった。

「ふ～む」

伊織は重苦しいため息をついた。

暗澹（あんたん）たる気分だった。

広木次太夫が人から憎まれていたのは間違いあるまい。しかも、奉公人や商人など、立場の弱い人間から憎まれていたことになろう。

気になったのは、鳥居忠兵衛である。

忠兵衛が罵倒されたとすれば、次太夫に対して弱い立場だったことになる。そもそも、なぜ屋敷内に同居しているのか。

考えにふけっていた伊織は、お園の声ではっと我に返った。

「先生、佐兵衛の話は役に立ちましたか」

「ああ、うむ、おおいに役に立った。目から鱗（うろこ）が落ちる思いだった」

「では、誰が手をくだしたか、目途（めど）がついたのですね」

「おいおい、待ってくれ。快刀乱麻とはいかぬぞ。いみじくも佐兵衛どのが言ったように、恨みをいだいていた人間はたくさんいたのだ。まだ、わからぬ。いまは、いわば暗中模索の状態だ」

「そうですか……」

お園の顔に落胆の色がある。

佐兵衛の話を聞き終えた途端、伊織が下手人を見抜くと期待していたのだろうか。

伊織は腹立たしいと同時に、嬉しくもある。

「次太夫どのを殺したいくらい憎んでいた人間は多かったにせよ、犯行を実行できたのは広木一族の誰かに違いない。そこまでは、絞りこまれている。このあと、どう調べを進めるかだが……」

その口調は、なだめるようでも、弁解するようでもあった。

お園に釈明しながら、伊織の脳裏に越後屋太郎右衛門が浮かんだ。

太郎右衛門は広木一族であるが、一歩、距離を隔てている。それだけに、私情や利害にとらわれない見方をしているかもしれない。

（うむ、越後屋太郎右衛門に尋ねるべきだな）

さいわい、自分と太郎右衛門は医者と患者という立場である。伊織の質問には、太郎右衛門も真摯に対応するであろう。

（よし、次は、太郎右衛門だな）

伊織は太郎右衛門の回復を待ち、広木一族に関する疑問を投げかけてみようと思った。

「お竹、定吉、そろそろ帰るわよ」

ふたりに呼びかけたお園が、今度は伊織に向かって言った。

「越後屋に寄ってみようと思います」

「え、なにをしに……」

伊織が驚いて言った。

また、お園が独断でなにかを画策しているのかと思ったのだ。

お園がおかしそうに笑う。

「先生、そんなに怖い顔をしないでください。せっかくここまで来たのですから、帰りに寄って、浮世絵を買おうと思っているのです」

「ああ、そうなのか。私はまた……いや、越後屋は本屋だからな」

伊織はほっとした。

自分の老婆心が恥ずかしいが、とにかくお園のやることは危なっかしくて気が気でなかった。

「もちろん、浮世絵を買うついでに、越後屋の奉公人にそれとなく尋ねてみますけどね。なにかわかれば、すぐに先生にお知らせしますから」

「うむ、それはありがたいが、まあ……やりすぎないようにな」

伊織としては、本当は「出しゃばった真似をしないように」と言いたかったのだが、さすがにその表現は遠慮した。

帰り支度をしながら、お園が言った。

「佐兵衛には、広木さまのお屋敷に寄ってもらいますから」

またもや伊織は驚いたが、なんと言ってよいものか、言葉がでない。

佐兵衛がにこやかに説明する。

「お嬢さまの発案で、あたくしは広木家に弔問に行くことにしたのです。

『聞くところによりますと、次太夫さまがお亡くなりになったとか。まったく存じあげませんでした。今日、たまたま近くまで来たものですから、ついでと申しては失礼ですが、この機会に、せめてお位牌にお線香をあげさせていただきたいと存じまして』

とか、なんとか挨拶して、様子をうかがってきます。広木家の誰かと話ができるはずですから。

もしかしたら、なにか聞きだせるかもしれません」

「佐兵衛がなにか耳よりのことを聞きだしてきたら、これもすぐ、先生にお知らせしますからね」

「うむ、なるほど、よろしく頼むぞ」

佐兵衛が見れば、別な観点からの発見があるかもしれない。

(う～ん、俺には思いもよらなかった発想だな)

伊織も感心せざるをえない。

お園、お竹、定吉、佐兵衛の四人が出ていく。

「お嬢さん、また、お寄りくださいね」

下女のお末は、別れに涙ぐんでいる。

短いふれあいのなかで、すっかりお園に惚(ほ)れこんでしまったようだった。

下男の虎吉もべたりと座った姿勢のまま、背伸びするようにして、

「品のよい、きれいなお嬢さんですなぁ」

と、名残り惜しそうに、お園の後ろ姿を見送っている。

四人が去り、室内が急に広くなった気がした。

一陣の強い風が吹き、落ち葉が舞う。旗本屋敷だけに、敷地内のあちこちに大きな木がそびえているが、植木屋を雇うことは滅多にないらしい。

木々は枝がのび放題だった。

三

お園の一行が去ってしばらくすると、今度は下女のお末が外出する。

「ちょいと、買い物をしてまいります。

長屋だと、いろんな行商人がやってくるので、居ながらにして買い物ができるのですがね。やはり、お武家屋敷は不便です。

油揚を買うにも、菜っ葉を買うにも、浅草阿部川町まで行かなければならないんですからね」

最後は、独り言で愚痴っている。

沢村伊織も最近になって、あらためて裏長屋の便利さを思い知らされていた。

浅草田原町の裏長屋に住んでいたころ、うるさいくらいに、各種の行商人が路地を行き交っていた。だが、うるさいことと便利は裏腹だった。

武家屋敷では、さすがの行商人もこちらから声をかけて呼ばないかぎり、勝手にずかずかと入ってはこない。

さきほどの甘酒屋は、異例だったことになろう。もしかしたら、大家である旗本家でも話題になっているかもしれなかった。

そんなことを伊織が考えていると、広木五郎治がやってきた。

武家の子弟らしく、袴を穿き、腰には大小の刀を差していた。手には筆や墨、硯、紙の束を包んだ風呂敷をさげている。

広木家の屋敷の周辺では、剣術の稽古道具を持った男が行き交っているだけに、五郎治の姿は目立ったであろう。

それにしても、道場主の息子が剣術の稽古をせずに、蘭学塾に通っているのである。また、父親の広木三介はそれを許していることになる。

ふと、その事実に気づいた伊織は、三介という人物を見直した思いだった。三介についても、越後屋太郎右衛門に教えてもらうしかあるまい。

「いよいよ稽古再開か」

伊織の問いかけに対し、五郎治は、

「はい、母にはそう言って、出かけてきました」

と答えたが、相変わらず表情が暗い。

蘭学塾に行くのを口実に、屋敷を抜けだしてきたようだった。

伊織の前に座るや、五郎治が切りだした。

「先生、お互いが『おじ』という関係はありえるでしょうか」

なんとも唐突な質問である。

それだけに、これまで五郎治がずっと頭を悩ませていたことをうかがわせた。

ここに来る道々も、考え続けていたのかもしれない。

「突然、なにを言いだすのか。そなたの質問の意味がわからぬ」

「申しわけありません。じつは、わたしも、どうお尋ねしたらよいのかがわかっていないものですから。

じつは、親族関係の『おじ』のことなのです」

「親戚の『おじ』か。

口に出して言うときは、父または母の兄弟はすべて『おじ』だが、漢字で書くときはきちんと区別している。漢字で書いて説明するのがわかりやすいな」

伊織は文机を前に出した。

筆を執り、紙に漢字を書きながら説明する。

「父または母の兄が『伯父』だ。

父または母の弟が『叔父』だ。

発音は同じ『おじ』でも、伯父と叔父は意味が違う。

ついでに言うと、発音は同じ『おば』でも、伯母と叔母では意味が違う」

五郎治は伯父と叔父の書き分けを見つめたあと、言った。

「先生が先日、広木一族の家系図をお作りになりましたね。あれを、見せていただけますか」

「これか」

伊織が家系図を、文机の上に広げた。（七二ページの図1参照）

家系図を確かめるように、五郎治が言う。

「広木三介はわたくしの父、鳥居弘四郎はわたくしの従兄ですね」

「うむ、その呼び名に間違いはない」

「その場合、広木三介と鳥居弘四郎は『おじ』同士になるでしょうか。ただし、この『おじ』は漢字でどう表記するのかは、わかりませんが」

「おい、なにを言っているのだ」

伊織は思わず、目の前の五郎治の顔をまじまじと見た。

その表情は真剣そのものである。むしろ、思いつめた様子さえあった。考えあぐねたあげく、伊織を頼ってきたのだろうか。

やや相手の精神状態を疑いながら、伊織は嚙(か)んで含めるように言った。

「よく、関係を確かめるがいい。

鳥居弘四郎にとって、広木三介は母・お雅の兄なので、伯父にあたる。

広木三介にとって、鳥居弘四郎は妹・お雅の息子なので、甥(おい)にあたる。

お互いに『おじ』の関係など、ありえない。表記が伯父や叔父でも、同様にありえない」

「やはり、そうですか……」

「おい、なぜ、そんな妙な質問をするのか」

「広木一族の謎が――先生の言葉では闇(やみ)ですが、またもや見つかった気がするのです。聞いていただけますでしょうか」

言い終えると、五郎治は室内を見まわしている。

伊織は相手の懸念に気づき、

「下女は買い物に行った。下男はそなたが見たように、玄関先で大工仕事をしている。この家には、いま私とそなたの、ふたりきりだ。それでも心配というのなら、二階に行ってもよいぞ」

と、場所を変えるのを提案した。

「いいえ、ここでけっこうです。広木一族の人間に知れさえしなければよいのです」

五郎治が語りはじめた——。

＊

「父にちょっと用事があったのですが、家の中に姿が見えません。母に尋ねると、まだ道場から戻っていないとのことでした。

そこで、わたくしは母屋から出て、ひとりで道場に行ったのです。

すでに朝の稽古は終わって門弟は帰ったあとで、道場は静かでした。わたくしは、父はひとりで本でも読んでいるのかと思いました。ときどき、そういうことがあったものですから。

戸を開けて中に入ると、父が弘四郎兄さんと口論しているのが聞こえてきました。お互い、低い声ですが、かなり興奮しているのがわかりました。妙な言い方ですが、声をひそめて怒鳴りあっている、とでも言いましょうか。

わたくしは、いけないことだとは思いましたが、つい、立ち聞きしてしまったのです。

ふたりの言い争いは、途中から聞いたので、くわしくはわからないのですが、曾祖父（そうそふ）の次太夫さまが残した金のことのようでした。弘四郎さんが分け前を要求し、父が渋っているというか、拒否しているように思えました。

「おじゃひと、それは、あまりにわたしを、ないがしろにしているではないか」

弘四郎さんが押し殺した声で詰め寄りました。

すると、父が冷笑したように言い返します。

「ふん、自分こそ直系と言いたいのか、おじひと」

「なに、その言い草はなんだ」

「おたがい、おじだからな。言葉に気をつけたほうがいいのう」

「なにい、愚弄（ぐろう）する気か」

聞いていると、お互いの声の調子には殺気すら感じられます。いまにも斬りあいがはじまるのではないかと、わたくしは胸がどきどきしてきました。

そのとき、風でなにかが飛んできて戸にあたり、バタンと音を立てたのです。

「おい、そこに誰かいるのか」

父が怒鳴りました。

生きた心地がしないとは、あんな気分でしょうね。わたくしはとっさに、たったいま戸を開けたように、よそおいました。

「わたくしです、五郎治です。戸を開けようとして、つまずいてしまい、大きな音を立ててしまいました。申しわけありません。

おや、兄さんもいたのですか。

お話し中でしたか、これは気づきませんでした。たいした用ではありませんので、では、のちほど」

と、わたくしはほうほうのていで、その場から逃げだしたのです。

そんなわけですから、その後、父と弘四郎さんがどんな話をしたのかは知りませんが、ちょうどわたくしと入れ違うように、門人が道場にやってきました。おそらく、ふたりの口論は中断したと思います。

あとで、父が鋭い目でわたくしを見据え、こう言いました。

「そのほう、わしと弘四郎の話を盗み聞きしておったのか」

「とんでもございません。父上がおひとりだと思ったので、戸を開けて入った拍子に、うっかり大きな音を立ててしまいました。弘四郎兄さんがいたのも、知らなかったくらいですから。

そんなわけで、父上と弘四郎さんの話はまったく聞いていません」

わたくしはこう、弁解しました。

父は一応、

「ふうむ、そうか」

と言いましたが、完全に信じた様子はありませんでした。

本当なら、

『父上が弘四郎さんにおじひとと呼びかけたり、お互いがおじというのは、どういう意味ですか』

と尋ねたいところなのですが。そんなことを口にすれば、立ち聞きしたことがばれてしまいますから、とても言えません。

こんなことがあったのです——。

「ふうむ、漢字で書いたほうがよいな」

五郎治の話を聞き終え、伊織が筆を執った。

家系図をそばに置き、紙に漢字を書きながら説明する。

「鳥居弘四郎どのは、広木三介どのに『おじゃひと』と呼びかけた。漢字で書くと、

伯父者人

だろうな。武家の古臭(ふるくさ)いと言おうか、いかめしい言い方だが、弘四郎どのにとって三介どのは伯父だから、この呼称は妥当(だとう)だな」

「伯父のことを伯父者人というのですか。知りませんでした」

五郎治は感心していた。

伊織が続ける。

「理解できないのは、三介どのが弘四郎どのに、『おじひと』と呼びかけていることだ。

『おじひと』も、武家の世界で用(もち)いられる古い言葉だが、漢字で書くと、

伯父人
叔父人

になろう。

だが、先ほども系図で確認したように、三介どのにとって弘四郎どのは甥だ。伯父でも、叔父でもない。

三介どのが弘四郎どのに『おじひと』と呼びかけるのは、まったく理屈に合わない」

「でも、父ははっきり弘四郎さんに『おじひと』と呼びかけていたのです。父がそんな言い方をするのは初めて耳にしたので、わたくしも意外な気がしたのです。それだけに、はっきり覚えています。間違いありません」

「もしかしたら、ふざけていたのかな。なにかの冗談ではないか」

「険悪な雰囲気でしたから、冗談とは思えません。しかも、父の口調には皮肉(ひにく)と言うか、悪意と言うのか、そんな響きがありました。

あんな物言いをする父は初めてなので、その点でも、わたくしははっきり覚えているのです。

もともと、父と弘四郎さんは仲がよくなかったのですけどね」

「不仲だった理由はなにか」

「それは知りませんが、以前にも、ふたりが『おじ』と言って、口論していたのを聞いた気がします。いま、思いだしたのですが」

「そうか。なるほど、要するにそなたの疑問は、お互いが『おじ』という関係はありうるか。そして、ありうるとしたら、『おじ』の漢字表記はなんなのか、ということだな」

「はい、そうなのです」

伊織はあらためて、家系図をながめる。

だが、いくらながめても、謎は解けそうもない。

広木一族の闇の深さをうかがわせる。

（やはり、越後屋太郎右衛門どのが突破口だろうな）

ふと、伊織は気づいた。

さきほど、後藤屋の手代の佐兵衛から、広木次太夫の人となりについて聞かされた。ところが、五郎治からは具体的な話は、なにも聞いていないではないか。

ひ孫から見た次太夫像はどうだったのだろうか。

伊織はこの際、確かめてみることにした。

「ところで、そなたの曾祖父の次太夫どのは、どんな人だったのか」

「こんなことを言うと、薄情なように聞こえるかもしれませんが、じつはあまり知らないのです。

同じ屋敷内に住んでいるといっても、曾祖父は隠居所で生活していましたから。もちろん、日々の挨拶で隠居所に出向くことはありましたが、わたくしはできるだけ長居をしないようにしていました」

「敬遠していたということか」

「はい、よくおわかりになりましたね。

同じ自慢話を何度も聞かされますし、それに、奉公人を罵倒することがあり、そばで聞いていて、いやな気分でした。父が怒鳴りつけられたこともありました。

さすがに、わたくしは怒鳴られたことはありませんでしたが。

それと、曾祖父のところには来客が多かったのです」

「ほう、どんな来客か」

「武士も、商人も、職人の親方などもいたようですが、くわしいことは知りません。誰に対しても、曾祖父は相変わらず、同じ自慢話をしていましたが。

来客が多いし、隠居所からはしばしば笑い声も聞こえるので、わたくしはなんとなく、曾祖父は世間の人々から人望があるのだと思いこんでいました。しかし、違ったようです……」

「そういえば、次太夫どのには、かかりつけの医者がいたそうだな。名を覚えているか」

「神田明神下（みょうじんした）に住む、町田（まちだ）玄斎（げんさい）という漢方医です。お城の大奥への出入りも許されている奥医師だそうです。

わたくしは一度、曾祖父に命じられ、薬を受け取りにいったことがあります」

「ほう、奥医師に往診してもらっていたのか。広木一族は、もちろんそなたも含めてだが、その玄斎どのに診（み）てもらっていたのか」

「いえ、玄斎先生に往診をお願いしていたのは、曾祖父だけです」

「ふうむ、そうか」

玄斎と話をしてみてもいいか、と伊織は思った。

同じ医者であれば、あまり警戒はされまい。

「さて」

そう言いながら、伊織はいったん家系図をしまった。気分転換も兼ねて、ひさしぶりに授業をすることにした。

「この場でいくら考えても、解答は得られそうもない。いったん、忘れよう。蘭学に戻るぞ」

「はい」

五郎治が風呂敷包を解く。

四

すでに外は真っ暗になって、岡っ引の喜平次が訪ねてきた。

まだ宵の口なので、町屋であれば、小料理屋や居酒屋などの軒先に掛けられた掛行灯の灯りが道に落ちている。ところが、下谷七軒町は、日が暮れると通りは真っ暗だった。提灯がなければ、とても歩けないであろう。

もちろん、喜平次は提灯を手にしていた。

「親分、酒があるが、どうかね」

沢村伊織が、行灯の照明の内側に座った喜平次に酒を勧めた。

越後屋から、角樽で届いたものである。

「へへ、いただきやしょう」

喜平次が相好を崩す。

「おい、酒の用意をしてくれ」

伊織に命じられた下女のお末は、

「へっついの火はもう、落としてしまいました。燗はできませんが」

と、困った顔をしている。

大きな商家などでは、長火鉢にはつねに炭火があるので、銅壺を用いて酒の燗ができる。

だが、伊織の家ではへっついの火が消えたら、もう行灯以外、火の気はなかった。

「冷やでかまいませんぜ」

喜平次は茶碗酒をするつもりのようだ。

お末が伊織と喜平次の前に酒を出し、さらに煙草盆も用意した。

煙草盆の火入れにも火はなかったが、喜平次は行灯の中に煙管をのばし、油皿の火を器用に雁首に移している。

茶碗の酒をぐびりと呑んだあと、喜平次が言った。

「なかなか、いい酒ですな」

「あいにく、肴はなにもないが」

「こんないい酒があれば、肴はいりやせんよ。

ところで、先生、広木家について、耳寄りな話を仕入れてきやしたぜ」

「ほう、さすが親分、早耳だな」

「わっしの子分が、広木道場に通っていたという男を見つけてきましてね。米屋の倅なんですが、剣術が三度の飯より好きという野郎でしてね」

「ほう、その男はいまも広木道場に通っているのか」

「それが、残念なことに、二、三か月前まででしてね。いまは、神田お玉が池の玄武館に通っているそうです」

「玄武館の人気は、私も聞いたことがある。千葉周作とかいう人物が創始した、北辰一刀流の道場で、門人が詰めかけて活況を呈しているそうだな。とにかく、大きな道場だと聞いた。

広木道場から玄武館へ鞍替えするのも、無理はあるまい」

「そんなわけで、ごく最近のことはわからないのですがね。

米屋の倅の言うには、広木弘四郎さまは根津の女郎屋に馴染みがいるとのことでしてね。その野郎、もしかしたら一緒に、女郎買いにいったことがあるのかもしれません。女郎屋の屋号も知っていましたよ」

根津権現（神社）の門前には女郎屋が軒を並べ、俗に「根津」と呼ばれる岡場所になっていた。客は職人が主流だったが、下級武士も多い。

弘四郎は根津で女郎買いをしていたことになろう。下谷七軒町から根津権現の門前までは、近くもなく、遠くもないという距離である。

「そこで、わっしは、ちょいとその女郎屋に出かけてきましてね」

「ほう、それはご苦労だった」

「大橋屋という女郎屋でしてね。若い者に、

『てめえのところの客に、広木弘四郎というお武家がいるだろう』

と尋ねると、すぐにわかりやしたよ。

若い者は、こう言いました。

『へい、剣術道場の若先生ですね。存じております』

女郎屋でも本名を名乗っているようですな。しかも、見栄を張って、広木道場の御曹司と称しているらしいですぜ」

「ほう、女郎屋で堂々と、道場の跡継ぎを高言しているわけか」

弘四郎の見栄に違いないとしても、別な思惑もあるような気がしたが、その実体はわからない。

頭の中はもやもやしていて、考えはまとまらないが、もしかしたら弘四郎は本気で、自分こそが広木道場の跡取りと考えているのかもしれないと感じた。

「馴染みの女は、お咲といいやしてね。ちょいと、いい女でしたがね。

わっしは、お咲に会い、いろいろ尋ねたんですが、最初は知らぬ存ぜぬでしたよ。そこで、ふところの十手を見せまして、

『俺はお上から十手をあずかる者で、浅草聖天町の喜平次という。もし、てめえがなにか面倒に巻きこまれたら、俺のところに使いを寄こしな。力になってやるぜ』

と言ったところ、ようやく納得して、

『わかりました。なんでも聞いてください。知っていることはお教えします』

と、なりやしたよ。

とはいえ、お咲もたいしたことは知らなかったですな。

わかったのは、あっちのほうはしつこかった、たいてい二回目を求めてきたってことくらいですかね」

喜平次がおもしろそうに笑った。

このまま話が逸(そ)れていくかと思ったが、喜平次の顔が急に真剣になった。

「ひとつ、気になることを聞きこみましてね。

弘四郎さんがお咲に、

『近いうちに金が入る。そうなれば、てめえを身請(みう)けして、囲ってもいい』

と、言ったというのです。

吉原ほどではないにしろ、岡場所の遊女も身請けをするには金がかかりやす。

さらに、どこかに家を借りて妾(めかけ)を囲うのも、金がかかりやすからね。

つまり、かなりの大金が入る目論見(もくろみ)があったことになりますな」

「それは、いつのことだ」

「たしかなことはわかりませんが、広木次太夫という爺(じじ)ぃが殺された前後なのはたしかですぜ」

「すると、やはり次太夫どのが残した金をあてにしていることになろうな」

「次太夫の爺ぃは、大金を残したのですか」

「くわしくはわからんのだが、次太夫どのがそれなりの金を残したらしい気配はある」

伊織は、五郎治が盗み聞きした、弘四郎と広木三介の口論を思いだした。

家系図を取りだして喜平次の前に広げ、弘四郎と三介の確執を話した。

「次太夫どのの息子の次作はすでに死んでいるので、直系の子孫は孫の三介どのだ。かたや、弘四郎どのはひ孫だ。

次太夫どのの遺産は、三介どのが継承するのが自然だと思うぞ。弘四郎どのが継承を主張する根拠がわからぬ」

「弘四郎さんの母親のお雅は、次太夫の孫で、三介さんの妹ですな。このお雅が後ろから、弘四郎さんを焚きつけているのではないのですかい」

「なるほど、それも考えられるな」

伊織は、一度見たお雅の顔を思い浮かべた。

また、弘四郎の顔も思いだす。

ふんどし姿で快活な笑みを浮かべていた弘四郎に、伊織はさわやかな印象を持ったものだった。だが、その後、いろいろと入ってくる話を総合すると、かなりあくの強い人間のようである。

「しかし、こみいった話ですな。あたしの頭ではときどき、こんがらがってきますぜ。先生の頭はよく、ぐちゃぐちゃにならないものですな」

「私もしばしば混乱する。そのたびに、この家系図を見て、人間関係を確かめている」

「そうですかい、安心しましたよ」

行灯の灯りのなか、顔を見あわせて笑う。

その後、酒を呑みながらしばらく四方山話（よもやまばなし）をしたあと、喜平次は行灯の火を提灯の蠟燭（ろうそく）に移し、帰っていった。

第四章　畜　生　道

一

湯島の商家に往診した沢村伊織は、薬箱を手にして、神田明神の門前町を歩いていた。

向こうから、ひと目で医者とわかる、恰幅のよい初老の男がやってくる。

頭は剃髪し、黒八丈の羽織を着て、腰には脇差を差している。足元は白足袋に雪駄だった。いかにも、流行っている医者を思わせる。

後ろには、薬箱をさげた、弟子らしき供の少年がいた。やはり剃髪しているが、頭が青々として見えた。髪を剃って間もないのだろうか。

お互いに相手が医者とわかるため、軽く会釈してすれ違う。

伊織はふと、

（ここは神田明神だな。もしかしたら）

と思い、声をかけてみることにした。

「卒爾（そつじ）ながら、町田玄斎どのですか」

「さよう。お手前は」

「沢村伊織と申します。下谷七軒町に住んでおります」

「よく、わしがわかりましたな」

「広木家で、神田明神下にお住まいと聞きました。ここは神田明神に近いので、もしかしたらと思ったのです」

「ほう、広木家に出入りされておるのですか」

玄斎の目が細くなった。

伊織を慎重に値踏みしているかのようでもある。

「もしよろしければ、少しお話をうかがわせてもらえませんか」

玄斎はすぐには答えず、別な質問を投げかけてきた。

「沢村伊織と申されたか」

「さようです」

「沢村碩庵どののご子息か」

「はい。父をご存じでしたか」

「つい先日も、寄合があって、碩庵どのと話をしましたぞ。そのとき、『勘当した次男が、なんと蘭方医をやっておりましてな』と、申されていましたな」

「恐れ入ります、私のことです」

「しかし、勘当したと言いながら、碩庵どのの口ぶりはどこか、次男を自慢しているかのようでしたぞ」

玄斎が穏やかに笑った。

その視線は、いつしか柔和になっている。同業者の息子とわかったからであろうか。

伊織は父の反対を押しきってシーボルトのもとで学ぶため、家を出奔した。その結果、勘当されたのである。

勘当はまだ許されていない。そのため、長崎から江戸に戻ってからも、まだ父と対面していなかった。

「で、わしと話したいというのは、広木次太夫どののことですか」

「はい、もし、よろしければ」

「わしは往診を終えて、家に帰るところです。一緒に家に来ますかな」

「いえ、それはあまりにずうずうしいので。もし、ご貴殿さえよろしければ、立ち話でかまいませぬが」

「そうですか、しかし、道で立ち話というわけにもいきますまい。では、境内(けいだい)を歩きながら話しましょう。

そのほうは、先に帰っていなさい」

玄斎は供の弟子を返したあと、伊織を神田明神の境内に誘った。

神田明神の氏神(うじがみ)は平将門(たいらのまさかど)で、湯島台地の東の端に位置している。茶屋や楊弓場(ようきゅうば)があり、境内はにぎわっていた。

境内の東側は崖地になっていて、江戸の町を見おろす景勝地(けいしょうち)でもあった。

玄斎は崖地(がけち)まで来ると、立ち止まった。

「天気のよい日は、海が見えるのですが、今日はあいにく曇っていますな。ここから拝(おが)む初日の出は見事ですぞ。

ところで、次太夫どのは殺されたらしいと聞きましたが」

「私は遺体を見たわけではないのですが、殺されたのはたしかです。私はささやかな蘭学塾を開いておりまして、次太夫どののひ孫にあたる男が門人です。そんなわけもあって、かかわっております。

次太夫どのは、死期が迫っていたそうですが」

「胃がんでしたな。わしの診立てで、長くてひと月。このことは、広木家の当主の三介どのに伝えました。しかし、ひと月経つ前に、殺されてしまったわけですがね」

「広木家では、次太夫どのだけが往診してもらっていたとか」

「さよう、自分の身体には万全の注意を払い、金を惜しまない人でしたな。最後に往診したとき、かなり弱っていましてね。さきほど述べたように、長くてもせいぜいあとひと月と診立てたのですが、もちろん、本人には言いません。

すると、次太夫どのは、

『朝鮮人参を手に入れてくれませぬか。金ならありますぞ』

と言いだしましてね。

わしも、まさか無駄ですとは言えないので、いまは品が払底しているので、すぐには用意できないと言ってごまかしたのですがね。そんな人でしたよ。

いつだったか、百歳まで生きたいと言っていましたが、冗談ではなく、本気で願っていたようでしたな。

ともかく、往診のたびに、同じ自慢話を聞かされるのには閉口しましたがね」

玄斎の表情からは、感情はうかがえない。

しかし、その口ぶりから次太夫に好意を持ってはいなかったこと、少なくとも、その死を惜しんではいないことがうかがえた。

伊織は玄斎に礼を言い、連れだって神田明神の境内を出た。

二

いったん戻って、手早く湯漬けと、鹿尾菜と油揚の煮物で昼食をすませたあと、沢村伊織はふたたび薬箱をさげて家を出た。

向かうは、越後屋である。

通りから見ると、店の前には数人の若い娘が立ち、手代から浮世絵を見せてもらっていた。役者絵を選んでいるのであろう。

勤番武士らしき男が腰をおろし、やはり手代から浮世絵を見せてもらっている。こちらは美人画だったが、国元への土産を買い求めているのかもしれない。

伊織は、お園が先日、越後屋に立ち寄ったはずなのを思いだした。なにか収穫はあったのだろうか。

(もし、なにか新たな発見があれば、すぐ知らせてくるはずだな)

なにも連絡がないのは、収穫は皆無(かいむ)だった証拠であろう。お園の不機嫌を想像し、伊織はクスリと笑った。

往診を頼みにきた手代を見かけ、伊織が声をかけた。

「助太郎はいるかな。もしいたら、呼んでもらいたい」

「おや、先生。助太郎さんですか。はい、かしこまりました」

手代が奥に引っこむ。

しばらくして、助太郎が現われた。

「太郎右衛門どのの様子を診(み)にきた。都合はどうか」

「いま、奥の部屋におります。ご案内します」

助太郎に導かれて、店の帳場の横から廊下に入り、奥に向かう。

伊織はまわりに人目がないのを確認したあと、春本の『葉娜古呂裳(はなごろも)』三巻を助太郎に渡す。

「返すぞ。そっと、もとの場所に戻しておくがよかろう」

「はい、ありがとうございます。ところで、先生、この本でなにかわかりましたか」

「わかったというより、疑問が絞られてきたな」

「どういうことですか」

「こんなところで、簡単に話せることではない。それより、太郎右衛門どののところに案内してくれ」


案内された部屋には、中央に夜着だけが置かれていた。障子を開け放っているので、日の光が差しこんでいる。明るい場所に布団を折りたたみ、それに身体をもたせかけるようにして、太郎右衛門は本を読んでいた。

「お父っさん、沢村先生がおみえです」

「これは、失礼いたしました」

太郎右衛門はあわてて本をおろした。

続いて、上体を起こそうとしたが、片手を布団、もう一方の手を畳について、苦労している。

助太郎がそばに膝をつき、父親の身体を支えた。

伊織が座りながら言った。

「無理をしなくてよろしい。この際、礼儀など無用ですぞ」

「いいえ、もう座れるのですが、つい、だらしない格好になってしまいます」

ようやく、太郎右衛門が姿勢を正し、治療の礼を述べ、さらに息子の不始末を詫びた。すでに、助太郎が鳥居弘四郎に斬りかかった件は、知らされているようだった。

まず、伊織は太郎右衛門に着物を脱いで上半身を裸にさせ、傷を検分した。回復は順調であり、縫合は成功したと言ってよかろう。

「ただし、抜糸はあと二、三日、様子を診てからのほうがよいでしょうな。着物を着てよろしいですぞ」

太郎右衛門が袖に手を通し、襟を合わせる。

そばで、助太郎がかいがいしく手伝っていた。

伊織は太郎右衛門が着物を着終わるのを待って、静かに言った。

「斬りつけたのは誰ですか」

「わかりません。本当にわからないのです。

突然、後ろから斬りつけられたので、誰だったのか見ていません。そのあとは、意識をなくしてしまったものですから。

そのため、助太郎が変な誤解をして、騒ぎまで起こしてしまいました。

まことに、申しわけのない次第でして」

太郎右衛門は平静をよそおっているが、目にいかにもつらそうな光がある。苦衷と言おうか。

伊織は、相手が嘘を言っている、そして誰かをかばおうとしている、と察したが、追及はしなかった。

「そうですか。見ていないのではしかたありませんな。

ところで、曖昧なままでは、かえって各所に疑心暗鬼を生みます。広木家の五郎治も苦悩しているようです。

ここは、晴らすべき疑念は晴らしたほうがよろしいですぞ。ついては、こういうものを作ってみました」

伊織はふところから家系図を取りだし、前に置いた。（七二ページの図1参照）

太郎右衛門の目に、懼れがある。

「なぜ、このようなものを……」

「広木家の初代の半太夫どのについて、教えていただけませんか」

しばらく黙って考えていたが、ようやく太郎右衛門が口を開いた。

「倅の助太郎と、広木家の五郎治さんが広木一族について詮索しているのは、あたくしもうすうす察しています。

わかりました。この際、あたくしが知っていることはお話ししましょう。

幸か不幸か、あたくしはまだ店に出ることはできず、ここで退屈していましたから、ちょうどいい機会です。

助太郎、茶を頼んでくれ。ついでに、なにか茶請けもな」

しばらくして、女中が茶と高坏を持参した。高坏には、各種の菓子が乗っている。

太郎右衛門は助太郎に、席を外せとは言わない。ついでに、息子にも語って聞かせるつもりのようだ。まさに、絶好の機会ということであろうか。

「あたくしがまだ子どものころ、さらには生まれていないころの話は、父の孝太郎や、祖父の太郎兵衛から聞かされたことです。父が祖父から聞き、それをあたくしが父から聞かされたこともあります。つまり、また聞きです。

ですから、すべて実際に、あたくしが見聞きしたことばかりではありません。

そのあたりはご承知おきください」

家系図を前にして、太郎右衛門が語りはじめた。

＊

「広木家初代の半太夫は若いころ、越後から江戸に出てきたのです。おそらく、もとは越後の百姓でしょうね。搗(つ)き米屋で、米搗き男として働きながら小銭を貯め、やがて金貸しをはじめたのです。もちろん、金を貸すといっても少額でしょうが、そのぶん、高利だったはずです。

やがて、出戻りの娘を持参金付きでもらい、その持参金を元手に手広く金貸し商売をやり、大儲(おおもう)けをしたのです。

一代で米搗き男から富裕な金貸しに成りあがったのですから、目端(めはし)が利(き)く人だったのでしょうな。一種の傑物(けつぶつ)と言えるかもしれません。

半太夫さまと女房のあいだに生まれたのが、太郎兵衛——あたくしの祖父ですな——と、次太夫です。

金はありあまるほどあったはずですから、半太夫さまは兄の太郎兵衛に本屋をはじめさせました。なぜ本屋だったのかは、あたくしも知りません。

一方、弟の次太夫には御家人株を買ってやり、武士にしたのです」

「次太夫どのの代で、武士になったわけですか」

伊織はようやく、広木一族が本屋と幕臣に分かれている理由が理解できた。

富裕な商人や豪農が旗本株や御家人株を買い、息子を幕臣にすることは少なくなかった。

もちろん、表向きは禁じられていたが、実際には株の売買を仲介する業者もいたほどである。

積み重なる借金で身動きが取れなくなった旗本や御家人が、幕臣の身分を売るのだ。手にした大金でまず借金を清算し、残った金を手に、屋敷から去る。

そして、株を買った者が入れ替わるのである。もちろん、表向きは養子縁組をして、入れ替わりを取り繕った。

町人や農民にとって、息子を武士にするのは大きな出世だったのだ。

「御家人の広木家の株が売りに出ていたのを、半太夫さまは、次男の次太夫さまに買ってやったわけですね。数百両はしたでしょうな。

かくして、ただの次太夫は、広木次太夫になったわけです。御家人といっても、小普請組ですから仕事はなにもありません。次太夫さまは、父親の金貸し業を手伝っていたようです。

これはあたくしの想像ですが、半太夫さまが息子のひとりを武士にしたのは、借金の取り立てに使うつもりだったのかもしれません。

金貸し業でいちばん難しいのは、借金の取り立てです。その点、武士の格好をした次太夫さまが出向くわけですからね。相手を威圧することができます」

話を聞きながら、伊織は次太夫が、立場の弱い人間に対して恫喝的だったのを思いだした。

借金の取り立てをするなかで身についたのだろうか。それとも、父親は息子の性格を見抜いて、仕事を任せたのだろうか。

「半太夫どのは死を覚悟すると、次太夫どのに命じて、借用証文をすべて焼き捨てさせたとか」

「それは違いますね。

あたくしの祖父の太郎兵衛が長男で、次太夫さまは次男ですぞ。半太夫さまは長男の太郎兵衛に命じて、焼き捨てさせたのです。

次太夫さまは借金の取り立てにかかわっていたので、貸した金額と相手を覚えていたにすぎません。

兄の太郎兵衛が亡くなったあと、当時を知る人がいないのをいいことに、まるで自分が証文を焼いたように吹聴（ふいちょう）していたのです」

「そうでしたか。

半太夫どのは証文を焼き捨てたわけですが、金は残したのですか」

「そこなのですよ。

半太夫さまが長男である太郎兵衛の家に――つまり越後屋に同居していれば、すんなりおさまっていたはずなのですが、商家だけに騒々しく、狭苦しいのがいやだったのでしょうな。

広木家は武家屋敷で敷地も広いので、半太夫さまは隠居所を造ってそこに住み、そこで亡くなりました。死後、残された金の行方がわかりませんでした。

このあたりは、あたくしもたしかなことは言えないのですが、祖父の太郎兵衛は死ぬまで、

『弟の次太夫がひそかに、金を独り占めしたに違いない。あの強欲（ごうよく）野郎め。俺が長男だぞ』

と、憤慨していたそうです。

そんなこともあって、一時期、広木家と越後屋は険悪になったようですが、それでも次太夫さまはまだ、兄の太郎兵衛には遠慮があったようです。

ところが、太郎兵衛が亡くなると、次太夫さまは広木一族の長老になったわけですから。もう、はばかるところなしと言うわけです。

あたくしの父孝太郎にとって、次太夫さまは叔父でしたから。叔父の権威と武士の身分を笠に着て罵られ、父もずいぶん悔しい思いをしたようです」

太郎右衛門は自分も同様な悔しい思いをしていたはずだが、その点には触れない。

伊織が気になっていた点に言及する。

「旗本にしても御家人にしても、貧窮している幕臣が多いと聞いております。広木家にしても微禄のはず。次太夫どのはかなり富裕だったようですが、なぜでしょうか」

「おそらく、父親の半太夫さまが残した遺産を独り占めしたのと、その後はこっそり、金貸しをしていたようです。次太夫さまの隠居所にはいろんな人が出入りしておりましたが、みな金を借りにきたのでしょうな。

金を貸してほしいとなれば、くだらぬ自慢話にも、愛想笑いをして付き合うはずですよ」

吐き捨てるような口調だった。

太郎右衛門もつい、抑えていた憤懣が噴きだしたようである。

伊織は、次太夫の自慢話に、太郎右衛門も辟易していたのを知った。一族であれば、折に触れ面会することはあったはずである。

次太夫は、親戚と借金申しこみとを問わず、来客がみな自分の話を熱心に傾聴し、おもしろがっていると信じていたのであろう。来客がうんざりし、嫌悪していたなど夢にも思っていなかったに違いない。

「ちょっと、冷えてきましたな」

父の言葉を受けて、助太郎が障子を閉めた。

部屋の中が薄暗くなったが、まだ行灯をともすほどではない。

隣家で、子どもの泣き声がする。

「次太夫どのは、若いころはどうだったのですか」

「それを考えると、次太夫さまが長生きしたのを痛感しますな。あたくしが子どものころ、次太夫さまはすでに五十前後でしたからね。しかし、次太夫さまは背が高く、押しだしもよくて、偉丈夫というのでしょうかね。

あたくしは子ども心に、お武家さまは立派だなあと、憧れたものでした。越後屋に来るときなど、羽織袴で、腰に両刀を差し、威風堂々としていましたからね。

容貌や背格好などは、ひ孫の鳥居弘四郎さんが似ているかもしれません。弘四郎さんはいま二十歳ですから、あと三十年もすれば、あたしが子どものころに見た次太夫さまに、瓜ふたつになるかもしれません」

そこまで言ったところで、太郎右衛門の目に狼狽の色がある。うっかり口を滑らせたかのようだった。

太郎右衛門がやや早口で、

「さしもの偉丈夫も、七十を超えたくらいから、見る影もないくらい痩せてしまいましたがね」

と、とってつけたように言った。

「偉丈夫なので剣術を修行し、屋敷内に道場を開いたわけですか」

「いえ、そうではございません。

次太夫さまは人には、自分が道場の創始者のように言っていましたが、刀はもちろんのこと、木刀も竹刀も握ったことがないはずです。道場を開いたのは、息子の次作さんです。もちろん、金を出したのは次太夫さまでしょうが。

次作さんは下谷車坂にある心形刀流の道場に通い、免許皆伝を得たのです。

息子の次作さんに道場を開かせたのは、次太夫さまの思惑もあったはずです。

つまり、

『俺の下には多数の剣客がいるぞ』

という威圧ですな。まあ、これはあたくしの邪推かもしれませんが。

しかし、次作さんは早死にしましたのでね。四十歳でした。人知れぬ心労があったのかもしれません」

「次作どのが死んだあと、息子の三介どのが道場を継承したわけですか」

「いや、そう簡単にはいきませんでね。次作さんが死んだとき、三介さんはまだ十八歳でしたから、道場主は無理です。そこで、鳥居忠兵衛さんがしばらくのあいだ、道場主を代行したのです」

「ほう、そもそも鳥居忠兵衛どのはどういう方ですか」

伊織は興奮を抑えて言った。

興味が募りながら、まだ顔も見ていない相手である。自分の興奮を抑えるのに苦労した。

「御家人・鳥居家の次男坊です。家督を継ぐのは長男ですから、次男の忠兵衛さんはほかの、男子のいない家に養子に行かないかぎり、いわば部屋住みの一生ですな。嫁をもらうこともできません。

広木家の道場に稽古にきていたのを、次太夫さまが気に入り、孫のお雅さんと夫婦にしたのです。そのとき、忠兵衛さんは二十一歳、お雅さんは十五歳でしたな。その年のうちに、弘四郎さんが生まれたのですがね」

伊織は、十五歳での婚姻は早いなと感じた。しかし、女が十五歳で嫁入りするのは、とくに珍しいことではなかった。

一方で、「その年のうちに」という表現がちょっと引っかかったが、伊織が確かめる前に、太郎右衛門が説明をはじめた。

「広木家は敷地内に借家を建てていたので、忠兵衛さんとお雅さんはそこで所帯を持ったわけです。かといって、忠兵衛さんはべつに養子に入ったわけではないので、鳥居を名乗っています」

助太郎が部屋の隅（すみ）に置いてあった行灯を中ほどに移し、灯（あか）りをともしている。

そろそろ切りあげる潮時かもしれない、と伊織は感じた。

そのとき、女中が顔を出した。

「旦那さま、夕食はどういたしましょうか」

「うむ、そうだな。

どうですか、先生、ご一緒に」

太郎右衛門が夕食を勧める。

伊織は丁重（ていちょう）に断り、辞去することにした。

三

「お帰りなさいませ」

下女のお末が迎えたが、沢村伊織は、

「うむ」

と、うなずいただけだった。

あとは、文机（ふづくえ）に向かって座るや、じっと一点を見つめている。

帰宅してから、お末や下男の虎吉に話しかけられても、伊織はほとんど上の空だった。

お末と虎吉は最初、伊織がなにか怒っているのかと心配していたようだが、べつに不機嫌ではないのがわかると、もう、話しかけるのをあきらめたようだ。

夕食にしても、伊織は出された膳には向かったが、自分ではなにを食べたのかもわからないほどだった。

考えに没頭していたのだ。

夕食をすませると、伊織は黙って二階にあがり、行灯の前で深沈と考え続ける。

やがて、筆と硯、紙を取りだしてきて、紙に文字や図を書きはじめた。

そばに家系図を置き、それを横目で確認しながら、紙に書いた人名と人名を線で結び、考え続ける。

どれくらい時間が経っただろうか。

はっと、伊織の頭に閃いたものがあった。

（しかし、まさか……）

まさかとは思いつつも、閃いたことにもとづいて、新たに広木一族の家系図を作成していく。

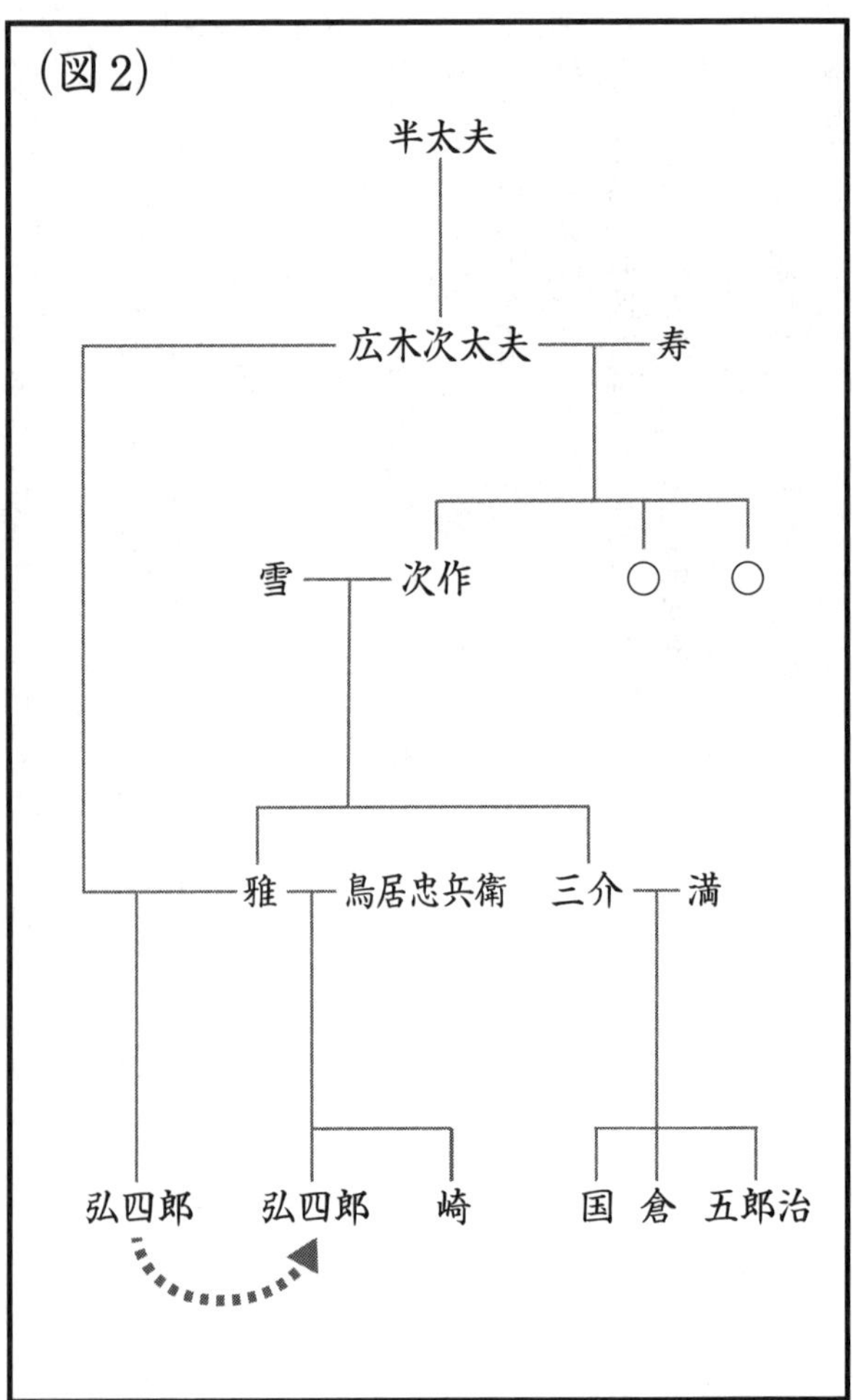
(図2)
半太夫
広木次太夫
寿
雪
次作
○
○
雅
鳥居忠兵衛
三介
満
弘四郎
弘四郎
崎
国
倉
五郎治

家系図ができあがると、これまで聞き取ってきた話のなかの不審や、不合理、矛盾を人間関係にあてはめて検証していく。

（うむ、これで間違いない）

広木三介と鳥居弘四郎がお互いに「おじ」同士というのも、矛盾はない。

弘四郎にとって、三介は伯父であり、「伯父者人」なのだ。

三介にとって、弘四郎は叔父であり、「叔父人」なのだ。

そして、この関係を理解すると、これまでの様々な疑問がすべて氷解していく気がした。

なぜ、広木次太夫は惨殺されたのか。

なぜ、鳥居忠兵衛は凶器の煙管と福助人形を目立つように捨てたのか。

なぜ、お雅は鳥居忠兵衛と結婚したのか。

なぜ、忠兵衛と結婚したその年のうちに、お雅は弘四郎を出産したのか。

なぜ、鳥居弘四郎は曾祖父の広木次太夫に似ているのか。

なぜ、広木三介と鳥居弘四郎はいがみあっているのか。

なぜ、弘四郎は次太夫の遺産の継承を主張しているのか。

なぜ、弘四郎は越後屋太郎右衛門に怒ったのか。

なぜ、太郎右衛門は自分を斬りつけた者をかばうのか。


（ついに、わかったぞ）

伊織はとうとう不可解な疑問を解いたと思ったが、叫びたい気も、拳を突きあげたい衝動も起きない。

ただただ、重苦しい。

なんとも陰鬱な気分になる。

あらためて、広木次太夫という人物がおぞましかった。吐き気を覚えるほどである。

次太夫は残り一か月足らずの命をまっとうすることなく、惨殺された。

逆からすると、殺害した人間は、次太夫が天寿をまっとうするのが許せなかったのではなかろうか。

たとえ余命があと三日でも、いや三日だからこそ、その前に、自分の手で殺したかったのではあるまいか。

次太夫を殺害した者が誰か、もう伊織にはわかっていた。

殺害した人物が判明しただけに、伊織はこの事件が武家屋敷で起きてよかったと、しみじみ思った。町奉行所は介入できないからだ。

もし町奉行所でこの事件が裁かれれば、次太夫を殺害した者は間違いなく引きまわしのうえ、磔か獄門に処せられるであろう。

世間の注目を集め、おおいに話題になり、瓦版が出るかもしれない。芝居や浄瑠璃に仕立てられ、世に喧伝されることになったかもしれなかった。

（少なくとも、そんな最悪の事態にはならない）

伊織は沈痛なため息をついた。

第五章　和　解

一

沢村伊織が往診を終えて家に帰りつき、薬箱をおろしたときだった。

「ご免」

低い声とともに、格子戸を開け、四十前後の男がぬっと入ってきた。

袴を穿き、腰には両刀を差している。

「沢村伊織どのか」

土間に立ったまま、男が伊織を見据えた。

伊織はすぐに相手が誰だか察したが、一応、

「さよう、どなたですかな」

と、尋ねた。

「鳥居忠兵衛と申す。お初にお目にかかるが、すでに拙者のことは、ご承知のはず」

感情を押し殺した、低い声だった。

やはり忠兵衛だった。

赤ら顔で、頭は月代が必要ないくらいに禿げ、猪首である。身体つきはずんぐりしていた。息子の弘四郎とは、容貌も体形もまったく似ていない。

伊織は、忠兵衛が自分の帰宅とほぼ同時に現われたことに驚いた。もしかしたら、忠兵衛は門の外で、伊織の帰りを待ち受けていたのかもしれない。

「先日は、愚息弘四郎がご迷惑をかけた。申しわけなかった」

忠兵衛は頭をさげたが、目には険悪な光がある。

伊織がちらと見ると、下女のお末は剣呑な雰囲気に怯え、身をすくませていた。

下男の虎吉は玄関横の三畳の間にいるのか、姿は見えない。

「ところで、お手前はこそこそと屋敷内を探っているようだな。しかも、広木家の五郎治や、越後屋の助太郎を操っている。

いったい、なにが狙いだ」

伊織は自分の不用意に、舌打ちしたい気分だった。

護身用の杖は上框にあがるとき、土間の横に立てかけてきた。いまは、忠兵衛のすぐそばにある。

相手の眼光や口調から、刀を抜きかねないなと察した。しかも、土間に立っているので、いつでも刀を抜き放てる。

伊織は腋の下を冷や汗が垂れるのを感じた。素手では、とうてい刀に太刀打ちできない。

「五郎治と助太郎を操っているというのは、誤解ですぞ。むしろ、ふたりのほうから相談にきたのです」

「弁解は聞きたくない。正直に答えないなら、腕の一本ではすまぬぞ。まずは、左腕からいくかな」

忠兵衛が左手の親指で、大刀の鍔をくいと持ちあげて鯉口を切り、柄に右手をかける。

まさに刀を抜き放とうとしたとき、三畳の部屋から細長い物が飛んできて、忠兵衛の左腕にあたった。

ドスッと、鈍い音がする。

「ううっ」

苦悶のうめきを発し、忠兵衛は刀の柄から離した右手で左腕を押さえる。

そのとき、広木五郎治が息せききって飛びこんできた。はあ、はあ、と肩で息をし、足元は裸足だった。

「先生、大変です。

あ、叔父さん、ここにいたのですか」

忠兵衛の存在に気づき、五郎治は驚愕している。

「いったい、どうしたのか」

伊織が土間に近寄りながら言った。

さりげなく、竹杖に手をのばす。

五郎治は伊織と忠兵衛を交互に見ながら、荒い息で説明する。

「父と弘四郎兄さんが、隠居所で刀を抜いて斬りあい、止めに入ったお雅叔母さんが斬られたのです。父と弘四郎兄さんも怪我をしています」

広木三介と、鳥居雅・弘四郎の三人が怪我をしているということだった。

たちまち、忠兵衛の顔が真っ青になる。

「なに、お雅が斬られただと」

それまでの苦痛を忘れ、あえぐように言った。

その場で踵を返し、あわてて屋敷に戻ろうとする忠兵衛に、伊織が声をかけた。

「お待ちください。

私も用意をしてすぐに向かいますが、ひと足先に行って、応急の血止めをしておいてくだされ。わかりますか」

「う、うむ、どうすればよろしいのか」

「手ぬぐいか晒し木綿で、斬り傷の上をきつく縛るのです。斬り傷の上とは、心臓に近い側です。わかりますな」

「う、うむ、わかる」

「刺し傷の場合は、手ぬぐいや晒し木綿を折りたたんで、傷口に押しあててください。よろしいですな」

「うむ、わかった。かたじけない」

忠兵衛は一礼するや、土間を飛びだし、走りだした。

伊織が五郎治に言った。

「今日も、そなたに手伝ってもらうぞ」

「はい、薬箱と蘭引はわたくしが持ちます」

草履に足を通しながら、伊織ははっと気づいて、三畳間の虎吉に声をかけた。

「そのほうに助けてもらったな。一瞬の出来事でよくわからなかったが、いったい、どうやったのか」

「とっさに金槌を投げつけたんですよ」

伊織が視線を落とすと、土間に金槌が落ちていた。

金槌がぶつかったとなれば、かなりの衝撃であろう。忠兵衛が刀の柄から手を離したのもうなずける。

「ほう、しかし、よく命中したな」

「へへ、若いころ普請場で、木っ端を立てておいて、金槌を投げて倒す遊びをよくやりましてね。仲間と酒を賭けたんですよ」

「そうか、帰ってから、その話はゆっくり聞こう。ともかく、礼を言うぞ」

「礼なんて、とんでもないですよ。

こんな足萎えでも先生のお役に立てたのが、あっしは嬉しくって」

そう言いながら、虎吉が流れ出る鼻水を指でぬぐった。

そばで、お末も涙ぐんでいる。

「すまん、急ぐので、行くぞ」

伊織は五郎治を従え、広木家の屋敷に向かう。

二

「手短に、いきさつを説明してくれ」

広木家の屋敷に向かって足早に歩きながら、沢村伊織が言った。

薬箱と蘭引をさげた広木五郎治が、足早に歩きながら早口で説明する――。


父の広木三介と、従兄（いとこ）の鳥居弘四郎が隠居所に向かうのを見て、五郎治は渡り廊下のたもとの柱に隠れ、様子をうかがった。先日のふたりの口論のこともあり、気がかりだったのだ。

ふたりは声をひそめて話しているのか、五郎治の耳にはなにも聞こえてこない。

突如、怒号（どごう）が発せられた。

続いて、チャリンと金属音がする。刀身（とうしん）と刀身が激突する音に違いない。斬りあいがはじまったのだ。

隠居所の障子（しょうじ）がべりっときしみ、桟（さん）が折れた。どちらかの背中がぶつかったのであろう。障子紙に鮮血が散っていた。

五郎治は恐怖で全身が総毛立った。

人を呼ぼうと思うのだが、喉が貼りついてしまったかのようで、声が出ない。

また、隠居所に走ろうと思うのだが、足がすくんで一歩も踏みだせなかった。

そのとき、どこやらから現われた叔母のお雅が、隠居所に駆けこんだ。

「ふたりとも、やめて」

お雅が叫ぶ。

叔母の声を聞いて、五郎治はようやく身体が動いた。隠居所に走る。

三介と弘四郎がそれぞれ怒鳴った。

「お雅、引っこんでいろ」

「母上、引っこんでいてください」

ふたりはお雅の出現に、かえって激情を高ぶらせたかのようだった。

お互いに刀を叩きつけ、キンという音とともに火花が散った。いったん、押しこんで鍔迫りあいになるが、ふたりはすぐに離れて、後退した。

ふたりともハアハアと荒い息を吐き、目が異様に光っている。

すでに、顔に点々と血が飛び散っていた。

間合いを確保したふたりは、ともに八双（はっそう）に構えていたが、

「おのれーっ」

「くそーっ」

と怒声を発しつつ、ほとんど同時に刀を振りおろす。

「あたしを殺しなさい」

そう叫びながら、お雅が身を投げた。

五郎治は内心、

（ああっ）

と悲鳴をあげ、目をつむった。

目を開けたとき、三介と弘四郎のあいだに、お雅が倒れていた。全身、朱（あけ）に染まっている。

「お雅」

「母上」

三介と弘四郎の狼狽（ろうばい）した呼びかけに対し、横たわったお雅がはっきりした口調で答えた。

「兄上と倅（せがれ）の手にかかって死ぬのなら、あたしは本望です」

そのときには、多数が詰めかけてきていた。

「これは、いったい……」

五郎治の母のお満は、血まみれの三人を見て呆然としていた。ほとんど虚脱状態である。

母のあとを追ってきた、五郎治の妹のお倉とお国が部屋の中を見て、泣きだした。

お満は娘たちの泣き声で我に返り、命じた。

「五郎治、すぐに医者を呼びなさい」

「はい、かしこまりました」

五郎治の頭には伊織のことしかなかった。

玄関を、裸足のまま飛びだした。履物をはくのも、もどかしかったのである。

裸足のまま懸命に走った。

そして、伊織のもとに駆けつけたのである——。

「そうだったか、手遅れにならねばよいが」

伊織は、ついに死者が出るかもしれないと思った。

目の前に、広木家の冠木門がある。

＊

五郎治に案内されて隠居所に向かう伊織は、庭に多数の男たちが立っているのを見た。道場の門弟たちが騒ぎを聞きつけ、集まってきたようである。

なかに、越後屋の助太郎の姿もあった。面は外していたが、胴はまだつけたままだった。

隠居所は血の匂いと人いきれで、むっとするほどだった。広木家や鳥居家の奉公人が詰めかけていたのだ。

「先生がいらっしゃいました。あけてください」

五郎治が声をかける。

伊織はまず、倒れているお雅を診た。

目を閉じ、無言のままだったが、伊織が手を触れると、目を開けた。意識は失っていないようだ。

左肩を斬られていたが、斬り傷はかろうじて頸動脈を外れている。

（危ないところだったな）

もう一か所の傷は右肩で、刃は骨で止まったようだった。

続いて、三介の傷を診る。

三介は柱を背にして座り、歯を食いしばって痛みに耐えていた。

左手の中指と薬指の先端が切断されていた。すでに手ぬぐいを固く巻きつけ、血止めがしてある。

着物が大きく裂けていたが、胸の傷はたいしたことはなかった。

三介の顔は真っ赤に染まっていたが、とくに傷はなく、返り血を浴びたのであろう。

最後に、弘四郎の傷を診る。

弘四郎も柱を背にして座り、端整（たんせい）な顔を苦痛でゆがめ、

「ううぅ、ううぅ」

と、うなり声を発している。

やはり顔面は赤く染まっていたが、傷はなく、返り血のようだった。

伊織が診たところ、左腕を斬られ、肉がべろんと剝（は）がれていた。袴に裂け目があり、右太腿（ふともも）を確かめたが、かすり傷だった。

三人の傷を診て、伊織は、

（優先すべきは、お雅の手当てだな。三介と弘四郎の傷は、とりあえず血止めをしておけばよい）

と判断した。

「この患者の手当てが緊急を要する。ただし、動かすわけにはいかぬので、この場で手当てをおこなう。

こんなに人で混みあっていては、身動きがとれない。おふたりはそれぞれ、ご自分の居室に引き取っていただきたい。静かに寝ているのがよろしい」

三介と弘四郎に隠居所を出るよう、うながした。

ふたりはそれぞれ、人に支えられ、歩きだす。

集まっていた人々も散っていく。

「拙者は、そばについていたいのですが」

忠兵衛が懇願（こんがん）した。

お雅の夫だけに、その願いは当然であろう。

「よろしいでしょう」

伊織が認め、隠居所にはお雅、五郎治、そして忠兵衛が残った。

三

広木五郎治に手伝わせながら、沢村伊織は傷を針で縫い、晒し木綿できつく縛った。

二度目になるだけに、五郎治も手馴れている。縫合は順調に進んだ。

「終わりましたぞ」

伊織が声をかけると、お雅が目を開けた。

出血したためか、顔色が青白い。

手当てではかなりの苦痛があったはずだが、お雅はじっと目をつむったまま、うめき声ひとつあげず、身じろぎすらしなかった。

内心、伊織はお雅の我慢強さに驚嘆していた。

「申しわけありません、お手数をかけてしまいました」

お雅がかすれた声で言った。

妻がしゃべれるのを見て、忠兵衛が身を乗りだし、

「誰が斬ったのか。三介が、そなたを斬ったのか」

と、顔をのぞきこむ。

忠兵衛の目はギラギラしていた。

静かに伊織が言った。

「そんな詮索は無用です。傷は右からと、左からと、ふたつあります。つまり、ふたつの刀で斬られたのです。いや、斬られにいったのです。敵討ちを考えるなど、見当違いですぞ」

忠兵衛が言葉に詰まる。

お雅が弱々しい声で、だが精一杯に言う。

「あたしはむしろ、兄と倅に殺されたかったのです」

「なぜですか」

「祖父の広木次太夫を殺したのは、あたしです。あたしは罰を受けて、当然なのです」

横から、忠兵衛が声を張りあげる。

「黙れ。でたらめを言うな。殺したのはわしだ」

いったん妻を牽制しておいて、忠兵衛が伊織に向き直った。

「頭が朦朧として、世迷い事を口走っておるのです。信じないでくだされ。拙者が次太夫を殺したのです」
「妻をかばおうとする、ご貴殿の態度には感銘を受けますが、すでにわかってい
るのです。
これから私が申し述べますが、もし違っているところがあったら、指摘してく
ださい。お雅どの、私の言葉がわかりますか」
「はい」
目をつむったまま、お雅が返事をする。
伊織が語りはじめた——。

次太夫の死期は迫っていた。
このままでは、次太夫は天寿をまっとうする。しかし、お雅はそれだけは許せ
なかった。
もう、残された日々は少ない。お雅はついに決意した。
何度か見舞に行っていたので、隠居所の部屋の様子はわかっている。
当日、お雅は夜明け前に、ひとりで家を忍び出た。
勝手を知っているため、広木家の母屋に忍びこむのは簡単だった。渡り廊下の

付近で、空がほの白くなるのを待った。

母屋の様子をうかがい、そっと渡り廊下を渡って隠居所に行くと、障子を開けて、次太夫の寝室に忍びこむ。

煙草盆(たばこぼん)に愛用の煙管(きせる)が乗っているのが見えた。

煙管を取ると、次太夫の枕元に近づき、吸口と雁首(がんくび)を両手で握り、羅宇の部分を喉元に押しあてた。そのまま、体重をのせ、押しつけ続ける。ついには、羅宇がミシリと折れた。

次太夫が死んだのを見て、お雅は逃げだしたが、やはり動転していたためか、煙管を残したままだった。

一方、忠兵衛はすでに、このところ妻の様子にただならぬものがあるのに感づいていた。そのため、それとなく注意していた。

夜明け前にお雅が寝床を抜けだすのに気づき、忠兵衛はそっとあとをつけた。

お雅が逃げるように隠居所から出てくるのを物陰(ものかげ)から見て、忠兵衛はまさかと思いながらも、次太夫の寝室をのぞいた。

すでに次太夫は死亡していた。喉に折れた煙管が乗っており、妻が殺したのはあきらかである。

忠兵衛はとっさに、お雅の犯行とはわからないよう、偽装しようと思った。部屋の中を見ると、今戸焼の福助人形が目に入った。

福助人形を手にすると、忠兵衛は次太夫の顔に叩きつけた。

当初は偽装のつもりだったが、顔面に人形を叩きつけるうち、積年の恨みがこみあげてきて叩き続け、ついには顔を潰してしまった。

逃げるに際し、忠兵衛は人形と煙管を持ち去った。

しばらくして、女中が次太夫の死体に気づき、屋敷は大騒ぎになった。

忠兵衛とお雅も駆けつけ、何食わぬ顔をしていた。もちろん、お雅は凶器の煙管が消えているのが不思議で、しかも顔面が叩き潰されているのに怯えた。すぐに夫を疑ったであろうが、とても口には出せない。

一方、忠兵衛は、あまりにむごたらしい殺し方から、次太夫に恨みを持つ暴漢の仕業と判断されるであろうと期待していた。

その後、次太夫は病死として葬られ、町奉行所の取り調べもない。

こうして世間体は取り繕ったが、広木家では内部の犯行に違いないとして、みなが疑心暗鬼になっている。このままでは、お雅に疑いが向けられるかもしれない。

そこで、忠兵衛は妻を守るため、隠していた福助人形と煙管の羅宇を昼間、広木家の下女が見ている前で、ごみ捨て場に捨てた。

こうして、あえて自分に疑惑の目を向けさせる工作までした。ただし、煙管の銀製の雁首と吸口は取りのけておいた。

その後、忠兵衛は妻が疑われていないのに安心すると同時に、自分が疑われているのをひしひしと感じた。だが、いざとなれば、自分がすべてをひっかぶるつもりだった。

一方で、息子・弘四郎の軽率な行状は不安の種だった――。


「こういうことではなかったのですか」

伊織が、お雅と忠兵衛に向かって言った。

お雅がはっきり答えた。

「そのとおりです。

あたしは、夫が罪をかぶろうとしているのが、つらくて。むしろ、あたしが死んだほうがよいと思って……」

あふれた涙が、お雅の頬を伝って落ちる。

そばで、五郎治は顔をこわばらせ、凍りついたかのようだった。最後の最後まで、叔母の犯行とは思っていなかったのであろう。

忠兵衛が絞りだすような声で言った。

「おおむね、そのとおりです。ただし、一か所だけ、違っていることがあります。拙者は、吸口も雁首もついたままの煙管を捨てましたぞ」

「ほう、すると、広木家の奉公人の誰かが、ごみ捨て場の中の折れた煙管を見て、金になると気づき、雁首と吸口だけ抜き取ったのでしょうね」

そう言いながら、伊織は雁首と吸口の探索を、岡っ引の喜平次に頼まなくてよかったと思った。

なまじ、喜平次が古道具屋などに売られているのを見つければ、まったく別な者の犯行の疑いが浮上する。もしかしたら、冤罪（えんざい）につながっていたかもしれなかった。

「お雅どのは当分のあいだ、ここから動かさないほうがよいでしょうな。血を流しているだけに、できるだけ滋養（じよう）のある物を食べさせるほうがよいでしょう。鶏卵（けいらん）や鰻（うなぎ）などですな。容態（ようだい）に変わったことがあれば、知らせてください。

さて、五郎治、お父上のところに案内してくれ」

伊織と五郎治が立ちあがる。

渡り廊下の途中までついてきた忠兵衛が、不安げに言った。さきほどまでとは打って変わった、いかにも気弱そうな態度だった。

「先生、お雅は助かりますか」

「助かる公算が高いですな。しかし、回復しても、おそらく左手は不自由でしょう。右手も少し不自由になるかもしれません」

「そうですか。命さえ助かってくれれば、それでいいのです。あとは拙者が支えます。

しかし、お雅は祖父殺しを自白しました。このあと、お雅はどうなるのでしょうか」

「私は役人ではありませんぞ。私は医者ですから、お雅どのの治療をするだけです。

広木一族で、ご貴殿がもっとも信頼しているのは誰ですか」

「やはり、越後屋太郎右衛門さんですな」

「では、今後のことは太郎右衛門さんに相談するのがよろしいでしょう。今夜にでも、私は太郎右衛門さんと話をしますから」

「わかりました。

それと、遅くなりましたが、先ほどのご無礼(ぶれい)、幾重(いくえ)にもお詫(わ)び申しあげます」

忠兵衛が深々と腰を折った。

＊

「父上、先生がいらっしゃいました」

五郎治が廊下から声をかけ、伊織を一室にみちびいた。

部屋は書院造りで、三介は床柱を背にして、足を投げだして座り、右手に持った煙管で煙草をくゆらせていた。左手の中指と薬指に巻かれた手ぬぐいは、真っ赤に染まっている。

部屋には妻のお満と、娘のお倉とお国、それに女中がひとりいた。

三介の表情に絶望感があるのは、一時の興奮が醒(さ)め、指二本を失った現実に直面しているからであろう。

もはや、これまでどおりに竹刀(しない)を握るのは難しい。道場主としてやっていけるかどうか、苦悩しているに違いない。

　そもそも、真剣で斬りあいをおこない、相手を仕留められなかったどころか、逆に指二本を斬り落とされたなど、剣術道場の道場主として、決定的な失態とみなされるであろう。へたをすると、笑い者になるかもしれない。

「みな、遠慮してくれ」

　三介が言った。

　広木家当主の命令に従い、みな黙って部屋を出ていく。

　伊織は、三介がたんなる治療だけでは終わらないと思っているのを察した。手まわしよく、家族を遠ざけたのであろう。

　五郎治に手伝わせながら、応急で巻かれた手ぬぐいをほどく。そのあと、伊織は新品の晒し木綿を裂いて包帯を作り、それを指に巻きつけていった。

　指が切断されたとなれば、もうできることは、出血を止めることしかない。あとは、肉が盛りあがって、傷口の骨をおおうのを待つしかなかった。

「妹のお雅どのが、祖父の次太夫どのを殺害したことを告白しましたぞ」

「やはり、そうでしたか」

「鳥居弘四郎どのの胤が誰かは、もう知っています」

「えっ、先生が」

三介がぎょっとした表情になった。

狼狽した視線で、息子の五郎治のほうを見る。

「これは、お雅どのが告白したわけではありません。また、べつに噂(うわさ)が広がっているわけではありませんので、その点はご安心を。じつは、私が考えて、たどり着いた結論です。

ですから、五郎治どのはまだ知りません。落ち着いてから、私から話してもよいですぞ」

「そうですか。では、先生にお願いしましょう。五郎治が悩み、迷っているのは知っていました。いつかは本当のことを話さなければと思っていましたが、やはり父親から倅には話しづらいので。

先生がそこまで事情をご存じなら、心おきなく申し述べましょう。拙者は妹のお雅を、不憫(ふびん)に思っていました。しかし、弘四郎は疎(うと)ましかったのです。

もちろん、弘四郎が悪いわけではありません。それはわかっているのですが、自分で自分を律せない部分がありましてな。人間ができていないと言えば、それまでなのですが。いまは、深く後悔しています」

「悶着(もんちゃく)は、次太夫どのが残した金をめぐってですか」

「さよう、そこまでご存じでしたか」

「私は、広木家の遺産の件に立ち入るつもりはありません。いま、広木一族のなかで、ご貴殿がいちばん信頼するのは誰ですか」

「やはり越後屋太郎右衛門さんでしょうな。拙者は子どものころ、『本家の兄さん』と呼んでいました。

本来、越後屋の系統が、広木家の本家なのです。太郎右衛門さんの祖父の太郎兵衛さんが兄、拙者の祖父の次太夫は弟でしたから」

「そうですか。では、もう弘四郎どのと話しあうのはやめ、太郎右衛門さんの裁定に任せてはいかがですか。そして、その裁定に従うのです」

「そうですな。それを聞いて、なんとなく気が楽になってきました。

拙者は今後、弘四郎とじかに談判をするのはやめ、『本家の兄さん』に交渉を任せます」

三介の表情がようやく明るくなった。

一方の五郎治は、肝心の部分を知らされていないため、いかにも不満そうだった。

「弘四郎どののところへ行くぞ」

伊織が五郎治をうながした。

父の忠兵衛と母のお雅は隠居所にとどまっているため、家には弘四郎と初老の下女のふたりきりだった。

弘四郎は低くうなりながら寝ており、そばには水を入れた盥（たらい）がある。かたわらに座った下女が手ぬぐいを濡（ぬ）らして、額（ひたい）に乗せていた。弘四郎は熱を発しているようだった。

「傷の手当てをしよう。縫ったほうがよかろうな」

伊織は五郎治に手伝わせ、弘四郎の左腕の傷を針と糸で縫った。

たとえ傷が完治しても、左手は不自由であろう。もう剣術は無理だった。

縫合のあいだじゅう、弘四郎は顔をゆがめ、

「うう、痛い、くく、つう」

と、うなりどおしである。

伊織は内心、

（母親の忍耐を見習え）

と叱（しか）りつけたい気分だった。

傷を縫合して、晒し木綿を腕に巻き終えたところで、広木家の女中が現われた。

「お母上がお呼びですよ」

五郎治は困った顔をして、伊織を見る。

伊織は内心、ほっとした。願ったり叶ったりである。

「もう、手当てはほぼ終わった。遠慮なく行くがよい」

「しかし、お帰りのときの薬箱と蘭引はどうしましょうか」

「気にすることはない。私ひとりでも持てる」

「申しわけありません。では、行ってまいります」

五郎治は後ろ髪を引かれる思いのようだった。

このあと、伊織と弘四郎のあいだでどんな話が交わされるのかが、気になっているのであろう。

五郎治が去り、下女も台所に消えたあと、伊織が静かに言った。

「母上のお雅どのが、広木次太夫どのを殺害したことを告白しましたぞ」

弘四郎は瞑目し、無言である。

伊織が続ける。

「越後屋が刊行した『葉娜古呂裳』が原因で、太郎右衛門さんに斬りつけたのですか」

「え、いったい、なにを言いだすのですか」

弘四郎は目をむき、立ちあがろうとした。だが、腕の痛みでがっくりと腰を落とした。

唇がわなわなと震えている。

「もう、貴殿が誰の胤かはわかっています。ただし、誤解のなきように。これは誰かに聞かされたわけではありませぬ。私が考えて、そしてたどり着いた結論です」

弘四郎が肩でため息をついた。

観念したように口を開く。

「殺すつもりはなかったのです。つい、カッとなって」

「岡っ引が調べにきたようですが、太郎右衛門さんはなにも告げませんでした。お手前をかばったのです。お手前も、太郎右衛門さんの気持ちを汲み取ったほうがよいのではありませぬか」

弘四郎は無言だった。

伊織が続ける。

「広木三介どのとの悶着は、次太夫どのが残した金ですか」

「なぜ、先生がそんなことまで」

「ここも誤解のなきよう。私は広木家の一族ではありませんから、遺産の件にかかわるつもりはありません。ただ、医者としてこれ以上、怪我人や、まして死者が出ることだけは避けたいと願っています。

いま、広木家の一族でいちばん信頼できるのは、越後屋太郎右衛門さんではありませんか」

「そうかもしれませんが、わたしは、あんなことをしてしまいましたから、いまさら……」

「太郎右衛門さんはお手前をかばったくらいですぞ。けっして、悪いようにはしないでしょう。

三介どのも、太郎右衛門さんの勧めは受け入れるはずです」

「わかりました。

わたしも遺産をすべて寄こせと言っていたわけではないのです。これまでさんざん、三介さまにはいじめられてきましたからね。その意趣返しもあって、居直ってしまったのです。意地を張ったと言いましょうか。

もう、この屋敷にいることはできません。わたしは家を出るつもりですが、それに必要な金さえもらえればよいのです。三介さまと争うつもりは、もう、ありません」

弘四郎の目から涙があふれた。

いつしか、二十歳の若者に戻っている。

「では、容態に変わったことがあれば、知らせてください。もし、歩けるようなら、隠居所にいる母上を見舞ったほうがよいですぞ。いままで、いちばん苦しんできたのは母のお雅どのです。また、それを支えてきたのは、父の忠兵衛どのです。おわかりですね」

「はい、これから見舞に行きます」

伊織は薬箱と蘭引をさげ、広木家の屋敷を出た。

すでに薄闇（うすやみ）が迫っている。

四

家に戻ると、沢村伊織はぐったりして、その場に倒れこみたくなるほどの疲れを覚えた。もう、指も動かしたくないほど大儀だった。

だが、夕飯をすませ、しばらくすると、やや元気が出てきた。さらに、急いだほうがよいという気持ちも大きい。自分で自分に活を入れる。

（よし、行くか）

伊織は、下女のお末に言った。

「提灯を用意してくれ。越後屋に行ってくる」

「え、これからですか」

「うむ、帰りは遅くなるかもしれぬ。先に寝ていてかまわぬぞ」

そう言い置くと、伊織は提灯をさげて外出した。

下谷七軒町の通りは真っ暗で、まさに人っ子ひとり歩いていない。

だが、浅草阿部川町に足を踏み入れると、あちこちに灯りがともり、人通りも多くなった。どこやらからは、三味線の音色も響いてくる。料理屋の二階座敷などで、芸者を呼んで酒宴を開いているのであろう。

道端には、行商の夜鷹蕎麦がいた。掛行灯に書かれた「そば　かん酒」の文字が内側から照らされ、夜道に浮かびあがっている。

越後屋はすでに表戸を閉じていたが、そばの潜り戸をとんとんと叩いた。

名前を告げると、すぐに潜り戸が開いた。

顔を出した奉公人に言った。

「主人の太郎右衛門さんにお会いしたい」

いったん引っこんだ奉公人が、すぐに戻ってきた。

「お会いになるそうです。どうぞ、こちらへ」

奉公人に案内されたのは、先日とは別な、やや狭い部屋だった。

太郎右衛門は文机を前にして座り、机の上には十冊近い書籍が積み重ねられていた。

「夜分、押しかけてしまい、申しわけない。傷の具合はいかがですかな」

「おかげさまで、こうして座れるようになりました。ただ、ときどき、背中がつっぱるように痛みます」

「それは糸のせいですな。明日にでも、糸を抜きましょう」

「ところで、広木家の屋敷で、またもや騒動が起きたそうでございますな。倅の助太郎から聞きました。怪我人の具合はいかがですか」

「広木三介どのは指を二本、失いましたが、命に別状はありません。鳥居弘四郎どのも腕に深い斬り傷を受けましたが、命に別状はないでしょう。お雅どのは左右の肩を斬られており、おそらく快癒するとは思いますが、一抹の危惧がないわけではありません。

ところで、お雅どのが祖父の次太夫どのを殺害したことを、告白しました」

「そうですか……」

太郎右衛門は顔をあげ、天井の一角を見つめた。

ややあって、伊織に言った。

「このままでは、広木家は崩壊してしまうのではないかと、あたくしは心配でなりません」

「元凶は、これですな」

伊織がふところから紙を取りだし、太郎右衛門に渡した。

新たに作成した、広木家の家系図である。（一九八ページの図2参照）

ひと目、見るなり、太郎右衛門が息を呑んだ。行灯のほのかな灯りでも、太郎右衛門の顔色が変わったのがわかる。

「これを、どこから入手したのですか」

「ほかから手に入れた物ではありませぬ。私が作成したのです。これまで多数の人から聞いたことを矛盾なく整理すると、これしかない、となったのです。まだ、誰にも見せていません。今夜、お手前に見せるのが初めてです」

「う〜ん、それにしても、よく見抜きましたな」

「ついては、この家系図にもとづきながら、あらためて話をしたいのですが、いかがでしょうか。

広木家の崩壊を防ぐため、などと称するとおおげさになりますが、私もかかわった以上、関係した人々が、もっともよい結果になるのが最善だと思っているのです。

　さきほど、広木家当主の三介どのと、今後のことについて話をしたのですが、三介どのは本家の兄さん、つまり、お手前になら裁定を任せる、と言っていましたぞ。

　また、鳥居弘四郎どのも、お手前と三介どのが決めたことであれば、従うはずです」

「そういえば、子どものころ三介さまに、あたくしは『本家の兄さん』と呼ばれていましたな。まだ身分の違いなどわかっていなかったものですから、二歳年長なのをいいことに、あたくしは三介さまを子分のように従えていたものです。

そうですか……三介さまが、あたくしのことを『本家の兄さん』と言っていたのですか」

太郎右衛門の声が潤(うる)んでいる。

あたりを見まわし、しばらく考えたあと、太郎右衛門が言った。

「あたくしどもに蔵があります。そこでお話ししましょう。よろしいですか」

「かまいませんぞ」

場所に蔵を選んだのは、立ち聞きや盗み聞きを防ぐ用心であろう。

太郎右衛門が奉公人を呼び、蔵でふたりの話ができるよう、準備を命じた。

*

蔵の中には多数の本や版木(はんぎ)、紙などが積まれていた。

狭い通路に花茣蓙(はなござ)が敷かれ、ここに座って話をする。

そばには、鉄枠(てつわく)に金網(かなあみ)を張った蔵提灯(くらちょうちん)が置かれ、伊織と太郎右衛門を照らしている。

蔵提灯は蠟燭(ろうそく)の火がほかへ引火しないよう、堅牢(けんろう)に作られた提灯で、火気を恐れる蔵専用だった。

さらに、奉公人によって酒や茶も用意されていた。

伊織が家系図を、蠟燭の明かりのなかに置いた。

「鳥居弘四郎は、表向きは広木次太夫のひ孫ですが、実際は次太夫とお雅のあいだにできた子。

広木三介からすれば弘四郎は、妹・お雅の子と見れば、甥。しかし、祖父次太夫の子と見れば、父次作の腹違いの弟になるので、つまり叔父。

三介からすれば弘四郎は、甥でもあり、叔父でもあったわけです。なんともややこしい関係といえましょう」

「しかし、よく見抜きましたな」

「当初、三介どのが弘四郎どのを『おじ』呼ばわりしていると聞いて、わけがわかりませんでした。三介どのと弘四郎どのが互いに『おじ』の関係など、ありえないと思ったのです。

ところが、この関係だと、弘四郎どのにとって三介どのは伯父、三介どのにとって弘四郎どのは叔父。お互いが『おじ』の関係が成り立つと気づいたのです」

「さきほど、先生がいみじくも『元凶』という言葉を使いましたが、まさしく次太夫さまが元凶だったのです。
次太夫さまはお雅さんを手籠めにしたわけですが、そのとき、次太夫さまは五十六歳、お雅さんは十四歳でした。しかも、祖父が孫娘を犯したわけですから、醜悪な畜生道ですな」

畜生道とは、人倫にもとる性関係のことだが、近親相姦をさすことが多い。

後藤屋の手代の佐兵衛が次太夫について、魔性と評していたのは、まさにこのことだったのだ、と伊織は思いいたった。もちろん、佐兵衛は畜生道のことは知らなかったのだが。

「次太夫さんは怒り狂って否定したのですが、目撃していた人がいましてね。いま、鳥居一家が住んでいる家は、そのころ借家にしていて、漢学者が住んでいたのです。その漢学者がたまたま、ふたりが蔵から出てくるところを見かけたのです。

泣いているお雅さんを、次太夫さまはこう言って、なだめていたそうです。

『浅草花川戸町に、後藤屋という呉服屋がある。そこで、着物を作ってやるからな』

お雅さんのくるぶしに血が垂れていたそうでしてね。破瓜の出血でしょうな」

太郎右衛門は、なんともつらそうな表情をしている。

伊織も陰惨(いんさん)な気分だった。お雅が痛ましいと同時に、すでにこの世にいない次太夫に怒りがこみあげてくる。

それにしても、ここで後藤屋が登場するのは驚きだった。お園の言う、『後藤屋と広木家は浅からぬ縁がある』は、あたらずとも遠からずといえよう。

ふと、伊織は思いだした。

「その漢学者が、淫開亭主人(いんかいていしゅじん)ですか」

「え、なぜ、そんなことまでご存じなのですか」

「犬も歩けば棒にあたるで、『葉娜古呂裳』に出あったのです。蘭方医も春本は読みますぞ」

「そうでしたか、ちょっとお待ちください。あるはずです」

太郎右衛門は蔵提灯を手にして立ちあがり、蔵の中の在庫を調べはじめた。

しばらくして、太郎右衛門は『葉娜古呂裳』全三巻を手にして戻ってきた。

「作者は淫開亭主人、絵師は変乃古大人(へのこたいじん)で、ともに高名な漢学者と浮世絵師です。しかし、名は明かせません。本屋の主人にとって作者や絵師は、家族よりも大事なのです」

「わかりました。そのあたりの詮索はしますまい。話の腰を折ってしまいましたな、続けてください」

「この『葉娜古呂裳』については、あとでお話ししましょう。

さて、淫開亭主人の目撃もあり、もはや言い逃れができなくなったとき、次太夫さまは逆上して、こう言い放ったとか。

『吉原の遊女は、十四歳で客を取っているぞ』

さらには、こうも言ったとか。

『お雅のほうから新調の着物欲しさに、わしを誘ってきたのじゃ』

お雅さんの父親の次作さんや、母親のお雪さんにしてみれば、聞くにたえない暴言と侮辱ですな。

兄の三介さんはそのとき十五歳ですから、当然、お雅さんが凌辱されたのはわかっていたはずです。

次作さんは娘を犯した男を成敗したかったはずですが、その男は自分の父親ですからね。また、この醜聞が世間に広まるのは、なんとしても避けねばなりません。

けっきょく、なにもなかったことにせざるをえなかったのです。つまり、隠蔽（いんぺい）ですな。

ところが、しばらくして、お雅さんが身籠（みご）もっているのがわかりました。もう、隠しおおせません。次作さんとお雪さん夫婦の苦悩は、察するにあまりあります。

そこで乗りだしてきたのが、次太夫さまです。自分でも『これはまずい』と、あわてたのでしょうがね。

そして、当時、広木道場の門弟だった、二十一歳の鳥居忠兵衛さんに目をつけたのです。このあたりの要領のよさと言いますか、ずる賢（がしこ）さと言いますか、やはり次太夫さまはたいしたものですな。

次太夫さまは忠兵衛さんに因果（いんが）を含め、お雅さんを嫁にするのを同意させたのです。お雅さんに相応の持参金をつけてやったでしょうな。

屋敷内の借家に住んでいた淫開亭主人は、次太夫さまにとって目の上のたんこぶでしたから、難癖（なんくせ）をつけて追いだし、そのあとに忠兵衛お雅夫婦を住まわせたのです。

忠兵衛さんには、けっして悪い話ではなかったはずです。

この婚姻により、身が立ったわけですから。

しかし、その後は次太夫さまの傲慢な言動に、何度も腸が煮えくり返る思いをしたでしょうが。

祝言を挙げてから四か月後、お雅さんは男の子を産みました。弘四郎さんです。

お雅さんは十五歳で、母親になったわけです。

この、祝言から四か月後の出産についても、次太夫さまは隠居所の来客に、

『忠兵衛とお雅は、祝言前から乳繰りあっていたのじゃ。腹に子どもができているのがわかったので、わしが仲を取り持ち、一緒にさせてやった。

忠兵衛は剣術の稽古にきながら、女の稽古もしておったわけじゃな』

と吹聴し、笑っていたそうです。

自分の非道から目を逸らさせる巧妙さと言いますか、狡猾さと言いますかね。

世間では、信じていた人は多いのではないでしょうか。広木家としては、

『それは違う。本当は』

とは、とうてい言えませんからね。

お雅さんの父の次作さんは、弘四郎さんが生まれた二年後、四十歳で亡くなりました。一連の心痛が原因でしょうな。妻のお雪さんも、あとを追うように亡く

なりましたよ」

言い終えて、太郎右衛門は深いため息をついた。

伊織もつられるように、ため息をつく。

蔵提灯の中の蠟燭が消えかかっていた。太郎右衛門が蠟燭を取りかえる。

蠟燭を代えて明るくなったあと、太郎右衛門が『葉娜古呂裳』を示した。

「あたくしは、越後屋で刊行する本は、すべて原稿の段階で目を通しています。

やはり気になりますからな。

もちろん、すべて精読（せいどく）しているわけではなく、ざっと読み飛ばしている場合もあります。とくに春本の場合は、ざっと目を通すだけが多いですな。

『葉娜古呂裳』の原稿は、ざっと読んで、筋立てとしてはなかなかおもしろいと思いましたね。そして、そのまま刊行しました。

本ができあがってから、あらためて仕上がりを確かめていて、本文に春木継太夫という五十代の老人が、十四歳の音勢という生娘（きむすめ）を破瓜する場面があるのに気づきました。

春木継太夫は広木次太夫のもじりではなかろうか。名こそ音勢ですが、十四歳の生娘という点は、お雅さんと同じです。

妙に気になったので、淫開亭主人が越後屋に来たとき、奥の部屋に呼んで、それとなく尋ねたのです。

驚きました。

なんと、淫開亭主人は、かつて広木家の借家に住んでいた漢学者だったのです。なにせ、借家を追いだされたのは二十年前なので、容貌も変わっていました。また、漢学者としての号も変えていました。そのため、あたくしもまったく気づかなかったのです。

淫開亭主人のほうも驚いていましたな。広木家と越後屋が親類とは知らなかったのです。

あたくしはあらためて、淫開亭主人から二十年前の事件の詳細(しょうさい)を聞かされました。

じつは、当時、あたくしは十七歳でしたからね。耳に入ってきたのは、せいぜい、

『広木家の次太夫さまとお雅さんが不義をして、身籠もったらしい。祖父と孫娘の畜生道だ』

くらいでしたかね。

当時は、おもしろおかしい猥談として語られていた気がします。

さきほど、生々しい話をしましたが、ほんの去年、淫開亭主人から聞かされたことなのです」

「ということは、淫開亭主人は明確に、広木次太夫とお雅を念頭に置いて、春木継太夫と音勢を書いていたのですか」

「そうなのです」

「しかし、二十年も経ってから、なぜでしょうか」

「二十年経ったからこそ、でしょうな。

淫開亭主人はどこかで、広木次太夫さまが七十を過ぎてからめっきり弱ったことを小耳にはさんだのです。それを知り、『よし、もう大丈夫だろう』というわけですな。淫開亭主人も、次太夫さまが怖かったのですよ」

「次太夫どのを揶揄する気分だったのでしょうか」

「本人は、

『筆誅を加えた』

と述べていましたな。淫開亭主人は、次太夫さまの人倫に悖る強淫や、その後の強弁には激しく憤っていましたし、また借家を強引に追いだされたことも恨んでいましたから。

　まあ、次太夫さまに恨みを持っていた人は多いですからな。淫開亭主人は、そのなかのひとりだった、そして、たまたま筆が立ったということでしょうね」

　伊織は『葉娜古呂裳』を手に取ってパラパラとめくり、春画を探した。

　見つけた個所を示す。

「この春画は、おじと姪の畜生道を描いています。書入れを読むと、男は女を『まさ坊』と呼んでいますが」

「これも原稿段階では、あたくしは気づきませんでした。春画は、絵の出来栄えを中心に確かめていきますから、書入れにはさほど注意を払わないのです。たいていは、他愛ない内容ですから。

　結論を言いますと、まったくの偶然です。

　というのは、春画は絵師が描きますが、書入れの文字も絵師が書くのです。絵師の変乃古大人は、広木家のことはなにも知りませんから。

　しかも、『雅坊』ではなく、『まさ坊』ですからね。

　ですが、結果的に、本文の一部と、この春画の書入れを合わせると、暗示になっていました。

　とはいえ、この暗示に気づく者などいないだろうと、あたくしは高を括っていました。自分に言い聞かせたと言ってもよいかもしれませんが」

「しかし、鳥居弘四郎どのは気づいた。どこで『葉娜古呂裳』を目にしたのでしょうか」

「貸本屋かもしれませんな。弘四郎さんは二十歳です。春本を求めてもおかしくはありません。

　次太夫さまが無惨に殺され、広木家の屋敷内は疑心暗鬼になっているときでした。弘四郎さんは『葉娜古呂裳』が、犯行の引き金になったと考えたようです。そして、すべてを操る黒幕は、越後屋太郎右衛門に違いない、と思いこんだようです。

　弘四郎さんは次太夫さまを殺したのは母親か、あるいは父親かもしれないと疑っていたようですから、もう混乱状態にありました。支離滅裂なことを口走っていましたな。

　しかし、弘四郎さんの生い立ちに同情すべき点が多いのは、ご存じのとおりです。

あの日の早朝、越後屋に忍びこんだ弘四郎さんに、あたくしは鉢合わせしてしまったのです。逃げようとして身をひるがえしたところを、背中から斬られたわけです。

あたくしがいちばん恐れたのは、弘四郎さんが町奉行所に召し取られることです。町屋での犯行ですから、越後屋が訴え出れば、お役人は動きます。そうなれば、弘四郎さんが罰されるのはもちろんのこと、広木家の醜聞があきらかになりかねません。

そのため、先生の治療中も、喜平次親分とかいう岡っ引が来たときも、意識がないふりをしていたのです。いまさらですが、申しわけありませんでした」

「そうでしたか」

伊織は、喜平次が太郎右衛門のうめき声を芝居だと推量していたのを思いだした。岡っ引の慧眼は驚くべきだった。

最後に、伊織が系図を示して言った。

「広木家の五郎治は知りすぎています。しかし、まだこの系図のもとになった件は知りません。うすうす、気づいているかもしれませんが。

なまじ隠すと、かえって妙な誤解を生みます。この際、すべてをあきらかにしたほうがよいと思うのです。五郎治は十四歳ですから。
近日中、私はこの系図を見せ、五郎治に真相を話して聞かせようと思っていま
す。父親の三介どのも了解していますので」
「そうですか、では、そのとき、あたくしの倅の助太郎も同席させていただけま
せんか。助太郎も同じく十四歳です。
やはり父親が倅に、一族内の畜生道の話をするのは、いささかためらいがあり
ましてね」
「わかりました、引き受けましょう。
助太郎どのは一度、番頭どのと一緒に、私のところに来たことがあります」
その際、助太郎がひそかに『葉娜古呂裳』を持参したのだが、もちろん伊織は
口外しなかった。

＊

越後屋を出ると、伊織は右手に杖、左手に提灯を持って、夜道を歩いた。
見あげると、月は雲に隠れていたが、雲の切れ間にはまばゆいばかりに星が輝

いている。

だが、いくら星が輝いているといっても、やはり提灯の明かりなしに夜道を歩くのは無理だった。

向こうから、下駄を履いた男が歩いてくる。片手に竹の杖を持っていたが、提灯はさげていない。平気で、提灯なしで夜道を歩いている。

男がピィーと、竹笛を鳴らした。

続いて、

「按摩、鍼の療治〜」

と、声をあげる。

目の見えない按摩だった。

そのとき、伊織は揉み療治を受けたいと痛切に思った。

というのも、このところ異様な首や肩の凝りを感じていたのだ。原因は、広木一族の闇に向きあってきたからであろう。

伊織が声をかけた。

「按摩さん、私はこれから家に帰るところだが、すぐそこだ。一緒に来てもらえるかな」

「へい、ようござんすよ」

「按摩を頼むのは初めてなので、教えてほしい。いくらだ」

「へい、上下揉んで、二十四文ですよ」

「よし、では、頼もう。

家まで案内するが、手を引いたほうがよいかな」

「いえ、できれば、旦那の肩に手を乗せさせてくださいますか」

「おお、そうか」

伊織が按摩に、右肩を貸す。

按摩が伊織の肩に、軽く左手を乗せた。

連れだってゆっくり歩きながら、伊織は目の見えない者への補助の仕方を初めて知った気がした。

「おや、旦那も杖をついていますな」

「ほう、わかったか。

私は目が見えないわけではない。これまで、何度か乱暴な連中に出あったので、用心のために杖を持っている。いわば、護身用の杖だな」

「なるほど、重そうな杖ですな」

按摩は地面を突く音から、杖の重さまでわかったようだ。

伊織は盲人の聴覚の鋭敏さに、舌を巻いた。

もちろん、杖にはサーベルが仕込まれていることは言わない。

五

越後屋太郎右衛門が丁稚を従えて訪ねてきたのは、秋も深まったころだった。

丁稚が持参した竹籠を、下女のお末に渡している。

お末が竹籠の中身を見て、

「おや、まあ、こんな大きな松茸は初めてですよ」

と、はしゃいでいる。

今回は松茸を手土産にしたようだ。

太郎右衛門は沢村伊織の前に座り、挨拶をしたあと、懐紙の包みを取りだした。

「これは、あたくしの治療のお礼と、倅助太郎のお詫びも含めてでございます。お収めください」

紙包みには五両は入っているようだった。

　太郎右衛門が言葉を続ける。

「広木家については、当主の三介さまが近日中に挨拶に来て、治療および、その他もろもろの謝礼もお渡しするはずです。

　三介さまにとって、広木家当主としての、最後の務めになるかもしれません」

「ということは、三介どのは隠居するのですか」

「はい、近々、五郎治さんを元服(げんぷく)させる予定です。三介さまは隠居し、五郎治さんが広木家の家督を継ぎます。

　いや、話が先走ってしまい、失礼しました。

　順を追って話しましょう。今日は、先生にその後のことをお知らせにきたのですから」

「はい、私も気になっていました。うかがいましょう」

「まず、いまの広木家当主の三介さんが隠居し、息子の五郎治さんが家督を継ぎます。五郎治さんが、御家人広木家の当主となるわけですな」

「なるほど」

　相槌(あいづち)を打ちながら、伊織は、これでいっこうに五郎治が蘭学塾に姿を見せない理由がわかった。

五郎治にしてみれば、元服、そして家督継承と、蘭学どころでないに違いない。

「隠居する三介どのは何歳でしたか」

「三十五歳です。三十五歳で隠居は早すぎます。その後の人生を、どう過ごすかですな。

じつは、三介さまは絵が得意なのです。あたくしが見ても、あの才能は本物ですな。左手の指を二本失いましたが、右手の指は健在ですから、絵を描くにはなんの支障もありません。

僭越ながら、あたくしが口利きをして、ある絵師に入門させました。そのうち、三介さまは浮世絵で名を馳せるかもしれませんぞ」

太郎右衛門が笑みを含んで言った。

伊織は、もしかしたらその絵師は、変乃古大人かもしれないと思った。

変乃古大人は春本『葉娜古呂裳』の絵師である。その絵師のもとに三介が入門するのは、皮肉と言えないこともないが、そもそも変乃古大人も三介も、『葉娜古呂裳』が広木家の惨劇と関係があるなど、知らないのだ。

「三介どのが道場主だった広木道場は、どうなるのですか」

「これが難題でしてね。道場主の三介さまは、指を二本失っていますから、もう竹刀は握れません。そこで、鳥居忠兵衛さまが、道場主を代行することになりました。

　しかし、考えてみると、三介さまが若いとき、忠兵衛さまが道場主を代行していた時期もあるのです。昔に戻ったと考えれば、なんのことはありませんよ」

「なるほど、鳥居忠兵衛どのが事実上の広木道場の主（あるじ）になるわけですな。
すると、鳥居弘四郎どのの扱いはどうなりましたか」

「そこは、次太夫さまが残した金と絡（から）んでくるわけですがね。蔵の中に、かなり溜（た）めこんでいました。

　普通に考えれば、すでに息子の次作さまは死去しているので、孫で当主の三介さまが受け継ぐことになります。

　ところが、ひ孫の弘四郎さんは、実際は息子ですからね。自分が受け継ぐべきと言い張るのも、理屈にかなっています。

　そこで、ふたりが顔を合わせることなく、あたくしがあいだに入って、話をまとめました。なまじ斬りあいをして、お雅さんを殺しそうになったことに、ふたりとも衝撃を受け、また反省したようですな。ふたりにとって、いい薬になったのかもしれません。

ふたりとも、あたくしに一任すると言ってくれましてね。

三介さまと弘四郎さんで折半。すんなりと、まとまりましたよ。折半しても、かなりの額ですがね。

弘四郎さんは自分が得た金額の半分を、母親のお雅さんに渡し、屋敷を出ました」

「ほう、その後、弘四郎どのは、どうしているのですか」

「旅に出たようですね。二、三年、遊んで暮らせるくらいの金がありますから、いずれ、生きる道を見つけるのではないでしょうか。まだ二十歳ですからね。

次太夫さまは蔵の中に金のほか、借用証文を残していました。方々に、かなり貸しつけていましたね。

三介さまはこれらの証文をすべて、焼き捨てました。広木家初代の半太夫さまに見習ったわけです。

証文を焼き捨てるとき、あたくしは三介さまに願って、立ち会わせてもらいましてね。というのも、あたくしの祖父の太郎兵衛が、半太夫さまに命じられて証文を焼き捨てましたから。

三介さまは曾祖父の、あたくしは祖父の故事にならったと言いましょうか。

借用証文の束が炎になり、煙が立ちのぼるのを見ていると、これで広木一族の罪業が消滅する気がして、あたくしは無性に涙が出てきましてね。三介さまも泣いていました。同じ思いだったのかもしれません。血のつながりというものは、せつないものがありますな。そういえば、つい先日、お雅さんが夫の忠兵衛さんに腕を支えられ、庭を歩いているのを見かけました。お雅さんの顔は、なんとも穏やかでしたな」

「そうでしたか、穏やかでしたか」

伊織もしみじみ、よかったと思った。

一時は、死んだほうがましとまで思いつめたお雅だが、いまは生きていてよかったと思っているに違いない。

「そろそろお暇しますが、最後にひとつ、先生にお願いがあるのですが」

「なんでしょうか」

「身内の恥をさらすようですが、倅の助太郎のことです。最近、助太郎がろくに読み書きができないのを知って、あたくしは愕然としましてね」

「寺子屋で手習いをしなかったのですか」

「あたくしどもは書物を扱う商売だけに、奉公をはじめた丁稚には、番頭や手代が師匠になって、かなり厳しく手習いをさせております。そんじょそこらの寺子屋には引けをとらないはずです。

　そんな自信があったものですから、助太郎には寺子屋には通わせず、丁稚らと一緒に、店で手習いをさせておったのです。いまは、自分の不明を恥じておりますがね。

　いくら番頭や手代が厳しくしつけるといっても、助太郎は主人の倅ですから、どうしても遠慮があり、甘くなります。それをいいことに、助太郎は手習いをなまけ、剣術に夢中になっていたのです。

　いまになって、あたくしは、あわてている始末でしてね。

　助太郎は十四歳ですから、いまさら寺子屋に通わせるわけにもまいりません。本屋の倅が十四歳にもなってあの始末では、それこそ物笑いです」

　話を聞きながら、伊織は内心、

（これで得心がいったぞ）

と、手を打った。

　先日、助太郎がひそかに『葉娜古呂裳』を持参したとき、自分は読んでもよくわからなかったと述べていたのは、実際は、漢字がほとんど読めなかったのに違いない。要するに、春本もろくに読めなかったのだ。

笑いだしたいのをこらえ、伊織が言った。

「私に手習い師匠をやってほしいということですか」

「はい、ぜひ、お願いします。

先生の教えには従順なはずです。五郎治さんから、いろいろ聞かされているようでしてね。なにせ、西洋剣術の達人として尊敬しておりますから」

「達人はおおげさですが」

伊織も苦笑するしかない。

蘭学塾は開店休業状態で、手習い所を新規開業することになろう。

しかし、考えてみれば、手習いと蘭学を同時に教えることも可能である。

「わかりました。引き受けましょう。早ければ早いほどよいでしょう。では、明日から」

「はい、では帰りましたら、愚息助太郎めに、厳しく言い聞かせますので」

ほっとひと安心の様子で、太郎右衛門は帰っていった。

＊

越後屋太郎右衛門が去ってしばらくすると、後藤屋の丁稚の定吉が現われた。

「先生、お嬢さまが、浅草花川戸町までご足労願えないかと言っていますが」

「後藤屋に来てほしいということか」

お園がかかわっているとしたら、また、なにか面倒に巻きこまれそうな予感がした。

「いいえ、浅草花川戸町の河岸場です。

河岸場の棒杭に土左衛門が引っかかっているのが見つかり、お嬢さまと、女中のお竹さんと、あたくしの三人で見物にいったのです。

するとと、お嬢さまが、

『この死体は妙だわ。なにか、裏があるに違いないわね』

と言いだしましてね。

お嬢さまは、言いだしたらきかない人ですから」

定吉は大人びた人物評をした。

だが、お園に手を焼いているように言いながら、自分でもなかばおもしろがっているようだった。

「お役人の中島粂之丞さまが検使にきて、岡っ引の喜平次親分もいます。

お嬢さまが中島さまに、

『この死体は腑分けして調べるべきです』

と訴えたのです。

中島さまも困った様子でした。

喜平次親分が、

『お嬢さん、たかが土左衛門ですぜ、腑分けはおおげさですよ』

と、なだめたんですがね。

すかさず、お嬢さまが、

『沢村伊織先生を呼びましょう』

と、提案したのです。

すると、中島さまが、

『ふ～む、たしかに、水死体も事例に必要だな』

とかなんとか、腕組みをして、難しいことを言っていました。

その機を逃さず、お嬢さまが、

『定吉、先生を呼んでおいで。お役人の中島さまが待っている、と伝えるんだよ。先生には駕籠（かご）を用意しなさい。駕籠賃（ちん）は後藤屋が払うからね』

と、なりました。

こうして、あたくしがお迎えにまいりました」

「なるほどな」

伊織は、お園のわがままにため息をつきたくなるが、一方で、なんとも愉快なのも事実だった。

また、中島の考えも、伊織には読めた。

伊織は長崎に遊学する前、大槻玄沢が主宰（しゅさい）する芝蘭堂で、蘭学と蘭方医学を学んでいた。中島はそのときの同門である。

中島は町奉行所の同心の次男で、蘭方医を目指していた。

だが、長男が病死したことから蘭方医になるのを断念し、家督を継いで同心となった。

しかし、蘭方医になりたかった思いを、別な形で実現しようとしている。

町奉行所の役人の検死の手引きとも言うべき『無冤録述（むえんろくじゅつ）』の内容は、ほとんどが中国の南宋末に刊行された『洗冤録』の引き写しである。およそ、六百年前の知見だった。

『無冤録述』の内容はすでに古くなっていることから、中島は最新の医術の知識を取り入れた『新編無冤録述』を執筆しようとしていたのだ。それに、伊織も協力を求められている。

その『新編無冤録述』に、中島は水死体の検屍の事例を入れたいのに違いない。今回の土左衛門を使って、精密な検屍をしたいのだ。

笑いながら、伊織が言った。

「よし、行こうか。ただし、薬箱を頼むぞ」

「へい、かしこまりました」

定吉の答えは、打てば響くかのようだった。

伊織は定吉に薬箱を渡し、自分は杖を手にする。

またもや、ややこしい事件に巻きこまれそうだった。

コスミック・時代文庫

秘剣の名医（ひけんのめいい）

五

蘭方検死医 沢村伊織

【著 者】

永井義男（ながいよしお）

【発行者】

佐藤広野

【発 行】

株式会社コスミック出版

〒154-0002 東京都世田谷区下馬 6-15-4

代表 TEL.03(5432)7081

営業 TEL.03(5432)7084
FAX.03(5432)7088

編集 TEL.03(5432)7086
FAX.03(5432)7090

【ホームページ】

https://www.cosmicpub.com/

【振替口座】

00110-8-611382

【印刷／製本】

中央精版印刷株式会社

乱丁・落丁本は、小社へ直接お送り下さい。郵送料小社負担にて
お取り替え致します。定価はカバーに表示してあります。

ISBN978-4-7747-6154-1 C0193

第二部

神秘（下）目次

神秘（上）

第一部

歴史は生者を求めない

出社して、デスクのPCを起ち上げるとヤフーのトピックス欄に、「アップルのジョブズCEOが退任」と出ていた。

配信元は産経新聞。8月25日（木）8時18分配信——となっている。腕時計で時刻を確かめる。午前八時四十九分。三十分ほど前の記事だった。

神楽坂の自宅マンションをちょうど出たくらいの頃合いである。

かねてがん治療を続けてきたジョブズ氏の退任を今朝、こんなふうな形で知るというのは出来過ぎた偶然のように思えた。

肩の力を抜こう。私はあらためてそう思った。昨日も国立国際医療研究センターからの帰途、最寄りの若松河田駅まで歩く四、五分のあいだずっとそう自分に言い聞かせていた。

ジョブズ氏ほどの財力と人脈を誇る人物でも、がんには勝てないのだ。私のような人間がいまさらジタバタしたところで何をどうできるものでもあるまい。

さすがに昨夜は寝つけなかった。七時前にはベッドを離れ、シャワーだけ浴びるとふだんより一時間も早く家を出た。

この六階には書籍の編集部だけが集まっているのでまだ誰も出社していない。人気（ひとけ）のないフロアで、各編集部とは離れた出版局長席に一人ぽつねんと座っていると、昨日からの波立った心地が幾分か平らかになってくる。

十時始まりの業務推進連絡会議まで別段やることもなかった。

私は産経の配信記事にざっと目を通すと、関連のニュースをあれこれ検索した。

ある記事によれば退任の一報直後からアップルの株価は急激に下がり、時間外取引だけでも7・39パーセントも下落したという。下げ幅は金額にして実に二四〇億ドル（約一兆八千億円）。

一人の男が経営の一線を去るというだけで、この地上から二兆円近くの富が瞬時に消滅してしまったのだ。その消えた二兆円を世界中の人々の感染症の治療や食糧の配給に使えば一体どのくらいの数をとりあえず救うことができるのだろう？

そんな馬鹿げたことをふと考えた。

おいおいと自分に呼びかける。

余命一年と宣告されたとたんにまるで人が変わったみたいに殊勝になっているじゃないか。一体どうしたんだ。だから、肩の力を抜けと言っているんだよ……。

ジョブズ氏が膵臓(すいぞう)がんの手術を受けたのは二〇〇四年のことだ。五年後の二〇〇九年には肝臓移植を受け、さらに二年後の今年一月から再び病気療養休暇に入っていた。

むろん仕事柄、彼の膵臓がんについては知っていた。

だが、昨日まではその同じ病に私自身が取りつかれるとは夢想だにしていなかった。

ジョブズ氏は五十六歳。がんを切除したのは四十九歳のときということになる。五十三歳になったばかりの私よりもさらに四つも若かったわけだ。

ただ、いろいろな記事を拾ってみると、ジョブズ氏の膵臓がんは「膵臓神経内分泌腫瘍(しゅよう)」という非常に稀(まれ)なタイプのがんだったようだ。そのおかげもあって手術が奏功し、七年という長々とした時間を彼は手に入れることができた。

膵臓全体ががんに冒され、すでに肝臓、胆嚢(たんのう)、骨への浸潤、転移も疑われている私のような正真正銘の末期がんに比べれば、氏の方がよほどマシだったというわけか。

二〇〇四年七月末の手術から十カ月後の二〇〇五年六月十二日——。

スティーブ・ジョブズ氏はスタンフォード大学の卒業式に招かれ、のちに名演説として喧伝（けんでん）される卒業生へのゲストスピーチを行っている。

当時大いに話題を集めたものだから、私もその内容は何かで読んだ記憶があるが、しかし、いまこうしてPCの画面上でそのスピーチを読み直してみると、まったく異なる感慨が胸に押し寄せてきた。

〈私は（膵臓がんと記された）診断書を一日抱えて過ごしました。そしてその日の夕方に生体検査を受けた。喉（のど）から内視鏡を入れ、胃、腸を経由して膵臓に針を刺し、腫瘍細胞を採取しました。私は鎮静状態でしたので、妻の話によると、顕微鏡で細胞を覗（のぞ）いていた医師が不意に泣きだしたという。私のがんは膵臓がんとしては珍しい、手術を受ければ治せるタイプのがんだったのです。

手術を受け、ありがたいことに今もこうして元気です。

これが私がいままでで最も死に近づいた瞬間で、この先何十年かはもうこれ以上近づかないことを願っています。ただ、この経験もあって、私は多少確信をもって次のように言うことができます。

死にたいと思っている人は誰もいない。たとえ天国に行きたいと願っていたとしても、そのために死にたいと思う人はいない。それでいて、死は誰もが向かう終着点なのです。いまだかつて死から逃れられた人はいません。それはそうあるべきだからです。なぜなら「死」は「生」が作り出す唯一で最高の発明品なのです。

死は生のチェンジエージェントです。それは、古いものが消え去り、新しいものに道を開く働きです。いまの時点では、その新しいものとは君たちのことです。でも、いつかは君たちもだんだんと古くなり、消え去るのです。余りにドラマチックな表現ではあるけれど、それが真実なのです。

君たちが持つ時間は限られている。人の人生のために自分の時間を費やすことはありません。誰かが考えた結果に従って生きる必要はどこにもないのです。自分の内なる声が雑音に打ち消されないことです。

そして最も重要なことは、自分自身の心と直感に素直に従い、勇気をもって行動することです。心や直感こそが、君たちが本当に望んでいることを知っているのです。だから、それ以外のことはすべて二の次でも構わないのです。〉

私はジョブズ氏を別段敬愛しているわけでも、高く評価しているわけでもなかった。正直なところ、彼が五十六年の人生を費やしてやり遂げてきたことにさほどの価値があるとは思えない。

何より私はアップル製品の愛好者ではなかった。アイマックもアイポッドもアイパッドもアイフォーンも買ったことがない。もちろん携帯やノーパソくらいは持っているが、それらを駆使することでビジネスを有利に運べるといった種類の業界に私はさいわい身を置かなくてすんだ。だからコンピュータやインターネット、その他もろもろの電子端末のたぐいにことさらの思い入れがない。

となればそうした業界の雄であり寵児として名を轟かせるジョブズ氏についても余り興味をそそられない。

いまになって唐突に同じ膵臓がん患者であるジョブズ氏に強い関心と共感を覚えているが、それでも決して負け惜しみではなく、私はジョブズ氏のような人生をうらやましいとは思わなかった。生まれる前に戻って神から「どちらでも好きな方を選べ」と言われれば、私は文句なく「この私の人生」をもう一度選択すると思う。

ジョブズ氏が築き上げたアップルは、彼の死後二十年もすれば潰れるか、まったく違う会社に変質しているだろう。グラハム・ベルの作ったAT&Tがそうであったように、トーマス・エジソンの作ったGEがそうであったように、ワトソン・シニアが作ったIBMがそうであったように、そして井深大と盛田昭夫が作り上げたソニーがそうであったように、時と共に何もかもすべてが変わってしまうのだ。

——時を止めぬ限り、あらゆる創造物は退化、または進化してしまう。

これは、私が学生時代に心酔した十九世紀イギリスの哲学者エドワード・ブライトンの言葉だが、人間の想像力によって生み出された価値は、その極大の状態で〝死ぬ〟ことによって初めて後世に伝え得る〝値打ち品〟になるとブライトンは鋭く説いていた。その説明材料として対比されていたのが、ジョブズ氏が住む実業の世界と、私が三十年余の時間を過ごしてきた文芸や美術、音楽といった芸術全般の世界だった。

ジョブズ氏が作り出したアップルという会社は事業を継続することによって後の世につながっていく。いわば生きつづけることが不可欠な存在だ。

一方、文学や絵画、音楽といった芸術作品は、それが完成を見た瞬間に生命活動を停止し、あらかじめ万古不易のものとなった上で延々とした未来へと伝達されていく。

そして、ブライトン流に言えば、真の創造物は〝死体〟であり〝化石〟でなければならない。「歴史は決して生者を求めない」というあの有名な箴言(しんげん)はブライトンその人の言葉である。

科学的な真理や知見は常に発展途上にある。それらは新発見や再発見によって恒常的にバージョンアップされていく。ニュートン力学の世界観は相対論の世界観に、相対論の世界観は量子論の世界観に、そしてそれら三つの重なり合う世界観はいまや「超ひも理論」という検証困難な推論によって実にケッタイな世界観へと更新されようとしている。科学的真理の探究はあくなきバージョンアップの反復運動なのだ。

そして、ブライトンはそうやって絶えずバージョンアップを要求する創造物は断じて真の創造物ではないと言い切っているのである。

まるごと文科系人間の私には、この世界が時間を含む四次元ではなく実は十一次元だと説かれても、この宇宙はいわば膜（メンブレーン）のようなもので、宇宙の誕生（ビッグバン）とは垂れ下がる隣同士の膜がぶつかり合うことで生じるのだ、と説かれてもまったく理解できない。

それどころか世界には光の速さを超える速さは存在しないとか、重力は時空の歪みの表象に過ぎないといった物理学上の常識でさえも本当の意味では理解できていない。

余命一年のこの身となってみれば、そうした真理のわずか一つでさえ理解できぬままに死んでいくことはもはや確実と言っていいだろう。

だが、我が人生がそうした無知蒙昧さのままに幕を閉じるであろうことに私は何ら痛痒を感じてはいない。なぜなら、世界全体を理解するということが「ひも」がどうだの、「膜」がどうだの、「光」がどうだのといった議論に浸ることではなく、もっと肉感的で頽廃的で人間的なものであることを、五十年余の人生でさすがに分かりすぎるほどに分かっているからだ。

このジョブズ氏の演説の一節に関しても、私は共感と敵愾心とがないまぜになったような不思議な同調を感ずる。

たとえば、「死」は「生」が作り出す最高の発明品——などという氏の認識は完全な誤りであろう。真実はその正反対であり、「生」は「死」が作り出す最高の発明品なのだ。それは自明で、我々が存在するこの世界で唯一永遠性を備えているのは「生」ではなく「死」の方なのだから。

ジョブズ氏が二十歳そこそこの学生たちに語っているのは、「夢の追求」という凡庸で手垢のついた処世訓である。この時の氏は、持ち前の強運で不治の病を弾き飛ばし、意気軒昂だったのだ。

だからこそ、学生たちに自分自身の人生を生きること、自分の夢の実現を最優先すること、といったある種の夢想を推奨したのだろう。病床にある現在のジョブズ氏なら決してこんな安易な物言いはしなかったに違いない。

私はいつも若い人に言ってきた。

歴史上の偉人たちの遺（のこ）した言葉を真に受けてはならない。「余の辞書に不可能の文字はない」と豪語したナポレオンは、幽閉先のセントヘレナ島で孤独な死を迎える瞬間、露ほどもそのようには信じていなかったのだから、と。

ジョブズ氏の六年前の演説は、全文を読み下してもさほど益するところはない。

まあ、何ということもない、成功したアメリカ人実業家がいかにも言いそうなことを喋（しゃべ）っているに過ぎない。

だが、それでも私はこのジョブズ氏のスピーチに大きく心を動かされる。

〈君たちが持つ時間は限られている。人の人生のために自分の時間を費やすことはありません。誰かが考えた結果に従って生きる必要はどこにもないのです。自分の内なる声が雑音に打ち消されないことです。

そして最も重要なことは、自分自身の心と直感に素直に従い、勇気をもって行動することです。心や直感こそが、君たちが本当に望んでいることを知っているのです。だから、それ以外のことはすべて二の次でも構わないのです。〉

ＰＣの画面上に映し出されたこの一節を何度も何度も読み返した。かくもありきたりな激励句が、なぜこれほどまでに胸に響いてくるのか。私はしばし瞑目（めいもく）してその理由を探った。

おそらく、と思う。

おそらくジョブズ氏と私とはいまや赤の他人同士ではないのだ。同じ死病を患った者として私たちはすでに身内同然の関係にあるのだ。

事実、私はこの瞬間、彼に深い愛情を感じていた。ならば、私をこうして深く感動させているものの正体はきっとその愛情であるに違いない。

愛する者の言葉は、たとえそれがいかに変哲もないものであっても、相手の心を動かさずにはおかないのだから。

私は、上着のポケットから社員手帳を出して、今週の頁（ページ）を開いた。

昨日の日付欄には「おのれの直感を信じよ」と記されていた。病院の帰り、若松河田駅のホームで電車を待っているあいだに書きつけたものだった。

私はデスクに手帳を広げ、今日の日付欄に、「最も重要なことは、自分自身の心と直感に素直に従い、勇気をもって行動することです。心や直感こそが、君たちが本当に望んでいることを知っているのです」という一文をゆっくりと丁寧に書き写した。

祝福された男

　あれは平成三年（一九九一年）のことだから今からちょうど二十年前になる。日付は三月二十五日月曜日。電話を受けたのは午後四時二十分、場所は会社一階の総合月刊誌の編集部。私は当時三十二歳で、その編集部の一員だった。

　どうして二十年前のとある一日の一本の電話についてそこまで正確に記憶しているかというと、山下やよいと名乗る女性からのその電話が余りに奇妙な内容であったため、受話器を置いたあと、彼女とのやりとりの一部始終を事細かに書き残しておいたからだ。

　山下やよいが電話してきた目的は「著者の連絡先を教えて欲しい」という平凡なものだった。だが、そうやって彼女が連絡先を訊ねてきた理由の方は、にわかには信じがたいような話だったのだ。

　むろん真偽も定かではない一読者の打ち明け話である。直接記事に結びつくような代物ではなかったが、それでも私はどうしてもメモを作らないではすまない気分にさせられた。

最初は、よくいるたぐいの妄想癖の持ち主だろうと思った。雑誌の編集部にはその手の人物が「タレ込み」と称してしばしば電話を掛けてくる。だが、小一時間もやりとりを交わしているうちに、山下やよいの話が次第に作り話だとは思えなくなってきた。

それどころか、彼女は、私が疑り深く聞いていることを充分に察して「こんな話、とても信じられへんよねえ」と何度も繰り返し、やがて「ためしに菊池さんのこともいまやってみようか？」と言い出した。

そしてそのあと起きたことが、私の疑念をいともあっさりと払拭してしまったのである。

あの電話から丸二十年と五カ月。この会社では二、三年ごとに部署を移るのが通例だったから、私も幾つもの雑誌編集部を渡り歩いた。

十年後、四十二歳の時に総合週刊誌の編集長を任され、その三年後に中間小説誌の編集長へと横辷りし、四十七歳のときに、「山下やよい」からの電話を受けた当の総合月刊誌へ編集長として舞い戻った。そこで最後の編集長暮らしを四年間やって昨年の春に現場を離れた。出版局長二年目のこの六月、取締役に新任されたばかりだ。

私は、異動のたびに取材ノートや資料類は処分してきた。

昨年、総合月刊誌の編集長を降りたときには、もう二度と取材現場の指揮を執ることもないので最後の最後まで大事に抱えていた関係資料もほぼすべて処分した。ただ、どうしても捨てられないものもある。それらは段ボール箱一つにまとめて自宅に宅配便で送った。

昨夜、帰宅して真っ先にやったのは、クローゼットの奥にしまっていたこの段ボール箱を引っぱり出すことだった。封をしていたガムテープを剝ぎ取り、福田恆存氏や山本七平氏、司馬遼太郎氏や阿川弘之氏、藤沢周平氏などから受け取ったたくさんの書簡に混じって入っていた一枚のメモ書きを抜き出した。

それは透明なクリアホルダーに挟んだＢ５サイズの社用箋で、その裏に細かな文字がびっしりと並んでいる。

山下やよいとのやりとりを記した二十年前のメモであった。

一通りジョブズ氏退任に絡むニュースを見終わると、私はＰＣから目を離し、足元に置いた鞄からそのメモを取り出した。

誰もいないしんとしたフロアで、キーボードの上にそっと載せる。昨夜から何度も読んでいるので内容は完全に頭に入っている。いまはただ、一枚の紙をじっと眺めてみた。

こうして窓から差し込んでくる日の光と明るい照明の下で見ても、便箋はちっとも古びていなかった。どんなペンで書いたのか記憶にないが、さすがにインクの方は薄くなっている。といっても、文字ははっきりと読み取ることができた。

昨夜、久しぶりにこのメモ書きをちゃんと読み直し、名状しがたい不思議な心地にさせられた。

その気分がじんわりと甦ってくる。

これを書いたときの私はまだ三十二歳。十数人の編集部でも下から数えた方がずっと早い年回りだった。少しでも編集長やデスクに力量を認めてほしくて、毎日毎日、大きなネタを求めてやみくもに動き回っていた。

毎号の目次が生命線の雑誌の世界では、その目次や新聞広告の中で自分がどれほど大きな記事を担当したかで評価は決定づけられる。

月刊誌の場合は、年間十二冊のうちで何度「右」をやったか、「左」をやったかがすべてだった。右とは「右トップ記事」、左とは「左トップ記事」のことで、総合誌の場合は「右」ではおおかた政治や経済、社会的な大事件を扱い、「左」では芸能人やスポーツ選手の手記、大事故や大量殺人事件、冤罪事件などのルポルタージュや当事者の証言を掲載する。私は政治、経済の担当で、主に右の記事を作ったが、この三十代前半というのは私が「右トップ」や「左トップ」を量産しはじめた時期だった。

あの頃は何もかもが順調だった気がする。

一日一日を刻んで検めれば、それなりに小さな悩みや迷い、苦しみの雫も滲み出てくるのだろうが、しかし、半年、一年といった時間軸で振り返ってみれば、当時の自分には前途への明るい道程だけが見えていたように思う。

やりがいのある仕事、聡明で優しい妻、幼く愛らしい双子の娘たち。

考えてみれば実に嘘くさい、造りものめいた日々だった。

しかし、それがたった二十年でこんなにも様変わりしてしまうなんて、あの頃は想像すらできなかったことも事実だ。

あげくにあと僅か一年でこの世界ともおさらば、か……。

まさに寝耳に水と言ってもいい告知から一夜明けたきりの昨日の今日。

その事実を事実として受け入れることすらできてはいない。むろん了解も納得もしていない。

ただ、「きっとそうなんだろうな。そういうことも十二分に起こり得るし、それが今回とうとう自分の身に降りかかってきたのだな」というくっきりとした感触はある。

たかだか五十三年の人生だが、これまで幾人かの死を看取ってきた。

父や祖父母、叔父たちなどは順繰りとも言えるが、六年前には親友だった物書きを見送ったし、去年は歳の違わない母方の従兄弟を亡くした。親友は胃がんで享年四十九。従兄弟は腎臓がんで享年五十二。

会社の上司、先輩、同僚などを含めれば現在の私と変わらない年齢で死んでいった者たちも相当数に上る。

この春も、名誉毀損訴訟や著作権問題などで長年世話になってきた弁護士先生が亡くなった。去年の十月に肺がんが見つかり、発見時にはすでに骨にも転移した最末期で、たった四カ月の闘病で旅立った。先生も私より二つ年上なだけだった。

そういった身近な人間たちの中でもとりわけ印象深かったのは、やはり四十九の若さで逝った親友の死だろう。

物書きの彼とは仕事上の付き合いから出発したのだが、彼もまだ三十そこそこの新人、私も駆け出しの編集者という立場だったこともあり、数年のうちに仕事を超えた友人関係になった。誰にも言えない相談は真っ先に彼に打ち明け、彼もまた同様だった。

彼はあらゆる点で祝福された男だった。

実家は神奈川にある有名な学校法人のオーナー一族で、当然彼も小、中、高はその学園で過ごしている。大学は東大。卒業後朝日新聞に入社し、支局勤務のあと本社に戻ってサツ回りをやっていたが、とある殺人事件に興味を惹かれて二十八歳のときにその事件の真相に迫るノンフィクションを書いて出版。この作品が大きな話題を呼んで、もとから生活の苦労とは無縁だった彼はあっさりと退社独立の道を選んだ。

私が彼と知り合ったのは、その直後くらいだ。

身長は一八〇センチを超え、容姿端麗。高校、大学時代はアマチュアボクシングのトップクラスの選手で、趣味は大型バイクで世界中を旅することと学生時代からバンドを組んで吹いていたサキソフォン。

そのサックスの腕前もプロ級で、一度某所での飲み会で演奏を聴いて仰天したことがあった。

最後まで独身主義を貫いたが、付き合った女性の数はおそらく私の五倍ではきかないだろう。

私が担当した作品で大宅壮一ノンフィクション賞を受賞し、以降はベストセラーを連発した。ことに私の編集長時代に週刊誌で連載してくれたドキュメント・ノベルは連載中から大評判となり、出版されるとノンフィクション作品としては異例のミリオンセラーとなった。

その彼が非常に悪性度の高い胃がんだと知ったとき、私はいまさらながらこの世界の手ごわさ、一筋縄ではいかぬ禍々(まがまが)しさを実感したのだった。

彼のような人間でさえ、こうした運命をつきつけられるのであれば、自分のような男にどれほど過酷な出来事が降りかかってきたとしても何一つ不思議ではない——痛切にそう覚(さと)った。

一年余の闘病の末、彼の臨終に立ち会ったのは実母一人だった。私は前日ずっとつききりだったが、そんなに急に亡くなるとは思わず、日付が変わる前に一旦(いったん)引き揚げた。数時間後、容体が急変し、彼はあっけなく逝った。

通夜、葬儀の席で母親は、「あの子はただの一度も泣き言をこぼしませんでした。痛いとも苦しいとも言わなかった」といかにもつらそうに語った。

自分は誰からも本当に愛されたことがない——と彼は思いつづけて生きていた。別にそれでいいじゃないか、と私はことあるごとに言っていた。

俺だって誰からも本気で愛されたことなんてないし、誰のことも本気で愛したことなんてないよ——と。

そのたびに、彼は言った。

俺が言っているのはそういうことじゃないんだよ、と。

彼は、一体どんな相手からどのような形で愛してもらえれば本気で愛されたと実感できたのだろう？　初めのうちは単に幼少期の母性欠如がその満たされぬ愛情飢餓の原因だろうと感じていた。母親は相当に人気のある女優だったので、子供時代の彼はずっと父方の祖母に育てられたのだ。

だが、付き合いが深まるにつれて、彼の根深い喪失感の淵源がそれほど単純なものでないことに気づかざるを得なかった。

酔った彼が一度だけ、こう言ったことがある。

「菊池が女だったら、俺は絶対お前と一緒になるけどな」

その一言を聞いたとき、やはりしたたかに酔っていた私は軽く受け流した。

それどころか、その後も気に留めることはなかったし、思い出すこともなかった。

彼がふと呟いたその言葉が、ちらちらと頭の中をかすめるようになったのは、彼が死んでしばらくしてからだった。

彼が同性愛者だったとは思えない。散見するその女性関係からもそれは間違いのないところだ。私の中にも男性と身体の関係を結びたいという欲求はこれっぽっちもなかった。彼も私も相応以上に女性が好きな男だと思う。だが、彼の死が私にもたらした虚脱感はいささか尋常ならざるものがあった。

あらかじめ何もかもを与えられて生まれた彼のような人間が、最終的に希求するのは正義の実現と特別な相手との深い心のつながりだろう。前者を仕事で、後者を異性との恋愛で成就しようと目論(もくろ)むのは人としてごくごく当たり前の態度でもある。

だが、異性とは身体でつながることができても、心でつながることはほぼ不可能だ。男と女の心は似て非なるもの、まったく別物と言い切ってもいい。決して一体になることはない。

結局、彼が求めた愛情関係は、血のつながった相手との関係、つまりは母親との関係でしか実現しようのない儚(はかな)いものだったのかもしれない。

そうした対象を真剣に外部に求めた点に彼の生涯の苦しみがあったのではないか。

私はそう思っている。

ただ、私もまた彼を失ったことで大きなダメージを負ったのは確かだった。

未知の治療法

いまになって振り返れば、体重が減り始めたのは五月の連休明けくらいからだった。

それまでの私の体重は六二～六四キロのあいだを推移していた。上背は一七四センチだから、そこそこ均整の取れた体形と言っていいだろう。五年前、妻の藍子と離婚したあともさしたる変化はなかった。

医師である藍子とは結婚当初からずっと共働きできたし、雑誌の編集者という仕事柄、私の生活はひどく不規則だったので、めったに家で食事をすることはなかった。

そういう点では、離婚後も食生活にさほどの変更はなく、いきなり独り身になった中年男がしばしば陥る肥満や激ヤセのたぐいとは無縁でいられたのだ。

それが、ゴールデンウイーク明けの五月九日月曜日、四階の社長室に招かれて取締役への就任を打診されたとき、坪田社長から、

「菊池君、最近ずいぶんスリムになったねえ。ダイエットやってるの？」

と言われて、意外な気がした。

その晩、風呂上がりに体重を計ると六二キロちょうどだった。ずいぶん長いこと体重計に乗っていなかったが、このところ少し太り気味のように感じていたのでほっとした心地になった。好きに食べ、好きに飲んでいたから、自分の身体に思わぬ若さのお墨付きを貰ったような気がしたくらいだ。

鏡に映る顔がめっきり細くなったと気づいたのはさらに二週間ほど経ってからだ。頬がこけ、首が筋張って見えた。前夜はしたたかに飲んで午前二時過ぎに帰宅し、

そのままベッドにもぐりこんでいた。朝のシャワーを浴びたあと体重計に乗った。いきなり六〇キロを割っていたのでぎょっとした。とはいえ、体調は決して悪くなかった。むろん一過性のものだろうと考えた。

六月に入ってからは六〇キロ前後で安定した。変わらぬ食欲にまかせて大いに飲み食いしても一向に体重が増えないのだから、ずいぶん好都合な身体になったものだと思っていた。

不吉な兆しはいきなりやって来た。

七月三十一日日曜日のことだ。深夜ふと目が覚めて、小用に立とうとベッドの上で半身を起こしたその途端、急激な吐き気に見舞われた。

前夜、飲み過ぎたわけでも食べ過ぎたわけでもなかった。

七月九日の梅雨明けと同時に猛暑の日々となり、食欲もめっきり落ちていた。

トイレに駆け込んで吐いた。

嘔吐（おうと）という行為から遠ざかって四半世紀以上が経っていた。アルコールには滅法強かったから酔って吐くという経験など一度もなかったし、風邪や腸炎で吐いたこともない。

最後に吐いたのは週刊誌記者時代に上海（シャンハイ）に取材に行って、そこで食べた牡蠣（かき）にあたったときだ。

あれは幾つくらいだったろう。二十五かそこらだった気がする——胃液まで吐き出しながら呆然とそんなことを考えていた。

翌月曜日、出社するとすぐに会社の近所の内科医院に行った。吐き気はおさまっていたし、腹具合にも別段異常は感じられなかったが、可能性があるとしたら食中毒だと思った。

ただ、前日、前々日の食事内容を思い出しても、さしたる心当たりはなかった。

顔馴染みの医者は、

「まあ、水あたりのたぐいかもしれないねえ。夏バテでしょう」

と言って整腸剤と制吐剤を処方してくれた。

それ以降、吐き気に襲われることはなかったが、もう二度とあんな思いはしたくないとの恐れから食事量を極端に減らしたこともあり、それは当然といえば当然だった。

この夏は、うんざりするほど暑かった。

東日本大震災以降の節電の大合唱で社内にいても少し身体を動かすと汗ばんでくる。

仕事の方は、取締役に就いたからといって大して多忙になったわけではないが、今まで以上に会議の数が増え、各編集部で常時起こる人間関係のトラブルにいちいち首を突っ込まなくてはならなくなってしまった。
体重は徐々に減り始めていたが、夏バテの影響だと信じ込んだ。右脇腹のちょうど裏側
右の背中に痛みを感じるようになったのはお盆明けからだ。右脇腹のちょうど裏側あたりにごくごく微弱な鈍痛があった。

ここにきてようやく、この三カ月ほどの微妙な体調変化の原因に思い当たった。
また腎臓だな——と。

二十代の前半、腎臓の不調で一年ほど薬を飲みつづけた経験がある。まだガリガリの痩せっぽちだった時代で、しばしば血尿が出たし、鈍い背部痛に悩まされることもあった。藍子と一緒になったあと結石が見つかり、不調の原因が特定された。三十代に入って徐々に太り始めると症状は嘘のように出なくなった。

だが、当時を思い起こしてみれば、この背中の鈍痛はあの頃の痛みとよく似ている気がした。

先週金曜日の朝、血尿が出た。これで間違いないと確信した。昵懇の医師が国立国際医療センターの内科部長をしているのですぐに電話で相談すると、
「痛みが出てるなら、念のため検査に来るといい。今日でも来週でも構わないよ」
と言われ、週明け早々に病院を訪ねることに決めた。

今週の月曜日、尿検査や血液検査、腹部CT、MRなどの検査を受けた。その日のうちに結果が出ると思っていたが、診断は二日後になると担当医に言われた。そして、昨夕、病院を訪ねると友人とその担当医の二人からいきなり膵臓がんの末期だと告知されたのである。

当然ながら、医師たちは最初から末期がんと断言したわけではない。CT、MRの結果からみて、膵臓がんの可能性もあるので生検ほか各種検査で診断を確定したいと言ってきたのだ。

だが、その表情や口振りからして、彼らががんだと確信しているのは明らかだった。

案の定、私が突っ込んで訊ねていくとはっきりとした診立て(みた)を口にした。

要するにこの鮮明な画像と腫瘍マーカーの数値だけをみても膵臓がんであることは確実で、がんの大きさとMRの画像解析を重ね合わせれば周辺臓器や骨への浸潤、転移もおそらく始まっているだろう、というのだった。

「あとどれくらいかな?」

お決まりの質問に友人は隣に座る後輩の顔を見た。

まだ三十半ばくらいの彼は、さして言いにくそうな表情を作るでもなく、

「何とかもってぎりぎり一年というところでしょうか」

と淡々と答えた。

こうやって思い出してみても、あの一場面がいまから十数時間前に本当に我が身に起きた現実だとはにわかに信じられない。

「しかし、膵臓がんがここまで大きくなっていると、有効な治療法なんて何一つないんじゃないの？」

私の問いかけに二人はしばし黙りこくり、

「痛みのコントロールは充分にできると思うよ」

友人の方が言った。

「あとは放射線でしょうか。膵臓は入り組んだ場所にあるので照射野を絞り込みにくいんですが、僕の大学時代の仲間がつくばで膵臓照射で実績を上げているんです。そこであればいつでも紹介できますが」

若い方が言う。

「すでに転移があったら、それも無駄でしょう。せいぜい痛みの緩和に使えるくらいですよね」

私が言うと、彼は「まあ、そうですね」とあっさり認めた。

がんに関しては私もかなり詳しかった。編集長時代、何度もがん特集を組んだし、そもそも週刊誌の編集長時代にその手の取材を通じて知り合ったのが目の前にいる友人だった。

「別に慌てて細胞診なんてやらなくてもいいんじゃない」

私が言うと二人がまったく同じタイミングで苦笑した。

「まだ痛みも大したことはないし、診断を確定してみたところでやるべきこともないわけでしょう。だったらもう少し症状が厳しくなるまで様子を見て、痛みや何かで大変になってきたら緩和の件であらためて相談すればいいですよね」

「僕はそれでいいと思うけど、きみ、どう？」

友人がまた後輩の顔を見た。

「そうですね。痛みが出たらいろんな方法はありますから」

その坂元という若い医師は、それから少し言い淀むように言葉を溜め、俯き加減だった顔を不意に持ち上げて、しっかりと私の目を見据えてきた。

「こういう言い方をすると医師として無責任にも聞こえると思いますが、まだ我々が知らない治療法があるのかもしれない。ですから、菊池さんのがんが百パーセント治癒不可能だと僕は断言するつもりはありませんよ」

この一言を耳にして、私は相変わらず無表情な坂元医師を少し見直すような気持ちになった。

かくのごとき衝動

今日も朝から鈍い背部痛がある。

これが、膵臓のほとんどを食い尽くしたがん細胞のせいだと思うと、なおさら痛みが増すような気がする。

こうして長時間座っていると、腰椎の少し上のあたりにじんじんと疼くようなかつてない痛みを覚える。

だが、これは気のせいなのだ。告知を受けた翌日からいきなり痛みが激化するなどということは起こり得ない。

昨日の医者たちも、半年かそこらは深刻な痛みに見舞われることはないだろうと保証してくれた。

二月に亡くなった弁護士先生の通夜の席で夫人はこう言っていた。

「病院に行くまでは本当に元気だったんですよ。食欲もありましたし、ずっとつづけていたランニングも熱心にやっていて、そろそろフルマラソンに挑戦したいなんて言っていたんです。少し腰が痛いって言い出して、最初は近くの整形外科に行ったんですけど、そこで撮った写真で怪しい影があると言われて、それで慶応を紹介されて……。

でもまさか肺がんだなんて思いもしなかったんです。そしたら、もう末期で、腰痛の原因はがんが骨に転移しているからだって。その診断を受けた途端に、あんなに元気だったのが嘘みたいに弱り切って、みるみる痩せて、痛い痛いって苦しみ始めて。本当に、病院に行って、主人はすっかりがん患者になってしまったんです」

いまは医師たちも訴訟リスクを回避する目的もあって、躊躇なく告知を行う。たとえ見込みのない末期がんだとしても、狭い診察室でパソコンの画面上に映し出された断層写真をボールペンでなぞりながら、相手の顔色一つ窺うでもなく、平然とした物腰と口調で患者本人に「末期」だと伝える。

治療手段を持ち合わせていない医師が末期がんの告知を日常的に行っているという今日の医療現場の実態はどう考えても尋常ではない。

苦しんで死ぬのは厭だなあ、と私だって思う。

がんの痛みは部位や種類で千差万別だろうが、膵臓がんは痛みの激しいがんとして知られている。

五十三歳という年齢は若いとは言えないが、しかし、がん死としては早い方だろう。がん細胞の増殖速度も速いだろうし、痛みもおそらく強烈に違いない。

痩せ細り、手足をぱんぱんに浮腫ませ、痛みで七転八倒しながら死んでいくのは切に勘弁してほしいものだ。

かといってどうすれば痛みもなく安楽に死ねるのか、見当もつかなかった。痛みが激しくなる前に自ら命を絶つという方法はあろうが、自殺といっても、やり方次第ではがん死以上に苦しいはずだ。ひと思いに死ぬとしたら高いところから飛び下りるくらいしか思いつかないが、それとて果たして楽なのかどうか？

さいわい親しい医師がいるのだから、懇ろに頼んでおけば、麻薬を使った緩和ケアを存分に施してくれて、さほどきつくない状態で死なせてもらえるかもしれない。だとすれば、わざわざ高所まで自力で上がり、そこで唇嚙み締めて我が身を中空に放り捨てるよりも病室で死ぬ方がよほど苦しくないのではなかろうか？

手首を切ったり首を吊ったり、車の中に排ガスを引き込んだりといった死に方は気がすすまない。途中で挫けそうだし、そのあげく嫌々ながら死の方へと引っ張られてしまえば、絶望感たるやそれまでの人生を台無しにして余りあるものであろう。

余命一年の末期がんというのは、いままでの人生で最悪の出来事だが、死ぬは死ぬでも苦しみ抜いて死ぬのかと思うと、そちらの方に戦慄するし、一日散に逃げ出したい気持ちになる。死も怖いが、拷問のような死はその何倍も恐ろしい。

ただ、昨夜も考えたことだが、先の不安を現時点で味わうのは実に無益である。死ぬ数カ月前になれば否応なくがんの疼痛に苦しめられることになる。がん特有の身の置き所のない辛さというものも初めて体験するのだろう。それからは日々が苦痛との戦いであり、苦痛との持久戦だ。そしてその戦いに私は必ず敗れる。敗れてこの命を失う。

そうやって死の淵へと真っ逆さまに転げ落ちる手前、ちょうどいま佇んでいるのは小さな踊り場のような地点だ。であれば、そこから底無し沼を覗き込んで怖がっているのは馬鹿馬鹿しい態度である。近々踊り場自体が崩落し、どうせ沼に落ちて溺死する運命なのだから。

大切なことは、と私は思う。

この踊り場の時間をどのように過ごすのかということだ。

たかだか一年程度を有意義に生きたいと願っているわけではなかった。有意義に生きるというのなら、私はもう充分に有意義に生きたような気がする。

大学を出て大手の出版社に入り、有能で愛情豊かな妻を娶り、可愛い二人の娘にも恵まれた。編集者としての人生もまずまず順調で、その場その場でこなしてきた仕事もなかなかに刺戟的だった。

今年役員にもなり、十五人いる同期の中では出世頭だ。端から見ても、自分自身で顧みても充分に満足できる人生と言って構わないだろう。

ただ、こうしていきなり終点に着いたことを知らされ、電車を降りる段になって思うのは、そもそも人生を有意義に過ごすということ自体がそれほど大切でも貴重でもないということだった。

人生の一体何をもって有意義と判断するのか？

そういうふうに問題を設定すれば百家争鳴ともなろうが、五十を超えてのここ最近の心境からすれば、そのような問題設定そのものがいささかくだらない気がする。

人は何のために生まれ、何のために生き、何のために死ぬのか——たぶん私は、おおかたの人たちよりもそうしたテーマにずいぶんこだわって生きてきた人間だと思う。

少年期から読書に魅せられ、数学や物理だって決して苦手だったわけでもないのに文学部へ進んだのも、

「人間はなぜかくも愚かなる存在であるのか？」

という根源的な問いから目を逸らすことが、どうしてもできなかったからだ。

人はなぜ生まれるのか？
自分は一体何者なのか？

そんな茫漠(ぼうばく)たる問いに固執しつづけて何か意味があるのか、と反問されればそれこそ答えようがない。

だが、私は物心ついた時分からたいそう悔しかったのだ。

別に生まれたいと思ったわけでもないのに生まれさせられ、生まれてしまったからには生きざるを得ず、私自身はそこそこ余裕のある生活を送ってこられたが、周囲を見回せばこの世界は非道と理不尽の宝庫で、にもかかわらず怯懦(きょうだ)と怠惰のゆえに苦しむ人々に手をさしのべることもせず、その不甲斐(ふがい)なさを忘れるために一時の快楽に身を委(ゆだ)ねることしかできない我と我が身が恥ずかしく、情けなく、悔しくて仕様がなかった。

その気持ちはいまも何ら変わらない。

私は、この世界を作った何者かに向かって「一体どういう目的で、あなたはこんなとんでもない世界を作ったのですか？」と質(ただ)してみたかった。

何も知らずに生まれさせられ、何も知らぬままに死なされる――そんな奴隷のような人生だけは真っ平御免だと強く念じていた。

しかし、若い時代のそうした情熱はもう私の中にほとんど残っていない。「人はなぜ生まれるのか？」も「自分とは一体何者であるのか？」も、はたまた「人生の意義とは何ぞや？」もはやどうでもよかった。

妻とのあいだに子を生(な)し、その二人の娘が独立し、そして五年前に妻とも別れた。去年、月刊誌の編集長を降りた時点で、仕事にも一区切りがついた。

そういった境遇に立ち至ったとき、私は感じたのだ。

いま、自分は山の頂きに立っているのだ、と。

これから先は四苦八苦して登ってきた同じ山道を下るだけだった。山のてっぺんに立ち、自分という人間が見晴るかすことのできる景色がどれほどのものかを、私は思い知った。人は〝我が人生〟という山の頂上に到達し、いままで歩んできた風景を一望にできるが、それは要するに自分が登った山の高さを初めて知ることでもあるのだ。

私がこの半世紀を費やして登り詰めた山は、自分が想像しているよりもずっと低く、とても小さな山だった。

この程度の山登りであくせくしているような人間では、そりゃあ、誰のことも助けられず、自分という人間がなぜ生まれ、生きているのかを知ることだってできやしないのは当然の話だなあ……。

つくづくとそう感じたのである。

人生の意味も意義も、人が生まれて死ぬ理由も私にはちっとも分からない。きっと分からないままに死んでいくのだと覚悟を決めていたが、案の定、そうなりそうな気配だ。死を目前にして、これからの一年足らずで思いもよらぬ悟りの境地に達しないとも限らないが、まあ、その可能性は限りなくゼロに近いだろう。

痛い、苦しい、きつい、死にたくないといった泣き言を、口にするか否かはともかく、頭の中に溢（あふ）れ返らせながら私はきっと死んでいくに違いない。

所詮（しょせん）、私などその程度の人間なのだ。

さて、この踊り場の数カ月をどのようにして過ごすのか？

いまだ元気なうちに自分は一体何をすればいいのか？　何がしたいのか？

昨夜も眠れない寝床の中でそのことばかりを考えた。

しかし、いくら考えてもこれというものが思いつかないのだった。

のっけにぱっと頭に浮かんだのは高崎にある菊池家の墓掃除だった。

とはいえ、高崎市内で長兄と暮らす母がしょっちゅう墓参りをしているので、墓を掃除するといっても何らご大層なことではない。せいぜい、近々ご厄介になる新参者として挨拶を済ませておく程度の話だった。

母には死ぬぎりぎりまで病気のことは伏せておくつもりだから、ふらっと実家に顔を出して墓を磨きたいなどと言い出せば不審に思われるだけだろう。といって勝手に詣でて掃除をすればなおさら怪しまれてしまう。

しかし、幾ら真面目に考えても、墓掃除よりマシなものを思いつかなかった。春秋の彼岸どころか盆暮れさえ滅多に墓参りなどしないくせに、最後にやり残したこととして墓掃除くらいしか思い当たらない自らに、私は半ば安堵し、半ば愕然としたのだった。

あと一つ、夢想のように考えたものはあった。

言わずと知れた恋である。

人間の一生、とどのつまりは恋しかないのだろうと私は思う。

男には女、女には男――身も蓋もない話だが、人生それきりのような気がする。他には何も楽しいことはないし、何も意義深いこともない。恋こそが要するに人生の王道なのだ。

一言で言えば、千年の修行も一瞬の恋の目覚めに勝つことはできない。

それがこの世の真実であり、創造主が仕組んだ究極の計略であろう。

　そして、誰も決して成就することができないのが、この男と女の恋というものだ。異性間の恋愛はもとから成就できないように仕組まれている、と私は思う。まさに計略の計略たるゆえんである。

　とにかく男と女は違い過ぎる。

　私が生きた時代は、常に男女の性差を小さきものに見做そう見做そうとする時代であった。だが、まがりなりにもこの五十年余を生き、少しはものを見、考えもしてきて思うのは、我々はもっと真摯に男女の違いの大きさに思いを至らせるべきであろうということだった。

　とにかく女のことはさっぱり分からない。分からないからいいのだ、と信ずる他ないほどに分からない。

　女の方も男についてはまったく分かっていないと私は確信している。

　その分からない者同士が深い関係を結ぼうとするのが恋である。

　水と油を必死で攪拌し、何とか一つのものにしようとする。これはまったく無駄な挑戦と呼ぶしかない。その結果、自分たちは永遠にばらばらのまま一個の製造物が外部に発生する。それが子供というものだ。

恋に浮かれ、愛だなんだと甘っちょろいことを考えていた二人は、子供の誕生と共にむき出しの現実にまざまざと気づく。まさしく覚醒する。

自分が人間という名の一匹の動物に過ぎないことを思い知るのだ。

これもまた身も蓋もない言い方になるが、我々の人生の目的は、一匹のオスと一匹のメスとして性交し、子供を作り、それを育てる――その一事のみだろう。

自分の生命を守り、自分の遺伝子を宿した我が子を守り、我が子を産んでくれるメスを守り、我が子の種をくれるオスを守る。そうやって繁殖を繰り返し、自らの遺伝子を末代にまで伝えていく。

人間のやるべきことも、ほかの動物たちとまったく同様にその一事に尽きるのだと私は思う。

だから、私が昨夜夢想のように思った恋というのは、男女間の精神的な交流を指しているわけではなかった。

むろんそうした恋の楽しみを排除する気はさらさらないが、その楽しみはいずれ消え去るうたかたの夢のようなものだ。

そうではなくて、私が夢想する恋というのは、有り体に言えば、死ぬまでのこの一年のあいだに誰か女性を見つけて妊娠させられないだろうか、というたぐいのものであった。

若い頃からぐじゃぐじゃと益体（やくたい）もないことばかり考えて人生を浪費してきた人間が、一個の動物、一個の真人間に立ち返って死んでいく。そのためにいま一度、女の胎（はら）に我が子を宿すことができないか？

一年の余命があれば、相手を妊娠させたかどうかの見極めは充分につけられるだろう。片っ端からこれという女に種をつけていく。いまならまだかろうじて間に合う時間帯である。

正直に告白すると、昨夜の思案の半分はこの着想の周辺をぐるぐる回りすることで費やされたのだった。

もしも誰かを妊娠させるとして、その相手として可能性のあるのは果たして誰だろうか。

私は、これまで付き合った女性たちの顔を思い浮かべ、さらには身の回りにいる若い女性たちの顔をそこに付け加え、あれやこれやと品定めや吟味を繰り返した。

だが、結論を言えば、そういう目ぼしい女性は言うに及ばず、相当の努力次第で何とかなりそうな女性も、相手として仮定するだけなら許されそうな女性でさえも一人として思いつかなかった。

それでもこうして考え直してみて、いまだなおこの着想には一定の魅力を感じてしまう。

現実味は皆無に近いが、自分の遺伝子を誰でもいいから新しい女性に植えつけて死にたいという思いは、混ざり物のない純粋な衝動としてこの胸の奥に大切にしまわれていたもののような気にすらなる。

かくのごとき衝動は女たちには決して生まれ得ないものだろう。

私くらいの年齢になった女性にはそもそも生殖能力がない。とっくに失ってしまった機能を基にした衝動など幻肢痛に等しい。あり得るはずがないのだ。

どうせ一年足らずで死ぬ、というのはある意味で気が楽だった。

これがほんの僅かでも救命、延命の可能性が残っていれば最後まで不利な戦いに全力で挑み、刀折れ矢尽きたへとへとの状態で敗北としての死を迎えねばならない。小さな希望は、時として人間を徹底的に消耗させ、絶望させる。

この歳になると、頑張り甲斐のないことで頑張るのは面倒くさいし、馬鹿らしい。

その点では、たすかるすべが何一つないという、この末期膵臓がんという病気はありがたいと言えばありがたかった。

病気と闘わなくていいということは、病気にこれ以上かかずらわなくていいということだ。

まったく何よりの話ではある。

一年で死ぬと決まれば、先の心配というものがない。

生活をこれ以上積み上げていく必要がないのだから、もちろん働かなくてもいいいし、会社に通う義理もない。

いまさら出世のため、会社のため、同僚たちの将来のために時間を使う理由もない。そういうことは今後も生きつづけていく連中がやればいいのだ。

蓄えだって一円残らず使い切ってしまえばいい。

離婚したときに藍子と娘たちにそれまで培ってきたものはほとんどすべて提供した。家も預貯金も死んだ父から受け継いだ遺産の大半も譲り与えた。

それでもこの五年間でそれなりの蓄えはできている。六月に役員に就任し、かなりの額の退職金を手にしている。二カ月前のことだから、まだまるまる残っている。

現在住んでいる神楽坂のマンションは賃貸だからローンもない。

考えてみれば、離婚以来、身辺はごく自然に整理されてしまっていた。

いつの間にか、いつ死んでもいいような生活ぶりになっていたのである。

一匹の子羊

平成3年3月25日PM4：20
山下やよいさん――神戸市内のスナック「つゆくさ」につとめている。37歳。電話078―392―××××
出産経験あり（娘がいる）。
畑正憲（はたまさのり）さんの住所と電話番号を問い合わせてきて、電話を受ける。

・12歳年下の恋人と結婚することになった。女性誌の「微笑」を読んでいてマジカルグッズ・セットを取り寄せた。あそこや乳首をきれいにできる（乳首の色をきれいにできる、しまりがよくなる）と書いてあった。それが五日前に届いた。中にピラミッドの絵を描いた紙が入っている。喉がちょうど痛かったのでためしに当ててみると、あっと言う間に痛みが消えた。そのあと紙を外して素手でやってみると、乳首はきれいな色に変わり、あそこもしまる。それどころか乳房そのものを大きくしたり、もとに戻したりできた。

・鳥取出身で父は熱心なクリスチャン。自分も幼児洗礼を受け、子供の頃から教会に通っていたが、大人になってからはグレて、犯罪まがいのことに手を染めた経験もあるという。でもいつも、一匹の子羊を救うイエスの絵は肌身離さずに持ち歩いていた。

・この五日間で数々の不思議な能力を身につけた。スナックつゆくさの同僚の遠藤さんが身体がだるいというのをすぐに治してあげたり、おなじつゆくさの同僚で肘（ひじ）を強打したという女の子（冷蔵庫にぶつけた）の痛みを触って取ってあげた。彼女たちの乳房ももちろん大きくしたり小さくしたりしてあげられる。

・鳥取の父親の頭痛を、電話で聞いて、空で念じると、すぐに返電してきて「さっぱり取れた」とのこと。

・畑さんの動物王国の動物たちが病気だとＴＶ番組で知って、全部治れと念じた。その結果を知りたくて電話番号を教えて欲しいとのこと。

・ぼくの左足の痛みをためしに取ってくれるというので、電話の向こうで祈ってもらった。一緒に「どうか神様、足の痛みを取って下さい」と念ずる。一分ほどで、あれだけひどかった痛みがすっかり取れて、愕然とする!!

・神様の存在を一人でも多くの人に知ってもらいたい。

・「これは悪魔の力なのだろうか?」などと神の存在を少しでも疑うと、電気ポットがシューッと音を立てて必ず沸騰するとか。

痛みは嘘のように消えてしまった

あのときの左足首の捻挫(ねんざ)は重傷だった。

二日前の土曜日、三塁ランナーだった私は浅いレフトフライでホームに突進し、ブロックに入った相手捕手と激しくぶつかって、したたかに左足首をねじった。

四月初旬に開幕する出版健保野球大会(春の公式戦)を控え、その日が最後の練習試合の日だった。対戦相手は昨シーズン、最後までBクラスでの優勝を争った岩波書店野球部。昨年は最終戦で岩波に敗れ、悲願のAクラス入りを阻まれていただけに練習試合とはいえ野球部の面々の意気は公式戦と変わらぬほどに盛り上がっていた。

久々に七番センターのポジションで試合に出た私は、そもそもノアクラ部員で、野球経験などほとんど持ち合わせていなかった。学生時代はもっぱらテニスをやっていた。二月から始まっていた練習にも仕事にかまけて顔を出さず、この日もベンチ要員のつもりで顔を出したところ、なぜか先発メンバーに選ばれてしまったのだ。

凡フライでホームに突入なんてしなくてもよかったと思う。しかし、接戦のまま試合の後半に入り、三塁コーチャーは「菊池、走れ！」と威勢よく言った。彼が同じ編集部のデスクでなければ私はハーフウエイ手前で三塁に戻っていただろう。だが、事故は得てしてそのような不幸な配剤を下敷きにして起こるものだ。

デスク命令に逆らうわけにもいかず、私は無謀な突撃を敢行した。

案の定、レフトの見事な送球を受けた相手のキャッチャーはホームベースにがっしりと陣取って私の突入を跳ね返した。判定はアウト。あげく左足首はプロテクターをつけた固い膝（ひざ）にのしかかられ、音が聞こえるほどにねじ曲げられてしまったのだった。

それでもゲーム中は何とか走ることもできた。試合は結局、九回引き分けで終わり、私は編集部に顔を出す用事もあったので、早々にチームの連中と別れて会社へと向かった。その日一日は、しくしく痛みはするものの何とか仕事をつづけることができた。

しかし、翌日曜日の朝になると猛烈に痛み始め、昼頃には足首全体が腫れ上がってしまった。妻の藍子に応急処置をしてもらい、一日ソファに座って痛みをこらえていた。

月曜日の朝、腫れは少しおさまり、かろうじて歩けるくらいにまでなった。私は足首をテープでしっかり固定し、サンダル履きで会社に出かけた。だが、社内を動き回っているうちに再び痛みは激しくなってきたのだ。

山下やよいからの電話が鳴ったのは、昨日と変わらぬ痛みがぶり返し、うろたえ気味に足首に巻いたテープを剝ぎ取った直後のことだった。

「菊池さん、いまどこか痛いところや病気になっているところはありませんか？」

と山下やよいに訊かれたとき、実は……と飛びついてしまったのは、余りに足の痛みがひどかったからだ。

だが、理由はそれだけではなかった。彼女の話を聞いているうちに堪えがたいほどだった痛みが徐々に薄れてきていることに私は気づいていた。

電話の向こうの彼女に言われた通り、素直に「どうか神様、足の痛みを取って下さい」と心中で念じた。

そして、このメモにも記しているように、一分くらいそうやって祈っただけで、腫れはみるみる引き、痛みは嘘のように消えてしまったのである。

出版局長のメール

十時からの業務推進連絡会議は月に一度の拡大会議で、坪田社長も出席した。

十二時直前に会議が終わると、私は隣に座っていた社長に、

「今日、ちょっとお時間をいただけないですか？」

と話しかけた。

「だったら昼飯を一緒に食べようか。空いてる？」

社長がきさくに答えてくる。

「差しでお願いしたいんですが、いいですか？」

坪田社長からはたまに昼食に誘われたが、二回に一回は秘書室のお気に入りの女の子がついてくる。

「もちろん。じゃあ五分後に正面玄関で」

社長はそう言うとさっさと会議室を出て行った。

社長の車で帝国ホテルまで行った。レ・セゾンの個室が用意されている。このレストランは彼のお気に入りで、何か親密な話を交わすときはおおかたここと決まっていた。

前菜はマグロのタルタル、魚は金目鯛のロースト、肉は牛テール肉のマッシュルーム詰めを頼む。

健啖家の坪田社長はメニューを見て、「僕には、こっちのうさぎの背肉のパイ包みもちょうだいよ」と肉料理を追加した。「かしこまりました」とウエイターは恭しくお辞儀をして部屋を出ていく。ドリンクは私も社長もグラスビールだった。

ビールでとりあえず乾杯した。

「実は……」

グラスを置いて用件を切り出した。

話し終わると、しばらく社長は無言だった。

「ご期待にそえなくて本当に申し訳ありません」

私の方から言葉を追加する。

「ショックだよ」

ようやく社長が一言呟く。

それきり何も言わず、すでに届いていたマグロのタルタルを黙々と食べている。私も黙ってタルタルを口に運ぶ。グレープフルーツ・ソースを使ったタルタルはさっぱりした口当たりが絶妙だ。

前菜の皿をウエイターが片づけたあと、社長は不意に顔を上げ、

「とにかく辞めるのはお止めなさい」

きっぱりした口調で言った。

「まだ百パーセント駄目と決まったわけじゃない。この世の中、誤診だって腐るほどあるし、信じがたいような出来事だって山ほどあるんだ。一年うんぬんというなら、とにかく今日から一年間、精一杯生きてみることだ。進退の話はとりあえず一年後にしようじゃないか。そのあいだはきみの好きにやればいい。むろん、いまの仕事からは外れてもらって結構。入院するもよし、禅寺に籠もるもよし、南の島で羽根を伸ばすもよしだ」

社長はそうつづけて、

「もうきみは我が社の従業員ではない。僕と同じ経営者の一員だ。会社の都合を考える立場じゃない。きみの立場がそのまま会社の都合と考えてもらって構わないんだよ」

と言った。

しかし、そういうわけにも……、と言おうとして口籠もる。社長はにわかに顔を紅潮させ、目に涙を溜めていた。

この坪田修治社長はすでに三期六年目という長期政権に入っている。

前社長の急逝を受け、業務畑出身として二十数年ぶりで社長に就任した当初は、その手腕を疑問視する者が大半だった。出版不況の中、業界で最大規模を誇る我が社が生き残っていくには、やはり収益部門である編集畑か広告畑出身者が経営の舵(かじ)を取るべきだという通念が会社全体に染み通っていたのだ。私もまたそのように考える一人だった。

だが、そうした我々の予想を覆し、坪田社長は見事な経営手腕を発揮した。

就任早々、長年赤字を垂れ流していた写真誌を休刊させ、収益の柱であるマンガ誌や女性誌を大胆に整理統合し、一方でコミックの海外進出や電子化を強力に進めた。

むろん諸手当の一部廃止や賞与のカットなど賃金の抑制にも手をつけたが、そのかわり人員整理や採用減、派遣や嘱託社員の切り捨てなどの人事政策は一切行わず、人材の流出を徹底的に防ぐ姿勢を内外に明確に示した。

結果、数年にわたってつづいていた赤字は坪田体制二年目には黒字に転換し、以後一度も赤字に転落することなく僅かながら黒字幅を拡大させている。これは同業他社の業績と比較したとき、特筆すべき経営能力と評されて当然のものだった。

三月十二日土曜日に福島第一原発の一号機が水素爆発を起こし、週が明けた十四日月曜日には三号機が、さらに十五日には二号機と四号機でも爆発が起こった。この重大事象を受けて十五日に開かれた社の緊急取締役会では、侃々諤々の議論の末に「通常業務」続行の判断が下された。

だが、私は出版局長として次のようなメールを部下たちに送った。

> 出版局の皆さんへ。
>
> 本日、緊急役員会が開かれ、明日以降も「通常業務」を続行するとの通達が発せられました。週刊誌、コミックなど、さまざまな形態の編集部を抱える当社として、これはやむを得ない措置であろうと小職は考えます。
>
> ただ、小職より皆さんに改めて注意を喚起したいのは、「通常業務」ということは、通常に仕事をするだけでなく、通常に有給休暇を取ることも自由である――という点を忘れないようにして欲しいということであります。
>
> また自宅作業など、現在の状況に鑑みてそうした方がいいと判断される方は、ぜ

ひそのように業務形態を柔軟に変更することをお勧め致します。

むろん、各自、事情もあることでしょうし、出版局長である小職から率先して休暇を取るように指導することは致しません。

しかし、この機に、休暇を取るというのは一つの判断だと小職は思います。またその判断を大いに尊重するつもりでおります。休むことで進行がきつくなるのでしたら、場合によっては小職がゲラのお手伝いを致します。

ちなみに小職は明日十六日より今週いっぱい有休を取ります。ただ、連絡はいつでも大歓迎です。週明け判断で間に合うものは、週明けに行いますが、電話やメールはどしどしお寄せください。


以上。

平成二十三年三月十五日

出版局長　菊池三喜男(みきお)

出版局のメンバー全員に宛(あ)てたこのメールは、あっと言う間に社内全体に広がった。私の判断に表立って異を唱える上席者はいなかったが、他局からざわざわとした反応が伝わってきたのは当然だった。ところがメールを打って一時間ほど経った頃、私のメールが全社員のＰＣに送りつけられたのだった。そこには以下のような一文が社長名と共に添えられていた。

――今回の通達における「通常業務」の解釈に関しては、菊池出版局長の考え方を是とします。

あとになって親しい役員の一人に緊急役員会の模様を聞いたところ、坪田社長は「一週間の全社員自宅待機」を強く主張したものの他の役員たちの賛同を得ることができず、やむなく通常業務続行と決めたとのことだった。

私は、その判断、私が出したメールへの迅速な支持などを含め、改めて坪田社長の社長としての高い資質に目を瞠る思いがした。

そして、当のその人が、目に涙を溜めながら、たったいま私の辞職を思い止まらせようとしている。

今度は私の方が言葉を失ってしまう番だった。

「誰か身の回りの世話をしてくれる人はいるのかね」

坪田社長がぽつりと言う。私が独り身であることはむろん承知だ。

「いまのところはまだ」

「そうか。こればかりは急に見つけろといっても無理な話だからなあ」

社長はそう言って小さく笑い、

「別れた奥さんに頼んでみたらどうだろう？　たしかお医者さんだったよね」

と付け加えたのだった。

新田内科医院

私はかなり人間オンチな男だったと思う。

というよりも、本質的な部分で、私は自分以外の人間に対して余り興味を持てない男だった。

元が凡庸だから、思春期を過ぎると人並みに恋もしたくなったし、青年期以降は実際に何人かの女性とも付き合った。藍子と出会う前に幾つか恋をしたのだ。

彼女たちとは、こちらから別れを切り出すこともあれば、愛想尽かしを食らって相手の方が去っていくときもあった。しかし、それらの恋は、いまになってみれば、思い出と呼ぶには足りないような、その折々の小事件にすぎなかった気がする。

恋人を裏切って、手ひどく傷つけたこともあったし、逆に向こうの背信行為を知って嫉妬と憎しみに身を焦がしたこともあった。そうした体験は、記憶としては意外に鮮明に残っている。だが、傷つけたことも、傷つけられたことも、いまとなってみればすべて時効というものだろう。

異性と真剣に向き合ったのは、藍子が初めてだった。出会いからして、それまでとはかなり違っていた。

会社に入って五年目。私は当時二十六歳で、週刊誌の編集部で記者稼業に精を出していた。一九八五年四月十三日土曜日の深夜、校了明けに同僚たちとしたたかに飲み、渋谷駅前でタクシーを拾って家路についた。その頃の私は、都立大学駅近くの古びたマンションに住んでいた。

車に揺られているあいだに気分が悪くなった。

酒は幾ら飲んでも正体を失うことはなかった。そうではなく、車がマンションの玄関に向かう坂道を上り始めたあたりから、どういうわけか呼吸が突然苦しくなってきたのだ。坂は二百メートル足らずだった。自分が走っているわけでもないのに、まるでその坂を全力で駆け上っているかのように息が上がり、車がマンション前で止まったときにはほとんど呼吸困難になっていた。

それでもぜえぜえ言いながら財布から札を抜こうとしていると、運転手の方が、「お客さん、大丈夫ですか？　家の中には誰か家族がいますか？」と訊ねて来たのだった。私は一瞬沈黙し、首を振って「これって、ちょっとヤバイですよね」と切れ切れに口にした。

「どこかかかりつけの病院はありますか？」

運転手の再度の問いにまた首を振る。土曜日の午前二時過ぎ。駆け込むとしたら大きな病院の救急外来しかなかった。

「私、このすぐ近所にいいお医者さんを知ってるんで、そこに行っていいですか」

停車したことで呼吸は少し楽になってきていたが、それでも、とても降車できるような状態ではなかった。

「お願いします」

私はただ頭を下げるほかなかった。

五分ほど学芸大学方面に走ったところでタクシーが止まった。運転手の名前は乗務員証で確認すると谷口（たにぐち）という人だった。

病院に向かっているという安心感のおかげか、症状はそれほど悪化していない。が、相変わらず息をするのが辛くて、時折、背筋を伸ばして大きく深呼吸した。幾ら吸ってもなかなか空気が肺に入っていかなかった。

谷口さんが車を降りて、後部座席のドアを開ける。「大丈夫ですか？」という問いかけにかろうじて「何とか」と返事をする。

「ちょっと待っててください。先生を起こしてきますから」

私はシートに背中を張り付けた体勢で、屋外灯の明かりに浮かんだ古めかしい建物を眺めた。あたりは静まり返り、どうやら住宅街の一角のようだった。

「新田内科医院」

という看板がかかっていた。

谷口さんが車を離れて一、二分経ったところで、玄関灯が点り、つづいて医院の中が明るくなった。どうやら先生が起きてくれたようだ。それにしても、こんな真夜中に叩き起こすような真似をして大丈夫なのだろうか、と私は思った。

谷口さんが戻ってきた。ドアを全開にして両腕を伸ばしてくる。私はその腕に摑まってやっとこさ車から降りた。谷口さんは小柄ながら柔道かラグビーでもやっていそうな屈強な体軀の持ち主だった。年齢は四十前くらいか。黒く焼けた顔に大きな目がおさまり、南方系のいかにも人のよさそうな面相をしていた。

「すっかりお世話になってしまって、すみません」

私が言うと、「なんも、なんも」と言いながら身体を支えてくれた。

「先生は学会で出かけてるそうですが、さいわい、今夜はお嬢さんが帰って来られていたみたいで。うちのちびが喘息持ちで、しょっちゅう先生やお嬢さんに診て貰ってるんですよ」

谷口さんの身体に寄りかかりながら歩く。顔を上げると、医院の玄関扉が開いて、白衣を着た若い女性が姿を現した。

それが藍子だった。

結局、私は新田医院に半日入院した。藍子の診察を受け、血圧と心電図をとり、点滴をしているうちに呼吸状態は徐々に改善されていったが、時間が時間でもあり、このままマンションに戻るのは不安だった。

藍子も泊まっていくことを勧めてくれた。最初は小さく見えた医院は、中に入ってみると存外広く、一階が診察室やレントゲン室、処置室などで、二階には入院用の個室が用意されていた。三階がどうやら新田医師一家の住居となっているようだった。

朝、目が覚めたときにはすっかり元気になっていた。

他に入院患者がいるふうでもなく、土曜日は休診とあって、朝食は三階で藍子と藍子の母親と三人で食べた。最初はさすがに申し訳ないと大いに遠慮したのだが、顔を見せた母親がどうしてもと言ってきかなかったのだ。藍子は痩せていたが、母親の方はずいぶん太っていた。顔も余り似ていない。藍子はどうやら父親似のようだった。

朝御飯の前に診察を受けたが、何も異常はないとのことだった。

「一過性の過呼吸発作だったんでしょうね。過労やストレスが原因でなりやすいものですから、これからは余り無理をしないようにしてください。過呼吸発作は案外癖になっちゃうこともあるので」

藍子の言葉に、

「過呼吸なんて若い女の子がなるもんだとばかり思ってました」

私は言った。

「そんなわけでもないですよ」

藍子は苦笑するように言った。

「何で笑うんですか」

訊ねると、

「菊池さんって、見た目、ちょっと女の子っぽいなあと思って」

藍子はますますおかしそうにそう言ったのだった。

当時の私はまだ相当の痩せっぽちだった。四〇キロ台だった二十代前半に比べれば体重は少し増えていたが、それでも五〇キロを幾らか上回る程度だったと思う。髪も長めで、相変わらずの童顔で、よく大学生と見間違われてはいた。

朝食の席で、藍子が都内の大きな病院の勤務医であることを知った。

谷口さんは、喘息の息子をときどき「お嬢さん」に診て貰っていると言っていたが、それは昨夜同様、藍子が非番でたまたま実家に戻って来ているときの話のようだった。普段の彼女は病院のある品川区に独り住まいらしい。

藍子の専門は小児科で、もうその頃から小児科医として多忙な日々を送っていた。年齢は二十九歳。私より三つ年上だった。

一目見たときから、というのは大袈裟(おおげさ)だが、深夜の診察が終わった頃には、もうこの人と結婚しようと決めていた。

なぜそんなふうに思ったのか、いまだ理由ははっきりと分からない。

私が気がかりだったのは、すでに藍子に夫がいるのではないか、結婚を約束した相手がいるのではないかという一点だけだった。

もしそうであれば、その夫や婚約者を気の毒な目にあわせるのが忍びなかった。自分が彼女と一緒になれないという不安はまるでなかった。

それは最初からすでに決まっていることのような気がした。

のちに藍子に訊くと、彼女も出会ってすぐに、そうなるだろうと予感したという。

私は一度自宅に戻り、シャワーを浴びて着替えると、すぐに藍子に電話した。医院を出るときに、「また具合が悪くなったら連絡していいですか？　よかったらこの家の電話番号を教えてほしいのですが」と頼んだ。藍子はすんなりと教えてくれた。

その自宅の番号に掛けて、御礼に食事をご馳走したい、さっそく今夜はどうだろうか？　と誘った。その誘いにも藍子はさして躊躇いも見せずに乗ってきた。

そうやって毎週デートをするようになり、私は、ちょうど一カ月目、四回目の食事のときに結婚を申し込んだ。

藍子は即答を避けたが、その金曜日の晩、私たちは初めて身体の関係を結んだ。

翌朝、銀座のホテルで一緒に目覚めると、これも初めて藍子の部屋に行った。品川区役所の近くの、私の住まいとさほど変わらぬ年代物のマンションだったが、部屋は２ＬＤＫとずいぶん広かった。病院が借り上げた社宅扱いの一室で、以前は妻帯したドクターが住んでいたという。彼女の勤務する総合病院までは楽々歩いて通える距離だった。最寄り駅は京浜東北線と東急線が乗り入れる大井町駅。駅前には下町風の賑やかな繁華街が広がっていた。

私はこの町がいっぺんで気に入り、その日をさかいに自宅へはほとんど帰らず、彼女の部屋にべったり居つくことになった。

そうやって始まった同棲（どうせい）から半年もたたない一九八五年九月。私たちは都内のホテルで式と披露宴を催し、正式に夫婦となった。

十月生まれの藍子はぎりぎりの二十九歳。七月生まれの私は二十七歳になっていた。

もうこの国は駄目だろう

一時半過ぎに会社に帰ると、溜まっていた出版契約書にサインをしたり、メールの返信を打つなどして三十分ほど時間を潰し、それから八階の総務部に出向いた。

入り口で部長の中根に声を掛ける。すでに坪田社長から連絡があったのだろう。彼は急いで自席から立って私の方へと歩み寄り、無言で隅の会議室へと誘った。

狭い会議室の小さな応接セットに差し向かいで座る。

「ついさっき社長に呼ばれて事情は伺いました」

中根は神妙な面持ちで言った。

「面倒をかけて申し訳ないな」

中根は私より四期下の後輩だが、社長側近の一人だ。社長同様、編集経験はほとんど持たず、長年総務、人事、管理畑を歩いてきた。仕事上の接点は皆無だが、私が労組の委員長だったときに二期連続で執行委員を務めてくれた。二期目は書記長をやってもらったから昵懇の間柄だ。さきほど社長は「病状については少し楽観的に話しておくよ」と言っていたが、膵臓がんと聞けば誰でも深刻に受け止めるだろう。

案の定、中根も眉間に皺を寄せ、半分泣きそうな顔になっていた。

「とにかく、いまは治療に専念してください。大丈夫、菊池さんならきっと乗り切れますよ」

私は曖昧に頷き、

「役員に休職なんてないだろう。こういう場合は退任するのが筋だと思うんだが」

と本音を言う。

「おっしゃる通り、役員に休職規定はありません。そのかわり、毎日会社に来なければならないという規定もない。非常勤だって構わんのです。要は、任期二年の間に取締役としての職責を果たしていただければそれでいい。ですから、菊池さんは何も心配せずに治療に集中してください。役員報酬もこれまで通り支払わせていただきます。ここで減額すると却って税法上面倒なことになるんですよ。とにかくしっかり病気を治して、また戻って来てください。菊池さんにはまだまだ大きな仕事をしていただかないと、それこそ我が社の未来はないようなものですから」

「すまんな」

私は頭を下げた。どうせ一年の命だ。ここで退任しようがしまいが、さほど変わりはないとさきほど社長と話しながら考えを改めていた。

六階に戻り、各部の部長を招集した。文芸系が三部、ノンフィクション系が三部、それに文庫出版部が私の傘下にある。計七人の部長のうち六人が在席だった。新書担当部長だけが出張中とのことだったが、彼にはのちほど電話で伝えることにした。

総務部のそれよりは格段に広い会議室に六人の部長が集まる。時刻はちょうど三時だった。

私は病気のこと、休職のこと、今後当分は総務担当の井戸川（いどがわ）常務が出版局長を兼務することなどを手短に伝えた。井戸川の名前は中根から聞いていた。坪田社長の指示だという。

「今週いっぱいで、しばらく休暇を取ることになる。突然で本当に申し訳ないが、よろしく頼むよ」

今週いっぱいという言葉に全員が驚いた顔を作る。それはそうだろう。明日二十六日が金曜日なのだから、あと一日でおさらばというわけなのだ。

「病院は？」

最も親しい第二文芸部長の下柳が訊いてくる。

「検査は国際医療センターで受けたんだが、今後の治療についてはまだはっきりと決めてないんだ。何人か親しい医者もいるから、彼らにも相談したいしね」

私の人脈の広さや元妻が医師であることはみんな知っているので、誰も「だったら知り合いの医者を紹介しましょうか」とは言ってこない。

やはり「膵臓がん」という病名に六人とも掛ける言葉を失っているふうだった。オペをして一度は社会復帰をするものの、早晩、この人の命は尽きる――彼らはすぐにそう見込みをつけたに違いなかった。

これで出版局内、さらには社内での今後の権力地図はかなり塗り替えられる。予想だにしていなかった事態に相応の衝撃と興奮を覚えているのだろう。私だって彼らの立場だったらきっとそうだ。

突然の私の退場は、部長以上の連中にとっては大きなニュースだ。

十二人いる役員の中で新任の私は年齢的には下から二番目だった。最年少は経理担当の荘田という男で、まだ五十そこそこのはずだが、しかし、次期社長レースを占うとなると、私はかなり有力な候補者と言っても過言ではなかった。

業績を積み上げている坪田社長はすでに三期目とはいえ、おそらくあと一期はやって会長に上がると見られていた。となると社長交代は早くても三年後。前社長や現社長が昇格したときの年齢は五十五歳前後。これまでも社長は全例その年齢層から選抜されてきたので、だとすれば三年後に適齢期を迎える役員はいまのところ二人。そのうちの一人が私だった。

しかも、もう一人の金子広告局長は、創業家の縁戚にあたり、これまでの慣例からするとトップへの就任はあり得ない。むろん来年、再来年と新たな役員登用もあるだろうが、編集畑のいわばエース格だった私の現時点での役員昇格は、坪田社長による「事実上の後継指名」と社内で受け止められてもさほど不思議ではなかった。

その男が消えてなくなるのだ。

目の前の六人の部長たちにすれば、真っ先に気になるのは我が身の今後の処遇だろう。具体的には、次の出版局長の椅子に誰が座るかという話だ。井戸川常務の兼任はそうそう長くは続かない。私が一度は復帰しても、もうその先はない。となれば来春の人事でこの六人の誰かが局長に上がるのが順当だった。

もともと私の社長就任が既定路線化すれば、来期は常務に昇格していまのポストをていたに違いない。

離れる可能性が高かった。さしずめ下柳あたりは私からの引き継ぎを充分に当てにしていたに違いない。

だからこそ六人の中で最も落胆した表情を見せていた。

私とソリが合わない第一出版部長の逢坂などは案外平気な顔で話を聞いている。

「まあ、これまでも現場のことはきみたちに任せてきたわけだし、僕がいなくなっても別段困ることはないだろう。ポストを去る者として言い残しておくべき言葉もいまはない。この一年あまりのあいだ、お世話になりました。きみたちには心から感謝している。本当にありがとう」

私は最後にそう言って話を打ち切った。

部長たちは席から立ち上がり、ぞろぞろと会議室を出て行った。私は彼らの後ろ姿を座ったまま見送った。

誰もいなくなり、広い会議室の空気は次第に熱を失い、ゆっくりと静まっていく。

席を離れ、窓際に歩み寄った。

六階の窓から外を眺めやる。

入社した頃はこの本社ビルからでもずいぶん遠くまで東京の景色を見渡すことができた。いまでは四囲に高層ビルが林立し、見えるものといえば無数のオフィスビルの蜂の巣のように空いた窓ばかりだ。左手にかろうじて旧赤坂プリンスホテルの偉容を望めるが、あのホテルもすでに閉館し、取り壊しを待つばかりとなってしまった。

三月十一日の地震と大津波でたくさんの人々が死んだ。

原発事故による放射能汚染の実態は驚くべきもので、最近の報道では福島周辺にとどまらず、群馬、栃木、それに千葉や埼玉など首都圏でもセシウム１３７（半減期三十年）による汚染が明らかになっている。文部科学省のヘリによる測定では、福島第一原発から二百五十キロ以上も離れた埼玉県秩父市の山間部でさえ一平米あたり三万～六万ベクレルのセシウムが降り積もっているという。

私の場合は、二人の娘ともにいまは海外にいるからさほどの心配はないが、妊婦や小さな子供、小中学生たちはこれから延々と続く放射能汚染地帯での生活に大きな不安を抱えているだろう。今後数十年で、この国の平均寿命は次第に短くなり、若い人々のがん死が、やがて大きな社会問題になるとの予測も出始めていた。

ニューヨークにいる長女の真尋もイタリアに住む次女の千晶も、「数年はこっちにいるしかないね」と話している。

特に母親である千晶はイタリアに永住することを夫婦で真剣に検討しているようだった。たしかに孫の直哉はまだ一歳になったばかりだ。汚染の長期化が避けられないいま、生活の拠点を東京に戻すのは現実的ではない。

その話を聞いたとき、「武博君はそっちでも充分に仕事をしていけるのだから、ぜひそうしなさい」と私も強く勧めた。

千晶の夫である小林武博は気鋭の建築家として世界的に活躍している人物だった。真尋の方は大学を出たあと、去年、ニューヨーク大学に留学したばかりだった。大学院まで進む計画を立てているので、当分は日本に戻って来ない。今年の一月にニューヨークを訪ねたが、向こうの水が性に合ったのかしごく快適な学生生活を送っているようだった。

「私、このままニューヨークで仕事を見つけるかも」

と言われたときは、結婚のことなど考え、やや不安になったが、このような状況に立ち至ってみれば、彼女のその選択は大いに推奨されるべきだろう。

三十年余りをジャーナリズムの世界で生きてきて、この国の政治家たちは一体どこまで堕落するのだろうと思う。

私が政治を担当し始めたのはちょうど中曽根政権の最盛期だった。田中角栄はいまだ健在で、ロッキード事件一審判決で有罪を宣告されながらも、一九八三年の総選挙では二十二万票という空前の得票で再選された。しかし、自民党はこの選挙で惨敗を喫し、これを境に田中の政治力は急速に翳っていった。翌年には側近の二階堂副総裁の擁立騒動、さらには竹下登による「創政会」設立の動きが表面化し、八五年の二月二十七日、田中はついに脳梗塞に倒れ、言語能力を失ってしまうのである。

私は週刊誌や月刊誌の編集者として、こうした一連の政治劇を間近で取材した。以降、歴代の総理にも面会してきたし、各党の実力者とも面識を得た。

大雑把に言うならば、小沢一郎という男が実力者として政治の表舞台に登場する以前の政治家たちは、与野党を問わず、迫力、胆力そしてユニークな個性をそれぞれに持ち合わせ、総じて魅力的だった気がする。

小沢の台頭と共に永田町の住人たちの質は一気に低下した。

小沢は善くも悪くも田中角栄のエピゴーネンだが、田中と小沢との最大の相違は、その性格と人物眼だ。田中は陽性で人好きのする男だった。

一方の小沢は陰性で人嫌いである。共に自らの権力維持に利用できる人材を登用するが、田中は、数ある追従者の中でも抜きん出た才能の持ち主を巧みに見分けて使い、小沢は田中を裏切った自らの体験から、能力の有無ではなく単に忠誠心の濃淡だけを基準に手下を要職に送り込んだ。

そして、そうした小沢支配が四半世紀近くも続くことによって、政界から徐々に有為な人材が失われていったのだ。

おそらく、もうこの国は駄目なのだろうと思う。

今回の震災が、あたかも六十数年前の敗戦のごとく、国家再生の起爆剤となるかと一時は期待もしたが、これほどの原子力災害を国民にもたらしながら、なおそれでも原発の維持と諸外国への輸出を目論む民主党政権や自民党の姿を目の当たりにして、私は、この国の国家としての命運はすでに尽きたのではないか、という気がしていた。

敗戦は当時の要人たちの追放を伴ったがゆえに、新しい人材の登場を促した。だが、この大震災にはそうした利点がなかった。ちょうど関東大震災がそうであったように、むしろこの国のデモクラシーはこれを契機にますますの凋落(ちょうらく)をきたし、それが、かつては議会政治のさらなる腐敗と陸海軍部の専横を許したように、再び国家崩壊への道程へとつながっていくのではないか――そんな気がして仕方がない。

しかし、それもこれももはや私には何の関係もないことだった。

一年後には死んでしまう人間に、国の将来を憂える義務も資格もあるはずがない。

二万人にも及ぶ死者と、おそらくは二度と故郷の土を踏めぬ大量の避難民の存在を横目に、私は結局のところ、それらを他人事(ひとごと)と突き放してこの数カ月を送ってきた。

津波に飲み込まれ、放射能に家を追われた人々の姿を見るにつけおおかたの人々がそうであったように、私もまた自らの幸運と彼らの身の不運とを対比して、相応の優越感と満足を得ていたのだ。

だが、こうして余命一年の境涯となってみると、津波にさらわれた人々や現在も避難生活を送っている人々の心境が身に沁みて分かってくる。

つくづくと、国や組織などどうでもよくて、この世界で唯一無二に大切なものは生きとし生けるものであり、それは我々人間のみにあらず、動植物全般に及ぶものであることが次第に理解され始めてくる。

病床の身となったかのジョブズ氏もまたおそらくは自身が築き上げたアップルという企業への愛着をすでに脱却し、一切がうたかたの夢に過ぎないこの世の無常を甘く切なく振り返りつつ味わっているに違いない。

いまの私にはそれがはっきりと分かる。

アストラルタワー

目が覚めてみると、会社に行く気がすっかり失せていた。

今日まで出社すると部長たちには伝えていたが、別にいまさらやるべき仕事もない。

退任ではないので席やロッカーを片づける必要もないし、しばらく思案してみたが、どうしても取りに行きたい私物も思いつかなかった。今夕の会食の約束は昨日のうちにキャンセルしておいた。

無断欠勤することに決めた。

三十年余りの会社人生で、私は一度も無断欠勤したことがなかった。それどころか、病欠や忌引のたぐいもほとんどない。ちょうど十年前に父を亡くした折も、ゴールデンウイーク中とあって一日も欠勤せずに通夜、葬儀を済ませることができた。

もっとも昨日の中根の説明ではないが、いまの私は出社しようと休もうとお構いなしの身分ではある。その意味では〝無断〟欠勤はやろうにもやりようがないのだ。

昨日を最後にもう二度と出社できないというわけでもないだろう。

当分は東京を離れるつもりだが、症状が悪化し始めれば痛みの緩和のために戻ってくるほかはない。

たとえ緩和ケア病棟に入院するにせよ、その前に一度や二度、会社に顔を出すくらいは可能だろう。それこそ私物の片づけもあるし、諸々(もろもろ)の事務手続きもある。

独り身とあって、そうした身辺整理は自力で済ませておくしかない。

ベッドの上で半身を起こし、時計を確かめる。

午前七時二十分。いつもの起床時間だ。目覚まし時計を使わずとも五分と違わずこの時間に起きることができるようになってもう何年経つのだろう。

隙間から細い明かりの洩れている遮光カーテンを開けようとベッドを降りかけて動作を止める。

薄明かりの中で小さくため息をつく。腰のあたりに微かな鈍痛がある。ただ、昨日の昼間に比べれば弱まっていた。少しずつ末期がんの告知を受け入れ始めている自分がいるのかもしれない。

私は再びベッドに横になり、しばし何も考えずにぼんやりとした。

そうやって、これまでなら必ずベッドを離れたであろう十分ほどの時間帯を静かにやり過ごした。

たったそれだけのことで、この三十年以上一度も見ることのなかった時間が見えてくる気がした。新しい生活が、いまのささいな時間経過を分水嶺に始まる。新しい生活とは「未知の時間」のことだと思った。

会社に通い、日々の予定をこなし、見知った相手と会い、行きつけの店で食べ慣れた物を口にし、飲み慣れた酒を飲む。そしていつものねぐらに帰って眠る。ときに短い旅をはさんだり予期せぬ幸運や不運に見舞われつつも、結局のところそうやって自分の生活というものの大枠を形作ってきた。その大枠の中を巡る過ごし慣れた時間に身を委ねながら生きてきた。確かに先の見通しがきく、それは予測可能な振り幅の安定した時間だった。早い話、今回のいきなりの末期がん宣告もそうした一連の時間の流れの一齣（ひとこま）であるような気がする。

告げられたときは、ひどく理不尽なものを突きつけられた怒りと驚きはあった。だが、ほんの少し時間が経つと、これは起こるべくして起こったものだと思い始めていた。心労を溜め込む仕事をつづけ、ペンの力に任せて他人様を傷つけることも相当してきた。二十年余りの夫婦関係は壊れ、多忙を極める時期に突然の独居を強いられた。それやこれやを思い合わせれば、ほっと一息つけたはずの今、よりによって余命一年の末期がんを宣告されるというのは、自分という人間にはうってつけのいかにもありそうな出来事のように感じられたのだ。

時計のデジタル表示が八時になったところで私は寝室を出た。

キッチンでコーヒーを淹（い）れ、リビングに置いたテーブルの前に座ってあつあつのコーヒーをすする。豆は神楽坂の馴染みの喫茶店のハウスブレンドと決めている。酸味よりも苦みを優先したその店の味が好きだった。

藍子との離婚が成立したのは五年前だが、彼女が家を出たのはその半年前だった。

大学生になった娘たちが、それぞれの学校の近くで一人暮らしを始めた直後のことだ。

世田谷の家に一人残されたが、一カ月足らずで私自身もそうそうに家を出て、この神楽坂のマンションに越して来た。藍子や娘たちとの暮らしの匂いが籠もる場所に長居をつづけるのはとてもできなかった。

十五畳のリビングと十畳の書斎兼寝室しかない1LDKの部屋だが、私は気に入っている。会社にも近かったし、何より眺望が素晴らしかった。十六階とさほどの高さではなかったが眼下には古い街並みがつづき、周辺に高い建物がほとんどないこともあって東京中を一望の下にできた。右手の新宿副都心のビル群から、正面には六本木ヒルズ、その左手には東京タワーがくっきりと姿を見せ、さらに左には湾岸地帯の新しい高層ビル群が眺められる。一度の内覧で即決したのは、その見事な眺望が一番の理由だった。

家賃は月額二十九万円。いまの私にはさほど高くはなかった。

コーヒーを飲み干すと、寝室に戻る。ベッドと反対側の壁には書棚と机、椅子が置いてある。椅子に座って机上のラップトップPCを起動させた。

昨夜からずっと長期滞在型のホテルやマンションを探していた。眠る前に目星をつけた物件があり、そのホームページを開いてあらためて検討する。三宮（さんのみや）の駅から徒歩十分足らず。四年前に完成したタワーマンションだった。名前は「神戸アストラルタワー」。主に外国人向けの高級賃貸マンションだが、このアストラルタワーに短期貸しの「サービスアパートメント」があった。

間取りはここと同じ1LDK。八畳の寝室と別に四畳弱のサービスルームが付いている分だけ広くて居室面積は七十五平米。四十階建ての二十五階で、南向き。神戸の街並みを見渡すことができるとHPには記されている。一カ月単位の契約で家賃は三十八万円。一泊に均せば一万三千円弱だから、これだけの広さと諸設備の充実ぶりを考えればホテルに長期滞在するよりもずっと割安で快適だと思われる。

賃料には週に一度の掃除とリネン類の交換、それにインターネット接続料金や光熱費が含まれている。

むろん冷蔵庫や洗濯機、TV、DVDプレイヤー、掃除機、炊飯器、電気ポットやコーヒーメーカーといった日用品も完備しているし、鍋やフライパンなどの調理器具や四人分の食器とカトラリー類、さらには空気清浄機やヘルスメーターまで揃っているらしかった。

昨夜同様、まだ物件には空きがあった。

グーグル・ビューで建物の様子を念のため確かめてから、私は固定電話の子機を手に取った。アストラルタワーの案内窓口の電話受付は午前九時からとなっていた。

ちょうど九時になったところでダイヤルした。

ホームページの情報通り、希望の二五〇一号室は空いていた。

電話に出た山村という女性はてきぱきと話を進め、私がさっそく明日からでも入居したいむねを伝えると、

「明日はちょっとむずかしいのですが、必要書類を本日中にファクシミリしていただければ、明日中に審査いたしまして、明後日日曜日にはお返事させていただけると思います。その場合は、最短で二十九日月曜日、初回一カ月分の入金を済ませていただいた時点でご入居できるように取りはからいますが」

と言った。

私はさっそく入居申込書などの書類のフォーマットをメールしてくれるよう依頼して電話を切った。五分ほどで三枚の書式がＰＤＦで送られてきた。さっそくそれらをプリントアウトする。他に提出が求められているのは、所得を証明する源泉徴収票か納税証明書、あとは運転免許証の写しだけだった。

入居申込書などにさっさと記入を済ませると、私は部屋着から外着に着替えて部屋を出た。納税証明書を入手するにはわざわざ西新宿の都税事務所まで出かけなければ

ならないが、所得額の証明が目的ならば区民税・都民税課税証明書で事足りる。出かける前に山村さんに問い合わせたところそれでも構わないというので、簞笥町にある新宿区役所の出張所に課税証明書を取りに行くことにしたのだった。

出張所から戻ったのは十時半で、すぐに山村さんあてに書類一式をファクシミリで送った。

十五分ほど経ったところで確認の電話を入れると、「これで大丈夫です」と彼女は請け合い、「明日には審査を通ると思いますので、明後日までには振込先の入った請求書をファクシミリしておきます。月曜日午前中までにご入金ください。それから、何かこちらにあらかじめ送っておきたい物などありましたら、私の名前宛てで送ってください。届き次第二五〇一号室に運び入れておきます」と言った。送られたメールに記されていた山村さんのフルネームは「山村はるか」というのだった。

私は山村はるかの迅速で的確、融通の利く仕事ぶりに感心していた。声の感じからしてベテランに間違いないが、どれくらいの年齢なのかは想像がつかなかった。月曜日、さっそく神戸入りして彼女と対面するのがちょっと楽しみのような気がするくらいだった。

午前中で神戸滞在の算段がつき、私はほっと胸を撫で下ろした。

何事も初動が肝心である。最初はけつまずき、やがて段々に勢いを取り戻して、最後には大成功に至るというケースもあるにはあるが、やはり、物事が上手く運ぶときというのは初めから調子がいいのが通例だ。

いきなり見ず知らずの土地に行って、そこで自分が何をするのか、どうやって暮すのかこれっぽっちも見当はついていなかった。

だが、末期の膵臓がんと告知されての帰途、二十年前の山下やよいからの電話の一件をふと思い出し、彼女とのやりとりを記したメモをいままで後生大事に保存してきた意味を考えたとき、「そうか、あれはこのときのためだったのか」という気がしたのだった。

急に神戸行きを思い立った理由は、言ってみればただそれだけのことだった。

さて、神戸に出向いて自分は一体何をしたいのか？

二十年前の電話を手がかりに山下やよいを見つけ出したいのか？　彼女を見つけ出して、その超能力でこの末期の膵臓がんを治してもらいたいのか？

それもこれも私の中では未だはっきりとした焦点を結んでいるわけではなかった。

あのとき本当に念力で左足の痛みが取れたのだとしても、それはただの捻挫に過ぎなかった。

そもそもメモ書きを何度読み返しても、山下やよいにがんを癒やすほどの力があるとはとても思えなかった。彼女が語っていた〝超能力〟というのは、

①喉が痛かったのでピラミッドの絵を当ててみるとあっと言う間に痛みが消えた。
②そのあと素手で試してみると乳首の色がきれいになり、性器の締まりがよくなった。
③乳房自体を大きくしたり小さくしたりできるようになった。
④同僚の身体のだるさを治した。
⑤別の同僚が自宅の冷蔵庫にぶつけて痛めた肘を治した。
⑥同僚たちの乳房も大きくしたり小さくしたりできた。
⑦電話で鳥取に住む父親の頭痛を治した。（私の場合と類似）

ざっとこれだけである。

たとえば①や④、⑤、⑦は恐らく暗示によるものだろう。私の足の痛みも同様だ。②も主観の問題だから、本人がそう思い込んだというだけの話かもしれない。

となると、そうした暗示効果として片づけるのが難しいのは③と⑥だけということ

になる。

自分や同僚たちの乳房を「大きくしたり小さくしたり」するというのはさすがに暗示だけでは困難だろう。乳房の大きさは、明瞭な変化が生じない限り、それが急に大きく感じられたり、小さく感じられたりということはあるまい。まして、自分や他人の乳房のサイズを自在に変化させられるというのはあり得ない話だ。

しかし、そんな美容整形まがいの力が当時の山下やよいにたとえ備わっていたとしても、それで私のような末期のがん患者を治せると考える方がどうかしている。やよい本人が、ひと回りも年下の男と再婚するために「乳首やあそこ」をきれいにしたくて手に入れた能力だとはっきり言っていたではないか。

それでも、神戸に行こうと私は思った。件のジョブズ氏の言葉ではないが、一昨日の夕方、病院の帰り道でふと感じたその直感から私は目を逸らすことも身を翻すこともできなくなってしまった。

なぜなのか自分自身にもよく分からない。

山下やよいを探すか否かも、まずは神戸に入ってから決めればいいと考えている。

とにかく、どうしても私は神戸に行くしかないのだった。

暗い穴に落ちていく

東京を離れる前に会っておきたいと思う相手はいなかった。

海外に住む娘たちにはよほど病状が悪化してから連絡するつもりだ。彼女たちに打ち明ければ藍子にも伝わる。医師である藍子は、すでに他人となった前夫とはいえ放っておけない気持ちになるだろう。そのときに彼女からの接触を拒もうとまでは思わない。ただ、こうして元気でいるうちに関わってこられるのは御免だった。

一度別れた以上、二度と顔を合わせる気はない。死ぬ少し前に一言二言、言葉を交わす程度で済ませられればと願っている。

私だって一応は大人である。二人の娘たちの親同士である限り、それくらいはやむなしと受け入れる度量はある。

月曜日から神戸に入る。今日、明日のあいだに向こうの生活に必要なものを荷物として発送しなくてはならない。といっても、たいがいのものは揃っているので、衣類や靴、それに本やCDのたぐいを簡単に梱包(こんぽう)すれば事足りる。粘れるだけ粘ったとしても、来年の梅雨時あたりには緩和ケアのためにこちらに戻って来ざるを得ないだろう。

痛みのコントロールを始めてのちは正真正銘のがん患者になってしまうはずだ。

そして、来年の今頃には、この〝私という意識〟を永遠に失う。これから迎える秋が最後の秋であり、そのあとの冬が最後の冬なのだ。来春の桜が最後の桜になるのだ。そして、次の秋や冬を私が過ごすことはおそらくない。

そう考えると、実に不思議な心地になった。

今日というこの一日だってもう二度とない一日なのだ。一瞬一瞬が決して再現されることのない一度きりの時間なのだ。しかし、言葉で幾らそのように言われても、我々には過ぎ去っていく時々刻々のありがたみがどうしても自覚できない。次々と新しい一瞬、新しい一日、新しい季節が自分のもとを訪れ、それがあたかも永遠に続くかのように思い込んでしまっているせいだ。

あと一年で死ぬと宣告されても、どうにもその種の気分から抜け出せない。いままで同様に、いつまでも繰り返す明日があるように錯覚してしまう。

それはそれでいいのだ、と私は思う。たとえ数キロ先に断崖絶壁があろうとも、そこへと向かう私の乗った列車は、いまはのどかにレールの上をすべっている。手前数百メートルあたりからは外の景色も一変し、座席はがたがたと揺れ始め、いかにも脱線寸前の不穏な状態へとなだれ込んでいくのだろうが、それまではこの残り少ない平穏な旅を充分に満喫すべきなのだろう。

人生はいつかどこかで終焉を迎えるのだ。

いましも死にかけている自分を私はつい哀れんでしまうが、仮にここを切り抜けることができたとしても、いずれまったく同様の事態が訪れる。

いつかは受け入れるしかない。

決して逃げきれるものではない。

どこかで必ず覚悟を決めることになる。

苦痛に顔を歪める数週間は別にして、たとえば今日の一日と十年前の一日には何の違いもない。十年前の一日がそうであったように、今日という一日も、ごくごく普通の当たり前の一日でしかないのだ。その一日をまるで死を目前にした特別な一日のように見做すのはある種の思い上がりというものだろう。私は十年前の今日、二十年前の今日、三十年前の今日を生きたように、この今日を生きればいいのだし、そうする以外にないのだ。

死は覚悟を決めて迎えるべきものだろうが、その覚悟というのは、結局のところ死というものを不可逆的な苦痛として体験し始めてからでなくては固めようがない。事故や災害で一瞬にして命を奪われるとき、人は最後まで生きて生きて死ぬ。私のようなケース、つまり、がん死や各種の難病死、厄介な心疾患死などにおいてのみある種の覚悟が求められる。その理由は、死を思うことの苦痛、死への途上で見舞われる肉体的苦痛に我々患者が何とかして耐え忍ぶ必要があるからに過ぎない。さして苦痛のない死の場合は、最初から覚悟など不要だと私は思う。

それにしても、いまのこうした気持ちを分かち合うべき相手が誰一人として存在しないというのは、我ながらいささか唖然とするものがある。

一体全体、何がどうなってこのような境涯を招き寄せてしまったのか？　この五十三年のあいだ、一体私という男は何をやってきたのか？

だが、それもよくよく考えてみれば、大して悲観すべきものでもないのだった。

私のような身の上の者は、この世界にごまんといる。

五十も過ぎれば、未婚者はもとより既婚者でも配偶者に先立たれた者も少なくはない。家族持ちと言っても、名目だけの〝家族の脱け殻〟を担いでいるに過ぎない者が大半だ。そんな彼らが末期がんの告知を受ければ、陥る境遇は私と似たりよったりだ。心の通わない妻や夫、子供たちとの関わりは、死を迎えるに際して、むしろ余計な苦痛となるだけのことだろう。

そう考えてみると、案外こうして一人きりで死んでいけるのは幸せのような気がする。誰にも気遣いせず、ただ一人、黙々と死んでいけばいいのだ。死にゆく者は、生き続ける者たちとはもはや理解し合うことはできないし、その必要もない。昔の作家の言い回しではないが、彼はたった一人「暗い穴に落ちていく」のだ。誰もその転落に付き合ってくれる者はいない。死ぬ間際に「とても苦しいです。とても眠いんだから、もう寝させて」と繰り返した作家もいた。そんな不安で孤独な眠りに寄り添ってくれる人など幾ら探しても見つかるはずがない。

誰もが一人きりで死という底なしの沼に飛び込んでゆく。

それだけの話だ。

私は、神楽坂にある行きつけの寿司屋のカウンターで、以上のようなことをつらつらと考えながら日本酒をすすっていた。

時刻はまだ七時。朝、昼を抜いたので開店の五時ちょうどに店に入った。

目の前にはそろそろ空になりそうな熱燗の二合徳利と下駄にのった刺し身の盛り合わせが並んでいる。

膵臓がんではち切れんばかりだというのに食欲は一向に衰えない。がんがあれほどの大きさになるには数年の歳月が必要だったはずだが、最近まで自覚症状は見事なほどになかった。それどころか五十歳を過ぎたあたりから何を食べても本当にうまいと感じるようになった。

食べ物への興味が生まれたのはその頃からで、以前は毎夜さまざまな会合で値の張る料理を口にしてはいたが、それらを味わうなどという意識は皆無だった。いまから思えばもったいないことをしたと悔やまれる。

二合の日本酒で陶然とした心地になっている。誰かを前にしての酒は量が進んでも一向に酔うことはないが、こうして独り酒を酌むと近頃はすぐに気持ち良くなってくる。年齢のゆえでもあろうが、離婚から五年が過ぎて、ようやく自分なりの暮らしのペースを摑むことができたからだろうと思っていた。

この寿司屋とも転居してすぐからの馴染みなので、ちょうど五年になる。

大将の頭もすっかり白髪が増えた。週末に一度は必ず通っている。いまでは何も注文せずともそれ相応の肴が出てくる。最後はおすすめのネタを握ってもらって締めるのだが、幾ら食べ、幾ら飲んでも勘定が一万円を超えることはない。大将は無口で気を遣わずともすむし、私のような者にとってはまたとない店だった。

熱燗をもう一本頼んで、私はネタのケースに向かって酔った息をふーっと吐いた。

先々のことに思いを巡らせないというのがこんなにも楽だとは想像もしなかった。

先週までは、このカウンターに座っていても、考えるのは仕事のことばかりだった。週明けからの細かいスケジュールを反芻し、ときには手帳を開いて、思いついたことを書きつけたりもする。携帯を取り出し、この一週間のメールを読み直してみたり、土日に出した方が有利なメールはわざわざここから送信したりもした。

そういうメールは大体、各部の部長宛てのものだった。局長が自分たちの仕事をいつも見ているというメッセージを伝えるには、休日にメールしておくのが効果的なのだ。

いまの私は、もう何もかもがどうでもいいのだった。自暴自棄でそんなふうになっているのではなく、正真正銘、正式にこの世のことはもはやどうでもいいのである。

要するにいつ死んでも構いやしないのだ。

たとえばいまこの瞬間に大地震や大津波が来ても、突然自爆テロに巻き込まれても、何かが空から降ってきて押しつぶされても、さらには飛行機で世界中をぐるぐる回って、どこかの国でその飛行機が墜落しても、私は全然構わない。

そうやって突然の災害や不慮の事故で死んだとしても死期が早まるわけではない。

残り一年の寿命を失ったところで別段惜しくはないし、がんの猛烈な痛みや苦しみに喘ぎながら絶命するより、いっそ津波にさらわれたり、爆弾に吹き飛ばされたり、飛行機とともに地上に激突する方が楽だという気さえする。

なんて自由なのだろう。

私はふと思った。

この身はがんに冒されて残り幾許（いくばく）もなく灰と化す運命だが、それとは正反対に、いまこのとき、私の心はこれまで生きてきた中のどの一刻よりも自由で解放されている。

そんな気がした。

自由というのは、まったく心の状態なのだ。

つくづく思う。

こうした束（つか）の間の得難い解放感も、やがて再び、肉体の苦痛によって帳消しにされ、心は死の恐怖とがんの苦しみにがんじがらめにされてしまうのだろう。その点では、肉体というのは我が心を宿す大事な器ではあるが、宿したその心をさまざまな形で束縛するまさしく煉獄（れんごく）のような場所でもある。

肉体を離れ、なおも解き放たれた心が存続することができるのならば、どれほどに爽快だろうか。

だが、何事もそうそう上手くは運ばない。

死への恐れによって自由を奪われつづける私たちの心は、だからこそ〝私たちの心〟として、かろうじて固有の形を保っていられるのだろう。

肉体が消滅することへの恐怖や肉体自体が呼び覚ます数々の苦痛こそが、私たちの心が拠って立つ土台でもあるのだ。

だとすると、たったいま感じているこの自由が、人生最大の自由ってことか……。

そう思うと、私は何やらやりきれない気分になってくる。

輪廻転生

二十七日土曜日の午前中、予定より一日早く、山村さんから入居審査を通過したむねの電話が来た。さっそく衣類や本などを荷造りして宅配業者に引き渡した。

一カ月分の家賃の請求書もその日の午後にはファクシミリで届いた。とにかく山村さんのやることは迅速だった。私は神楽坂駅まで出て指定口座に請求金額を振り込んだ。

出発準備は土曜日のうちに全部整い、日曜日は何もすることがなかった。

飯田橋のJRで新幹線のチケットを買っただけで、あとは部屋でのんびりと過ごした。誰からも連絡は来なかったし、私の方から電話やメールをすべき相手もいなかった。

読書に集中しようとしたが、近々この世を去る身となってみれば、これといって読み終えておきたい本もない気がした。

もう充分な数の本を読んだ。おそらく一般の人が一生で読む量の十倍以上の本をすでに読んでいるだろう。いまさら知りたいこともないし、本当に知りたいことは残り一年程度ではとても知り尽くせるはずもなかった。

夜はワインを一本抜いた。神楽坂でチーズとサラミ、それにバゲットを買い、酒屋で二万円近くするシャンベルタンを奮発した。

チーズをつまみバゲットを齧りながら芳醇な赤ワインに酔い痴れる。

新たな門出への自分なりの餞のつもりだったのだが、心が浮き立ったのはせいぜい二時間程度だった。

シャンベルタンを飲み切った頃にはすっかり意気消沈していた。

こんなことは、くだらない贅沢と無意味な感傷、自暴自棄と自己憐憫そのものでしかない、と痛切に感じた。

結局、こうして死を目前にしてしまうと、何もすることがないのだった。

黒澤明の映画『生きる』の主人公ではないが、小さな公園の一つでもしゃにむに作ってみんなが喜んでくれるのならば、それが残された時間の最善の使い道とでも言いたくなるほどにやるべきことがなかった。

いま現在の面白さというのは、やがてもっともっと面白くなるかもしれない、という期待や空想によってその面白さが担保されているのだ、と初めて気づいた。

時間は卵のようなものなのだった。私たちが日々、瞬間瞬間に持たされているものは、喜びにしろ憎しみにしろ、それそのものではなくて、それらの卵なのだ。

誰かを好きになるというのは、その誰かのことをこれからさらに好きになっていくだろうという期待や予想を信ずることであって、本当にその人のことを好きなわけではない。

誰かが憎いと思うのは、その誰かのことをさらに憎いと思うようになるだろうという危惧（きぐ）や予想を信ずることであって、本当にその人のことが憎いわけではない。

愛情も憎しみも瞬間瞬間で私たちが手に入れるそれは、時間を超越してしまっている。たとえていえば一瞬で目の前を通りすぎる流れ星のようなものだ。見た（感じた）と思ったときにはもうそれはすでになく、私たちが目にしているのは見た（感じた）という事実を保証してくれるその光跡、流れ星の尻尾（しっぽ）のようなものでしかない。

愛や憎悪の本体を私たちは実のところ永遠に〝知る〟ことができない。

私たちに与えられるのは、ただ、そういうものが確実にあり、あり続けるのだろうという予測に過ぎない。つまりは、やがて愛情や憎悪として産まれるに違いない卵のようなものを私たちはいつも抱いているだけなのである。そして、そうした予測や期待のことを私たちは時間と名付けて人生の基盤としているのだ。

その時間を失ってしまうのが、死ぬということだ。

言い方を換えれば、死とは時間からの解放と言ってもいい。

時間から解放されるのだから、私たちの心に愛や憎悪が生まれなくなってしまうのは当たり前のことなのかもしれない。期待や危惧、予想というものが消えてなくなった世界には、人間らしい喜びも悲しみも存在し得ない。

私が何もすることがない、とつい嘆いてしまうのは、そのような新しい世界にまだ意識が馴染めていないからだろう。

時間のない世界——私はこれからその奇妙な世界へと足を踏み入れていかねばならない。時間を失った私は、一体どうなるのだろうか？

そこには私が私としてあらためて生きていくべき、新たな秩序に支配されたまったく別の地平が拓(ひら)けているのだろうか？

時間の無い世界で、私とか私以外とかの区別は果たして意味があるのだろうか？

輪廻転生について、私は長いあいだ考えつづけてきた。その意味では、こうして人生の終わりに近づき、輪廻転生があるのかないのか大いに興味をそそられるはずだが、実際にはさほどの好奇心は湧いてこない。

早い話、この世界から離れてしまうのならば、その後の自分が別の世界で生き長らえようが生まれ変わろうが、はたまた今生を最後に自分という意識が完全に消滅してしまおうが、別にどうでもいいという気がするのだ。

仮に、死後の世界にいくばくか滞在ののち、再びこの世界に生まれ変わったとしても、そのときの私には私という意識はない。それは、私自身が前世の記憶を持っていない点からも、私の周囲にいる大半の人々もそうである点からもほぼ間違いないだろう。

だとすれば、それをもって輪廻だの転生だのと言うのはインチキである。

私が私でなくなったのならば、そんなものは生まれ変わりでも何でもない。

別個の新しい命が生まれたというに過ぎないではないか。

よく言われるのは、死してのち、私たちはようやくそれまで自分が繰り返してきたさまざまな人生の記憶を取り戻す、というものだ。

なるほどそういうこともあるやもしれないが、だとして、この私というのは一体どうなるというのだろうか？

たとえばいまのこの私は、この世界で唯一無二、絶対の存在である。一度失えばもう二度と生まれることのない、貴重で大切で大いに愛おしい存在である。ところが、仮に百回生まれ変わった過去があるとすると、死んだ途端に私は自分以外の百人の〝私〟をいっぺんに取り戻してしまうのだ。

その中にはいまの私の人生よりももっともっと愉快で有意義だった人生もたくさん含まれているだろう。逆に生きたくて仕方がないのに死んでしまった無念で名残惜しい人生もたくさんあるだろう。そういった鮮烈な人生に、いまの私の人生が入り交じってしまったら、この人生など取るに足らぬ人生に成り下がってしまいそうな気がする。

そうでなくとも、この私の人生の価値は「唯一無二」からあっと言う間に「百分の一以下」へと暴落してしまう。掌の上の一個のいちごがいちご畑に放り込まれるようなものだ。もうどのいちごが〝いまのこの私〟なのか、〝全部の私〟にはとても見分けがつかなくなるのではあるまいか？

はっきりしているのは、この私をこれほどに愛おしいと思っている現在の気持ちは、百度の輪廻転生を思い出した私の中からは完全に消え去ってしまうことだろう。

それはもう、本当に死んだのと似たりよったりだ、と思う。

人は死んで神になり仏となる、とはよく言われることだが、それは、そうしたより高い場所に立っていまの自分を評価できる〝ハイヤーな自己〟を獲得するという謂いなのだろう。だとすれば、神となり仏と化した私など、いまの私とは似ても似つかぬ、言ってみれば赤の他人とでも呼んだ方がいいような代物ではなかろうか。

所詮、死ぬも生きるもこの世界の内々の小さな出来事でしかない。そんなものは余所にもっていけば河原の石ころほどの値打ちもない、まあ、どうでもいいものなのだ。

ここ数年の私はそんなふうに考えるようになっていた。

ほろ酔い加減の頭で、私は、窓の向こうに広がる東京の夜景を眺める。

三月の大震災までは、きらきらと輝く、この世の栄華を一身にまとったような巨大都市の夜の景色が眼前に広がっていた。

世界中の街々を折に触れて歩いてきたが、どこと比較してもこれほどの規模を持ち、これほどの集積度を維持し、これほどの効率性と機能性を実現した都市は他になかった。その光り輝く夜景が、大震災以降、すっかり影をひそめてしまった。

大学入学と同時に高崎から上京してこのかた、東京暮らしはすでに三十五年に及ぶ。

滅多に帰省しない生活を続けながら、それでもこの街を故郷だと感じたことは一度もなかった。馴れ親しんだ街という感覚でさえ微塵もない。

大袈裟に言えば、私にとってこの街は戦場だった。大勢のライバルたちと競争を繰り返し、どうにか生き残っていくために悪戦苦闘する戦場。刺激的な日々を期待することはあっても、心からの安らぎや慰めを得られる場所だと思ったことはない。

そう考えてみると、非人間的で殺伐としたひどい街だな、と思う。

だが、いままでの私にはそれでよかったのだ。

生きるというだけでは私は退屈だった。生き残りたかった。そのためにはうってつけの街だったのだ。

かなしいなあ、と窓の外に向かって呟いてみる。

たのしいなあ、と今度は呟く。

実際はそのどちらでもない、と思う。

私はいつだってかなしくもなかったし、たのしくもなかった。

自分はこれまで何にすがり、何につかまり、何を目指して生きてきたのだろう?

妻を娶り、子を生して、その子たちをつつがなく扶育する。

形となって人さまに見せられるものと言えば、それきりだったが、そのそれきりのことにしても満足にできたわけではないし、そもそも、娘たちが家を出て行った時点で終わりを告げてしまった。

藍子が娘の独立と同時に去ったのはある意味で当然でもあったのだろう。

未練がましく夢想めいたものとして考えるならば、藍子と出会い、共に暮らしたという歴史は私の人生にとって何よりのことだったと思う。

いまもまだ藍子との暮らしが続いているのならば、このような虚(むな)しさは随分と軽減されていたに違いないとも思う。

だが、私は藍子との生活を手放し、肝心な人生のよすがを見失った。

酔い醒(ざ)ましも兼ねてリビングのソファに横になる。目線が変わり、大きな一枚ガラスの窓の上半分には予想外に明るい星空が広がっていた。名前を知っている夏の星座も幾つか散っている。

その星空を見上げつつ例のメモ書きのことをぼんやりと考えた。

あのメモ書きは明日持っていくトランクに大事にしまってある。二十年前に記した自分の文字が脳裏に甦ってくる。

山下やよいは電話口で私に向かってきっとこんなふうに語ったに違いない。

「私は鳥取の出身だけど、父は熱心なクリスチャンだった。だから私も小さいときに幼児洗礼を受けているの。子供の頃は父に連れられて教会の日曜学校にもせっせと通ってた。でも、いろいろあって、大人になってからは教会なんて一度も行ってない。それどころかすっかりグレて犯罪まがいのことにも手を染めたりした。でもね、一匹の子羊を救うイエスさまの絵だけはどんなときでも肌身離さず持ち歩いていたの。だから、そのおかげでこんな力が身についたのかもしれない。いろんな人を癒やして、私自身がそのことに一番びっくりしていて、ときどき、こんな力は悪魔の力なんじゃないのかって怖くなる。でもそうやって神様の存在を少しでも疑うと、どういうわけか私の部屋の電気ポットがシューッと音を立てて突然沸騰するの。だからね、きっとこれは神様がくださったもので、私は、神様の存在を一人でも多くの人に知ってもらうために、この力を使えって命じられてるんだと思うの」

　私は、山下やよいの声や言葉遣いを想像する。彼女はどんな口調とどんな声色であの奇妙な話を打ち明けたのだろうか？

　だが、耳の奥に響いてくるのはやけにきびきびと歯切れのいい、およそ山下やよいらしくない女性の声だった。それは紛れもなくアストラルタワーの案内係、山村はるかの声に違いない。

　しかし、そう感じた直後、同じはるかの声が意外な言葉を紡ぎ始めた。

「もうすぐ結婚式なの。彼の方は初婚だし、向こうのご両親がどうしても式だけは挙げて欲しいって言うのよ。私、実は前のだんなとのあいだに四つになる娘がいるの。彼はもちろん知ってるけど、ご両親には話してなかったのね。だけど、そんなこと隠し通せるわけもないし、だったらちゃんと式を挙げることにして、その前に娘のこともきちんと打ち明けて、お許しをもらおうって彼と決めたのよ。そしたら、ご両親は娘とも会ってくれて、とっても喜んでね、これからはみんな本当の家族だよって言ってくれたの。私は生まれてこのかた、あんなに嬉しかったことはなかった。こうしてこんな電話を寄越して、なんてヘンな女だろうって思ったでしょう。なのに、菊池さんはちゃんと私の話を聞いてくれて、畑先生の連絡先まで教えてくれた。きっとこれって何かのご縁だと思うの。だから、菊池さん、仕事が忙しいとは思うけど、私たちもうすぐ神戸の教会で式を挙げるから、もしよかったら結婚式に来てくれない。もちろん無理にとは言わないけど、もしも、そういう気持ちになったら、いつでもお店に電話をちょうだいね。私、待ってるから」

私はまるで他人の肉声を聞くようにして、その声を聞いた。

むろん内容や物言いは当時のそれとはずいぶん異なっているだろう。

だが、山下やよいはこれに類することをあのとき確かに喋ったような気がする。こうやって思い出してみれば、なぜいまのいままで忘れていたのか、そっちの方がよほど不思議なくらいだった。

女神さま

八月二十九日月曜日。

午前九時十分発ののぞみ21号で私は神戸に向かった。

新神戸駅までの所要時間は百六十八分。到着時刻は十一時五十八分。三時間ほどの新幹線の旅である。

グリーン車はがらがらだった。

電車が東京駅のホームから滑るように出発すると、私は後部座席に誰もいないのを確認し、思い切りシートを倒した。

昨夜はワインの酔いが醒めるとすっかり眠気が飛んでしまい、ベッドに入ったのは午前二時過ぎだった。寝足りないわけではないが、揺れる車中を揺り籠代わりに眠れるものなら眠ってしまおうと思ったのだ。シートに背中を張りつけると意識がだんだんぼやけていく。

ふと目を開けると、窓の向こうに巨大な富士山の姿が見えた。くっきりと晴れ渡った空を背景にその雄姿を惜しげもなくさらしている。こんなに間近ではっきりと富士山を見たのは一体いつ以来だろうか、と思う。

これで富士も見納めか、と独りごちる。

何でもかんでもこれが今生の見納め、やり納めだと思う自分自身が可笑しかった。健康そのもの、順風満帆と信じている者でもいつ何時、災害や事故で命を失ってしまうか知れたものではない。そう考えれば、いかなる場面で何を見ようが、何を行おうが、それが見納め、やり納めになる可能性は常にある。にもかかわらず元気でいる間はこれっぽっちもそんな殊勝な心地にはならず、いざこうして死病に取りつかれるとありとあらゆるものが名残惜しく、愛おしく感じられてくる。

つくづく人間というのは現金で、はたまた習慣の動物だと痛感する。

一冊だけ久々に再読したい本があってバッグに忍ばせてきたが、あまりその気にならなかった。

やはりあの本は、舞台になったその土地に出かけて頁を開こうと思い直す。

仕事から離れてみると何一つ考えることがなかった。

会社への未練は我ながらびっくりするほど感じない。金曜日の無断欠勤以来、まだ丸三日しか経っていないが、もう会社人生が遠い昔のような気がする。

一時間ばかり眠って、眠気は完全に消えている。

富士の偉容を見送ると、倒していたシートを戻して車窓から目を正面に転じた。隣にも前後にも乗客はいない。新横浜で乗ってきた客はほとんどいなかったのだろう。

新神戸まであと二時間。

本を読む気もせず、といってこういうとき音楽を聴く趣味もない。仕事からも離れ、今後やるべきこともない。一年の命となれば、ある意味で先行きに何の心配も不安も感じなくていい。頭を悩ませるべきあらゆる課題はあっと言う間に消え去ってしまった。生きる権利を失った人間には生きるための義務だってなくなるのだ。

極端なことを言えば、いまの私はどんな犯罪だって臆することなく実行できる。それこそ極刑に相当するような罪を犯したとしても、私がその罰を受ける危険性は皆無だ。どうせ一年の命なのである。逮捕後、延々と裁判をやっているあいだに寿命の方が尽きてしまうだろう。立派な大病院のベッドで死のうが、医療刑務所の硬いベッドでくたばろうが、がんで死ぬときの苦しみに大差はあるまい。

人間、死んだ気になれば何だってできる――この使い古された慣用句は、ある意味で真理だ。つまり、現在の私は〝何だってできる〟のである。

そうやって生まれて初めて、先のことなど一切案ずることなく〝何だってできる〟身分になりながら、しかし、実際にはやるべきことが何もないというこの現状は一体全体いかなることか？

繰り返し思うが、人間の心というのは我知らず未来に生きているのだと思う。未来がなくなると現在も消えてしまう。誰の人生にしたって安楽なものは一つとしてない。となれば、先々に希望を繋いで生きるほかに生きる道がないのが人生なのだ。何の不安もなくいまをいまとして生きていられるのはせいぜい三、四歳までのことだろう。

未来がなく、従って現在もない。そうなると残っているのは過去ばかりとなる。

えらく年老い、すっかりぼけてしまった人たちが現在の出来事は忘れてもなぜか昔のことを鮮明に記憶しつづけるのはなるほどそれゆえか。未来を失くした人は過去の中に生きるしかないという道理だ。

いまの自分もまさにそのような境遇だ、と私は思う。

このままだらだらと一年を見送ってしまえば、それこそ過去に生きるしかすべがない。といって七十年も八十年も生きたわけでない私には、すがりつけるほど厚みのある過去などありもしない。

そうなると、この心はどうなるのだろうか。

食事と排泄、睡眠といった本能的な行為だけで日々を過ごし、心は無にするか、放心のままにする——そうするしかないのだろうか。

むろん貧相な思い出に浸ることもあれば、やがて訪れる死を思って恐れおののくこともあろう。ただ、それ以外の時間は食べ物や睡眠をできるだけ心地よいものとして味わい、あとに遺していく者に向けて幾らか事務的な作業をこなし、残りはTVや映画を観たり、どうでもいい読書をして、つまりは心を投げ出すようにしてやり過ごす。やがて、がんの苦痛に呻吟する時間帯がやって来るから、それ以降は、痛みや苦しみの中でひたすら、そこからの解放を待ちもうける。そうなってしまえば、心がどうのと言っている余裕はなくなってくれるだろう。心は悲嘆一色に塗りつぶされるのだ。

結局はそういうことなのか……。私は、小さなため息をついて、目線をふたたび車窓へと戻した。

とりあえず、この二時間をどうやって過ごすかだ。

睡眠は充分にとったし、腹は減っていない。小用も済ませてきた。一年後の死を想像して空恐ろしい心持ちになるのは願い下げだ。映画や音楽、読書で時間を潰すこともできない。

残る一つは、〝貧相な思い出〟に浸ることだった。

させて何を思い出そうか。

私は目を閉じ、意識というか感覚というかに記憶の選択をまかせることにする。まさに思いつくままにというやつだ。

すると面白いことにぱっと脳裏に浮かんできたのは、この冬に別れたばかりの高木舞子の顔であった。

私はしばしば目の裏に映る舞子の顔を凝視する。

この顔は一体いつの舞子の顔なのだろうか。ばらばらに散った記憶のカードを寄せ集め、トランプのように手の内に束ねて、一枚一枚めくっていく。これはある特定の瞬間の彼女の顔なのか、それとも私の中に降り積もった彼女の印象がひとかたまりになって、その中から生まれたシンボル像のようなものなのか。

しかし、記憶とは奇妙なものだ。そうやって吟味を始めた途端に車がいきなり走り出すかのように舞子の顔は表情を持ち、つぎつぎと変貌(へんぼう)を遂げていく。もう最初に見えた顔がどのような顔であったか思い出すこともできなくなる。やがてその移りゆく顔も消え、意識には明確な映像は存在しなくなる。ここから先はいつもと変わらぬ〝思考〟だった。舞子という「記号」がもたらす様々な思い出や意味、感情の残滓(ざんし)がごった煮のようにわっと甦ってくる。

別れたのは二月初めだから、かれこれ七カ月が過ぎた。

舞子は今頃、何をしているのだろうか？　といって行方知れずになったわけでも病気になったわけでもなかろう。相変わらず三井住友銀行本店の秘書室で仕事に精出しているに違いない。

彼女と出会ったのは昨年の四月だ。

月刊誌の編集長を辞めた直後で、退任の慰労会をいろんな知り合いが順繰りで開いてくれ、毎晩、宴席に顔を出す忙しい時期だった。

そんな宴席の一つに彼女はやって来た。

それは友人の早瀬俊司三井住友銀行常務が持ってくれた一席で、差しのつもりで赤坂の料理屋に出向いたところ、常務の隣に舞子が座っていた。

友人といっても常務は私より五歳年長で、三井系のエースとして将来の頭取ないしはホールディングス社長候補の筆頭だった。知り合ったのは、まだ三井がさくらと名乗っていた時代で、当時の彼は経営企画部の課長、私は月刊誌のデスクだった。

酒席に女性を同伴するなど日頃の早瀬さんからは考えられないことなので、多少面食らった思いがした。

舞子は三十歳。短大を出てすぐに秘書課に配属され、すでに勤続十年のベテラン秘書だと紹介された。

「早瀬さんがこういう席に女の人を連れてくるなんて意外だなあ」

私は乾杯が終わるとすぐにそう言った。

「彼女は、まあ、言ってみれば僕の女神さまのような存在なんだよ」

常務は別に照れるでもなく返し、

「その女神さまが最近ちょっと元気がなくってね。菊池君には申し訳なかったが、一つうまいものでも食べさせて励ましてやろうと思ってね。それに君のような面白い男と知り合うのも彼女にとっては決して損じゃないだろうからね」

と言った。

「女神さまですか」

私は常務の隣で含み笑いをしている舞子を見る。

整った面貌というわけでもないのだが、きりりとした目許とやや厚めの唇の取り合わせが妙に魅力的だった。秘書とあって制服めいたスーツ姿だったが、窺うに胸元はかなり豊かなようだ。そのアンバランスさにもそそられるものがあった。要するに高校や大学時代、若い男子に一番モテそうなタイプ――そういう感じの女だった。

「どうして女神さまなんですか？」

私は舞子に訊ねてみた。

「さあ、どうしてなんでしょう」

そう言って、舞子は常務の横顔を盗み見る。その仕種はいかにも愛人然としていたが、将来のある早瀬さんが行内不倫をするなどおよそ考えられない。

役員と担当秘書というのは言ってみれば父娘のような関係なのかもしれない。

私は違和感を覚える二人の雰囲気をそのように解釈して自分を納得させた。

「女神さまなんて僕が勝手にそう思い込んでいるだけなんだがね」

早瀬さんが言った。

「とにかく担当が高木君になって以来、僕はツキにツイてるってわけだよ」

なるほど、と私は思った。去年、早瀬さんは三井住友銀行取締役兼常務執行役員に昇格すると同時に三井住友フィナンシャルグループの取締役にも就任した。六人いる専務の中でもフィナンシャルの取締役を兼任するのはわずか二人。むろん常務では彼一人だった。まさに異例の昇進と言ってよかった。

おそらくちょうどその頃にこの高木舞子は早瀬さんの担当秘書になったのだろう。

「最近、落ち込んでいるんですか？」

舞子に話しかけると、

「さすがにジャーナリストは違うな。のっけからずばり訊いてくる」

　と常務が笑う。

　舞子は頷くでもなく、といって否定する感じでもなく小さな笑みを浮かべて黙っていた。

「常務は、理由は知らないんですか」

「いや、いくら秘書でもプライベートなことを詮索するわけにはいかないしね。でも高木君がこの一カ月ばかり落ち込んでいるのは確かだと思うよ。僕でもそれくらいは分かるんだ」

「お付き合いしていた方とうまくいかなくなって別れたんです」

　不意に舞子が言った。結婚前の女性が落ち込むとしたら最も凡庸な理由である。私はやや興醒めすると同時に本当にそうだろうか、という疑念を持ったのだった。常務の方は初耳なのだろう。びっくりしたような顔をしていた。

　帰り際、早瀬常務に電話が入り、五分ばかり彼が中座した。

「高木さんの携帯の番号、教えていただけませんか」

　私が言うと、舞子はバッグから電話機を取り出し、

「菊池さんの番号は何番ですか？」

と訊いてきた。

私の番号に舞子が電話をくれて、お互いの番号を交換した。ごく自然なやりとりで、上司の親友からの依頼とあれば否応もない求めかもしれないが、動じたふうの微塵もない舞子の様子に私はあらためて怪訝(けげん)な気分になった。

翌日、携帯に舞子から昨夜の礼を綴(つづ)った型通りのメッセージが届いた。

私は一日空けて、やはりＳＭＳで彼女を食事に誘った。

日程の中に三日後の日曜日も入れておいたところ、意外にも彼女が指定してきたのはその日曜日だった。神楽坂にひとり住まいだとは最初に伝えておいたが、

「ちょうどその日は神楽坂で用事があるので、夕方くらいにお目にかからせてもらえると嬉しいです」

という一文に、やはり不思議な人だと思った。

たまに行くフレンチの老舗(しにせ)で落ち合い、食事のあとは同じ神楽坂の馴染みのバーに誘った。

バーで舞子の失恋話の一部始終を聞いた。

適当な物言いで誤魔化(ごまか)したのではなく、彼女が落ち込んでいたのは、本当に一カ月前に男と別れたせいだったのだ。

三年付き合ったその相手とは不倫の関係だったという。

二年目に舞子の方から別れを切り出した。すると男は「妻とは別れる」と宣言し、

「俺の子供を産んでくれ」

と言うようになった。

彼と妻との間には子供がいなかった。

「それで本気でその男の子供を産もうと思ったのかい」

私が訊ねると、

「ええ。そういうふうに頼まれると、案外女は弱いものなんです。彼のことがやっぱり好きだったし」

舞子は言った。

避妊をやめたもののなかなか妊娠しなかったようだ。一年が過ぎてようやく妊娠。すると男の態度が豹変した。そんなはずはない、と舞子に詰め寄ってきたのだという。

「なんで？」

意味が分からず、私は訊いた。

「どうやら、奥さんとずっと不妊治療専門の病院に通ってたみたいで、無精子症と診断されてたようなんです。だから、そのお腹の子は俺の子のはずがないって。誰の子

だって逆切れされてしまって」

「で、誰の子だったの」

「そんなの、彼の子に決まっているじゃないですか」

舞子は呆れたような顔で私を見た。

何のことはない、自称無精子症のその男は、最初から舞子が妊娠するはずがないと信じて「俺の子供を産んでくれ」などと見得を切っていたわけだ。

「そりゃ駄目だな。そいつは最低だ」

私が言うと、

「はい」

彼女はちょっと悔しそうに頷いた。

「で、子供をおろして別れたってわけか」

すると、今度は首を横に振る。

「流産したんです」

私はその一言の真偽を見きわめたくて隣に座る彼女の表情をじっと見た。嘘とホントが半々だと思った。

その晩は、それでお開きになったが、翌週、今度は彼女の方が誘ってきた。

　ときどき顔を出すという人形町の割烹に連れて行かれた。そこは彼女の高校時代の同級生が板前の彼氏と結婚して始めた店らしく、まだ開店して間がない様子だった。

「今夜は上客を案内してきたわよ」

　出てきた友だちに彼女は言った。私が名刺を渡すと、

「舞子はいっつも凄い人を連れて来てくれるんです」

　ゆりという名前の同級生は嬉しそうに応じた。

「早瀬常務も来たことあるの？」

　私が舞子に訊ねると、

「常務はまだご案内してません」

　と言い、

「でも、頭取は一度だけお連れしたんですよ。去年早瀬常務に付くまではずっと頭取の秘書をやっていたんです」

　と付け加える。

「そりゃ本当に凄いね」

「もう私も旦那も緊張しちゃって」

　ゆりが笑った。

「でもこれから一番このお店を使ってくださるのは、この菊池さんだと思うよ。だから今夜はとびきりおいしいものを出してね」

舞子はきっぱりした口調で言った。

そうやって週に一度、二人で食事をするようになった。店は交互に選び、支払いも選んだ店の分はそれぞれが受け持った。私はもっぱら神楽坂界隈で見繕い、舞子はいろんな場所に連れて行ってくれた。東京生まれの東京育ちだけあって、都内の地理にはすこぶる明るく、それは別れた藍子と同様だった。

二週間に一度、自分より二十歳以上も年齢の若い女性に食事をご馳走になるというのは、ひどく新鮮な体験だった。

二カ月ほど過ぎたとき、たまたま約束していた日に私が風邪を引いてしまい、当日の午後になってキャンセルの電話を入れた。それまで連絡はすべて携帯のメールやメッセージで済ませていたのだが、ドタキャンとあってさすがに口頭で詫びを言いたかった。むろん風邪で寝込んでいると伝え、あわよくば看病して欲しいという下心も少しはあった。

案の定と言うべきか、彼女は慌てて神楽坂のマンションにやって来た。

私の熱は夕方からさらに上がり、四十度近くに達していた。正直なところ彼女の登場はまさに地獄に仏というありさまだった。

結局、三日ばかり寝込み、そのあいだずっと彼女が通って来てくれた。三日目の晩、ようやく神楽坂を二人で歩けるようになり、その夜、初めて泊まってくれて、身体の関係を結んだ。

それからは週末は私の部屋か御殿山(ごてんやま)の彼女のマンションかどちらかで過ごすようになった。といっても彼女の部屋は独身者向けのワンルームだったので、おおかたは土曜日に彼女が神楽坂に来て、そのまま二日泊まって月曜の朝に出社するというあんばいだった。

年明けから三週間ほど休暇を取って私はニューヨークに出かけた。彼女と久々に会ったのは一月の最後の週末だった。ニューヨークの土産を渡し、ふだんのように土日を神楽坂で一緒に過ごして月曜日にマンションの近くで別れた。

有楽町線を使う私は江戸川橋の駅に向かい、東西線で大手町に出る彼女は神楽坂の駅へと向かう。水道町(すいどうちょう)の交差点を左に折れ、長い坂を上っていく舞子の後ろ姿を見送るのが習慣になっていた。信号機の前に立っている私に、彼女は坂の途中で何度か振り返る。そのたびにお互い小さく手を振るのだった。

その日も、私と舞子は二度三度と手を振り合った。いつもと変わらぬ月曜日の朝だった。

四日後の二月四日金曜日、マンションの郵便受けに舞子からの手紙が届いていた。

分厚い封書を持ち帰り、部屋で封を切って便箋を取り出したときには、おそらく別れの手紙だろうと察しがついていた。彼女が手紙を寄越したことはそれまでなかったし、びっしりと手書きの文字で埋まった便箋の束を一目見れば、内容がその種のものであることは自明だった。

菊池さんと出会う一月余り前に我が子を失い、誰かを好きになる以外に立ち直るすべがないと思っていました。生まれて初めて自分のために人を好きになりました。だから最後までわがままを通して、今度は自分のために別れようと思います。こんな私の身勝手をどうか許してください。いままで長いこと本当にありがとうございました

——冒頭は大略そのような文面で、そのあとに意外な事実が二つばかり記されていた。

一つは、三年のあいだ不倫関係にあった相手というのが、第一出版部長の逢坂真吾(しんご)だったということだ。

〈それで、早瀬常務にあなたとの会食に一緒に行かないかと誘われたとき一も二もなく付いていったのです。彼がいつもあなたの悪口ばかり言っていたので、きっと素晴らしい人に違いないと思いました。実際にお目にかかってみて、やっぱりそうだ、と

すごく嬉しくなったのをいまでも思い出します。〉

　そんなふうに舞子は書いていた。

　あの逢坂が相手だったという告白にはさすがに仰天した。

　いままでのことは、別れた逢坂に対する復讐が一番の目的だったのか、とそのとき初めて思い知らされた。

　逢坂については他に何一つ触れていなかったが、私は彼女の前で彼の名前など一度も口にしたことがなかったので、この告白は真実と考えるしかなかった。

　もう一つの驚くべき事実は、一月に職場の後輩から結婚を申し込まれたというものだった。一時期、共に秘書室にいた二期下の男で、二年間のアメリカ留学を終えて去年の暮れに本店に戻ってきたのだという。

〈もちろん一緒に働いているときにお付き合いをしたことはありません。仕事始めの日に秘書室を訪ねてきて、「もし二年経って戻って、高木さんが独身のままだったら絶対プロポーズをすると心に決めてアメリカに旅立ったんです」といきなり言われたのです。正直、そんなこと一度だって想像もしたことのない人でした。なのになぜか私の心は激しく揺さぶられました。〉

　舞子はそう綴ったあと「この一カ月間ずっと考えて、彼との将来を真剣に考えてみようと、ようやく決心がつきました」と書き添えていた。

なんだ、要するに俺は体よく騙(だま)され、利用されたのだ――手紙を畳んで最初に浮かんできた感慨は当然ながらそれだった。

だが、しばらく経つうちに、そういう見方は余りに表層的に過ぎるだろうと考え直していた。

別れ状には手紙で返書するのが礼儀だろうと思った。

〈もう私のことなどすっかり忘れて、どうかその方と幸福になってください。お礼を申し上げなくてはならないのは私の方です。高木さんとのこの十カ月はまるで夢のような時間でした。本当にありがとうございました。〉

この短い一文をしたためて、翌日速達で御殿山のマンションに送った。

一週間足らず前に、いつもの交差点で見送ったのが今生の別れだったということか。

手紙をポストに投げ込んだあと、そんなふうに思うと、藍子に去られたときのことが脳裏に甦ってきそうな気配もあって、私は想像以上にうろたえてしまったのだった。

メルカロード宇治川

神戸市立中央図書館は大倉山(おおくらやま)公園の中にある。

アストラルタワーは三宮駅から徒歩十分の場所に建っているので、手間をかけずに図書館を訪ねるには三宮駅から市営地下鉄を使うのが一番便利なようだった。ただ、マンションの受付の女性に問い合わせてみれば、大倉山公園へは歩いても三十分程度で行けるという。

最寄りの「大倉山」駅まで「三宮」から二駅だから、なるほど大した距離ではなさそうだ。

私は歩いて行くことにした。

神戸入りして今日で三日目だが、当然、まだ街の地理にはまったく詳しくない。昨日、一昨日と三宮、元町(もとまち)界隈をぐるぐると歩き回った。この両地区の位置関係のようなものは多少把握できたが、とはいってもまだまだ何が何やら分からない。

神戸は一九九五年一月の阪神・淡路(あわじ)大震災のときに取材で二度ほど訪れたきりだった。二回とも懇意のノンフィクションライターと一緒に被災地を駆け足で巡り、さまざまな人たちにインタビューして回ったに過ぎなかった。

ほかの機会に出張や旅行で神戸を訪ねたことは一遍もなかった。

二日間歩いて最も強く感じたのは、震災の爪痕(つめあと)がきれいさっぱりなくなっていることへの驚きだった。

三宮駅前も生田神社の周辺も震災直後は凄まじい惨状を呈していた。それが十六年ぶりに散策してみると、風景のどの一画を切り取り、どの一隅を子細に観察しても何一つ震災の痕跡を見つけることができなかった。

私は、この三月末に取材を兼ねて歩いた気仙沼や石巻、仙台市沿岸部の惨憺たる光景を目の前の神戸の風景と重ね合わせた。あの東北沿岸部の町々も十数年も経てばおそらくこのように見事に過去を振り払い、力強い復興を果たしているのだろうと感じた。

そして、そう感じれば感じるほどに、いま現在も広く深く進行しつづけている福島の原子力災害の異様な特殊性を思わずにはいられなかった。

午前十時過ぎに部屋を出た。

中央図書館の開館時間は九時十五分～二十時とホームページにあった。休館日は月曜。今日は水曜だから大丈夫だ。

明日から九月に入るが、夏の暑さは相変わらずだった。Tシャツ一枚にショートパンツというふだんは滅多にしない軽装で出てきたが、それでも数分も歩いていると全身から汗が噴き出してくる。

体調は悪くなかった。腰背部の鈍痛のようなものもたまに感ずるくらいでひどくはなっていない。診断を受けるまでは、なぜ痛みが消えてくれないのかと不安がいやましに募り、診断直後は余りの事態に加速度的な症状の増悪を感じたが、こうして一週間も経つと医者の言った通り、自分の身体が小康状態を保っているのが分かってきた。どこかで踊り場のような平衡が一気に崩れて生命の崩壊過程に突入するのだろうが、それまでの期間は恐らくいまのような嵐の前の静けさが続いてくれるのだろう。

一昨日、二五〇一号室に入居したときに山村はるかが渡してくれた「神戸全体MAP」というA４サイズの便利な地図を頼りに大倉山公園へと向かう。公園は地図の左上の隅に載っていた。ここからだと三宮の駅を越えて、生田新道を真っ直ぐ西に進むのが最短コースのようだが、この辟易する暑熱から逃れるには多少遠回りでも三宮、元町と延々続く商店街を抜けていく方が楽な気がした。

三宮センター街から元町商店街へと延びる二キロ近くの道のりはすべてアーケードとなっているので両脇の店々の冷房のおかげでずいぶんと涼しいのだ。

商店街を歩きつづけ、終点の西元町で道を山側へととればどうやら大倉山公園へと辿り着けそうだった。

神戸国際会館の手前で左折し、「国際会館前」の交差点を渡る。そのまま直進しても元町へはすぐだったが、私は渡り切ったところで右折して三宮センター街の入り口まで行き、その入り口からアーケードへと入った。

平日の午前中にもかかわらず商店街は大勢の人で賑わっている。といっても東京のような人込みを掻き分けるほどの混雑ではなく、買い物客の気持ちを華やがせるに適度な混み具合と言ってよい。

アーケードの屋根のライトは皓々と点り、各店舗の明かりも充分だ。東京駅構内の照明でさえ間引いている現在の東京の風景とは雲泥の差だと思う。道行く人々の姿や表情にものびのびとした明るさがある。震災の記憶がすっかり薄れた神戸といまだに放射能汚染や電力逼迫にあえぐ首都圏とのコントラストはほんの数日滞在しただけでますます色濃く感じられてくる。東日本大震災は、直撃を受けた東日本と無傷で済んだ西日本とのあいだに見えないが実に太い亀裂を生んでしまったようだ。

鯉川筋にぶつかったところで一度外に出て、大丸神戸店のある大きな三叉路を渡って今度は元町の商店街へと入った。この商店街は全長一・二キロ。日本有数のアーケードだった。こちらも大勢の買い物客でごった返している。

賑やかだった商店街も阪急神戸線「花隈」駅に繋がるあたりから人通りがめっきり少なくなり、神戸高速鉄道「西元町」駅そばに達した頃には閑散としたたたずまいに変わった。元町商店街の南の端を抜けると右手が西元町駅の出入り口で、目の前は元町六丁目の交差点だ。地図に従い、右折して山側方向へと進む。ＪＲ東海道本線の高架下をくぐるとひなびた雰囲気の店々が連なる通りに出た。

こちらはアーケードはないが、商店街の出入り口には道路をまたいで鉄骨のアーチが架けられ「メルカロード宇治川（うじかわ）」という大きな文字看板が乗っている。その赤い文字は色褪（いろあ）せ、さきほどまでの元町商店街の喧騒（けんそう）と比較すると尚一層うらぶれた気配が際立つ。

まるで昭和の時代に逆戻りしたかのような郷愁を誘う街並みだった。強い日射しに車道も人通りのない、わずかに上り勾配の道をゆっくりくりと歩く。強い日射しに車道も歩道も白茶けている。夏の盛りのような脱色された風景が広がっていた。

一体自分はどこに向かっているのだろう？

ふと考える。

がんの告知を受けたのが先月の二十四日水曜日のこと。数えてみれば今日でちょうど一週間。まだたったの一週間であった。その間に仕事を捨て、長年住み慣れた東京を捨て、病院からの帰り道での思いつきを頼りに、こんな見ず知らずの町までやって来た。そして、恐らくは決して歩くことも目にすることもなかったはずの場所をとぼとぼと一人で歩いている。

私がいまどこで何をしているのかを知っている人間は誰もいなかった。

ポケットの携帯電話がなければ、すでに私はこれまでの人生で築いたささやかな成果とも人間関係とも完全に断ち切れた状態にある。亡くなった山本夏彦氏の口癖ではないが、すでに〝半分死んだ人〟である。

半分死んだ私は、一体どこへ向かっているのだろう？

我が身が、予定された一年後の死へと着々と歩んでいるだろうことは分かっている。だが、私自身は、この私の心は、そうすんなりと死を受け入れているわけではない。

では、私の心はどこへ向かっているのか？

そう考えてみると、私は私自身へと向かっている、という気がした。

私は、あの病院の帰りに得た〝直感〟に従ってここまで来た。そして、その直感に従っていまも図書館へと向かっている。それはとりもなおさず私自身へと私が歩んでいることにほかならないような気がする。

自らの直感を信じて生きるというのは、要するにそういうことなのだろう。

そんなふうに考えると、一番しっくりするのだった。

私の身体は消滅へと向かってひた走っているかもしれぬが、私の心はいまこそ私自身に向かって歩んでいる。きっとそうなのだ、とひしひしと思う。私が私自身へと向かって歩んでいるのならば、たとえその先に何があろうとなかろうと、もうそれだけで充分のような気もする。

ゆるやかな坂道を三〇〇メートルほど進むと大きな四つ角に出た。どうやら左手が市営地下鉄の「大倉山」駅のようだった。左折して五十メートルほど行くとこんもりと繁った森が反対側の歩道の向こうに見えてくる。あれが大倉山公園だろう。

さらに五分ほど歩くと、神戸市立中央図書館の入り口に到着した。時刻は十時四十五分。地図を確かめながらののんびり歩きで所要時間四十分。これは、うってつけの散歩コースかもしれない。

一号館の玄関を入ると一階のポピュラーライブラリーはもうたくさんの閲覧者で席が埋まっていた。今日の朝刊や新着の雑誌を眺めている年輩者が多いのはどこの図書館でも同じだった。

私は壁の館内案内を見て、通路脇のエレベーターに乗った。三階のボタンを押す。「相談カウンター」は三階となっていた。

三階の閲覧室は空(す)いていた。

無断持ち出し防止のゲート型探知機を抜けると左手に検索用のパソコンが数台並び、目の前が相談カウンターになっていた。中年の女性が一人座っている。

「おはようございます」

声を掛けると書き物をしていた彼女が顔を上げる。

「二十年ほど前の電話帳を見たいんですが」

と言うと、彼女は引き出しから申し込み用紙のようなものを取り出し、

「神戸市のですか？」

と訊いてくる。

「ええ」

「古い電話帳は書庫なので、何年くらいのものが必要ですか」

「職業別は九〇年、九一年、九二年、それに九六年と九七年のものもお願いします。あと個人別も同じ頃のものを」

「個人別は何区のものがお要りようでしょう？」

「神戸市全区を調べたいんですが」

「そうですか」

私が口にした年代を彼女はてきぱきと用紙に書き込み、

「では、ここにサインと電話番号をちょうだいできますか」

と用紙を私の方へと向けてきた。

私は渡されたボールペンで名前と携帯の番号を記して差し戻す。

「いまから準備いたしますので、しばらくお待ちください」

そう言うと、彼女はそばに寄ってきた男性職員に用紙を手渡し、ふたたび中断していた書き物に没頭し始めた。

「よろしくお願いします」

と言って私はその場を離れた。

東門街

「ご利用期間90・10→91・9　90年7月5日現在」と表紙に記されたタウンページに「スナックつゆくさ」は確かに載っていた。電話番号も山下やよいが教えてくれた「392―××××」となっているので、この店がやよいの勤めていた「つゆくさ」で間違いなかった。

住所は「中山手1―4―×」とある。

念のため九一年、九二年のタウンページも調べてみたが、同じ番号と住所でちゃんと記載されていた。

だが、阪神・淡路大震災直後の九六、九七年版のタウンページにはもう名前がなかった。

九〇年版の〈スナックバー〉の欄と九六年版の同じ欄とを比較すると、店の総数自体がかなり減っていた。新しい店の名前は少なく、消えてしまった店名が多かった。

おそらく、「つゆくさ」は他の数多（あまた）の店と同様に阪神・淡路大震災によって閉店に追い込まれたのだろう。所在地である中山手とは中央区中山手通（なかやまてどおり）のことだ。中山手通一丁目といえば生田神社のすぐそばである。あの一帯は震災で甚大な被害を受けている。

神戸に着いてすぐに私は、山下やよいのメモにあった電話番号に電話をした。

アストラルタワーの二五〇一号室に案内され、山村はるかから各種ユーティリティーの説明を一通り受け、彼女が出て行ったとたんに掛けたのだ。最初からそうしようと決めていた。

だが、案の定というべきか電話は繋がらなかった。「お客様のおかけになった電話番号は現在使われておりません……」という音声案内が聞こえてくるばかりだった。

二十年も前の電話番号である。それも当然だろう。

つづいてＮＴＴの番号案内に電話し、神戸市内全域で「つゆくさ」という店名を当たってもらった。オペレーターの女性は念入りに調べてくれたが、飲食関係のみならず、神戸市内に「つゆくさ」という名前は一店舗も登録されていないとのことだった。

もともと、くだんの電話番号から直接、山下やよいに辿り着けるとは考えていなかった。それでなくても神戸は十六年前に巨大地震を経験し、街のかなりの部分が生まれ変わってしまっているのだ。

こうして「スナックつゆくさ」の実在が確認でき、二十年前の所在地の所番地が分かっただけでも大収穫だった。

肝心の住所を手帳にメモし、今度は50音別のハローページを開く。

神戸市内各区の電話帳が合本化されて二分冊になっていた。「つゆくさ」が中央区にあるので、まずは中央区の個人別電話帳から捲って(めくって)いく。

そうやって九〇、九一、九二、九六、九七年と全区の電話帳を調べたが、「山下やよい」名義での登録は見当たらなかった。

あのときの電話では、彼女はもうすぐ結婚すると言っていた。となれば九一年以降は名字が変わっただろうし、電話の代表者も夫になっていたと思われる。

そもそも山下やよいは電話帳に名前を登録していなかったのではないか。勤め先がスナックで酔客相手の仕事だということや「大人になってからはグレて、犯罪まがいのことに手を染めた」という彼女の経歴からして、個人名で電話帳に登録していると考える方が不自然だった。

とはいえ、私は、最初に借りた電話帳をカウンターに返却し、かわりに八五年から八九年までのハローページをあらためて請求した。念のため遡(さかのぼ)って五年間、山下やよい名義での登録がないかを確かめることにしたのだ。結果は予想通り。やよいの名前は見つからなかった。

中央図書館を出ると、その足で中山手通へと向かった。「中山手1―4―×」と最後の枝番まで分かっているので、かつて「つゆくさ」があった場所を特定するのはたやすい。出る前に図書館の一階の閲覧室で神戸市内の住宅地図を見て、そこがいま「ノーベルビル」というビルに変わっていることを確認していた。むろん、〝変わっている〟と言い切れるわけではない。ビル自体は二十年前から建っていて、「つゆくさ」だけが消えた可能性もある。ノーベルビルの概要を調べるなら法務局で登記を上げるしかなかった。

詳しい住所が摑めた以上、「つゆくさ」の過去の登記を洗い、店の代表者の氏名住所を割り出すことだってできる。代表者が判明すれば、従業員の一人だった山下やよいの素性もある程度は摑めるだろう。ただし、「つゆくさ」がノーベルビルかまたはそれ以前の建物のオーナーと正式な賃貸借契約を結んでいればの話ではあるが。

中山手通へは生田新道を行くことにした。兵庫県庁の前を抜けて真っ直ぐ東に進めば生田神社の門前町である東門街（ひがしもんがい）に出る。その東門街の筋道である東門筋の道沿いにノーベルビルは建っているはずだった。

二十五分ほどで「いくたロード」に着いた。時刻は十二時半ちょうど。

いくたロードは生田神社の参道へとつづく道で、海側へと下れば、ＪＲの高架をくぐって三宮センター街まで繋がっている。ガイドブックの記述によると、この一帯は三宮で最も繁華な区画の一つだという。なるほど昼時ともあってたくさんの人々が通りを行き交っていた。

東急ハンズを左手に過ぎ、住宅地図で目印と定めてきたローソンまで来ると、「ＨＩＧＡＳＨＩＭＯＮ　ＳＴＲＥＥＴ　東門街」と記されたアーチ型の巨大な電飾看板が左方向に切れ込む道の入り口に掲げられていた。これが生田神社の脇を走る東門筋なのだろう。

ノーベルビルはこの道を入ってすぐの右側だ。

カラオケ館の大きな建物の対面、通り沿い二つ目のクリーム色のビルに目星をつけて、私はその狭い入り口をくぐった。内部は案外に広く、エレベーターホールの先には郵便受けが幾つも並んでいる。

壁や柱に大理石柄のパネルを張り付けた建物は、高級感はないが、さほど安手でも古びた感じでもなかった。

エレベーターの横にある各階案内表示板を見ると、「ノーベルビル」と書かれ、七階までの店舗名がずらずらと記されている。

やはりここがノーベルビルだった。

一階は焼肉屋、二階は炭火焼きの焼鳥屋、三階は魚介料理の専門店がそれぞれ入居し、四階以上はスナックやバーが何軒も詰め込まれている。最上階の七階にはキャバクラとスロットバーが入っていた。歓楽街の典型的な飲食店ビルだ。

私はエレベーターに乗って四階まで上がり、しんと静まり返ったフロアを一巡すると、つづいて五階に上がり、また人気のないフロアをぐるりと見て回った。そうやって七階まで各店の店名をたしかめていく。案内表示に載っていなかったのだからもちろん「つゆくさ」があるとは思わなかったが、たとえば「つゆくさ」の後継店が入っている可能性はある。それらしい雰囲気の店はないかと一枚一枚、店の扉を眺めて回った。

長年の取材経験から体得したのはただ一つ、とにかく取材先には身体ごとぶつかるということだった。この目、この耳、この肌で感じない限り、本当の事実を掴むことはできない。刑事の口癖ではないが、取材もまた「現場百遍、当事者直当たり」が鉄則だ。要するに最後の最後は自らの直感だけが頼りなのである。

どうもピンとくるものがないままに私はノーベルビルを出た。

このビルの築年数がどれくらいかは判断がつかないが、何となく、十六年前の震災後に新築されたビルのような気がした。それこそ震災直後に建て替えられた「築十五年くらいのビル」というのがもっともしっくりくるのだ。

外に出てあたりを見回すと、三〇メートルほど先に派手な看板の不動産屋があった。「㈱ニットーエージェント　賃貸」とでかでかと書かれた看板には「店舗、スナック、事務所、住居」の順番で文字が並んでいる。この界隈の飲食店物件を専門に扱う業者に違いなかった。表通りと違って昼間の歓楽街はがらんとしている。人通りの少ない道を歩く。

私は「こんにちは」と言って透明ガラスの嵌まった重いドアを引き、ニットーエージェントの中へと入った。

カウンターの向こうでノーネクタイにくたびれたワイシャツ姿の若い男が腰を上げる。一つ会釈をくれて、

「すぐそこのノーベルビルは建ってどれくらい経つんですかね」

単刀直入に訊ねる。男はやや怪訝な表情をしたが、

「そうですねえ。あそこはまだ十二、三年ですかね」

と言った。

「ということは震災後ってことですね」

「そうそう。地震は十六年前やからね」

「あそこ、前は何が建ってたんですか?」

この質問にようやく、

「おたく、何か調べてはるんですか?」

男が訊き返してくる。

「いやね。二十年くらい前に、ノーベルビルが建っている場所につゆくさという名前のスナックがあったはずなんですよ。で、その店がいまどうなったのか知りたくてお訊きしてるんですわ」

私は我知らず、関西弁めいた口のききかたをしていた。

「それは、うちらにはちょっと分かりませんねえ。何しろこの店が開いたんは十年前くらいですからねえ」

「そうですか」

私はそう言ったあと、

「えらいすんませんでした」

と口にして店を出た。自分でもいささか悪乗りのような気がする。

やはりノーベルビルは震災後の建物であった。それが分かっただけで充分だ。

道の左右に並ぶ店々を眺めながら、私は東門筋をゆっくりと進んだ。

生田神社の境内へと繋がる脇道のあたりで立ち止まった。探していた店があった。

ビールを積んだライトバンが乗りつけているその店の前を二、三度行ったり来たりして店内の様子を窺う。酒瓶を載せた棚が所狭しと並ぶ細長い店の奥に、白髪頭の痩せた男が座っているのが見えた。

こうした歓楽街の事情を知りたければ、界隈の各飲食店に酒を卸している業務用の酒販店を訪ねるのが一番手っとり早い。どの飲み屋街でも、店々の新陳代謝は激しいものだが、それらの酒場に酒類を納入している酒販店はしぶとく生き残る。そうした酒屋の主人や店員はバーやスナックの栄枯盛衰に誰よりも詳しいのだ。

「すいませーん」

と声をかけ、私は奥行きのある店内に足を踏み入れた。今回はヘンな関西弁を使うのはやめておこう。

ずかずかと中に進んで、座っている男の前に立つ。頭は真っ白だが年齢は意外に若そうな男だった。白いTシャツ一枚で何をするでもなく座っているようだ。

「実は人探しをしてるんですが」

誰かにものを訊ねるときは正直が一番だ。

「二十年くらい前に、いまノーベルビルが建っている場所につゆくさという名前のスナックがあったんです。そこで働いていた女性を探してるんですが、旦那さんはつゆくさって名前の店は覚えていないですか？」

ごくごく当たり前の口調で喋る。

「つゆくさ、ですか」

男は訝しげな顔をした。ノーベルビルは当然ながら知っているようだ。

「あのノーベルビルは、そこのニットーさんで聞いたら震災後に出来たそうですね。その前もやっぱり似たようなビルがあったんですかね」

「あそこは前も同じようなビルやったけど、たしか敷地をまとめていまのビルになったんやないかなあ。その前は細いビルが二本建っとった気がするで」

「つゆくさはご存じないですか」

「知らんなあ」

男は言う。

「しつこく訊いて申し訳ないんですが、誰か、このあたりのそういう昔の事情に詳しい人っていませんかね」

「せやなあ」

無聊をかこっていたのか、男は面倒臭そうな顔もせずに思案してくれている。

「このへんのことやったら、ジェイのママさんがいっちゃん詳しいかもしれへんな」

「ジェイ？」

鸚鵡返しする。すると、男は不意に立ち上がり、脇を抜けて店の出入り口へと歩いていく。私もその後ろをついていった。

往来に出ると男は、斜向かいの豪華なビルを指さした。

「ほら、あっこの二階にジェイってゆう看板が見えるでしょう」

男の右手の人指し指の先にはなるほど「J」という一文字の黒看板があった。

「あの店や」

私は「はい」と頷く。

「あそこのママさんはこの東門筋ではいっちゃんの古株なんです。もう四十年近く、ここで店をやっとるから、まあ、東門の生き字引みたいな人やね」

「じゃあ、ママさんに訊けば、つゆくさのことが分かるかもしれないですね」

「それはどうだか分からんけど」

「あれですかね。今夜さっそく訪ねようと思うんですが、もしよかったらこのお店のご主人に紹介されて来たって言っていいですかね」

「別にかまへんよ」

「すいません。本当にありがとうございます」

私は頭を下げ、「ところで、ワインを一本分けてもらってもいいですか」と言った。

五千円ほどのシャブリを提げ、Jの入っているビルの前まで行ってみる。

三階建てのどっしりとしたビルで、さきほどのノーベルビルとは重厚さが違った。

玄関には「城島ビルディング」との表示がある。一階は「大河」という店で、おそらくナイトクラブだろう。二階にはJのほかに「未来」と「久美子」という二軒が入っていた。案内表示はそこまでで三階は空欄になっている。

三階はビルのオーナーの住居なのだろう。

城島と「J」。もしかするとJのママはこのビルのオーナーなのかもしれない。

腕時計を見ると、時刻は午後一時を回っていた。

そういえば今日は朝から何も口にしていない。何か腹に入れて、とりあえずアストラルタワーに戻ることにしよう。

今夜さっそくJを訪ねてみなくてはならない。

すごい覚醒

Jに出かけた翌日から天気が崩れだし、九月二日、三日と台風12号が猛威をふるって、近畿地方は大荒れの天気となった。神戸市内も一日の深夜から激しい風が吹き荒れ、二十五階の部屋は周囲に遮蔽物が一切ないこともあり、海からの強風が分厚い窓ガラスに直に当たって、窓ごとぶるぶると震え、空恐ろしいような音を一晩中立てつづけた。

ようやく風がおさまったのは、四日日曜日だった。

私は丸々三日、ほとんど一歩も外に出ずに部屋の中に引き籠もっていた。

一番困ったのは食事だったが、マンションの斜向かいに大きなセブン-イレブンがあるので、雨が弱まったわずかな隙を狙ってそこに飛び込み、パック入りの惣菜を買い、あとは三宮駅前のデパートで入手した圧力鍋で玄米を炊いて、何とか三日間をしのいだ。玄米食は神戸に来てすぐからぽつぽつ始めている。以前「がん特集」で取材を行ったとき末期がんからの生還者のほとんどが玄米菜食を実践していたので、自分がそうなった場合は、玄米だけは何をおいてもやろうと決めていたのだ。

嵐のあいだ部屋にいても何もすることがなかった。

テレビを見たり、送っておいた本を読んだりもしたが、大半の時間はインターネットの記事検索と考え事に費やした。

ネットでは福島第一原発の事故に関する情報を読み漁った。

今後数十年、原発から吐き出された大量の放射性物質が、我々にいかような健康被害を与えるかについては議論百出と言ってよかった。度を越した楽観論から、受け入れがたいほどの悲観論まで識者によって意見はまちまちだったが、今回の事故がわが国にもたらすであろう影響は、質的にはまったく異なるものの、おそらく、太平洋戦争での敗北に匹敵するほどの大きさになるのではないか、と私は感じた。

事故直後から多くの人々が口にしていたことだが、この狭い日本列島のど真ん中に、少なくとも半径二〇キロの範囲内で人の住めないエリアが次々と生まれるのだ。しかもそれらの土地は森林や原野ではなく、地震直前までは大勢の人々が普通に暮らす、まさに人間の土地だった。

そうした広大な不可触領域の出現が、今後の日本人の意識に根本的な変容をもたらさずに済むはずがない。

私の父や私の世代は、戦争に駆り出されなかった希有な世代だ。

今回の東日本大震災では二万人近くの人命が失われ、十万人以上の人々が福島の郷里を追われたが、しかし、ほんの六十数年前、わが国は太平洋戦争で二百三十万人の戦死者と八十万人の一般市民の犠牲者を出した。たとえば昭和二十年三月十日の東京大空襲では十万人以上の無辜の市民が殺され、広島、長崎の原爆では合計三十八万人余の命が奪われた。

太平洋戦争三年半のあいだに戦闘員、非戦闘員あわせて三百十万人が死に、これを一年当たりに換算すれば約九十万人となる。

当時、この国では毎年、今回の大震災の死者の実に四十五倍の人々が死んでいたのだ。つまりは一週間から十日に一度、大震災と同じだけの数の同胞たちが殺されていたのである。

自然災害と戦争とは異なるものではあるが、戦争という営為もまた人間という自然の産物によって生み出されるのだとすれば、いつの時代であっても、今回の大震災よりもはるかに過酷な現実の中で人々は生まれ、生き、死んでいったのだ。

　そもそも、この国では毎年三万人が自殺しているし、十万人以上が行方不明となり、その半数が死んでいると推定されている。私のようながん患者の死亡者数は実に三十四万人にのぼる。

　そうやって考えていくと、ことさらにこの世の末法末世ぶりを喧伝するのは誤りだろう。ただ、結局はその時代に生まれその時代に生きていくしかない人々の心の有り様が、戦争や自然災害、その他もろもろの巨大な悲劇によっていろんな角度や方向に歪んでいくのは当然のことだと思う。

　そうした人々の集合的な意識の歪みに沿って、私たち一人一人の人生も組み立てられていく。巨大な悲劇がもたらす時代の空気に抗って自らの生を形作っていくことは私たちには土台無理なのだ。戦争が始まれば黙々と戦地に送られ、原爆を落とされればその熱線に焼かれて黙々と死んでいく。ファシズムやマルクス・レーニン主義が国家の支配思想となれば、その思想が作り出す粛清の嵐の真っ只中で身を縮め、ひたすら隷従と迎合とを繰り返しつつ生き延びる。とどのつまり、私たちはどのような環境でも生きるだけの能力を誰もが身につけているが、かといって自分が生きたい環境下で自由奔放に生きていくほどの力量は最初から与えられていない。

だとすると、最後は生きてさえいればいい、というに尽きる。

こうして一年後に死ぬと宣告された身となってみると、「人間は、生きてさえいればいい。たったそれだけがすべてだ」と骨身にしみて痛感する。

だからこそ、私たちの住むこの世界は何一つ変わることなく、延々と悲劇を積み重ねているのだろう。

ある時代のある世代が、それこそ一億人、十億人単位で〝自由〟や〝人権〟や〝正義〟のために生命を賭して奮闘し、半数がそれら大義のために殉ずるならば、この世界に蔓延（まんえん）する残虐や非道のほとんどは死滅していたに違いない。

だが、私たちにはそうした意志も勇気も端（はな）から備わってなどいないのだ。

今回、これほどの原子力災害を引き起こしながら、いまだに各地に点在する原子炉の停止すら行われていないこの国のありさまを見ると、私はつくづくとそう思う。

地震や津波で住んでいる家を壊されたり流されたりした人々も、原発事故によって故郷を追われた人々も、とりあえずは生きている。

もう、それだけできっと充分なのだ。

生まれ育った土地、ようやく建てたマイホームに二度と帰れないという悔しさは言語を絶するほどだろう。だが、生き残った人々の命はいまだまるごと自分自身のものである。いじましい話だが、そうやって命さえあれば、人は断じて大丈夫なのだ。

私にはそれがよく分かる。

いまの私だったら、全財産を失っても、二度と家族と会えなくとも、たとえこの国を追われたとしても、それであと数年の命を保証して貰えるのならば、喜んで受け入れる。その決断に一片の躊躇いもないと確信する。

まるでインスタントラーメンでも作るような安易さは否めないが、それでも、現在の私には生きていること、ただ生きるだけの尊さとありがたさが生まれて初めて痛切に理解できる。

これは本当にすごい覚醒だ。

元気な時分からこのような感慨を胸に抱きつづけていられたのならば、私の人生は譬えようもないほどに大きく変わっていたに違いない……。

Jでは何一つ収穫はなかった。

和服姿のママさんは若々しく、すでに四十年近く営業しているのならば七十に手が届く年回りのはずだが、とてもそうは見えなかった。まだ十分に現役の女の風情を漂わせ、化粧映えする顔はつやつやと光り輝いていた。

店は高級クラブの雰囲気で、女性たちは美人揃いで、居合わせた客たちもそれぞれ紳士然としていた。

いちげんの私にも最初から愛想がよかった。挨拶に来たママに名刺を差し出し、来店の用向きを事細かに伝えた。

「あら、取材？」

名刺を見ながらママが言った。

「いや。まったくのプライベートなんですが」

「じゃあ、昔のお知り合いですね」

「まあ、そんなものです。ただ、その山下やよいさんとは電話で一度話したきりなんですが」

私は正直に答えた。

「つゆくさ、ねえ」

ママは目を閉じ、「やよいちゃん、ねえ」とも呟いた。

「たいがいのお店のことは知ってるんだけど、つゆくさは記憶にないわね。ごめんなさいね」

かなりの間があって、ママが言った。そうですか、と私は落胆まじりの声を作り、やはり少し間を置いてから訊ねる。

「ママ以外で他に誰か、この界隈に詳しい方はいませんか」

「一人いたんだけどねえ」

ママが残念そうな顔になった。

「あいにく、その人、去年亡くなったのよ」

私はポケットから二枚目の名刺を抜いて、その裏に携帯の番号を書いた。

「何か思い出すことがありましたら是非電話してください。当分は神戸に滞在するつもりですから」

と言って、改めて渡した。

「取締役さんやのに……」

ママは再び名刺を眺め、「よっぽど大事なお人なんですねえ」と呟いたのだった。

新生物

ハンドルを握ったのは一年ぶりだった。

去年の今頃、高木舞子と草津(くさつ)温泉に行った。連休を利用しての二泊の旅で、そのときもこんなふうにレンタカーを借りて交代交代で運転した。今回も城崎（きのさき）が目的地だから、同じ温泉行である。ただ、助手席に座っている者が誰もいなかった。

思えば、温泉に一人旅など生まれて初めてではなかろうか。

若い頃から旅行は嫌いではないから、国内、海外とあちこち歩いてきた。

学生時代はもっぱら一人旅だったし、結婚してのちも小児科医として多忙な藍子はなかなか時間が作れないこともあって、仕事以外でもしばしば一人で旅に出た。

だが、温泉地に単独で行ったことはないような気がする。

温泉は大好きだったが、一人で出かける場所ではないとずっと思っていた。しかし、いまはそんなことはちっとも気にならなかった。

泊まり先は志賀直哉が常宿としていた三木屋（みきや）だ。一昨日の月曜日に予約の電話を入れた。

夏休み明けの平日とあってあっさりと部屋は取れた。

近畿地方は週明けから台風一過の晴天がつづいている。月、火は日射しがきつく残暑があからさまだったが、今朝はすっきりと涼しい風が吹き、幾分秋めいた風情だ。

レンタカーはアストラルタワーのすぐ近くにマツダの店があったので、そこでアクセラスポーツを借りた。

マツダ車を運転するのも、思えばこれが初めてだ。

気づかないうちに、いままでやらなかったことをやろうとしている自分がいる。

こうして一人きりの温泉旅をしているのもそうだし、見ず知らずの神戸の街にあっと言う間に移り住んでしまったのもそうだ。小さい例で言えば、先日、マンション近くのスターバックスに入って何気なく注文したのが「バニラクリームフラペチーノ」だった。いままでだったら絶対にオーダーしないドリンクだ。真っ白なカップを受け取って、思わず「なんだ、これ」と口に出してしまった。

私のように死期の迫った人間には二種類のタイプがいるのだろう。〝人生完成派〟と〝人生再構築派〟とでも言おうか。前者はこれまで築いてきた生活や習慣を守り通して、最後までそれを極めようと努力する。後者は半ば自棄っぱちな気分も手伝って、それまでとまったく異なる生き方をしてみようと試みる。私はどちらかというと後者の方なのだろう。

いままでの自分が決して嫌いなわけではなかった。

ただ、もう〝お腹いっぱい〟なのだ。

長い道のりを四苦八苦しながら歩いてきて、結局この若さで末期がんか、という強烈な失望もある。この道以外の道があったとは思えないが、しかし、やはりどこかで自分は道を見誤ったのではないか、という悔いも残るのだ。

特に藍子との別れがそうだった。膵臓がんの原因など特定できるはずもなかろうし、恐らくは遺伝的特質が最も大きな要因なのだろうが、私の気持ちとしては、五年前の離婚がこの病気を手引きしたような気がしてならない。藍子を失ったのは、私にとってそれほどの痛手であった。

藍子のことを思うと、いまでもかなしい気持ちになる。身体の中に氷雨が降るような、心が内出血を起こすような心地がする。

彼女との別離は人生最大の蹉跌だった。この五年間、ずっと私はそのことを悔やみつづけてきた。藍子が憎いと思ったことは一度もない。ただ、いまも彼女を愛しているかと問われれば、それは否だった。

私は藍子を失っただけでなく、そのことによって自分の中にある愛情の貯水池そのものを干上がらせてしまったような気がする。

二十年余りの長きにわたって彼女と共に暮らしながら、私にはとうとう最後まで藍子という人が理解できなかった。

たとえ相対する患者が年端もいかぬ子供たちであったとしても、それでも、彼女があそこまでの献身をどうして続けられるのかが、私には分からなかった。私にはそういう人間の存在を認めることはできても、その献身を日常化してしまう人間の心の奥底にあるものがよく見えなかった。

一言で言えば、私は彼女のようにはなれなかったのだ。

それはもちろん私自身の至らなさのゆえであったろう。頭の片隅では藍子に同調する気持ちを留めつつも、現実生活ではひたすら俗塵にまみれ、利己的な欲望の追求から目を離すことができなかった。

だが、私にも言い分がないわけではない。

人は、間近に自らが目指すべき理想を体現した者がいれば、そのことによって励まされもするが、一方においてはその理想に近づこうとする意志や希望を挫かれもする。処女峰を目指した登山隊、初めて極地に挑んだ探検隊と同じで、誰かが先んじた瞬間に後れをとった者の夢や希望は、もうそれ以前の夢や希望ほどには魅力的ではなくなってしまうのだ。

この真理は私が長年暮らしてきたメディアの世界では常識と言ってよかった。

メディアの発達が社会の改善や発展にストレートに繋がらない主因は、まさにそこにある。高度資本主義社会でのマスメディアの役割は、大衆に人間存在の本来の理想や希望を啓蒙する点にこそあるが、メディアは人々に多くの希望や理想をふりまくと同時に、それ以上の規模で人々の挫折と嫉妬心を招き寄せる。

メディアを一言で表現するならば、それは〝大衆の嫉妬〟だと私は考える。

この社会で優れたリーダーがますます登場しにくくなっているのは、誰もが潜在的に自分たちよりもはるかに優れた人物の出現を望んでいないからだ。私たちは、私たちを引率してくれる有能な教師をまったく求めていない。たとえ道に迷い、飢え苦しみ、孤独に咽びながら破滅することになろうとも、私たちは誰の導きも得ずに、自分の意志と努力だけで生き延びたいと夢想している。私たちが神を否定し、科学と個人主義（自由）を尊ぶのは、そうした利己心が限界にまで巨大化したことの証に過ぎない。

そして、メディアというのは、そうしたリーダー殺し、神殺しのために最も手っとり早く有効な武器なのだ。

大衆が優れた指導者に対して尊敬に倍する嫉妬と敵意を抱くように、私もまた藍子に嫉妬し、反感を抱いていたのだろう。私は彼女を理解できなかったのではなく、理解したくなかったのだ。彼女の無垢で優しさに溢れた魂の前で、自分の薄汚れた心根が暴かれ、懺悔や改心を強いられるのを私は畏れ、忌避しつづけた。

そして、何よりもみじめなことは、そうした私のさもしさを結婚当初から彼女は見抜いていたに違いないということだった。

午前十一時ちょうどにレンタカーショップの前を出発して、途中、舞鶴若狭(まいづるわかさ)自動車道にある西紀(にしき)のサービスエリアで一度だけ休憩を取った。

そこで「黒豆うどん」という特産の丹波黒豆を練り込んだうどんを食べ、三十分ほど時間を潰した。

運転席のシートに長時間身体を張りつけていると、腰から背中にかけて鈍い痛みが感じられる。極力気にしないようにしているが、そうやって痛みを覚えるたびに、身体の中で増殖を繰り返しているがん細胞の姿を思い描かざるを得なかった。

自分の細胞であって自分の細胞ではない「悪性新生物」とも呼ばれるがん細胞とは一体何物なのだろうか？

新生物というからには、私とは無縁のまったく別種の生き物ということなのか？

それは、言ってみれば、ある日、何者かが針でも突き刺して私の体内に産み落とした寄生虫のようなものなのだろうか？

だが、その一方で、がん細胞が自分自身の体内で生まれたものであることも間違いないのだ。がん細胞は外来の寄生虫ではなく、この私自身が創造した細胞なのである。

だとすると、〝私自身が作り出した、私とは似ても似つかぬこの新生物〟を私は一体どんなふうに理解すればよいのだろうか？

台風12号が猛威をふるっていた三日間、私はアストラルタワー二五〇一号室に閉じ籠もってずっとそのことを考えていた。そして、一つの仮説を得るに至った。

要するにもう一人の自分がいるのだろう……。

正常細胞を生み出す自分とは別に、がん細胞を生み出しているもう一人の私がいるのだ。

そうでなければ、どちらも自分自身の細胞であるこの二種類の細胞が同時に生み出されている現実を受け入れることができない。

少なくとも私自身はがん細胞を作りたいなどと望んだことは一度だってない。だが、もしも、そういうことを望んでいる〝もう一人の私自身〟が存在するとしたら疑問はあっさり氷解する。

正常細胞もがん細胞も私が生み出した私自身である。ならば、どちらも私が望まない限り生まれるはずがない。

だとすると、がん細胞の誕生を望むもう一人の私がきっと私の脳なのか精神なのか、魂なのか、その中のどれかの内に潜んでいるに違いない——私はそんなふうに考えたのだった。

がんというのは普通の病気ではない。他の致命的な疾患――感染症だとか脳や心臓など各臓器の機能不全とはまったく違う。

自らの細胞が遺伝子の変異によって異形化し、無限増殖を繰り返す不滅細胞となって自分自身の生命維持機能を徐々に侵食し、最後はがん性悪液質による多臓器不全で生命そのものを奪ってしまう。

がん死はその点で、紛れもなく自殺である。

自殺であるならば、それを決断する自分自身が必ず存在するはずだ。

それが、がん細胞を生み出そうとする〝もう一人の私〟なのではないか。

そうなると、仮にがんから抜け出したいと願うならば、まず取りかからねばならないのは、そのもう一人の私を見つけ出すことだ。そして、その私に近づき、彼がなぜがん細胞を作り出しているのかを訊ね、聞き出した理由を解消し、もうこれ以上がん細胞を作る必要がないことを説き聞かせなくてはならない。

がんと診断されながら、さまざまな治療法によって長期生存を果たし、再発の危険を免れた患者というのは、本人の自覚の有無にかかわらず、何らかの形で、もう一人の自分を発見し、その自分と上手に和解することができたのではないか。

私には何となくそんな気がしたのだ。

告知を受けての帰り道、肩の力を抜こうと思い、いまさらジタバタしても仕方がないと半ば諦めのような気持ちを噛み締めながら、その一方で自らの直感に従って今後の行動を推し進めていこうと、先の感懐とはやや不釣り合いな決意を固めることができたのは、問題の根源は外部にあるのではなく内部にあるという真実を、さすがの私も本能的に覚ったからではないのかという気もしていた。

城崎にて

城崎温泉に到着したのは午後三時過ぎ。出発から四時間以上かかった。久々の運転とあって、車を降りたあともさすがに腕や腰、両脚に軽い痺れのような感覚が残っていた。背中の痛みは休憩のあとはさほど気にならなくなった。

三木屋は看板からして「志賀直哉ゆかりの宿」とあったが、建物の中に入ると広々とした絨毯敷きのロビーの右手には志賀直哉の大きな肖像写真と彼の直筆の手紙や著作が相当のスペースを割いて展示されていた。

そもそも二日前に私が予約した部屋というのも、九月、十月限定の「読書の秋満喫プラン」の一室で、〈二間つづきのゆったりとした客室で、志賀直哉が眺めた庭園を見ながら小説「城の崎にて」を読みふける、そんな滞在はいかがですか？〉という惹句でホームページに紹介されていたものだ。そして、このプランで予約を入れた客には漏れなく〈当館から生まれた、志賀直哉の小説「城の崎にて」を一冊プレゼント〉とも記されていた。

ホームページにはさらに次のような解説まで載っていた。

【志賀直哉と三木屋】

「小説の神様」と呼ばれた文豪志賀直哉は、大正2年、30歳の時に山手線に轢かれ大怪我を負った後の養生に城崎温泉を訪れ、当館へ約3週間逗留されました。その間に当地で目の当たりにした蜂・ネズミ・イモリの3つの生き物の死と、九死に一生を得た自分とを照らし合わせて名作「城の崎にて」は執筆されました。以降長きにわたりご贔屓にして頂き、執筆の為にお一人で、白樺派のご友人やご家族とのご旅行など様々なシチュエーションでお越し頂きました。

まさに志賀直哉一色と言っていいような宿なのである。

チェックインを済ますと、確かに『城の崎にて』（新潮文庫）を一冊進呈された。同じ文庫をカバンの中に入れてきたのでよほど固辞しようかとも思ったが、却って無粋な気もしてそのまま受け取った。

新幹線の中で頁を開こうとして思いとどまったのが、この『城の崎にて』だった。学生時代から志賀作品を愛読してきた者としては、それこそ死ぬまでに一度は訪ねてみたいのが城崎温泉だろう。私も神戸行きを決めた瞬間にここを訪れようと決めていた。志賀直哉ゆかりの宿でこうしてその代表作を読むなどというのけ、ファンにとっては何にも勝る贅沢というものだった。

番頭さんの先導で二階の部屋に案内された。

手前が六畳、奥の間が十畳というつづきの二間で、なるほどＨＰの惹句のごとく実にゆったりしている。奥の間には広縁と床の間があって、広縁の木枠のガラス窓越しには旅館の玄関とその先に温泉街の通りが見渡せた。

お茶を運んで来てくれた仲居さんに心付けを差し出したあと、

「志賀直哉がよく泊まった部屋というのはこの近くですか？」

と訊ねてみる。

「同じ二階なんですけど、ここの通路をずっと行った先なんですよ」

「そうですか」

「もしよろしかったらご覧になりますか？」

と言われて、

「いや、何だか恐れ多いのでやめておきます」

と答えた。

仲居さんがさがると、急に広い部屋は深閑としてしまった。まだ外の光は明るく、赤い絨毯の敷かれた広縁の籐椅子に座ればぽかぽかとあたたかい。城崎は日本海に面しているので太平洋岸の神戸に比べれば格段に涼しいのだが、それでも、まだ十分に夏の気配は残っていた。

座卓の上に、さきほど受付で貰った『城の崎にて』が置かれていた。私は立ち上がってボストンバッグから自分の『城の崎にて』を取り出し、座卓の一冊と両方を持って再び籐椅子に戻った。

どちらも同じ新潮文庫だ。カバーには熊谷守一の描いた蟻の絵が使われ、いかにも文豪の代表作らしき重厚さを感じさせる装丁となっていた。奥付を見ると、私の持っている方は〈平成六年六月五日五十刷〉となっている。貰った方は〈平成二十三年三月三十日七十八刷〉となっていた。

前者は昭和六十年に三十五刷で改版、後者は平成十七年に六十七刷で改版されている。それでいて同じ装丁なのだから、もしかすると昭和四十三年七月三十日初版のときから、この文庫版『城の崎にて』のデザインは変わらないのかもしれない。昭和四十三年といえば私は満十歳。中学時代の終わりには志賀ファンになっていたので、私が実際にこの本を手にするのはそれから五年後くらいだ。当時の本の有り様を記憶していれば、熊谷守一の絵が表紙を飾るいまの本と初版本とが同じデザインだったか否かが分かるのだろうが、むろんそんな記憶は微塵もなかった。それどころか、平成六年六月五日発行の五十刷をいつどこで入手したかも定かではない。

この文庫の正式の表題は『小僧の神様・城の崎にて』である。幾度も読み返し、ことに表題作の二篇はすっかり内容が頭に染みつくほどに再読してきた。どちらも決して後味のいい作品ではないが、だからこそと言うべきか、読み重ねるたびに新しい発見がある。志賀直哉という人はまったくもって大人だった。それも淡々としているようでいて心根のあたたかい大人なのだった。その大人ぶりに若い頃から私は憧れ、五十三歳になったいまでもまだ憧れ続けているような気がする。

それにしても、平成六年版のこれを私はいつから持っているのだろう？

五年前に世田谷の家を出たときには、運び出した荷物の中にあったはずだから、少なくとも五年より前に購入したことは確かだ。一年に一度や二度は書棚から引っ張り出して読み返してきた作品でもあり、この文庫本をずっと持っていたような気もする。ただ、平成六年といえば十七年も昔である。途中で買い換えた可能性もあった。

とにもかくにもその辺の記憶がまったくなかった。ボロボロになって新しいのに取り替えたにしろ、旅先に持って行って置き忘れてきたにしろ、新品と交換するにはしかるべき理由があったはずなのだが何にも憶（おぼ）えていないのだ。

確かなのは、中学時代以降、私の書棚から『城の崎にて』という作品が消えたことは一度もないという一事だけだった。

二冊の文庫本を見比べながら、しばらくそういう益体もないことを考えていた。

とても不思議な気がした。

中学生時代の自分と現在の自分とを比べてみれば、どれをとっても変わらなかったものはない。顔も身体つきも、声も目の色も、性格も行動も、知識や考えも、夢や目標も何もかもが当時と今とでは多かれ少なかれ違ってしまっている。

持ち物一つにしても、当時から私が持ち続けているものなど数えるほどもないだろう。高崎の実家に出向けば、それこそ小学校、中学校の卒業証書や成績表、作文や絵、写真や読み終えた本の類も見つかるだろうが、現に手元にあるものといえば、この『城の崎にて』という作品ただ一つと言い切っていいかもしれない。

　そして、死病を得て、余命わずかの我が身となったいま、私はその小さな文庫本を携えて城崎にやって来た。

　こういうものを本当の愛情と言うのではなかろうか？

不思議な心地になったのは、ふとそんな気がしたからだった。

十代半ばに出会い、五十をとうに過ぎたいまも、私はこの小説を愛しつづけている。

どこにいても、どんなときもこの小説だけは決して手放さずに生きてきた。

親兄弟を愛し、故郷を愛し、恋人や妻を愛し、我が子を愛し、仕事を愛し、人生そのものを愛するといっても、そのどれもがいずれは過去となり記憶となる。愛情の実体は案外に貧弱で、私たちは、思い出というその残骸（ざんがい）を愛（め）でているだけの場合がほとんどだ。

　だが、これは違う。内実を伴った確固とした存在として常に私に寄り添い、頁を開けばいつでも変わらぬ言葉を私に届けてくれる。

　これこそが、人生の伴侶（はんりょ）と呼ぶにふさわしい。

　そんなふうにも思え、それが大袈裟でも何でもないように感じられる。

志賀直哉という学習院育ちの金持ちのぼんぼんが、三十歳のときに山手線にはねられて重傷を負い、その折の思い出を三十四歳になってほんの短い紙数で書き留めた。書かれたのは大正六年、一九一七年だからもういまから百年近くも昔のことなのだ。だが、そんな小さな小さな小説が、私の生まれる四十年も前からこの世に存在し、中学生の私と出会い、そしてもうすぐ死んでしまう今日の今日までずっと私に寄り添ってくれている。

何とありがたいことだろう。私はそう思う。そして、これは何と不思議なことだろうとつくづく感ずるのだった。

私は広縁で日を浴びながら三十分ほど暢気(のんき)に過ごし、浴衣(ゆかた)に着替えて一風呂浴びに外へと出た。

城崎は外湯中心の温泉街だ。

上質の泉水を守り続けていくために、温泉場が開かれた当初から数カ所の外湯を取り巻くように温泉宿が軒を連ねていったという。いまは内湯を備えている旅館も多いようだが、それでも外湯巡りが城崎温泉の醍醐味(だいごみ)であることに変わりはない。

下駄をつっかけ三木屋の前の表通りを歩く。四時前とあって浴衣姿の温泉客はちらほらという感じだった。五時を回って団体客を乗せた観光バスが到着しはじめてから、宿屋や土産物屋が並ぶこの界隈はにわかに活気づいてくるのだろう。

温泉街を貫通するように流れているのが大谿川（おおたにがわ）で、この川は日本海に注ぐ一級河川円山川（まるやまがわ）の支流である。といっても日本海はここからでももう目と鼻の先だった。

七つある外湯はＪＲ城崎温泉駅から温泉寺にかけて大谿川沿いに立ち並んでいた。三木屋からだと一番近いのが「御所の湯」で歩いて二分ほど、次が五分ほどの「一の湯」と部屋にあった地図には記されていた。私は散歩がてら一の湯を目指した。

通りは人気がなかったが、風呂は存外混んでいた。一の湯名物だという洞窟（どうくつ）風呂に浸（つ）かって二十分ほどで上がった。着替えて濡（ぬ）れた髪を乾かそうと脱衣所でドライヤーを探すと一回百円の有料となっている。財布を持ってきていないのでどうしようもなく、係の男に訊ねてみると、御所の湯だったらドライヤーは無料で貸し出していると言う。

へらっとしたその答え方に鼻白んでしまう。外湯巡りが名物の温泉場で、ドライヤーに金を取るのはケチ臭い話だ。冬場だと小銭を忘れた客は立ち往生してしまうだろう。

早々に一の湯を出て、旅館に戻った。

宿でしっかり髪を乾かし、座布団を枕に畳の上にごろりと横になる。

時刻はまだ五時前で、夕食にはずいぶんと間があった。

両手、両足を伸ばして大の字になる。

この身体が着々とがん細胞に蝕まれつつあって、来年の今頃には激しい苦痛の末に生命活動を停めてしまうとは到底信じがたかった。

右の腹の上にそっと手を置いてみる。

何も感じなかった。腫れも痛みも、微かな違和感のようなものさえ感じない。

どうせ死ぬのなら、いまこの瞬間に死んでしまえればいいのに――と思う。

風呂に浸かり、運転の疲れもすっかり抜け、濡れた髪も乾き、夕食を控えて幾らか空腹を覚えている。眠いわけでもなく、身体はほんのりと温みを帯びて、暑くも寒くもない。たったひとり広い座敷の中央に身を横たえ、あたりは静まり返っていた。もはや何も考えるべきことも感ずるべきこともない。

――生きている事と死んで了っている事と、それは両極ではなかった。それ程に差はないような気がした。

「城の崎にて」の最後の一節が頭に浮かんでくる。

あの小説には「静」という文字がやたらと使われている。山手線にはねられて瀕死となった作者は湯治のために城崎を訪れる。後遺症のせいで〈頭は未だ何だか明瞭しない。物忘れが烈しくなった。然し気分は近年になく静まって、落ちついたいい気持がしていた。〉と冒頭で記している。〈淋しい秋の山峡を小さい清い流れについて行く時考える事はやはり沈んだ事が多かった。淋しい考だった。然しそれには静かないい気持がある。〉

そんな三週間ほどの逗留の中、志賀は自身が九死に一生を得ることができたのは、〈自分には仕なければならぬ仕事がある〉からだという気もする。だが、一方で彼はこうも考えるのだ。

〈然し妙に自分の心は静まって了った。自分の心には、何かしら死に対する親しみが起っていた。〉

宿の玄関の屋根で死んでいる一匹の蜂を見つけて彼は思う。

〈忙しく忙しく働いてばかりいた蜂が全く動く事がなくなったのだから静かである。自分はその静かさに親しみを感じた。〉

そして、ある日の散歩の途中、子供たちの悪戯で首に魚串を刺し貫かれた鼠が大谿川に放り捨てられ、岸に辿り着こうと必死にもがいている有り様を目にするのだ。

鼠は死ぬまいと懸命に石垣にしがみつこうとするのだが、首に刺さった魚串がつかえてどうしても岸に上がれず、再び水に落ちてしまう。子供たちはそんな鼠に石を投げつけて笑っている。

志賀はこう書く。

〈鼠が殺されまいと、死ぬに極った運命を担いながら、全力を尽して逃げ廻っている様子が妙に頭についた。自分は淋しい嫌な気持になった。あれが本統なのだと思った。自分が希っている静かさの前に、ああいう苦しみのある事は恐ろしい事だ。死後の静寂に親しみを持つにしろ、死に到達するまでのああいう動騒は恐ろしいと思った。〉

さらに、彼は、先般の事故ではそうならなかったが、もしも、あのときに致命的な怪我だと医者に宣告されていたら自分はどうなっていただろうかと想像する。

〈その自分は一寸想像出来ない。自分は弱ったろう。然し普段考えている程、死の恐怖に自分は襲われなかったろうという気がする。そしてそういわれても尚、自分は助かろうと思い、何かしら努力をしたろうという気がする。それは鼠の場合と、そう変らないものだったに相違ない。〉

志賀はこのように記述する前段で、大怪我の折も〈この傷が致命的なものかどうかは自分の問題だった。然し、致命的のものかどうかを問題としながら、殆ど死の恐怖に襲われなかったのも自分では不思議であった。〉と書いている。

こうした文章を通して、志賀直哉は、死を〝人生の途絶〟と感ずるか、それとも

〝静寂の訪れ〟と受け止めるかで我々の死への態度は大きく異なってくるのだと示唆していた。

むろん彼自身は死を永遠の静寂と見なしていた。つまりは、生と死は動と静という一枚の硬貨の裏表に過ぎないと言いたいようだった。

別の散歩のとき、小さな流れのほとりで彼は一匹のイモリを過って殺してしまう。イモリの死骸をじっと見つめ、自分がそのイモリになったような心地がする。生き物の淋しさをしみじみと感じ、このイモリが偶然に死んだように、先般の事故で自分が助かったのもまったくの偶然でしかないのだ、と感じる。

そしてその偶然に喜びや感謝を覚えるのではなく、生と死は対極のものとは言えず、実はさほど違いのないものだという感慨に辿り着くのである。

「城の崎にて」で、志賀直哉が披瀝（ひれき）しているそのような死生観は、私自身の長年の死生観とほとんど変わらないものであった。というよりも、私は中学生のときにこの「城の崎にて」を読み、そこの部分にいたく感銘を受け、志賀直哉の記す死生観を自らの死生観として生きてきたに違いなかった。その証拠に、人生の奥義と云（い）われる「生死一如（しょうじいちにょ）」という言葉を耳にするたび、私がまず連想したのは「城の崎にて」であった。

私は、十分ほど寝そべっただけで起き上がり、まだ明るさの残る広縁の籐椅子に腰掛けて「城の崎にて」を一読した。

何十回と繰り返し読んできたので内容はすべて頭の中に入っていたが、それでも、いつもながら新しい発見があった。

その発見はかつてないほどに大きなものだったが、よくよく考えてみれば、最初から予定されていたもののようだった。

神戸に移り住み、ここ城崎温泉を訪ねて「城の崎にて」を再読しようと思い立った瞬間から、私はもうその発見を見越していたような気がした。

この小説を手放すときがとうとうやってきたのだなあ、と思った。

そして、それこそがまさしく大きな発見だった。「城の崎にて」に描かれた世界から、自分がすでに遠く隔たった場所に立っていることを私ははっきりと自覚していた。

真尋

夕食が済んで人心地ついたところでテレビをつけると、七時のニュースが始まろうとしていた。

まだそんな時間かと呆気にとられるような気分になる。

日没も神戸より幾らか早いのだろう。窓の外はすっかり漆黒である。

もう一度、温泉に浸かりに行こうかと考えたが、何となく面倒だった。帳場に電話して布団を延べて貰うよう頼んだ。ほどなく若い男の従業員がやって来て、座卓を端に動かし、十畳間の真ん中に布団を敷いてくれた。

その布団の真ん中に大の字に寝そべった。とにかく静かだった。同宿の客もさほどいないようで、食事が終わってみると周囲からきれいに人の気配が消えてしまった。

浴衣から半袖短パンのスウェットに着替えていた。

日が暮れても空気はぼんやりとあたたかかった。窓は閉め切っているが、暑苦しいほどではない。エアコンは一回もつけていなかった。

両腕を枕に、格子に組まれた天井板をじっと眺める。

藍子は今頃、何をしているだろうか。

こうして一人で静かな時間を持つといつもそう思う。神楽坂のマンションで一人暮らしを始めてから、最初のうちは意識的に藍子のことを頭から追い払っていた。だが、一年も過ぎて独身生活にも慣れてくると、いつの間にか、よく思い出すようになった。それでも二、三年は思い出すたびに心にざらりとした感触が生じたものだ。藍子を懐かしみながらも、抑えきれぬ怒りや憎しみで、ひどく酔ったときや疲れが溜まったときには気持ちがささくれ立った。

こんなふうに脱色された、すっかり枯れた懐かしみとして藍子を思い出せるようになったのは一昨年くらいからだろう。ことに去年の春に通算十年に及んだ編集長職を退いてからは、まるで二度と戻れぬ少年時代や二度と住むことのない故郷への郷愁にも似た心地で彼女をしばしば懐かしむようになったのだった。

彼女はいま、秋葉原にある総合病院で小児科部長を務めている。

私と暮らしていた頃は、府中市にある小児総合医療センターに勤務していたが、離婚を機に秋葉原に移り、小児科の責任者になったようだ。彼女の暮らしぶりの細部は定かではないが、そういう大雑把な情報は娘の真尋や千晶の口から聞くことができる。

真尋も千晶も私たちの離婚に反対はしなかった。事情が事情だっただけに反対のしようもなかったのだろうが、かといって父親の側に立つといった態度は二人とも見せなかった。私は可愛がってきた娘たちの、案外にドライな反応に半分は失望したが、半分はそれも当然だと納得せざるを得なかった。ただ、大学を卒業した娘たちがさっさとこの国を出て行ってしまったのは、両親への幻滅が大きかったせいだろうと推測している。

結婚した当初から、藍子は父のやっている新田内科医院を引き継ぐ気持ちはなかった。義父の貞行（さだゆき）もそのことは了解済みで、藍子の三つ下の妹、碧子（みどりこ）に婿を取って継がせたいと考えていたようだ。

　ところがその碧子が結婚しなかった。義父は私と藍子が別れる二年前に心筋梗塞で他界した。七十を過ぎても診療を続け、現役のまま亡くなったのだが、遺言書には「新田医院は私一代をもって廃業とす」とはっきり書かれていた。さっぱりとした性格で患者や家族への寛容さを決して失うことのない人だった。

　私は密（ひそ）かにそんな義父を敬愛していた。

　ただこの義父の死が、藍子をして私との離婚に踏み切らせる一要因になったのは間違いない。彼女はそれほどに父親思いの娘だった。

　残された義母は医院を畳み、都心にマンションを買って次女と共に暮らすようになった。世田谷の家を出た藍子がとりあえず身を寄せたのがそのマンションだった。

　離婚に際しては、妹の碧子が姉の代理人のような形で私の前に現れた。

　案に相違して、彼女は私に同情的だったが、「こうなってしまってはお義兄（にい）さんがどれほど頑張っても姉さんの気持ちを覆すことはできない。醜い泥仕合になる前にきれいさっぱり別れるのがお義兄さんにとって最善の選択だと思う」と彼女は力説した。

藍子が家を出て行くとき、彼女自身の口から事情を聞かされていたので、義妹から改めて説明を受けてもさして動揺はなかった。にわかには信じがたかったが、藍子という人が、私と別れたい一心でそんな作り話をするはずもなかった。妹の碧子の方が却って姉の話を疑ってかかっている気配があった。

真尋と千晶は双子だが、性格は似ても似つかなかった。二卵性なので顔も全然違う。親から見ても外目には姉妹にすら見えないだろうと思う。妹の千晶は明るく外向的。姉の真尋はその正反対だった。真尋はびっくりするほど勉強のできる子だったが、目立つのはいつも千晶の方だった。私の両親も新田の両親も人懐っこくて可愛げのある千晶がお気に入りで、真尋の方は何となく敬して遠ざけられる様子だった。真尋は感情を表に出すのが不得手な子だった。おどおどしているわけではないが打ち解けない雰囲気で、千晶との仲は決して悪くはなかったが、姉に思い切り心を開きたい妹に波長をあわせようとはしなかった。小学校も低学年を過ぎると、千晶はそんな姉との深い関わりは諦め、せっせと友達作りに励むようになった。

千晶は藍子にも似ていたし、私にも似ていた。

「この子は三喜男君と藍子のいいとこ取りだな」

公平無私を信条とする新田の義父でさえ、目を細めながらたまにそんな台詞(せりふ)を口にしていた。

「真尋は？」

藍子が訊いたことがある。そのとき義父は少し考えるように黙って、

「真尋は、この世界のために何かをなす子だろう」

と呟いたのだった。

一度私と義父と二人だけになったときも、

「あの子のことは天からの大事な預かり物だと思って育てなさい」

と義父は言った。真尋が中学生の頃だったろうか。

だが、私も藍子も、より深く愛していたのは真尋の方だった。

千晶が十五歳も年長の男を見つけてきて、さっさと結婚し、私たちの許を離れて行ったのは当然だった。彼女には心から安らげる場所、誰よりも自分を愛してくれる存在がどうしても必要だったのだ。

私と藍子との間に決定的な亀裂を作った張本人も、真尋だった。

若い頃、藍子は患者たちと一緒に撮った写真を持ち歩いていた。当時の彼女は大井町の病院で小児科の病棟医をやっていた。それらの写真を初めて見せられたのは、たぶん、プロポーズをして二、三カ月後だった気がする。すでに私たちは婚約同然で、

近々に双方の親のところへ挨拶に出向く段取りにもなっていた。そんなある日、何かの話から彼女が愛用のシステム手帳を持ち出してきて、目指す日付のページを開こうとした拍子に、バラバラと手帳に挟んでいた写真がテーブルにこぼれたのだった。

「何、この写真？」

私の質問に、藍子はちょっとうろたえたような表情になった。

「記念写真」

素っ気なく言うが、散らばった写真を挟み直すのではなく、ひとまとめにして一枚一枚めくって眺め始めた。枚数は七、八枚だったと思う。

「見る？」

訊いてきたので当然頷いた。手渡された写真はどれも病室で撮影したありふれたスナップだった。

パジャマや病院着の子供をナースや医師たちが囲んでいる。笑顔の子もいれば、見るからに病状の悪そうな子供もいた。それでも彼らは年の頃よりずっとしっかりした顔つきでカメラのレンズを見据えている。

周りのスタッフは全員が笑みを浮かべていた。その中には藍子の姿もあった。子供と藍子とのツーショットや子供だけの写真も混じっている。

「病棟の子たちだね」

私が言うと、

「あと集中治療室のもある」

なるほど、一、二枚は背景が一般の病室とは異なっていた。

「この子たちはみんな元気に退院していったの？」

とてもそうは思えない子もいた。

「みんな死んでしまったの」

藍子がぽつりと言った。

私は写真から目を離し、向かいに座る藍子を見た。

「みんなすっごくいい子だったんだよ」

藍子が顔を歪めるようにして微笑(ほほえ)んだ。

「藍子」

私は言った。

「だけど、こういうのは持ち歩かない方がいいよ」

どうして？

という顔で彼女がこちらを見返す。心なしか涙目になっている。

「この子たちは、みんなきっと、絶対にちゃんと天国に行ったんだと僕は思うよ」

藍子が黙って頷く。

「だから、もう藍子が悲しむ必要なんてないんだよ」

私はそう告げたあと、

「僕は藍子のことを心配して言ってるわけじゃないよ。分かってるよね」

と付け加えた。

「ええ」

彼女は頷いた。そして、しばらく間をあけてから、

「明日、この写真は病院のロッカーにしまってくる」

自分に言い聞かせるように言ったのだった。

それから二年余りの月日が流れた。

真尋と千晶が生まれ、明後日が満一歳の誕生日という一九八七年十一月十六日のことだ。

藍子が先に出勤した後、私はダイニングテーブルの上に置かれているシステム手帳に目を留めた。きっと藍子が置き忘れていったに違いなかった。

彼女にしては珍しいことだったが、これがなくては一日不便に決まっている。今日

は午後出社で構わないので、病院に届けてやろうかと私は思った。当時はまだ大井町にある藍子の社宅に住んでいたから病院はすぐ近所だった。真尋と千晶は生後四カ月で保育園に預けられ、藍子はたった半年産休を取っただけで仕事に復帰していた。保育園の送り迎えは二人でやっていたが、どうしても都合がつかないときは目黒の義母が手伝いに来てくれていた。

　校了で徹夜明けだった私は、コーヒーをすすりながらその手帳を手に取った。普段なら中身を覗いたりするはずもないのだが、この日は睡眠不足で頭がぼんやりしていたのも手伝ってさしたる躊躇いもなく手帳を開いてしまった。

　すると、臙脂(えんじ)色の手帳の見返しに一枚の写真が挟んであるのが見えたのだった。

　それは少し古ぼけた感じの手札サイズの写真で、女の子が一人で写っていた。私は見返しのポケットから写真を抜いて子細に眺める。

　ピンク色のパジャマを着た女の子は、泣き笑いのような顔をしてこっちを見ている。無残なほどに痩せて、顔色も悪かった。頭に白い頭巾(ずきん)のようなものをかぶっているのは恐らく抗がん剤治療で髪の毛が抜けてしまっているためだろう。

　まだ小学校に入る前、四～五歳くらいに見えるが、実はもっと年齢はいっているのかもしれなかった。私はずいぶん昔に見た何枚かの写真のことを思い出していた。あのとき藍子が手帳に挟んでいた写真の中の一枚だったような気もしたし、そうでないような気もした。この子も藍子が看取った患者に違いなかった。

手にした写真を何気なく裏返した。その瞬間、目が釘付けになった。

「真尋ちゃん
8歳　1983　3・11」

と記されている。その文字は藍子のものだった。

真尋……、と呟いて、私は啞然とした。

お腹の中の子供が双子だと分かったとき、どちらからともなく「生まれてきたらそれぞれ一つずつ名前を考えよう」という話になった。男の双子ならば私が考えた名前を長男に、女の子のときは藍子の考えた名前を長女にすると決めた。

姉妹だったので、相談の通り、藍子が長女の名付け親に、私が次女の名付け親になった。私の付けた「千晶」に大した由来はない。強いて挙げれば、昔から水晶が好きだったくらいだろう。たくさんの美しく透き通った水晶。そういうイメージで千晶という名前を考えた。

藍子が出してきたのが「真尋」であった。一風変わった名前に、

「どうして真尋に決めたの？」

と訊ねると、

「尋って尋ねるってことでしょう。真実を尋ねる人。そういう人になって欲しいなって思ったの。マヒロっていう読みも女の子らしいじゃない」

藍子は言った。

「僕はまた、色の中から選ぶのかと思ったよ。きみが藍子で妹さんが碧子だから」

すると、藍子は、

「それも考えたんだけど、やっぱりうちはうちのやり方で決めようと思ったの」

何だか誇らしげに言ったのだった。

しかし、彼女のそういう説明は全部嘘だったのだ。彼女は亡くなった患者の名前を我が子に付けた。きっとこの子は忘れがたい患者だったのだろう。だが、だからといって自分の産んだ子に同じ名前を付けたりするだろうか。まして夫である私には何の相談もなく、あげく嘘の理由までこしらえるなんて……。

私は手にした写真を手帳には戻さず、自分のかばんにしまった。手帳は元通り、ダイニングテーブルの隅に置いた。

その晩、子供たちが寝ついたあと、藍子に写真を突きつけた。

帰宅したときには手帳はテーブルから消えていたので、もしかすると写真の不在に

気づいているのではないか、と推測したが、

「これは何？」

とかばんから取り出した写真をテーブルの上に置くと、藍子はひどく驚いた顔になった。

「真尋の名前はこの子から貰ったの？」

単刀直入に訊いた。

藍子は何も言わずに、よく事情が摑めないような怪訝な様子で私を見つめている。

「この子も亡くなったんでしょ」

さらに質問を重ねる。言いながら写真を裏返し、「真尋ちゃん」と書かれた文字に人指し指を当てた。

「ごめんなさい」

藍子は消え入るような声を出した。

「どうして謝るの？」

私は追い打ちをかけずにはいられなかった。その殊勝な態度が尚更に抑えきれない憤懣を倍加させたのだ。

「真実を尋ねる人になって欲しいからって考えた名前じゃなかったの」

「本当にごめんなさい。でも、私の話も聞いて欲しいの」

私は写真を表にして、向かいに座った藍子の方へと押し出した。

「黙って抜いて悪かった。でも、そうするしかなかったんだ」

と言う。

「とにかくこれはしまってくれないか。亡くなった人の前で話すようなことでもないから」

藍子は写真を取ると立ち上がり、書斎にしている六畳間へと行った。どこかに納めて戻ってくる。

「聞いて欲しい話って何？」

私は言う。

「私、約束したの」

藍子はすっかり落ち着いていた。いつもの芯の強い瞳が戻ってきている。

「約束？」

思わず問い返す。

「その子、今野真尋ちゃんっていうの」

それから藍子は一度小さく吐息をつき、今野真尋と自分との関わりについて語り始めた。

おかあさん

私が真尋ちゃんと初めて会ったのは、その写真の日付からちょうど一年くらい前のことだった。その日は当直で、私は夜から救急外来の診療に回っていたの。真尋ちゃんの入所する養護施設から電話があったのは、明け方だったと思う。

当時、真尋ちゃんは七歳、もうすぐ小学校二年生になるところだった。だけど、とっても小さくてガリガリに痩せていて、およそ小学生に見えないくらいだった。

お腹が痛いというので触診をして、そのときパジャマを捲(まく)って身体を見たら、虐待の跡がまだたくさん残っていた。ついてきた養護の先生に訊ねたら、五歳のときに虐待が発見されて母子分離された子供だって。

若い母親が離婚して、新しい男ができて、その継父にひどい虐待を受けていたみたい。もちろん母親は知らんぷりで、施設に入ったあとも真尋ちゃんに会いになんて一度も来ないし、自分のカウンセリングも全然受けなくて、その頃にはもう彼女がどこで何をしているのか誰も分からなくなっていたの。

　お腹の痛みはここ数カ月ときどき起きていて、施設の近くの開業医から頓服を貰って飲ませてたんだけど、今朝はその薬も効かなくて、日頃は我慢強い真尋ちゃんがあんまり痛がるんで連れて来たって先生は言っていた。

すぐに精密検査をしたの。ＣＴを見たら腹部に大きな腫瘍があると分かった。胃がんや大腸がんじゃなくて、お腹の筋肉にできる肉腫。その肉腫が大きくなって腸管を圧迫して腹痛を引き起こしていたのね。

　ものすごく珍しい小児がんだった。

　診断を確定させて、救急外来に来た一週間後には化学療法を始めた。なかなか抗がん剤は効かなかった。それでも一度は肉腫がかなり退縮して、退院できたんだよ。といっても、彼女の帰る場所は養護施設だったし、学校に通えるほどの体力は戻ってなかったから、毎日、相部屋の子供たちが学校に行ったあとのがらんとした部屋でぼんやり寝てるしかなかったんだけど。

　私は、初めて彼女の姿を見たときからすごく気になって、病気を最初に見つけたのも私だったし、そんなふうに退院したあともどうしても真尋ちゃんを放っておくことができなかった。どうせ、しばらくしたら肉腫がまた大きくなり始めて、そしたら再入院になることも分かっていたし……。だから非番の日とか仕事帰りにときどき、養護施設を訪ねるようになったの。

真尋ちゃんはとっても懐いてくれた。

「他の人にはなかなか心を開かない子なのに、藍子先生の前だと心からの笑顔になるんですよ」

って先生たちもみんな言ってくれて、

「きっと、実の母親と同じ年齢くらいの先生のことが、真尋ちゃんには本当のおかあさんみたいに思えるのかもしれないですね」

とも話してた。

退院から八カ月で、案の定彼女は再発したの。それは私たちの予想よりずっと早い再発だったけど……。

また真尋ちゃんは私の病院に入院して、今度は私が担当医になった。これからのさらに過酷な治療に向けて、真尋ちゃんの気持ちを励ますにはそれが一番だって私自身が病棟医長に志願したの。医長は、「つらい体験になるよ」って言いつつ認めてくれた。

真尋ちゃんには誰一人身内の人がいなくって、ときどき養護施設の先生たちが順番でお見舞いに来るだけだった。治療の方針もたまに副園長先生と相談するだけで、ほとんど私たちにお任せだった。再発後の抗がん剤治療の奏効率がびっくりするほど低いのは説明してあったから、施設としてももう真尋ちゃんのことは諦めてるみたいだった。

真尋ちゃんはずっとひとりぼっちだった。生まれてすぐから誰にも愛されたことがなくて、父親には捨てられ、実の母親や継父には虐待されて、たった七年間の人生なのに何にも楽しい思い出なんてなくて、そして、めったにないような難しい小児がんに罹(かか)ってしまった。

小児がんの子供たちってみんな本当にかわいそうなんだよ。かわいそうでかわいそうで、何度看取っても慣れないの。他の科の先生たちに聞いたら、自分のところはそんなことないって言う。「人は一回は死ぬんだから」って達観しているドクターも結構いるの。でもね、子供たちの死はいつまで経ってもそんなふうに思えない。ナースも小児病棟で働くと離職率が高くなるくらいだから、これは私だけじゃなくて、人間として当たり前の気持ちだと思ってる。

お誕生日も、クリスマスもお正月もね、真尋ちゃんはずっと病室でひとりぼっちだった。

でも本当はそうじゃなかった。入院してからは私が絶対に一人にさせなかった。

こんなこと言うと、あなたはきっとどうかしてるって言うだろうけど、私は、真尋ちゃんを自分の子供として引き取ってあげたいと思っていたの。最初の入院が終わって、彼女が施設に戻って、それからときどき彼女に会いに行くようになって、もうその頃にはそんなふうに思ってた。もしも再発しないでこのまま元気になってくれたら、真尋ちゃんを引き取って我が子として育てたいって心から願っていた。

でも、半分はそういうのは空想だと知ってたわ。彼女のがんが再発する確率はものすごく高かったから。そして今度再発したらもう治療の手段がないことも十分に分かっていたから。

その写真はね、真尋ちゃんが亡くなる三日前に撮ったものなの。

苦しい苦しい抗がん剤治療でもう何も口に入れられなくなって、髪の毛も全部抜けてしまって、それでもね、真尋ちゃんは私たちの予想以上に元気でいたの。

まるで一生分の命の薪(たきぎ)をいまそのときに燃やし尽くそうとしているみたいだった。顔色も悪いし、すごく痩せているけど、その写真に写っている真尋ちゃんはすごく元気だったのよ。少なくとも三日後に亡くなるなんてとても思えないでしょう。本当はね、もうベッドに寝たきりでも全然おかしくないくらいに衰弱していたのに……。

三日後の夜中に容態が急変して、ずっとつききりだった私の目の前で彼女は息を引き取った。亡くなる前の日に二人きりになったとき、私は真尋ちゃんに言ったの。もう彼女には自分がこれからどこへ行くかがちゃんと分かっていたから。

「真尋ちゃん、今度は藍子先生が本当のおかあさんになってあげる。だから、先生のところに生まれ変わっておいで」

って。

真尋ちゃんはね、にこりともしなかったし、涙ぐんだりもしないで、ただじっと私の瞳を見つめて、何か大事な用事を言づかった子供みたいに、

「うん、分かった」

と言ったんだよ。

それから一日経って、彼女は穏やかに死んでいった。最後はね、私、白衣を脱いで一緒にベッドに入って、彼女をずっと抱っこしてあげたの。もう意識はほとんどなかったけど、それでもときどき目を覚ますようにして、

「おかあさん」

って言ってくれた。何度も何度も小さな声で言ってくれたんだよ。

だからね、お腹にいる赤ちゃんが双子だって分かったとき、私は、ああ真尋ちゃん

が来てくれたんだって思った。千晶は私の本当の娘だけど、真尋はきっと真尋ちゃんの生まれ変わりなんだって。そのことがちゃんと分かるように、彼女は千晶と一緒になって生まれて来ることに決めたんだろうって。

こんな大切な話をあなたに黙っていたことは心から申し訳なかったと思う。でも、私は、一生このことは黙っていようって決めていた。あなたが分かってくれないなんて思ったことは一度もなかったけど、でも、いくら夫婦のあいだでも知らないまま、知らせないままでいた方がいいことだってあると思う。

だって、千晶も真尋も私たちの子供であることに違いはないし、それは何があっても絶対に変わることのない事実なんだから。

医者の家

私は藍子のこの告白を聞いて、彼女は間違っていると思った。

死んだ女の子の名前を私たちの子供に付けることも、そして、長女の真尋がその子の生まれ変わりだと信ずることも絶対に間違っていると思った。

彼女は自分の弱さを認めたくない、真実の哀しみを哀しみたくないのだと感じた。

「真尋ちゃんという子はもう天国に行っているよ。だからきみがこれ以上悲しむ必要なんて金輪際ないんだ」

などという気休めは口にしなかった。そんなことを言えば、藍子は「どこにその証拠があるというの？」と問い返し、「もしも天国を作ってくれるような神様がいるのなら、どうして真尋ちゃんのような不幸な子供を作ることを最初にやめないの？」と詰め寄ってきただろう。

私だって天国が本当にあるなんて当時は信じていなかった。

ただ、それでも藍子は間違っていたのだ。

私は父親である自分が決定的にないがしろにされたような気がした。また、母親の都合で、死んだ子の身代わりにさせられた真尋が哀れでならなかった。そんなふうに夫であり父親である私に思わせたという一事だけで、すでに藍子の過ちは証明されているのだと信じた。

寝転んだまま、ふーっと深呼吸する。背を沈めた掛け布団が体温であたたかくなっている。それが感じられるほどに、部屋の中がようやく冷えてきていた。むろん肌寒くはなかった。

今野真尋と藍子が出会ったのは一九八二年の三月。一年後の一九八三年三月十四日に今野真尋は死んだ。享年八。当時の藍子は二十七歳。私と出会うちょうど二年前の出来事だった。今野真尋が亡くなってすでに二十八年が過ぎた。生きていれば彼女は三十六歳。結婚し、子供の一人や二人は産んでいたかもしれない。

私は藍子の独断専行をずいぶん長いあいだ恨みつづけた。

あの頃の私は、藍子がやったことをどうしても許すことができなかった。八歳で死んでしまった不幸な娘の名前を我が子に付けるなんて常軌を逸していると思った。それより何より、授かった長女を「今野真尋」の生まれ変わりだと信じようとする藍子の身勝手な欲望が不気味だった。

親の片割れとして、真尋をそういう母親の妄想から引き離さなくてはならないと考えた。自分の腕の中で「おかあさん」と呟きながら死んでいった患者を復活させたと信ずる女から我が娘を守らなくてはならないのだと……。

いまになってみれば、ああまでいきり立つような問題ではなかったのかもしれない。たった八歳で苦しいばかりの短い生を終えた女の子が、生前の約束を守って藍子の胎に宿ったとする。そして我が家の長女として生まれ変わったとする。たとえ仮にそんな信じがたいことが起きたとしても、あのとき藍子が口にしたように、真尋が私たちの娘である事実に何の変わりもなかった。

若かった藍子が今野真尋の死に打ちのめされ、医師として立ち直るためにその転生を願ったとしても、さらには、その思いが余って、自分の産んだ娘に同じ名前を与えるという挙に出たとしても、藍子の心根の優しさを考慮すれば、それはそれでやむを得ないと認めてやるべきではなかったか。にもかかわらず、なぜ私はあれほどの怒りを覚えてしまったのだろうか。すでに四半世紀が過ぎ、私自身にもはっきりとした記憶はない。

ただ、私を最も傷つけたのは、藍子の取った行動そのものではなくて、彼女がそれについて事前に何の相談もしてくれなかったことだった。その証拠に、

――いくら夫婦のあいだでも知らないまま、知らせないままでいた方がいいことだってあると思う。

という藍子の一言は私の胸にいまも小さな棘となって突き刺さっている。

落ち着き払った顔と声音で藍子がそう言い放った瞬間、私はまるで冷水を浴びせかけられたような衝撃を受けたのだった。

そういえば、と私は思う。

あの今野真尋の写真は一体どうなったのだろうか？

藍子はどこかにしまい込んでいるのだろうか？

それとも肌身離さず持ち歩いているのだろうか？

少なくとも、あの写真を処分していないことだけは確かだろう。

藍子は真尋と会うたびに、話すたびに、いまでも今野真尋のことを思い出し、懐かしみ、その分だけ千晶よりも多くの愛を真尋に与えているに違いない。

母親から二人分の愛情を注がれた真尋は果たして幸せだったのだろうか。

一方、誰の生まれ変わりでもなかったがゆえに双子の姉の風下にずっと立ちつづけねばならなかった千晶は果たして不幸だったのだろうか。

この私自身からして、そうした経緯で生まれた真尋をより深く愛したのだった。

母親からのいびつな愛され方が不憫で、私の情愛はどうしても真尋の方へと傾斜せざるを得なかった。

事実を知らされた数日後、私は真尋の改名を藍子に提案した。

一歳の誕生日を迎えたとはいえまだ本人にとって名前など意味をなしていない。真尋という名前に愛着を感じているのは、我々と双方の祖父母だけといっていい。彼らには正直に事情を話して理解を求めれば済む――私はそう言って藍子に説得を試みた。

藍子は呆然とした表情で私を見ていた。

「お願い。そんなことをしたら私、どうしていいか分からなくなる」

と彼女は言った。

その悲痛な面持ちを眺め、私は馬鹿げた提案を引っ込めた。

これで一矢報いることができたと幾分か溜飲が下がったからだ。実のところ、ここでいたずらに改名などして、亡くなった今野真尋との約束を違えるのは却って真尋の災いとなりかねないという畏怖が私には強くあった。

こうして記憶を遡ってみれば、あの出来事が私たち夫婦の信頼関係を根底から突き崩してしまったのは明らかだった。

私は、藍子の取った態度に私への侮りと不信を見た。藍子もまた私の中に不寛容と怯懦とを見出したことだろう。

私は布団から起き上がり、窓辺に近づいて分厚いカーテンを引いた。そのまま広縁の籐椅子に腰を下ろす。

横になっているあいだに、腰背部に違和感が生じていた。昼間運転していたときほどではないが、痛みへと繋がっていきそうな不安がある。

結局、自分はあの時どのような態度で藍子と向き合えばよかったのだろう？

彼女の打ち明け話に耳を傾け、深く頷き、死んだ女の子の生まれ変わりである真尋を愛情深く育てていこうと二人で決意を新たにすればよかったのか。

それとも、じっくりと話し合いながら、患者を死なせてしまった藍子のゆがんだ贖罪意識を解きほぐし、その心を自由にしてやることができればよかったのか。

しかし、どちらも当時の私には不可能だったし、たとえそのような冷静な判断を下したとしても、やはり、私たちが本当に分かり合うことはなかったと思う。

あの出来事は決定的な出来事ではあったが、あれが起きなかったとしても、私と藍子との間には早晩、別の形で同種の問題が持ち上がっていたに違いない。

結婚してしばらく経ったとき、私は、ふと気づいたのだ。

私にとって藍子は是が非でも必要な人だったが、藍子にとっての私はそこまでの存在ではないのだ、と。

藍子は強い人だった。

その点は父親譲りだった。新田家は藍子の代で四代つづく医者の家だった。藍子は小さな時分から医師になることを当然と考えて大きくなった。

彼女は病気や死と直接対峙する現場で一生を送ることを運命づけられていた。

そういう人と深く濃やかな愛情関係を結ぶには、私はいかんともしがたく力不足だったのだと思う。

五年前、藍子が選択した新たな道を見せられたとき、私はそのことを痛烈に思い知らされたのだった。

個人的依頼

城崎に二泊して、九月九日金曜日に神戸に戻ってきた。

神戸はいまだ真夏のような暑さだ。太平洋側と日本海側とではこんなにも日射しの強さが違うのかとちょっと意表をつかれた思いだった。

背中の違和感も長続きすることなく、旅疲れも感じなかったが、それでも週末はマンションで静かに過ごした。

休日の三宮界隈の賑わいは大したものだ。土曜日、買い物がてら近場を小一時間歩いてみたのだが、三宮から元町にかけてのアーケード街は銀座や新宿に劣らぬ混雑ぶりだった。そういう光景に触れて、

——東京だけが栄えているわけじゃないんだ。

という当然の事実にいまさらながら気づかされる。

東京にいると東京がすべてのようにいつの間にか思わされてしまう。

「東京から日本を変える！」がモットーの石原都政も、権限を地方に断固移譲しよう

としない霞が関行政も、所詮は東京人の思い上がりの産物に過ぎないことが、こうしてわずかでも地方で暮らしてみるとよく分かる。

就任早々の経済産業大臣が失言で更迭されるなど、民主党政権の迷走ぶりは相も変わらずの態（てい）だった。

が、もう世の中の出来事にさほどの関心は湧かない。

どうせ来年の今頃はここにいない人間が、この世のあれこれについて感じたり考えたりしても意味がない。この先、何がどうなったとしても私にはもはや無関係なのだ。

そういう心持ちは気楽と言えば気楽ではあったが、では、およそありとあらゆるものへの欲や興味関心が薄れていく傾向にあるかといえば、これが全然そうでないのは我ながら不思議だった。

お金や世相への執着はあっと言う間に雲散霧消したが、生きたいという気持ちや、何かいままでに体験したことのないものを手に入れたいという欲望はいやましに強くなってきていた。

強がりを言うのではなく、「死にたくない」とは思っていないのだ。

ただ、「生きたい」とはずっと思っているのだった。

その区別はいわく言い難いものであったが、死の恐怖や生への執着というような濁った印象のものではなく、どちらかといえば淡白で清い感情だった。どろどろとした感触ではなくさらさらとした感触で、ひたすらシンプルに「生きたい」と思えるようになった。それはいまだかつて経験したことのない心の有り様だった。

どうせもうすぐ死ぬのだ、と思うと何をするにもさほどの躊躇いがなくなった。外目や外聞、自分がどう思われてしまうかといった社会人としては必須な慮り（おもんぱかり）が不要になったと言うべきだろうか。

アストラルタワーの営業兼コンシェルジュをやっている山村はるかを食事に誘ってみたのも、そうした自由自在さの一つの表れだったのかもしれない。

土曜日の夕方、たまたまエントランスホールの喫茶スペースでお茶を飲んでいると、これから休憩に入るのか、事務室の方へと向かう山村はるかの姿が見えた。

「山村さーん」

少々大声で声を掛けると、びっくりした面持ちでこちらを振り返る。

私は笑顔で手を振って、

「ちょっとお願いがあるんですけど」

と呼び止めた。

ジャケット、パンツともに黒のユニフォーム姿のはるかが笑みを浮かべて一段低くなっている喫茶スペースへと入ってくる。

私は小さなテーブル席に陣取って、備え付けのＦＬＡＶＩＡで淹れた「イタリアンロースト」を飲んでいた。

前の椅子を勧めるしぐさをすると、

「失礼します」

と言って彼女が腰を下ろす。それを見届けて立ち上がり、コーヒーマシンの方へと近づいた。

「コーヒーでいいですか?」

と訊ねると、はるかが「いえいえ、そんな」と大仰に手を振る。

「お茶か紅茶にしますか?」

無視して問い返すと、「じゃあ、コーヒーで」とはるかが苦笑した。コーヒーが四種類、それに緑茶とジャスミン茶、アールグレイのドリンクパックが常備されている。私は、「アメリカンファインセレクト」のパックを選んでマシンのパックドアにセットした。一分もしないうちに紙コップにコーヒーが抽出される。

それを持って席に戻った。

はるかとは入居時にやりとりして以降はろくに口をきいていなかった。外出の際に受付台の彼女と一言二言挨拶を交わす程度で、こうして面と向かってちゃんと話すのは十日ぶりくらいだった。

「お部屋の住み心地はいかがですか？　何かお困りの点はございませんか」

紙コップを受け取りながら、はるかが如才ない物言いで訊いてくる。

「至極快適ですよ。何も問題はありません」

私は言って、半分ほどになった自分のコーヒーをすすってから、

「お願いというのは、実は個人的なことなんです」

と切り出した。

はるかがやや訝しげな顔になる。

「この前も申し上げましたが、最低でも半年はこの神戸に滞在する予定なんです。そのあいだはずっと今の部屋を使わせて貰おうと思っています。

で、僕としては、こちらでやらなくてはならないこともあって、できるだけ早く土地勘を身につけたいんです。ところが、これも先日申し上げた通りで、神戸には親しい人が一人もいません。そこで、もしよかったらなんですが、時々、山村さんに神戸の街案内をお願いできないかと思っているんです。むろん、そんなに面倒なことを頼もうなんて考えていません。この三宮、元町界隈で山村さんが見知っている食べ物屋

とか居酒屋、飲み屋なんかを何軒か教えて貰えればそれで構わないんです。あとは僕の方でいろんな人と知り合えばいい。ただ、最初だけは常連さんが一緒に行ってくれた方が馴染みにもなりやすいと思うんですよ。というわけで、もしよければ、幾つかそういう店を紹介してもらうわけにはいきませんか」

山村はるかが神戸生まれの神戸育ちであること、未婚でいまは東灘区に独り住まいであることなどは先だって、初めて顔を合わせたときに聞き出していた。

電話での落ち着きぶりから年輩の女性かと想像していたが、会ってみるとまだ三十代半ばくらいの人だった。さほど美人というわけではないが、背がすらっと高く、物腰や言葉遣いが電話の印象そのままに実にきびきびとしていた。どことなく高木舞子と似た雰囲気で、だとすればいわゆるツンデレ系で、私にとっては付き合いやすいタイプの女性ということになる。

「念のために言っておきますが、これはナンパなんかじゃないですよ。それくらいの分別はもうこの歳ですからわきまえているつもりです」

冗談めかして付け加えると、はるかがくすっと笑う。

「どんな店がいいんですか？」

職務上、居住者の人たちとのそういうお付き合いは禁止されているんです、とでも言われるかと思っていたが、彼女はあっさり了解してくれたようだった。

「そうですね。気軽に隣の客に声を掛けられるようなアットホームな居酒屋なんかがいいですね。何度か通えば飲み友達も作れるだろうから」

そう言うと、はるかは思い当たる店があるような顔をした。

「いつがいいですか？」

と訊いてくる。とにかくこの人はレスポンスが早い。

「だったら早速で悪いんですが、明後日の月曜日は空いていませんか」

「分かりました。じゃあ、六時半に現地集合にしましょう。お店はこの近所ですが、あとで場所と連絡先を菊池さんのアドレスにメールしておきますね」

はるかは飲みかけの紙コップを持って立ち上がった。

「じゃあ、明後日」

そう言うと、さっさと喫茶スペースから出て行ったのだった。

山村はるか

神戸には三宮駅が六つある。

ＪＲの「三ノ宮」、阪急の「三宮」、阪神の「三宮」、ポートアイランドへと繋がるポートライナーの「三宮」、地下鉄西神・山手線の「三宮」、それに地下鉄海岸線の「三宮・花時計前」の六つだ。この六つの駅は当然ながら近接している。ことにＪＲと阪急電鉄、阪神電鉄はほぼ同じ路線を通っているので、大阪や京都に出かけようと思ったときなど、どの電車を使えばいいのか見当もつかない。

はるかがメールで知らせてきた「浅井本店」は、阪急三宮駅の西口から歩いて三分ほどの場所にあった。

添付されていた地図を頼りに到着してみると、線路下に延々と建ち並ぶ小さな店舗の一つで、生田神社の参道「いくたロード」が目と鼻の先のガード下の店だった。

〈決してキレイとは言えない小さな居酒屋ですが、料理は何でも安くて美味（おい）しいです〉

とはるかは書いてきていた。

気が置けない居酒屋にしてくれと頼んだものの、ふだんはビシッと決めているはるかがこんな古ぼけた感じの店の常連というのは意外な気がする。

いまだに朝から陽光が眩（まぶ）しい日々ではあるが、九月も中旬に入り、日没はどんどん早くなってきていた。午後六時半ともなるとあたりは薄闇に包まれ、ネオンの明かりがにわかに精彩を放ち始めている。

いくたロードは仕事を終えて駅へと向かう人々や、東門筋の飲み屋街へと繰り出す人たちで相変わらずごった返していた。

〈先に着いたら店に入って待っていて下さい。6時半・山村で予約を入れてあります〉

という文面を思い出し、私は、引き戸を引いて店内に入った。

店の中は想像していたよりもずっと広かった。

一階の席はすでに客で満杯で、「山村さんの名前で予約が入っていると思うんですが」と中年の男性店員に告げると、「二階です」と顎をしゃくられる。レジの脇に細い階段があった。

二階は一階よりかなり狭いようだった。四人掛けのテーブル席が四つだけ並んでいる。それぞれのテーブルのあいだには割と余裕がある。

料理を運ぶ小型昇降機の前に立っていた女性店員に「山村です」と言うと、窓際の席に案内された。

私が席について、四つのテーブルのうち三つが埋まった。

窓際のもう一つには二人連れの若い女性客が、ホール中央の階段寄りのテーブルには四人連れのサラリーマンが陣取っていた。

どちらのテーブルにもビールジョッキが人数分置かれている。

まだまだこの暑さだとビールだろう。ただ、店内にエアコンはかかっておらず、かわりに窓側に連なった引き窓が全て大きく開いている。そこからは案外に涼しい風が入ってきていた。

建物はとんでもなく古かったが、店内は掃除がゆきとどき、古色蒼然とした佇まいに味わいがあった。一階の混み具合からしてこの界隈の人気店の一つなのだろう。

私は「お飲み物」のメニューを眺める。「比翼の酒」という一覧があり、「清酒一合290円　二合580円　純米酒一合　500円　樽酒一合　500円　生酒一合550円」とびっくりするような安さだった。生ビールは中ジョッキが500円、酎ハイが420円〜470円とあるからこれはふつうの値段だ。

思うにこの店は「比翼」という銘酒を醸造する造り酒屋の直営店なのだろう。どうりで真ん中に金色の酒樽が浮き彫りになった「浅井本店」という立派な木製看板が入り口に掲げられていたのだ、と私は了解した。

女性店員を呼んでとりあえず「樽酒」をぬる燗で二合注文した。

五十を過ぎるまでは日本酒に手を出すことはなかった。二日酔いは経験したことがないが、それでも日本酒をたくさん飲むと翌日なんとなく頭の回転が鈍ったり、だるさを感じたりした。

それが五十を迎えた頃から次第に口にするようになり、いまではすっかり日本酒党である。若い頃、「酒飲みはやがて米の酒に辿り着く。俺たちはやっぱり骨の髄まで日本人ってことだよ」といった酔言をしばしば上司たちから聞かされ、そんなものかと思っていたが、いまでは彼らとまるきり同じ台詞を吐いている自分がいるのだった。

ぬる燗が届いた同じタイミングで山村はるかが二階に上がってきた。

十分ほどの遅参だ。

白のジーンズに目のさめるような青のカットソーという出で立ちは、日頃の彼女とは見違えるほどだった。いつもはまとめている髪もいまは両サイドに下ろしている。肩にしっかりと載るほどで、髪を垂らすと女性は別人のようになるが、はるかも印象がまったく異なって見えた。

長い髪の方が数段、女っぽい。

「ごめんなさい。出掛けに急用の電話が入ってしまって」

急いで来たのだろう、鼻の頭や額の汗をバッグから取り出したハンカチで慌てて拭っている。

「全然構いませんよ。こちらこそ忙しいときに無理をお願いして申し訳ない」

型通りの言葉を口にしたあと、

「僕は樽酒を頼んだけど、山村さんはどうしますか？」

と訊いた。

「じゃあ、私は生ビールを」

手を挙げて店員を呼ぶと、

「中生一つお願いします」

とはるかが慣れた調子で言う。

「菊池さん、何か苦手なものってありますか？」

そう言いながら「食事」のメニューを開いている。

「嫌いなものは何にもないです」

私は答えた。

生ビールが届くと、

「刺し身の盛り合わせとドテ焼き、子芋の煮物と豆腐とじゃこのサラダ、それに野菜とセセリの炒めものを下さい」

はるかはてきぱきと料理を注文した。

店員が去ると、

「あと、この店はカレー味の焼きうどんが名物なんです。最後に頼みましょうね」

と言う。

「いいですね」

応じて、ようやく私たちは乾杯した。

「日本酒がお好きなんですね」

互いに一口つけたあとはるかが言う。

「この二、三年で急に好きになったんです」

「へぇー、何か理由があるんですか」

突き出しの小魚の南蛮漬けをつつきながら訊いてくる。

「どうなんだろう。やっぱり酒に弱くなったからじゃないですかね。自分では気づかないうちにですが」

「日本酒って、でも、一番酔っ払いますよね」

「そう言えばそうですね」

「むしろ強くなったってことかもしれないですよ。日本酒を飲んで乱れないって、かなり大人っぽくないですか」

「なるほど。そんなふうに思ったことはなかったなあ。確かにそうかもしれない」

私は笑ったが、最近酒量がめっきり落ちているのは事実だった。ただ、それが年齢のせいなのか腹中のがん細胞のせいなのか判別がつかなかった。

「菊池さんって素直な方ですよね」

はるかが不意に変なことを言う。

「どうしてですか？」

思わず問い返すと、彼女が笑みを浮かべる。

「初めて電話で話をさせて貰ったときから、裏表のない方だなって感じたんです」

私にはますます言っている意味が分からない。

「いまさっきだって、私が交ぜっ返すようなこと言ったら、そうかもしれないって呟かれたでしょう」

「はい」

「そういうところが菊池さんて素直な感じなんです。お部屋を決めていただくときも、こちらが一通りの説明をしたらほとんど質問されずに、じゃあ、お願いしますっておっしゃったじゃないですか」

「それは山村さんの説明が行き届いていて、他に何も質問すべきことを思いつかなかったからです」

「でも、そういうお客様って滅多にいないんですよね。ことにアストラルタワーのような物件を借りて下さるのは細かいところまで目を光らせる方が多いですから」

「それじゃあ、僕は素直なんじゃなくて、馬鹿っぽいってことじゃないですか」

私が苦笑してみせると、

「それは全然そうじゃないですけど」

はるかが慌てて強くかぶりを振った。そして、

「だから、今夜のお誘いもお断りしなかったんです」

と付け加える。

「それって牽制(けんせい)ですか？」

私は再び苦笑しながら言う。

「ほんとに下心なんて何もないんです。女性に向かってこういう言い方は却って失礼なのかもしれないけど」

とつづけた。

「そういう言い方が、裏表がないってことなんですよ」

はるかが愉快そうに笑った。

最初に刺し身の盛り合わせが届く。私は樽酒をちびりちびりやったが、はるかの方はビールをもう一杯注文した。

盛り合わせはまぐろ、いか、はまち、サーモン、しめさばの五種盛で、別皿で鯛の刺し身が添えられていた。メニューを見るとこれで一人前八百五十円となっている。

「この鯛は昆布〆(じめ)なんです。これもここの名物なんですよ」

別皿を指してはるかが言う。つまんでみると酢加減がほどよく絶品だった。他の刺し身もすこぶる新鮮で、東京で食べれば倍の値段ではきかないだろう。じきに届いた子芋の煮物や野菜とセセリの炒めものも美味しかった。

「どれもうまいですね」

「でしょう」

はるかがしてやったりという顔になる。

彼女はとても楽しそうにしていた。ほとんど面識のない男とこうして差し向かいで食事をしながら、こんなにリラックスして見えるのはちょっと不思議だ。何か裏でもあるのではないかと、誘った私の方が勘繰りたくなってくる。

そのうち彼女のおかわりのピッチが上がり、要するに大層な呑兵衛(のんべえ)なのだと気づいた。料理には余り箸(はし)をつけず、実にいい飲みっぷりでジョッキを次々と空にしていく。

「菊池さんって独身なんですか？」

三杯目のジョッキを空けたところで、またいきなり質問してきた。

「はい。五年前に離婚して、いまは独りです」

「そうですか。じゃあ、たいへんだったんですね」

「まあそうですね。よく言いますが、離婚は結婚の何倍もしんどいですから。あっさり別れられる夫婦もいるにはいるんでしょうけど」

「どちらが嫌になったんですか？」

「どちらがって？」

「菊池さんと別れた奥様と、どちらが離婚したいって言い出したんですか」

「それは妻の方でした」

「原因は菊池さんの浮気とか？」

酔っているからか、はるかはずばり訊いてくる。

「そういうわけでもないんです」

言葉を濁すと、

「男と女が別れるときって、どちらにも原因があるんですよね」

とはるかは言った。

「山村さんってお幾つですか？」

向こうも立ち入った質問をしてきたのだから、こちらにも質問権はあると思いながら訊く。相手のことを詳しく知ろうとする人間は、自分のことも開けっ広げに話す場合がほとんどだ。それは当然で、自らの好奇心を満たすことを優先するなら、まずは相手の好奇心を満たしてやる必要がある。

「先月三十六になりました」

「三十六ですか。微妙な年齢ですね」

「そうですか？」

「若いといえば若いし、若くないといえば若くない」

「その通りですねえ」

はるかは感じ入ったような声を出した。よく見るとそれまで何の変化もなかった細面の頬が幾らか赤く染まっている。

「でも、女性はお得ですよ」

私が言う。

「お得？」

今度ははるかが訊き返す番だ。

「はい。女性には幾つになっても若くいられる方法があるから」

「方法、ですか」

ますます怪訝そうな声になっている。

「そう、誰にでもできる簡単な方法です」

「それって何ですか」

「知りたいですか？」

「もちろんです」

「でも、聞いたら山村さん、なーんだってきっと言いますよ」

「焦（じ）らさないで、教えて下さい」

はるかが焦れったそうにする。その目の色や表情の変化が何ともいえず愛らしかった。やっぱりこの子は舞子に似ていると思う。

「いつでも十歳年上の男と付き合うようにすればいいんです」

「はあ」

「それが女性がいつまでも若くいられる秘訣（ひけつ）です」

「どういうことですか？」

「十歳も離れた相手と付き合っていれば、永久にその相手から若いと言われつづけると思うんです。十五歳とか二十歳とかだともっといいですが、それじゃあ実用的じゃない。あんまり歳が離れ過ぎていると、結婚したあと困ったことになるでしょう。だから十歳くらいが一番いいと僕はかねがね思ってるんです。十歳も歳が違うと、夫の友達や知り合いもずっと年上ですから、どこに連れて行かれてもみんなからお若いですねえって必ず言われる。そうすると、常に自分は若いと感じていられる。それが若さを維持する一番の特効薬なんですよ」

「なるほどー」

はるかが大声になった。

「たしかに、十歳も歳の離れた旦那さんだったら、いつまでも若いって思って貰えますよね。歳を取っても、一番身近にいる人から若いと言われつづければ、自分の年齢を気にしなくてすむってことですね」

「その通りです」

私はもっともらしく頷いてみせる。

「だったら同級生だとか学校や会社のちょい上の先輩なんかと結婚するのはやめた方がいいってことですか」

「まさしくその通り」

「なるほどー」

　ふたたび感心したような声を上げる。

「これは女性にだけ可能な方法なんです。男は自分より十歳も年上の女性と一緒になりたいなんてふつうは思わないでしょう」

「そういえばそうですよね。歳の差婚って大抵、男の人がずっと年上ですものね」

「山村さんのいまの彼氏は、学校か会社のちょい上の先輩なんですね」

　私は言う。

「どうしてですか」

　はるかがきょとんとした表情になった。

「だって、さっき間髪容れずに『ちょい上の先輩との結婚はやめた方がいいってことですか』って訊いてきたじゃないですか」

「そんなことないですよ。私、いま彼氏いませんから。っていうかもう何年もずっと誰とも付き合っていないですから」

　はるかは幾らかムキになった口調で言う。

谷口里佳

「四十六ってことですね」

六杯目のジョッキが届いたところでトイレから戻ってきた彼女が、席に座った途端に言った。顔は赤くなっていないが、さすがに酔いが回ってきている気配だ。椅子に腰を落とすとき上体ががくんと揺れた。

「何が？」

聞き返すと、

「だから、私が付き合う人のベストの年齢です」

さきほどの話を蒸し返してきたのか、とようやく気づく。

「そうそう。山村さんの場合はね」

「菊池さんだと年上過ぎですね」

「七歳も規定オーバーだね。残念だけど」

「ほんとうですか？」

六杯目に口をつけたあと、はるかが言う。

「何が？」

「その残念っていうの」

「うーん、本当はそんなに残念じゃないかな」

私が笑いながら言うと、

「ひどーい」

はるかも笑った。

「独り暮らしはさみしくないですか」

またいきなり話題を変えてくる。

「長いこと結婚してたから、急に一人になったときはさみしかったな。だけど最近はそうでもないかな」

「菊池さんは彼女とかいないんですか」

「今年の初めまではそれらしい人がいたんだけど、でも一緒に暮らしてたわけじゃないからね。付き合うだけと結婚や同棲とは全然違うものでしょう」

はるかは私の方へ身を乗り出すようにして、一応熱心に話を聞いている。

「一緒に暮らすのと、ときどき会うのってそんなに違いますか」

「独身と既婚者というのは、まったく違う線路を走っている全然別種の列車だという気がするな」

「そういうものなんですか」

「山村さんは恋人と一緒に暮らしたことはないの」

「ええ」

「じゃあ、ずっと実家暮らしだったんだ」

「二年前に母を看取って、そのあとは一人ですけど、それまでは実家でした」

「山村さんはさみしくないの？」

「さあ、よく分からないですね。誰かと一緒に暮らし始めたら、そのときようやくいまのこの生活がさみしかったなって思うようになる気がします。まあ、そんなふうに思っているんだからいまでも結構さみしいのかもしれないけど」

「さみしいっていうのは、実に面倒くさい感情だからね」

私は言った。

「誰かと一緒にいると余計にさみしくなることだってあるしね」

と付け加える。

「誰でもいいからそばにいて欲しいってわけじゃないですよね」

「ほんとにそう。だから孤独とかさみしさは厄介なんだよ」

私は相槌を打ちながら藍子の顔を思い浮かべていた。

それからは、アストラルタワーの仕事の中身や、その前やっていた戸建て営業の話などをはるかから聞き、私も自分のいままでの仕事について少し説明したりした。山村はるかは神戸市に本社を置く栗原不動産の正社員で、この会社は神戸や芦屋、西宮などの高級物件を専門に扱う地元デベロッパーの一つだった。

六杯目に入ってからはさすがにピッチを落とし、彼女は細切れにビールをするようになった。自分でも少し飲み過ぎたと思っているのだろう。ただ、酔いが深くなっている感じはなかった。私の方は樽酒が切れてからは純米酒を一合追加しただけだった。

「一階にカウンターがありましたよね」

はるかが言う。そう言えばそうだったような気もするがよく憶えていなかった。

「お一人のときはあそこで飲むといいですよ。常連さんの溜まり場なんで、二、三度鉢合わせすると向こうから話しかけてくれますから。大将には帰りに紹介させていただきますね」

ありがとう、と言ってから、

「山村さんも一人で来ることあるんですか」

と訊ねる。はるかが砕けた口調を立て直してきたので、私も言葉遣いを元に戻した。

「そうですね。一人でというのは本当にたまにですけど」

「そうですか」

「でも、ここに来ると誰か知っている人がいるから」

彼女はそう言って、

「あそこに座っている女の子たちも実は顔見知りなんですよ」

隣の席へ目配せをした。

「へぇー」

私は思わず振り返った。背後の窓際のテーブルには最初に見かけた女性二人連れがまだ居残っている。私に気づいて、向かいの席の女性が視線を投げて寄越す。するとその顔が不意に笑顔になった。姿勢を戻すと、はるかが彼女に手を振っていた。

「この店で知り合ったんですか」

「そうなんですよ。ふだんは二人ともカウンターの常連なんで、今日は大事な相談事なんじゃないかな。だからいままで知らんぷりしてたんです」

「向こうも山村さんがヘンなおじさんを連れて来たんで、きっと声を掛けにくかったんでしょうね」

「おそらく」

はるかは殊更に大きく頷いてみせた。

注文していた焼きうどんがようやく来て、二人でさっそく箸をつける。カレーの香りが食欲をそそった。

「菊池さんが神戸でやらなくてはならないことって何なんですか」

残りのビールを飲み干してから、はるかが訊いてきた。

店員に水を頼むと、

「私も」

彼女も言う。届いた水を一口飲んで、

「人探しなんです」

私は言った。

「人探し？」

はるかが不思議そうな顔になった。

「ええ。二十年ほど前に東門街の入り口あたりに〝つゆくさ〟という名前のスナックがあって、そこで働いていた或る女性を探すために神戸に来たんですよ」

それから私は神戸市立中央図書館を訪ねたときの話をかいつまんで伝えた。

「二十年も前だと、たしかになかなか見つけにくいかもしれないですねえ」

俄然興味をそそられた様子ではるかが呟く。

「菊池さんがおっしゃっているように、法務局でそのお店の登記を上げてみるのが一番手っとり早いかもしれませんね」

とも言う。さすがに不動産会社の社員だけはあった。

「ただ、たとえ店主を割り出してみても一従業員の消息を知っているかどうか」

私が言うと、

「それは会ってみないと分からないですね。長く働いていた人なら憶えているだろうし、いまも付き合いがあるかもしれない。ただ、スナックだと人の入れ替わりが頻繁でしょうからなかなか難しいかもですね」

そして、

「でも、どうしてそんな昔のお知り合いを探さなくてはいけないんですか」

当然の疑問を口にする。

「その人とは知り合いってわけじゃないんです。というか一度も会ったことがない」

「そうなんですか」

「実は、私の会社がいま大きな裁判を抱えていて、その人にどうしても重要な証言を頼みたいんです。僕はそういう裁判関係の担当役員でもあるので、それで時間を作って神戸までやって来たわけです」

　まさか山下やよいの奇妙な電話のことや自分の病気のことを告げるわけにもいかないので、私は適当な話をこしらえた。

「裁判ですか」

　意外そうな声ではるかが言う。

「すいません。社外秘なんであんまり詳しくはお話しできないんです」

　ついた嘘を塗り固めたくて、もっともらしいことを付言した。はるかもそれ以上立ち入ってはこなかった。

「東門街やこの一帯の飲食店を一軒一軒ローラーかけていけばいいんじゃないですか」

　はるかの思案気な表情はなかなかに色っぽい。

「警察でもないんでそれはちょっと無理ですね」

　私は笑って答える。焼きうどんを食べ終えて時計を見ると八時半だった。まだ八時半か、と思う。こうしてブラブラ暮らしを始めてからは時間が経つのがとにかく遅い。

「じゃあそろそろ行きますか」

と言うと、

「そうですね」

はるかも応じた。もうすっかり酔いは抜けているようだ。酒は相当強いらしい。

一緒に椅子を引いたそのとき、まるで計ったように隣のテーブルの二人連れも席を立ったのだった。余りのタイミングのよさに四人とも思わず動きを止めてしまった。

「あら、そっちももうお開き？」

向かいの席に座っていた彼女にはるかが声をかけた。

「うん」

大きなバケツバッグを肩に掛けながら相手が笑みを浮かべる。背が高く髪の長い痩せた人だった。二十代後半くらいか。私と背中合わせの格好になっていたもう一人は、二十代前半くらいのさらに若い女性だった。こちらは小柄で髪はショートボブにしている。ただ、持っているのは長身の女性と似たりよったりのバケツバッグだ。

「菊池さん、よかったら紹介させて下さい」

はるかが言う。

「もちろん」

と頷いて、私はジャケットの右ポケットから名刺入れを取り出した。向こうの二人も慌ててバッグを下ろして中を探っている。

「こちらは二週間ほど前にアストラルタワーに越して来られた菊池三喜男さん。そいで、こちらがナカニシユウカさん、で、こっちがタニグチリカちゃん」

はるかが気さくな口調で言う。私は名刺を二枚抜き、まず年長らしきナカニシさんに手渡し、つづけてタニグチさんに渡した。二人もそれぞれ自分の名刺を差し出してくる。貰った名刺を一枚ずつ左右の手に持って眺めた。

「お二人とも記者さんなんですね」

どうりで揃って大きなバッグを提げているはずだ、と思う。

右手の名刺には「毎日新聞社神戸支局　記者　中西優香」とあり、左の名刺には「甲陽（こうよう）新聞社編集局文化生活部　記者　谷口里佳」とあった。

中西優香と谷口里佳は、受け取った私の名刺をやや飲み込めない風情でじっくりと見ている。東京の大手出版社の役員が何用あってアストラルタワーの住人になっているのか訝しいのだろう。

「神戸で大事な仕事ができて、年内いっぱいくらいはこっちにいる予定なんです」

と説明した。

「震災の関係ですか？」

谷口里佳がすかさず訊いてくる。さすがに記者だけあって目のつけどころがいい。役員が長期滞在するとなれば原発災害の拡大や大規模な余震に備えての関西での拠点作りが一番考えられるミッションということになろう。

「震災はあんまり関係ないんです。まあ長期取材みたいなものですね」

「作家さんのお世話とかですか」

今度は中西優香が訊いてきた。

「そうではないんですが」

私は神戸在住の幾人かの作家の名前を頭に思い浮かべながら言った。

それからしばしの間があって、

「私、新卒のときに菊池さんの会社を受験させて貰いました」

中西優香が言った。「そうなんですかあ」と隣の谷口里佳がびっくりした声を出す。

「いつ頃？」

「もう五年くらい前ですけど」

五年前なら月刊誌の編集長をやっていた時期だ。

「面接まで進めた？」

「はい」

「何次まで？」

「三次面接まではいきました」

「だったら僕が面接したかもしれないな」

「えーっ、やっぱりそうですか」

五年前にうちの会社を受けたということは、中西優香は入社五年目、二十七歳くらいということか。ただ見た目にはもう少しいっている気もするので、院卒なのかもしれない。

「じゃあ、優香さん、菊池さんのこと憶えているんですか」

里佳が横合いから口を挟む。

「さすがにそれは……。ああいうときは緊張しちゃってるから」

「申し訳ない。僕も中西さんのことはまるきり憶えていません」

私がおどけて言うと、

「いえ、あの、それは当たり前だから」

どうやら中西優香は相当生真面目な人のようだった。

「それにしても、その節は我が社がまことにもって失礼いたしました」

今度は頭を下げてみせると、

「いいえ、こちらこそ本当にお世話になりました」

優香は恐縮しきったように答えて、私よりずっと深々と頭を下げた。その様子を見て山村はるかと谷口里佳が大笑いしている。

「だけど、中西さんは結局、毎日新聞に受かったんだからすごいよね」

はるかが言う。こういう一言が彼女の気が利くところだった。

「じゃあ、行きましょうか」

私が先に立って一階へと降りる。女三人がぞろぞろとあとについてきた。勘定は両方とも私が支払った。優香や里佳だけでなく、はるかも財布を手にして自分の分はどうしても出すと言い張ったが、受け付けなかった。かわりに大将が出てきてくれて、私は常連の三人から口々に、

「菊池さんは東京のむっちゃエライ人やから、大将、大事にしてやってね。当分こっちに滞在してるんやから」

と言われたのだった。

最初に出かけた店でこうして新聞記者と知り合えたのは僥倖（ぎょうこう）だ、と私は思っていた。これを縁に親しくなれれば、つゆくさや山下やよいを見つけ出すのに、彼女たちは実に好都合な協力者になるだろう。店を出て、

「みなさん、これから会社に戻るんですか」

と訊く。はるかだけでなく、あとの二人も「今日はもう上がりです」と答えた。

「だったら、五年前のお詫びにもう一軒くらいご馳走させて貰いたいんですが」

そう言うと三人で顔を見合わせくすくす笑っている。こうして全員並んでみれば、上背のあるはるかよりもさらに優香は背が高かった。百七十センチは優に超えていそうだ。里佳だけが小柄である。

ただ顔立ちは谷口里佳が一番整っていた。

彼女は、どことなく長女の真尋に雰囲気が似ているような気がする。

第二部

自炊

神戸に来て半月が過ぎ、ようやく土地の空気に馴染み始めた感触があった。三宮界隈の地図がある程度頭にインストールされたということもあるが、わずかな人数とはいえこの街で生活する人々と直に接することができたのが大きかったと思う。街の匂いは土地に染みつくだけでなく、そこで暮らす人々にも染みつく。その存在が持っている情報量という点で見れば、人間というのは物凄い。山川草木ことごとく固有の情報を宿しているし、犬や猫、鳥たちをはじめさまざまな動物たちもそれぞれが尽きせぬ情報を身内に蔵している。だが、人間一人一人が蓄えている情報はそれらと比較しても圧倒的だろう。

先日面識を得た中西優香にしろ、谷口里佳にしろ、そして初めてプライベートで話をした山村はるかにしろ、みんなこの神戸に住む〝街の人たち〟だった。そういう人々と間近で接することが、街に馴染む一番の近道なのは当たり前だ。街の匂いというのはおおかた、その街の人々が放っている匂いなのだから。

はるかたちと会った翌日から、私は自炊を生活の中心に据えることにした。それまでは近所の喫茶店でランチを食べたり、徒歩数分の距離にある「そごう」で弁当を買ってきたり、あとは散策の途中で目にした食堂やレストランで早目の晩ご飯を食べることもあった。だが、これからは朝・昼か朝・晩はできるだけ外食をせずに自分で作ると決めた。

料理は神楽坂に越した直後からやるようになった。といっても編集長時代はほとんど会食で潰れたが、たまの休日はその分、なるだけ外には出ず、自分で作って食べるように心がけていた。本格的に自炊を始めたのは昨年、編集の現場を離れてのちである。

むろん一人口だからさほど凝ったものに挑むわけではない。何冊か「男の料理」系の料理本を揃えて、そこに記されたレシピ通りにこしらえるだけだった。

そうはいっても、とんかつやハンバーグ、ビーフカレーにオムライス、肉じゃがに肉豆腐、さば味噌（みそ）やおでん、若竹煮やおひたし、それにコロッケや酢豚だってちゃんと作れるようになった。

実際に手を染めてみて、我ながら料理の勘は悪くないと思った。

私くらいの世代にとってはとんかつやハンバーグが〝ほんとうのご馳走〟だった。会社に入り、そこそこのポストを得てからは年中贅沢な料理を口にできるようになったが、どんな高級懐石が目の前に並ぼうが、一貫五千円の大トロを口に放り込もうが、百グラム五千円は下らない牛フィレを堪能しようが、一人三万円のフレンチに舌鼓を打とうが、それらは全部〝よそゆきのご馳走〟でしかなかった。本物ではないのだ。

昭和一桁（ひとけた）世代だった父にとっての最高のご馳走は、卵だった。ことに黄身は特別な食べ物で、それなりの収入を得るようになってからも、父は目玉焼きの目玉は決して皿にはこぼさず、顔を近づけてチューチューと吸っていた。笑いながら母がたしなめるたびに「幾ら言われても、こればかりはどうしてもやめられん」と父もまた笑いながら言っていた。

私たちの世代にとってのご馳走はやはり牛肉であり豚肉だった。

小学校時代は牛も豚もめったに口にできなかった。肉といえば鯨肉で、給食の一番人気は鯨の竜田揚げだった。

コンビニはもちろんのこと、ファミレスもマックやケンタ、吉野家、ミスドといったファストフード店もどこにもなかった。当時の高崎は東京からひどく遠かった。裕福な家の子は別にして、中学生になっても東京に行ったことのない同級生が大半だった。事実、上越新幹線大宮—新潟間が開通したのは昭和五十七年。私はすでに二十四歳で、いまの会社で働き始めていた。

私の幼少期、果物の王様はバナナだったのだ。そんな話を幾らしてもいまの若い連中には想像もつかないことだろう……。

今回、自炊を本格化するにあたって一つだけ方針のようなものを立てた。さして難しい方針ではない。

玄米食に加え、あたたかい野菜を集中的に食べようと決めたのだ。

別段理由があってのことではなく、何となくそう思ったのだった。いつどこでそう思ったのかは憶えていない。ただ、神戸に行ったら温野菜を大量に摂取しようと、ふと思いついた。

生野菜のサラダは秋、冬へと向かうこれからの季節には適していないような気がした。来年の夏になれば生野菜に切り替えたい気もするが、そこまで生きられる保証がまったくない。そのかわりというわけでもないが、午前中、オレンジジュースを必ず二杯飲むようにしている。これは玄米同様、神戸に着いてすぐから始めた。

百パーセントフレッシュのジュースが飲みたいので、そのためのオレンジを冷蔵庫に相当数ストックしてある。朝の日課だったコーヒーはやめて、いまは起きると真っ先にオレンジを搾ってジュースを作る。二杯分のジュースに使うオレンジは六個。その搾り汁をガラスポットに入れて、常温のまま午前中いっぱいで飲み切ることにしていた。

神戸は相変わらず残暑がつづいている。台風15号が沖縄方面に接近し、はるかと浅井本店に行った週の後半は雨模様のひどく蒸し暑い日々となった。十九日月曜日は敬老の日だったが、とうとう終日雨となり、翌二十日は土砂降りで一歩も外に出られないほどだった。

そういう雨の日々を楽しんでいる自分がいるのを私は発見した。

雨空を眺めて、いいなあと思ったことは数十年来なかった。というより季節の移ろいや空模様の変幻自在に本気で向き合ったことなど、かつて一度もなかったような気がする。いつも何かに追い立てられていた。若い頃は勉強や受験であり、就職してからは仕事や出世、そして女性関係に追いまくられていた。走る列車や自動車の窓から風景を眺めつづけてきたので、こうして足を止めてその有り様に面と向かうと、いちいち感激することばかりだった。

初の無断欠勤を決めた朝、いままで見えなかった時間が見えたような気がしたが、それと同じく、いままで見えなかった景色が見え始めてきた気がする。

雨が降り続いた十九、二十日はずっと部屋に籠もりきりだった。週末にたんまり仕入れてきた食材で料理をし、他の時間はずっと読書や書き物にあてた。

十九日敬老の日はポトフを作った。神楽坂時代から愛用している茅乃舎（かやのや）の「野菜だし」に蓮根（れんこん）、人参（にんじん）、大根、長ねぎ、ソーセージを入れて煮込むだけだが、これが食べてみるとびっくりするほどうまい。

あとは近所にある「ブランジェリー　コム・シノワ」で買ってきた柔らかめのバゲットにたっぷりマーガリンを塗って頬張る。

ソーセージはそごうの三田屋（さんだや）で仕入れてきたものだが、煮込むと適度の塩分を野菜にしみこませてくれてほとんど味付け要らずだった。鍋は東京から持ってきたセピアのル・クルーゼだ。私はもっぱら煮込みにはこの二十二センチのル・クルーゼを使っている。

酒は葡萄（ぶどう）酒。こちらは三年ほど前に行きつけの赤坂のバーのオヤジから教えてもらったもので、以来、定期的に秋田の製造元から取り寄せていた。一本千数百円の国産ワインだが、保存料や酸化防止剤は一切抜きで、かわりにニホン山ブドウから作ったワインが混ぜてある。そのせいでいかにも「葡萄酒」という感じの野性味のあるワインに仕上がっていた。少し冷やしてから飲むと味わいも香りもなかなかのものだった。

翌二十日は残ったポトフのスープにチンゲンサイと海老、生姜（しょうが）、サラダ油、水溶き片栗粉、それに牛乳を入れて海老のクリーム煮を作った。残ったバゲットと一緒に昼食はそれにして、夜は元町の大丸で買ってきた串乃屋の串揚げを揚げ、ポテトサラダを作り、壬生菜（みぶな）の混ぜ玄米ご飯、豆腐と焼きねぎの味噌汁で夕食とした。酒は八海山の純米吟醸を常温で小さいコップに二杯ほど。串乃屋の串揚げは、生の状態で売っているので家で揚げるとあつあつを口にすることができる。カニ爪、鮭、貝柱、子持ち昆布、長いも、アスパラ、栗、蓮根、京風豆腐をそれぞれ一本ずつ揚げたが、特に子持ち昆布と京風豆腐は絶品だった。

そうやって食事をととのえながら、空いた時間は仮眠や読書、書き物に使う。テレビはニュース以外は滅多に観なかった。

書き物といっても、遺書のたぐいや日記、エッセイめいた文章を書いているというわけではなかった。

たとえば次のような文章を私は書き写しているのだった。

〈がんの統計で「自力による治癒」が資料にほとんど入っていないことも問題だ。そのような例で報告されたのは大腸がん、直腸がんでは、一九〇〇年から一九六六年の間に、たった七例だった。実際はそれをかなり上まわるはずである。思いがけず治った患者は医者のところへは戻らない。たとえ戻っても、そういうケースを誤診と判断する医者が多い。その上、そのようなケースは医学雑誌に発表するには、〝神秘的〟にすぎる、とほとんどの医者は考える。そして、それは他の〝絶望的な〟患者には通用しない例だ、と勝手に決めてしまう。

私は視点を変えて、これらの稀少例に焦点を当ててみた。すると、あちこちで奇跡的な治癒のことが耳に入ってきた。私がそうした症例を信じることがわかると、人びとはこの医師になら話しても大丈夫だ、と安心するのだ。こんなこともあった。地元の教会で講演したあと、一人の男性が「あとで読んで下さい」と小声で言って、私にメモをわたして去った。そこには次のように書いてあった。

十年ほど前、あなたの同僚の医師から父が手術を受けました。胃の一部をとったものの、立ち合って下さったあなたの話では、父のリンパ腺はすでにがんにおかされている、ということでした。長男である私に「他の家族にも知らせるように」と、あなたはおっしゃいました。しかし、私は知らせませんでした……。

先週の日曜日、すばらしいバースデーパーティを父のために開きました。現在父は八十五歳、八十歳の母がそばでニコニコしていました。

ファイルを探した。この男性は十年以上も前に亡くなっているもの、と私たちは思いこんでいた。膵臓がんがリンパ節にも転移していた。病理のスライドをもう一度調べてみたが、間違いはなかった。ある医師は、このケースを「ゆっくりとすすむ腫瘍だったんだろう」と言った。現在、この男性は九十歳だ。きっと極端に遅くすすむ腫瘍に違いない。このような場合、医師は患者の家に駆けつけて、なぜ生き延びられたか訊いてみるべきだ。さもなければこの自然治癒は、医学の資料に加えられることもなく、またそれが単なる幸運の例でなかったか、誤診だったのか、進行の遅い腫瘍だったのか、あるいは行儀のいいがんなのか、われわれは決して知ることはできないだろう。〉

一冊の本

週刊誌の編集長時代も月刊誌の編集長時代もがんを扱った特集を幾度か組んだことがある。三人に一人ががんで死ぬ時代となった現在、このありふれた、しかし依然として謎だらけの死病に関心を払わずにすむ人間はいないだろう。

だが、がんの特集というのはさほど売れるわけではなかった。最初は、がんに対しては誰もが目を背けたい気持ちが強いからだろうと単純に考えていたが、手を替え品を替えて誌面を作ってみてもほとんど反響に差がないのを知るにつれて、読者が興味を示さないのは、要するにがん自体がいまだにまったく解明されていないという、その根本的な課題ゆえだと気づいた。

読者はこの何十年というあいだ、夢の抗がん剤だの、秘訣は早期発見だの、画期的な診断法や術式が開発されただの、遺伝子治療こそが最後の切り札だの、いまにも人類ががんを克服する寸前にあるかのような幻想をさんざんメディアによって振りまかれ、裏切られ続けてきた。そういういい加減な報道に心底うんざりしているのだ。

それにしても、これほどの年月にわたって世界中の頭脳という頭脳が寄ってたかって研究しつくし、にもかかわらず決定的な治療法がいまだに見つからないがんというのは一体何なのか？

膵臓がんの告知を受けたとき、私に分かっていたのは、この最悪のかんを治療する手段が皆無に近いという、ただその一事のみだった。科学万能の時代にあって、よりによって最もポピュラーな致命的疾患について、当の科学が用意できる知見がたったそれだけというのは余りといえば余りな話だとつくづく思った。

本当にがんの治療法はないのだろうか？

この世界中には一人くらい、初期であろうと末期であろうとありとあらゆるがんを治癒させる方法を知っている人間が実はいるのではないだろうか？

あの晩、自宅に戻り、クローゼットの奥に眠る段ボール箱から山下やよいのメモを取り出して一読したあと、私が真っ先に想起したのはそのような素朴な疑問であった。

それから三十分ばかり、窓の外の夜景を眺めながら物思いに耽(ふけ)り、私はやよいのメモ書きを持って書斎兼寝室に入った。

ライティングデスクの前に座り、おもむろにＰＣを起ち上げ、検索エンジンを呼び出した。そして、

奇跡
治癒

という二語を打ち込んでみたのだった。

最初の項目として出てきたのはウィキペディアの「ルルド」についての解説だった。

そして、二項目目に出ていたのがアマゾンドットコムが販売しているとある本の書名だったのだ。

私はその項目をクリックしてアマゾンのページを開き、本の概要をざっと読むと、ためらうことなく購入ボタンを押した。アマゾンプライムに加入しているので注文した商品は次の日に届く。

翌日の八月二十五日、帰宅してみると一階のポストにそれはあった。

〈最近私は、イェール大学付属ニューヘイヴン病院の医師休憩室の掲示板に、サンフランシスコの心臓専門医が心筋梗塞の予後の合併症の軽減に関して、祈りの及ぼす恩恵について研究した統計的にも信頼できる二重盲検法による研究結果をはり出した。だが、そうすると二十四時間も経たぬうちに「ウソツキ」という落書きがされていた。そのうちに医者も変わってきて、目を開いてくれるだろう。その兆しはあるのだ。

医者にそういう変化が起きれば、「おとなしいがん」や「弱いエイズウイルス」を唱える者はいなくなり、これらの病気と闘っている人びとそのものに目を向け始めるだろう。この本を出版してから、がん、エイズ、筋萎縮性側索硬化症、多発性硬化症その他の病気にかかりながらも、医師の予想に反して生き延びた人びとから手紙をもらうようになった。そこで私はあらためて、「不治の病」などあり得ないという確信と明るい見通しを持つようになった。「不治の人間」が存在するだけなのだ。未来は誰にもわからないが、希望があることだけは確かだ。医師の予後診断に忠実に生き、言われた期間だけ生存して死んでしまう人びとが大勢いる。私は意地悪チームではなく、前向きに希望を持ってお互いに協力し合う治療チームをつくりたいのである。〉

以上はこの本の冒頭、「重版にあたって」という著者のまえがきに記されていた一節である。

私はその一文を読んで、自分の直感、つまりは山下やよいのメモを二十年ぶりに読み直し、誰か一人くらいがんの治療法を知っている者がいるのではないかとふと疑問を抱き、すぐに書斎のノートPCを開いて「奇跡」と「治癒」の二つのキーワードでググり、そして、この本の存在を知って、ただちに注文を出した――という一連の行為が見事に図に当たったのを感じたのだった。

以来、私は自分の病気に関する勉強は、ただこの一冊を読み込むに徹すると決めた。

それこそまえがきにあるように「医師の予後診断に忠実に生き、言われた期間だけ生存して死んでしまう」とするならば、私にはもう長くて一年の時間しか与えられていないのだ。そんな末期がん患者を救ってくれる治療法は医療の世界には存在しないし、といって数多ある代替療法の解説書の中に「末期膵臓がんにも著効あり！」などという惹句を見つけたならば、それはそれでインチキに決まっている。

仮に誰か専門家の智恵を借りるのであれば、「末期膵臓がんだろうが何だろうが治癒する可能性がある」と確信している医師の門を叩くべきであろう。

私が直接知っている医師たちの中にそのような者はいないし、これまで築いてきた人脈をフルに動員して探し回ったとしても、そういう人物を見つけることはできないだろう。だとすれば、こうして偶然手に入れたこの本は、私にとって唯一最高の〝医師〟ということになるのではあるまいか？

実際、訳者の石井清子氏があとがきで紹介している著者の経歴には、

〈コーネル医学校を首席で卒業したあと、コネティカット州、ニューヘイヴンにあるイェール大学付属病院、及びピッツバーグにある小児病院で外科医として勤務した。

一九七八年、ＥCaＰ（例外的がん患者たち）という組織をつくり、患者が見た夢、描いた絵（色のついたもの）そして病気に関して、患者自身がもっているイメージを利用して、病状を把握し、診断を下し、治療する（治療は集団で行なう場合もあり、個人的に行なうこともある）制度を発足させた。〉

とあるから、著者は歴とした医師に間違いなかった。

この本を二日がかりで読み切り、神戸に来て今度はじっくりと読み返し始めた。そして、気になった記述を大学ノートに手書きで写すことにしたのだった。

私は子供の頃から、他の同級生と比較して抜きん出た記憶力を持っていた。憶えてしまいたい知識を一度紙の上に書写すると、もうそれだけでほとんど丸ごと暗記できるという特技があって、これは受験勉強などで非常に役に立った。大学受験のときは、山川出版社の『詳説日本史』と『詳説世界史』を一カ月かけてノートに筆写し、それ以降は何一つ歴史の勉強をしなくてもほとんどの試験問題に答えられるようになった。

むろん加齢と共にそうした能力は急速に衰えていったが、それでも昔取った杵柄で、どうしても記憶したい事柄はいまも変わらず書き写すようにしている。

私はこの本を読んで、記されていることのいちいちに蒙を啓かれるような思いを味わっていた。例えば、著者はこう書いている。

〈たとえ多くの患者が、「あと、どのくらい生きられますか?」「もうあと、どのくらいありますか?」としつこく訊いても、答えるべきではない。こういう患者は、自分の寿命を自分で決めようとしないで、他人に決めてもらおうとする受身な患者で、医者に好意を持っている場合、まるで医者の正しさを証明するかのように、その予告通りに死ぬ人が多い。〉

そして、次のようにも書いていた。

〈医者は患者より論理的で統計に重点をおき、融通がきかなくて希望を失いがちだ。医者は治療法がなくなると、放り出したくなる。しかし患者自身の治癒力を信じないと、その治癒力も十分に力を発揮できないことを、しっかりと認識しなければならない。「これ以上、手の尽くしようがありません」は、医者の口にすべき言葉ではない。常に打つべき手はあるのだ。それがたとえ、すわって話すだけであっても、患者に希望と祈りをもたらすことができるのだから。〉

こうした本書の著者の理念と照らし合わせるならば、「何とかもってぎりぎり一年というところでしょうか」と私にあっさり余命を告げ、今後の治療は緩和ケア以外に自分たちには何もできないと簡単に白旗を掲げたあの病院の医師たちは、論外ということになろう。

そんなふうに彼らを非難しても仕方がないが、しかし、この著者が書いている通り、彼らがいつの間にか医師としての初心を失くしてしまっているのは事実だろうと私は思った。

私は青のラインマーカーで気になった記述に線を引きながら読み進めていた。一章ごとに前に戻り、ラインの引かれた箇所で、これはぜひ写しておきたいと思うものは迷わずノートに書き下している。そして、なかなか頭に入りにくい記述は、付箋をつけて、別の日にいま一度書き写すようにもしていた。

雨に閉じ込められた十九日、二十日のあいだに私が筆写したのは以下のような幾つかの文章だった。

〈(がん)患者の十五から二十パーセントは、意識するしないにかかわらず、死を願望している〉

〈扱いにくくて協力的でない患者が、もっとも回復する可能性が高いことを、医師は認識すべきである〉

〈重症の乳がん患者のうち、抑うつ、苦悩、敵意などの感情を強く打ち出す患者のほ

うが、うつ状態をほとんど見せない患者よりも長生きする〉

〈攻撃的ないわゆる「悪い」患者のほうが、素直な、いわゆる「良い」患者よりT細胞の量が多い〉

〈「百歳まで生きたいか?」という問いに「もしも」、「それでも」、「でも」などと言わずに、即座に心底から「ハイ」と言えたら、あなたはきっと「例外的患者」になれる〉

〈医者の中には「間違った希望」にまどわされるから、私に近づくな、と言う者も何人かいる。病気とつき合う上で、患者の心に「偽りの希望」などは存在しない、と私は言う。希望は統計などではなく生理的なものだ!〉

〈偽りの希望とか客観的な心配といった概念は医学用語から抹消されるべきだ。それらの言葉は、医者も患者をも駄目にする〉

〈「偽りの希望」とは、医者が患者に統計が示す通りになる必要はない、と言うだけのことなのだ。ある病いで十人のうち九人が死ぬとして、十人が十人とも死ぬだろう、と言わなければ「偽りの希望」を広めていることになるというのか〉

〈私の言いたいのは、誰もがその生き残りの一人になれる、ということだ。患者の心の中では、希望はすべて現実のことだから〉

〈私が「大丈夫。死にやしませんよ」と言っただけで、今日を生きている人たちもいる〉

〈つまり広い視野に立って自分の体の問題を見つめることだ。病気の回復だけが目標ではない。それよりもっと大切なことは、怖がらずに生きぬいて平和な生活をして究極の死をむかえることだ。そうすれば治癒への道も開ける。そして、人は誤った強がり——人はどんな病気も治せ、死ぬこともないという——からも解放されるのだ〉

最後の一節については、筆写したあと、そのページに付箋を貼(は)っておいた。

著者の説く「究極の死」とは一体どのような死なのだろうか？

あと一日の命

十月五日水曜日。

肌寒さと雨の音で目を覚ました。ベッドから抜け出して、寝室の遮光カーテンを引くと光の乏しい街の景色が眼下に広がっている。ワンブロック先の太い道路を挟んでほぼ正面に建つ神戸市役所の青い高層ビルとこのアストラルタワーとのあいだの中空に目を凝らせば、結構な勢いで降り注ぐ雨が見えた。

外の光に目が馴染んでくると室内のひんやりとした空気が尚更に寒けを誘う。ベッドの宮台に置いたデジタルウォッチは「07:07」を表示していた。

私は壁に差してあるエアコンのリモコンを手に取り、運転切り替えを「暖房」にしてボタンを押した。いきなり「冷」から「暖」に回されて驚いたかのように三菱「霧ヶ峰」はぶるっと胴震いして、大きな駆動音を立てる。

十月に暖房というのも気が早いが、しかし、それほどに今朝は冷え込んでいる。

尿意を催して、トイレに行った。

パジャマがわりのスウェットをずり下げ、便器のふたと便座を上げて排尿する。

先週買ってきた植物写真を額に入れて正面の壁に掛けていた。その繁茂する熱帯の植物群を見ながら用を足した。

ふぅっとため息をついて、水を流そうと下を向いたところで息が止まった。

便器の中が赤く染まっていた。

その鮮烈な赤に一瞬、めまいのような感覚を覚えつつ、いま一度、下腹に力を入れて膀胱（ぼうこう）に残っていたわずかな量を搾り出してみる。

案の定、真紅の液体がペニスの先端からほとばしった。

血尿のときはいつもそうだが、まるで太い血管が切れたかのように血液そのものと見紛う色の尿が出る。

しゃがみ込んで便器の底に溜まった尿を見た。見たところで何も分からないのだが、とりあえず子細に観察する。若い時分は頻繁で、ときに小さな血腫が飛び出すこともあった。血腫は便器の縁に張りついて、指で潰すと血糊のごとく白い便器に粘りついた。

入社し、週刊誌に配属されてから癖のようになってしまった。徹夜が続けば必ず出血した。やむを得ず病院に行くと遊走腎と診断され、もう少し太ったら自然に治ると医者に言われた。藍子と一緒になったあと腎臓に結石が見つかった。腎杯にある石がときどき尿管に出てきて、その砂粒のような石のせいで尿管が傷つき、痛みと共に出血することがたびたびあった。

どうやら血腫のようなものは見当たらなかった。

私は立ち上がり、下ろしたままだったスウェットを持ち上げてトイレを出る。

下半身が冷えきっていた。

寝室に戻ると部屋はすっかりあたたまっている。ベッドの縁に腰掛け、さきほどのため息のつづきのように大きく一度息を吐き出す。知らず右の腰背部に手を当てている。痺れに似た鈍痛が芽生えていた。これが、起床してすぐからのものだったのか、それとも血尿を見てにわかに生じたのか、その区別がつかなかった。

八月十九日の朝、数年ぶりの血尿をこんなふうに見つけ、かねて不調の原因を突き止めた気分で、旧知の医者に気軽に電話したのだった。翌週、国際医療センターで検査を受け、別段不安もなく結果を聞きにいったところが末期の膵臓がんと告知されてしまった。

思い出してみれば、あのとき、

「血尿が出てるってことは、もう腎臓にもがんが浸潤していると考えるべきですよね」

と二人の医師に訊ねた気がする。

「画像で見る限り、まだ、そこまではいってないんじゃないかな。少なくとも血尿はがんとは無関係だと思います」

若い坂元医師はそう言った。しかし慎重に反芻してみるに、彼は「まだ」と言ったのだ。まだというのは「いずれは」という意味だ。

巨大化し、小さな膵臓からはみ出したがん細胞が、ついに近隣臓器である腎臓に達したのだろうか。だとすれば早晩、腎臓の機能が奪われていく。血液の濾過(ろか)ができなくなればあっと言う間に尿毒症で人は死ぬ。

これはちょっと底知れない不安だな、と案外冷静に思った。

自分の身体の中で何が起きているかが分からない。自分で自分のことが分からない。それも生命活動の中枢で大きな変化が起きているのに、その意味するところが正確に摑めない。これはもう本当に底知れぬ不安と呼んでいいだろう。

といって私にはなす術(すべ)がないのだった。

末期の膵臓がんには有効な治療法がない。千に一つの可能性を信じてがんの専門医のもとへ駆け込んでも、門前払いを食らうか、効く可能性のはなはだ薄い抗がん剤治療を施されて、こんなことなら何もせずに死を選ぶべきだったとあとあと臍(ほぞ)をかむのが関の山だろう。

もう眠気は去っていたが、私はそのままベッドにもぐり込んだ。

十月に入ってからはタオルケットをやめて、元町商店街の寝具店で買ってきたマイクロファイバーの毛布を使っていた。その軽くてふわふわした肌触りの毛布で全身をくるんで仰向けに横たわる。雨の朝とあって周囲はひどく静かだ。

――知ったことか。

心の中で呟いた。

血尿が何十リットル出ようが、腎臓ががんに冒されて機能不全の状態に陥っていようが、そんなことはどうでもいい、と思った。

生きられるあいだだけ生きる。自分にはそれしかない。

身体の中でどのような破壊が進んでいたとしても、それに抗う手段がない以上は、そういう不安を意識から消し去るほかはない。その場その場でこうして驚き、絶望的な気分になったとしても、その感情を引きずることなくきれいさっぱり記憶から消去してしまう。それしかないのだ。

がんに蝕まれた我が肉体のことは徹頭徹尾、考えないようにする。

路上で何かにぶつかったときのように、突然の雨に降られたときのように、いきなり大きな音がして胸を衝かれたときのように、しばらくは、ぶつかった痛みや濡れた服や耳朶にとどまる残響に戸惑ったとしても、とりあえずの正常さを取り戻したら、二度とそんなことを思い出さないようにする。

私にやれるのは、それだけだ。自分ががんであることを忘れることでしか、もはや私は残りの人生をいきいきと生きることができない。

頭まで毛布をかぶって、目をつぶり、何度か深呼吸をした。

さきほどまで感じていた背中の痛みの所在を探ってみる。

じんじんと痺れのようなものは依然知覚できたが、それが痛みへと進展していく気配はすでになかった。

私の〝ドクター〟は患者たちに常にこう言っているという。

「もしも、あと一日、一週間、あるいは一年間の命だとわかって、何かを選ぶとしたら、自分が正しいと感じるであろうことを優先しなさい」

人間というのは忙しく生きているあいだは、自分の気持ちについて深く考えることがあまりない。しかし、余命の限られたがん患者は「今すぐに心のあり方を変えねばならない」とドクターは言う。なぜなら、自分がいま何を感じているかを即座に摑めなくなったことが、がんになった大きな原因の一つだからだ。そして自分自身を取り戻すための「その最善の方法は、この短い時間に何をしたいか、を自分に訊くことである」と彼は説いているのだった。

あと一日の命だったとしたら、何をすることが自分にとって正しいのだろう？

ドクターの著書にその一節を見つけて以来、私は常にそう自問するようになった。ドクターが言うごとく、そうした自問自答は私を不安や恐怖の沼からあっと言う間にすくい取ってくれる魔法の網のようだ。

いまのように不安や恐怖に胸がおしつぶされそうなときは、「あと一日」をさらに

「あと一時間」に絞り込んでみればいい。

あと一時間の命だったら何をするのが正しいのだろうか？

毛布にくるまって私は深々と自問自答する。答えは案外あっさり見つかった。

どうせあと一時間しか生きられないのならば、ぽかぽかとあたたまったベッドの上でこのまま眠ってしまうのが一番だろう。都合のいいことに再び眠気も訪れている。

私は、目を閉じたまま、その心地よい眠気に身を任せることに決めた。

田園

目覚めてみると雨は止んでいた。

窓からは黄色い陽光が射し込み、つけっぱなしのエアコンのせいで室内は蒸し暑いくらいだった。いつの間にか毛布はすっかりめくれて足元で団子状になっている。全身にうっすらと汗をかいていた。

私は上体を起こして時計を見る。一時十五分になっていた。なんとあれから六時間も眠ってしまったのだ。

それにしても気持ちのいい眠りだった。幾つか夢を見た気がするが、もうほとんど記憶に残っていない。

ぼんやりとした頭のままにベッドから降りる。尿意を覚えてトイレに入った。真っ赤な尿が勢いよく放出される。便器全体が赤くなった。頓着せずにウォシュレットのリモコンボタンを押して水を流した。血尿は出始めると二、三日はつづく。次第に色が薄くなってふつうの尿に戻るのだ。腎臓ががんに冒されているのならば、数日経っても色はこのままだろう。そのうち貧血になったり尿閉が起きたりすれば、そこで救急外来にでも駆け込むしかない。それはそれでやむを得ない。そうなったときに考えればいいのだ。

重苦しい気分になりそうな自分を励ますでもなく、ただ、チャンネルでも回すように意識を切り替える。すると一枚の画像が不意に脳裏に浮かび上がってきた。

それは怪訝な表情の谷口里佳の顔だった。

トイレを出たところで私はしばし立ち止まる。不思議な気分でその顔に目を凝らす。次第にさきほどまで見ていた夢の内容が甦ってきた。

三週間以上も前に一度だけ顔を合わせた谷口里佳と私はホテルのロビーのような場所で話しているのだった。

最初はてっきり長女の真尋だと思い込んでいろいろ話しかけていた。しばらくして、相手の困惑しきった様子に、ようやく彼女が真尋ではなく、谷口里住であることに気づいたのだ。

一体どういう状況で彼女と再会したのかも、何を自分が一生懸命に喋っていたのかもまったく思い出せない。

だが、たしかにその女性は谷口里佳だった。

トイレのドアの前で、ふーん、と私は思わず口に出していた。

あれから浅井本店には何度か足を運んでいるが、谷口里佳とも中西優香とも一度も出くわすことはなかった。山村はるかには、あのあと一度、今度は東門筋の小料理屋に案内してもらったが、そちらの店はあまりぴんとこなかった。浅井本店の方は、店の敷居をまたいですぐに、取材で培った勘に触れてくる何かがあったのだが……。

今夜あたり、浅井本店を覗いてみようかという気になった。十月になってからは一度も顔を出していなかった。

私はそんなことを思いながら、直接浴室に行った。

汗ばんだ身体を早くシャワーで洗い流したかった。

肌寒さはすっかり消えている。雨も止んでふだんの陽気に戻ったようだ。十月初旬とあって日中の最高気温はまだ二十度くらいまで上がる。

浴室に入り、シャワーを全開にして、膀胱に残っていた尿を立ったまま出した。真っ赤な液体がベージュ色の床に広がる。

身体の中の不純なものが、ちょうど女性の生理のように血液となって排出されているのだとイメージする。漢方の考え方では「がんは瘀血のかたまり」と見る。瘀血とは要するに汚れた血という意味である。だとすれば、膵臓や腎臓にはびこるがんがこうして尿と一緒に体外に排出されていると想像するのはあながち荒唐無稽ではない。

シャワーのお湯と共に排水口に吸い込まれていく血尿を私はじっと見つめ、「がんばれ」と心の中で呟いた。俺の膵臓、俺の腎臓、どうかがんばってくれ、がんになんか負けないでくれ、という思いを込めて何度も「がんばれ」と呟く。

気づいてみれば、背中の違和感はすっかり取れていた。

浴室を出て、いつものようにオレンジを搾ってジュースを作る。グラスを片手にバスローブ姿でリビングのリクライニングチェアに腰を下ろした。このオットマン内蔵型のチェアは楽天で見つけて買ったものだが、低反発素材の座面は座り心地もよく、傾斜も無段階で変えられるすぐれものだった。これだけは別便で神戸に持ち込んだのだ。

チェアのサイドポケットからリモコンを抜いて、壁際のウッドラックに置いてある

CDプレイヤーをオンにする。ベートーベンの交響曲第六番「田園」の第一楽章が響き始める。ベルリン・フィル。指揮は言わずと知れたカラヤンだった。最近は、こうしてリクライニングチェアに横たわったままよく「田園」を聴いていた。

私は「田園」が好きだった。理由がある。

中学生の時、『ソイレント・グリーン』というアメリカのSF映画を友人たちと高崎の映画館で観た。主演の刑事役にはチャールトン・ヘストン。名優エドワード・G・ロビンソンがヘストンと同居する老人役で出ていた。この映画はハリイ・ハリスンのSF小説『人間がいっぱい』が原作で、子どもの頃からSF好きだった私は、むろんこの原作をハヤカワSF文庫で読んでいた。それが映画になったというのでさっそくクラスメートを誘って出かけたのだ。

人口爆発によって自然環境は完全に破壊・汚染され、食糧生産が人口増加に追いつかなくなった世界で、人類はソイレント社という企業が生産する合成食品でかろうじて飢えをしのいでいた。そして、そこへ画期的な新製品として登場したのがソイレント・グリーンだった。実はこのソイレント・グリーンの原料が人間の死体だというのが、物語のオチなのだが、ヘストン演ずる刑事がその真相を掴む過程で、同居老人のロビンソンが公営の安楽死センターに出向くシーンが登場する。ここで人は安楽死を受け入れ、その身体がソイレレント・グリーンの材料として使われるというわけだ。

広いホールに巨大なスクリーンが設置され、中央の一台きりの寝台に裸のロビンソンが寝かされている。薬物によって意識を失うまでのあいだ、目の前のスクリーンには地球がすでに失ってしまった自然の映像が次々と映し出される。そして、その映像とともに流れてくるのが、交響曲「田園」なのだった。

ロビンソンは、美しい大自然の姿に心を打たれ、鳴り響く「田園」に涙をにじませ、静かに息を引き取っていく。

この安楽死の場面は、中学生だった私に強い印象を残した。

当時は死ぬことはおろか、年老いることでさえも想像できない年齢であったが、それでも私は、エドワード・G・ロビンソン扮(ふん)する老人が安楽死させられていくシーンを観たあと、あんなふうに死んでいけるのであれば何の苦しみもないに違いない、と思った。スクリーンに映し出される大自然の荘厳な景色は、一つの比喩(ひゆ)に過ぎず、それは死に際して人が振り返るであろう数十年の人生そのものであろうとも感じた。だとすれば、そうした過去の情景を回想しつつ、映画の中の老人のように最後の眠りにつくことにどんな恐怖があるというのだろうか。子供心に私はそう考えたのである。

五年前に藍子と別れ、一人で暮らすようになって、私は自分がいずれ一人きりの死を迎えねばならないことを自覚した。病を得て、病室に二人の娘やその連れ合い、孫たちが付き添うという未来図もあるにはあるが、一方で、五十にさしかかった年齢での単身生活となれば、いつ何時、突発的な死に見舞われるかもしれない。

一人きりで死ぬのだ、と思ったとき、真っ先に思い浮かべたのが『ソイレント・グリーン』のその一場面だったのだ。

以来、オフの日や早めに仕事を終えて帰宅した晩は、風呂上がりにリクライニングチェアに寝そべり、目を閉じて、自分があの映画の中の老人になった気分で「田園」を聴くようになった。

私は手にしたグラスを口元へ運び、ぬるいオレンジジュースをごくりごくりと飲み干す。これに致死量の麻薬が入っていると想像してみる。

安楽死センターほどの広さはないが、いま私のいる地上二十五階のリビングルームは二面の窓に囲まれ、雨上がりの澄んだ秋光が惜しげもなく降り注ぎ、周囲は静謐（せいひつ）だった。

暑くもなく寒くもなく、とても軽やかな気分だ。

あの老人のように、こうやってこのまま死んでいければどれほど楽だろう……。

私はいささか感傷的な気分でそう思った。

しかし、わずかのうちに、いやいやこれは感傷などではないぞ、と考え直したのだった。

あらためて思い出してみれば、私は、このチェアに横になるごとに、このまま死んでいければどれほど安らかだろうかと呟いていたのではなかったか？

要するに、私という男は、死ぬなどと予想もしていない時期から、密かに、静かな死を待ちもうけていたのではなかったか？

なんだ、そういうことか、と少し意外な発見をしたような心地になった。

死ぬはずがないと思いつつもよりよき死を願うことと、死期が迫ったそのときに切実に安らかな死をこいねがうこととの間には、さほど大きな隔たりはないのだ。

瞼（まぶた）のあたりに違和感を覚えて、目を開けた。いつの間にか瞳の表面に涙が滲んできている。まばたきをするうちにあふれた涙が右の目尻（めじり）からすーっと一筋こぼれ落ちた。

悲しいのだろうか、と自らに問う。

いや、ちっとも悲しくはない、と思った。

イメージと流れ

昼は沖縄そばを作って食べた。

そごうの地下の食品売場で昨日買ってきた「やんばるそば」という袋麺だったが、鰹だしがきいたスープもコシのある平打ちの麺もうまかった。具は同じ地下の惣菜屋で仕入れてきた蓮根のさつま揚げと紅生姜の天ぷらだ。山盛りの刻みねぎをふって食べる。

腹六分目にして、かわりにビワ葉茶をふだんより多めに飲んだ。

ビワ葉茶も神戸に来てから始めたもので、午前中はオレンジジュース、午後はビワ葉茶と決めている。毎日、新しい葉で一日分を煮出して、せっせと飲んでいた。

トイレに行くたびに真っ赤なおしっこが出る。

日中はリクライニングチェアに陣取って、ぼんやりテレビを観て過ごした。

午後六時を回り、窓の外がすっかり暗くなったところで椅子から降りた。

テレビを消して、外出着に着替えた。

さすがに沖縄そば一杯だけなので腹が減っていた。

久々に浅井本店に行ってみるつもりだ。

山村はるかに紹介されたあと、三度ほど出かけた。アドバイスに従い、一階のカウンターで飲んだのだが、はるかの言う通り常連たちはきさくな人ばかりで、二度目の訪問からあれこれ話し相手ができた。まだ「つゆくさ」のことは話題にしていないが、そのうち手がかりが見つかりそうな気がしている。

二度目で隣同士になった阿形一平（あがたいっぺい）という一風変わった名前のサラリーマンとは三度目でもばったり遭遇し、すっかり仲良くなった。神戸に本店を構える洋菓子メーカーの営業マンということでもあり、さしずめ彼などは案外役に立ってくれるかもしれない。

正確な年齢は分からないが、おそらくは四十半ばかと思われる。でっぷりと太った縮れッ毛の男で、およそケーキやクッキーが似合う雰囲気ではないが、私が最初にそう言うと、「まあ、僕はもっぱらこれですかね」と口をもぐもぐさせ、「だけど、パティシエだって有名な人はみんなやっぱり太ってますよ」と半分本当のようなことを言った。

バツイチらしく「週の半分はこの店に来てます。ここが実家みたいなもんかなあ」と笑っていた。出身は神戸市のようだが、あれこれ事情を抱えているふうでもあった。

私の方も一応、身分は明かしたが、東京の出版社の人間がわざわざ神戸まで来ているといった点にさほど疑問を持った様子もなかった。「長期の出張なんですよ」と話すと、「そうですかぁ」と返してきただけだ。釣りが趣味らしくて、私が「もう何十年も釣り竿を握っていない」と言うと、「じゃあ、今度ぜひ一緒に行きましょう。道具は山ほど持ってるから、菊池さんは手ぶらで来てくれればいい」と誘ってくれた。近場の須磨や明石港にもいい釣り場があるし、少し足を延ばして淡路島まで行けば穴場がたくさんあるらしかった。カレイやアイナメ、メバルなどがびっくりするほどよく釣れるという。

小説誌にいた時期、担当していた売れっ子作家が大の釣り好きで、付き合いで何度か海に出たことがあった。私の釣り経験は後にも先にもそれきりだ。船が苦手だったこともあるが、釣りといえども殺生に違いはなく、いま一つ面白みを感ずることができなかった。

肉も魚も口にしてきたのだからきれいごとと言われればそれまでだが、生き物が目の前で殺される姿はやはり見たくはなかった。

釣りが趣味と聞いて、そういえばこの男はマンボウに似ているな、とふと思った。

マンボウに似ている彼は見た目の通りで気のいい男だった。

今夜は、あの阿形一平と馬鹿話でもしながら一杯ひっかけてやり過ごすのが一番だろう。

薄手のジャケットを着て外に出てみると、夜気が冷たくてちょうどよかった。

このまま夜間は上っ張りが必要な秋模様へとすんなり移っていくのだろうか。

マンションのエントランスを抜けて、銀杏並木の街路を三宮駅方向へと歩いていく。三宮周辺は四車線あるような太い道路でもたいがいが一方通行だった。アストラルタワー前の車道もゆったりした二車線の道だったが、駅とは反対方向にしか走れない。そごうの裏手あたりまで歩くと、県外ナンバーの車が間違って進入してきて警備員に笛を鳴らされている光景にたびたび出くわした。

こうした一方通行の多用はやはり十六年前の大震災以降のことなのだろうか、とたまに疑問に思うのだが、誰にも訊ねたことはない。

今夜はそのことをぜひ阿形君に訊いてみようなどと思いながら、私はのんびり歩を進める。

神戸国際会館の前で道を左に曲がる。五十メートルも直進すれば、もうフラワーロードに出る。フラワーロードは六甲山の麓から神戸税関へと至る三宮の基幹道路で、この道路の下には巨大な地下街「さんちか」や広大な市営駐車場が広がっている。

神戸という町は、海と山に挟まれた細長い町だ。六甲山の麓にある新幹線の「新神戸」駅から古い税関ビルのすぐ先に広がる神戸港まで、フラワーロードを使って歩いてみれば恐らく一時間はかからないだろう。そんな狭隘な土地にビルや民家が建ち並び、たくさんの人々がひしめいている。

ちなみに阪神タイガースが優勝したときは、大阪の御堂筋だけでなく、このフラワーロードでも優勝パレードが行われるという。タイガースの本拠地甲子園球場は大阪ではなく兵庫県にあるのだ。

国際会館前の交差点を渡る。

夜気が冷えているのでセンター商店街のアーケードを通っていくたロードに出ることにした。

時刻は六時半を回った頃とあって、三宮センター街は人でごった返していた。

今日は週の半ばの水曜日だが、とにかくこの商店街は賑やかで活気がある。週末に限らずいつ歩いても、老若男女さまざまな身なりのさまざまな年齢層の人間たちが掃除の行き届いた幅広の街路を行き交っている。一歩足を踏み入れると自然に気持ちが浮き立ってくるのだった。

私はこうやって人の群れに没するたびに、すれ違う人々の明るい顔を見送りながら、しかし、この中には悲惨な境遇や致命的な病にからめ捕られた明日をも知らぬ者たちが幾人も混じっているのだと考えるようになった。現にこの私がそうなのだから、それは間違いのないところだろう。

別れ話を切り出されたとき、呆然としていた私に向かって藍子が、「私の見ている世界は、あなたの見ている世界みたいに明るくもないし、潑剌ともしていないの。そのことをあなたにもっともっと深く理解してほしかった」と吐き捨てるように言ったのを、いまになってしきりに思い出す。

日常的に子供たちの死に立ち会ってきた彼女には、私が現在感じている、さらにそれ以上の度合いでこの世界は死や悲惨に彩られていたに違いない。

藍子の知っていた世界こそが、本当の世界だったということか。

私はそう思い、一方において、それではあまりにもこの世界は救われないではないか、と反発も感じる。

いくたロードで右折してガード下の浅井本店のあたりまで来た。

ふだんは大きな提灯が入り口にかかっているのだが、遠目にも見えなかった。

店の前に来てみると、やはりシャッターが下ろされている。「本日臨時休業」という紙がシャッターの真ん中に貼り付けられていた。

あてが外れて、私は小さなため息をついた。

血尿のことなど気にしないと開き直ったからには、今夜くらいうまい酒を飲みたかったのだ。

行きつけとも呼べぬ居酒屋が閉まっていた程度で落ち込むこともなかろうが、何となく気勢を殺がれ、現実の厳しさを突きつけられたような敗北感があった。

がんという病気は、典型的なイメージ先行型の病気である。他の疾患は、怪我にしろ感染症にしろ、心臓や脳の発作にしろ、その疾患の発生からさほどの時間を置かずに患者の身体に直接的な打撃が加えられる。がんはそうではない。患者が気づかないうちに深く深く根を張り、それが水面に姿を現したときには、すでに〝勝負アッタ〟が大半なのだ。

だが、これは裏を返せば、がんというのは無視しようと思えば最後の最後まで無視しつづけられる、実におとなしい病気だということでもある。

いまの私がそうだ。八月二十四日に末期の膵臓がんと告知されるまで、私は自身が生命の危機に陥っているなどとは露ほども感じていなかった。腹の中で増殖していた膵臓がんの「初期」も「中期」も「後期」もまったく知覚できなかったし、そして、ここからがまた不思議なのだが、すでに「末期」と告知され、あと一年の命だと教えられた現在も、依然として私の身体はその危機をほとんど察知できずにいるのだ。早い話、忙しさにかまけてあのとき検査をすっぽかしていれば、私はいまもって自分が致命的ながんに冒されていることに気づかないままだったろう。

たまに腰や背中に鈍い痛みを感じたり、今朝のように突然の血尿に肝を潰したりということはあっただろうが、現況、その程度のことはやり過ごせたに違いない。ここ数年腰痛は日常的だったし、血尿には若い頃から慣れっこだったのだから。

たった今も、私はがんという病気そのものではなくて、自分が末期がんであるというイメージに負けているのだった。

イメージという言葉が適切でなければ「流れ」という一語でもいい。自覚症状はほとんどないものの、余命一年の末期がんであるという「人生の流れ」に私は突然投げ込まれてしまったのだ。だからこそ、流れに敏感になってしまう。

今朝、血尿のことなど気に病まず、がんとの関連なんて考えまいと決意した。そうした自分の態度を確かなものにするために、浅井本店に出かけて、最近は控えている酒を、今夜くらいは思い切り飲もうと考えた。

そうやって気持ちを切り替えることで、自分ががんだというイメージ、このままいけば一年足らずで死んでしまうという流れから、とりあえずの離脱を図ろう――私はそう目論んでここまでやって来たのだった。

イメージを塗り替えるには別のイメージが必要だし、流れを変えるには別の流れに乗るほかはない。ところが、その新たなイメージ、新たな流れにすんなり移行できなくなると、こうやって今朝の陰鬱な気分がたちどころに甦ってきてしまう。

ドクターは、がんという病気はその患者にとって必要不可欠なものである場合が多いと説いていた。

人間の一生のあいだには、より高く成長するために、最も大切なものを犠牲にしなくてはならない瞬間や時期があるというのだ。そのときは、この苦境は人間的成長のためなのだと自らに言い聞かせ、自分が決して理不尽な損失を蒙っているわけではないと自覚せねばならないと言っていた。そうでなければ「成長するために犠牲を払うのではなくて、間違った成長の犠牲にされてしまう」とドクターは書く。そして、つづけてこんなふうに記しているのだった。

〈これと同じ理由で、結果として起る心理的、精神的成長は、病気の進行をはばむことができる。まるでがんのエネルギーが自己発見の方向にとって代わり、腫瘍が免疫系に攻略されるかのように。そうなると、腫瘍はかかわりのない不必要な部分となる。ちょうど、人が生まれ変わって、古い自分と古い病気を拒否し、新しい自分と腫瘍とは関係ないものとして切り離されるかのように。その変化は、最近の多重人格患者の研究者たちが発見したことと、ひじょうに似ている――ある人格は糖尿病的であっても、他の人格は違う。ある人格はアレルギーや薬物過敏症があっても、他の人格にはない。一人の人間の中にある人格がタバコの火でヤケドをしても、他の人格が前面に出て主導権を握ったとなると、ヤケドは消える。ところが、再び最初の人格が前面に現われると火傷も現われるかもしれない。同じように、病気になった人が、まったく前向きに性格を変えれば、体が持つ防衛力が新しい自分（性格）とは相容れない病気を根絶するだろう。〉

だからこそ、イメージや流れはいまの私にとって重要なのだった。

二人の夢

浅井本店の前を離れ、私は来た道を引き返す。

他に行くあてもなかったが、元町の方までぶらぶら歩いてみることにした。東京の人込みとこちらの人込みとではどこか違っている。東京の混雑には何か切羽詰まった雰囲気、大袈裟に言えばある種の殺気のようなものが漂っているが、ここ神戸の人込みにはそうした刺々しさが不思議と感じられなかった。

もとが田舎育ちとあっていつまで経っても満員電車や行列には馴染めなかったし、駅や街中の雑踏で人波に呑まれるのがこわかった。が、こちらに来てからはむしろ沢山(たくさん)の人々が行き交う繁華街をそぞろ歩くのが楽しみになってきていた。

高架下に店を構えた果物屋や金券ショップの前を通って線路沿いを走る県道21号線に出る。目の前の横断歩道を渡ると左が「センタープラザ」、いくたロードを挟んだ右側が「センタープラザ西館」だった。車両進入禁止の看板を過ぎ、仕事帰りの人たちでごった返したいくたロードの真ん中を私は進む。

右手、西館側には大きな仏具店、大量の靴を軒先に展示した靴屋、シャンプーやボディソープ、入浴剤、メイク落とし、練り歯磨き、シェービングフォーム、それにチョコレートやスナック菓子を「特価」、「目玉商品」、「広告の品」といった派手なポップと共に店頭のワゴンやカゴに満載したドラッグストアなどが並び、殊にドラッグストアの前には女性客の人垣ができていた。

賑やかなその光景を見やりながら、ふと視線を止めた。

人だかりの中に見覚えのある顔を見つけたのだ。

前回は地味なスーツを着て大きなバケツバッグを提げていたが、今日の彼女は黒のレギンスにふんわりしたグレーのチュニック、こぶりのショルダーバッグを肩に吊るしている。明らかにオフの日の出立(いでた)ちだった。

昼間の夢に出てきていなければ、私はきっと声を掛けようとは思わなかっただろう。山村はるかに紹介されて以降、一度も浅井本店で顔を見ていないことから、もしかしたら彼女たちに敬遠されているのではないかという一抹の不安があった。あの晩は、あれから四人で海岸通りのバーに行った。もっぱら聞き役に回って二時間近く一緒に飲み、その店の勘定も私が持った。

思い出してみてもおよそ悪印象を与えた覚えはないが、とにかく相手は親子ほどの年齢差のある世代だ。彼女たちを警戒させる何らかの言動が私にあったのかもしれない。

それより何より、若い女の子のせっかくの休日を邪魔するような無粋な真似はしないに越したことはなかった。

だが、私は道の反対側からドラッグストアの方へと真っ直ぐに近づいて行った。

普段着だとまるで大学生にしか見えない。ましてや彼女が新聞記者をやっているだなんて誰も想像できないだろう。

レギンスの足は細く、身体は痩せていた。首から肩にかけてのラインなど骨が透けて見えそうなほどだった。そういうところもどことなく長女の真尋とよく似ている。

「こんにちは」

右隣に割り込んで声を掛けた。ＵＶスプレーを手に取って熱心に品定めしていた谷口里佳がびっくりした様子でこちらに顔を向ける。

さいわいすぐに私のことを識別できたようだ。それだけでもほっとする。

「あ、こんにちは」

そう言って丁寧に会釈してきた。

「お久しぶりですね」

私が言うと、彼女は手にしていたスプレーをワゴンに戻し、ショートボブの前髪を右手でかき上げながら、人垣からすこし離れた。私も一緒に移動する。

「今日はお休みなんですね」

いきなり声を掛けられて戸惑っている気配がまだあった。私は笑みを浮かべて柔らかな口調を心がける。数時間前に夢に出てきた人とこうしてばったり出会うというのも滅多にないことだろう。

「はい。昨日が夜勤だったんです」

「そうですか」

立ち止まった私たちの周りを大勢の人々が行き交っていく。

こうやって往来で誰かと立ち話をするなんて何年ぶりだろう、と妙なことを頭の隅で思っていた。

「あれから僕はあの店によく行ってるんですよ。今日も出かけたんだけど、臨時休業の張り紙がしてあって、それで仕方なく引き返して来たところだったんです。そしたら谷口さんの姿を見つけたもんだからつい声を掛けてしまいました」

「そうだったんですか」

と言いつつ谷口里佳はもう一度前髪をかき上げた。緊張したときに出てしまう癖なのかもしれない。

「お忙しいんですか」

当たり障りのないことを訊ねてみる。

「ええ。このところ出張が続いていて」

「そうですか」

「大将にまで紹介したのに、お店に全然行けてなくて、本当にすみません。ずっと気になっていたんですけど、仕事に追われてしまって」

「そんなとんでもない。いいお店を紹介していただいたと山村さんにも谷口さんたちにもとても感謝してるんです」

そこまでやりとりして、しかし、話は尽きた。お互いのことをほとんど何も知らないのだからやむを得ない。

「僕はときどき顔を出してますから、またお目にかかれるといいですね。それじゃあ」

そう言って、私は会話を打ち切る。すると、里佳は困ったような顔になって、

「菊池さん、今日はこれからどうされるんですか」

と訊いてきた。

「別に予定もないんで、大丸でお弁当でも買って帰ります」

元町の大丸は、ここからなら目と鼻の先にある。

「だったら、晩御飯一緒にいかがですか」

里佳が言った。

「だけど、谷口さんの方こそ何か予定があるんじゃないですか」

「全然」

「本当ですか？」

「本当ですよ」

里佳はちょっとムキになったような言い方をして、

「でも、今夜は私にご馳走させてくださいね」

と付け加えた。その一言を耳にして、私は一瞬、高木舞子の顔を思い浮かべていた。よくよく見ると谷口里佳は舞子にも少し似ているような気がした。

「そんなわけにはいきません」

私が大袈裟に首を振ってみせると、

「いいじゃないですか、堅いこと言わなくても。今夜あたり寄ろうと思っていたお店なんです。数少ない馴染みなんでまかせてください。といっても小さなおでん屋さんなんですけど」

「ほんとにいいんですか」

「もちろん」

里佳は嬉しそうな表情を作り、

「菊池さん、おでんは大丈夫ですか」

と訊く。

「大好物ですよ」

私は答える。

連れ立って歩き始める。

「トアロードの方なんです」

と言い、里佳はセンター街を右折した。

並んで歩いてみると、思ったほど小柄ではなかった。先だっては長身の山村はるかや中西優香に挟まれていたから小さく見えたのかもしれない。これだったら真尋より上背はあるだろう。

どうやら敬遠されていたわけではなさそうだと知って、私は安堵していた。自分が案外気にしていたことに気づかされる。

いくたロードから一本西の筋が「トアロード」だった。

関西では街路を「筋」と呼ぶ。大阪の御堂筋が一番有名だが、神戸では神戸港方向を「海側」、六甲山方向を「山側」と呼び、この海から山へと繋がる南北の道を「筋」または「ロード」と呼んでいた。この筋と交わる東西の道は「通り」だ。

トアロードから一本元町寄りの南北の道が「鯉川筋」。この鯉川筋をさらに海側に下っていくとメリケンパークに通ずる「メリケンロード」。このメリケンロードと大丸裏で交わるのが「仲町通り」で、仲町通りを三宮方向へ戻ると「京町筋」。京町筋を渡ってさらに進めばメインストリートである「フラワーロード」に達する――といった具合だ。

トアロードで右折して山側へと私たちは上っていった。再び高架をくぐって中山手地区に入る。中央図書館からの帰りに歩いた生田新道を越えれば右手は生田神社やノーベルビルのある東門街のはずだった。

陽は完全に落ちてしまったが、トアロードも生田新道も数えきれぬほどの店々の明かりで薄暮を凌ぐような明るさだった。食事や飲みに向かうサラリーマンやＯＬ、学生たちで沿道はお祭りめいた賑わいを呈している。

生田新道の交差点で信号待ちをしていると、

「実は、さっき菊池さんに声を掛けられたとき、かなりびっくりしたんですよ」

里佳が言った。

「そうなんですか」

「はい」

私には里佳の言葉の真意がいまひとつ摑めない。

「実は」

また「実は」を使う。

「今朝の夢に菊池さんが出てきたばかりだったんです」

含み笑いの顔で里佳が言った。

「夢？」

私は思わず素っ頓狂な声を上げる。

「そうなんですよ。ホテルのロビーみたいなところでさっきみたいに菊池さんとばったり会う夢だったんです」

「それは光栄だな」

苦笑交じりに口にしながら、内心で驚愕していた。

昼間夢に出てきた人と出くわすだけでも驚きだが、その出会った相手が自分とまったく同じ夢を見ているなんて普通はあり得ないだろう。

「だから、菊池さんが目の前にいたときは正直、ぎょっとしちゃいました」

「へぇー、そうだったんですか」

私は相槌を打ちながら谷口里佳の顔を見つめる。

いまはもう真尋よりも高木舞子の方に似ている気がした。

信号が変わって私たちは再び歩き出す。

「この交差点を渡ってちょっと行ったところを右に入ればおでん屋さんですから」

夢の話などなかったような淡々とした口調で里佳が言った。

野々宮

レンタルＤＶＤの店を過ぎたところで里佳は右の路地へと曲がった。曲がってすぐが広めの駐車場で、その先に細くて古いビルが建っている。側面の白い外壁には落書きがびっしり書き込まれていた。ほとんど英文字で、人の顔のようなものが幾つか描かれていたが、なかなか達者な落書きだった。

ビルの一階には大きな白地の提灯が下がり、「野々宮（ののみや）」と店名が入っている。提灯の下のわっぱには「おでん」と記された赤い暖簾（のれん）が吊るされていた。

門構えは茶色のタイル張りで、黒光りのする格子戸がはまっている。

間口は決して広くないが、なかなか落ち着いたたたずまいの入り口だった。

「こんにちはー」

と言いながら、谷口里佳がその格子戸を引いた。

微かな鈴の音が響く。

店内に足を踏み入れると、右手に幅広のカウンターがあり、足元にはスツールではなく同じ板張りの長椅子が据えられている。座布団のようなものはなかった。

カウンターには背広姿の二人連れ二組と若いカップル一組がそれぞれ間隔をあけて座っている。L字型になったその奥にあと二組くらいは余裕で入りそうだった。

「いらっしゃい」

作務衣（さむえ）姿の若い女の子が出迎える。里佳が「こんにちは」と言うと、彼女は私の方へ軽く会釈しつつ「カウンターにする？　それともテーブルがいい？」と気さくな調子で訊いてきた。

「カウンターにしよっかな」

里佳は答えて、「いいですか」と振り返る。「もちろん」と頷いた。

女の子に先導されて奥のカウンター席に座った。

右を見ると小上がりがあって、掘炬燵（ほりごたつ）式のテーブル席が二席設（しつら）えられている。席の一つは三人連れの女性客で埋まっていた。間口は狭いが奥行きのある案外に広い店だ。平日のこの時間帯でこれだけの客入りということは、そこそこの繁盛店ではあるのだろう。

席に着いたところで、和服姿の女性が近づいてきた。

「いらっしゃいませ」

と言いながら、おしぼりを手渡してくれる。

おしぼりを受け取った里佳と彼女とのあいだに、微妙な間合いがあった。

「女将さん、こちら東京の出版社で役員をされている菊池さんです。この前たまたま知り合って、しばらく神戸に滞在されるというのでお連れしました」

里佳の方が先に口を開いた。

「そうだったんですか」

女将は私が使ったおしぼりを受け取りながら大きな笑みを浮かべる。

私はポケットから名刺入れを取り出し、一枚抜いて差し出した。女将は丁寧にそれを受け取り、帯から自分も一枚取って渡してくる。その名刺を覗いていると、

「これはすごいところの取締役さんなんですねぇ」

と女将が感心したような声を出した。貰った名刺には、

——おでん、小料理
野々宮
野仲さつき

と記されている。

その名刺と女将とを見比べる。

私くらいの年回りだろうか。しかし、かなりきれいな人だった。すっきりとした顔立ちで、切れ長の瞳に憂いの気味がある。

「半年くらいはこっちにいる予定なんで、よろしくお願いします」

私は名刺をポケットにしまいながら頭を下げた。

「こちらこそご贔屓にして下さいね」

女将は型通りの挨拶を返してくると、

「今日は何にしますか？」

里佳に訊ねた。

「適当に何かおいしいものをお願いします。菊池さん、おでんは大好物なんですって」

「お二人とも最初はビールでいいですか」

里佳も私も「はい」と言う。

「たしかにずいぶんな馴染みなんですね」

女将が離れてから言った。二人のやりとりからしてそんな気がした。

「そうなんです」

里佳が頷く。

「なかなかきれいな方ですね」

私が言うと、里佳がいささかきょとんとしたので、

「あの女将さんのことです」

と付け足した。

「そうですか」

意外そうな声を出した。

「ちょっと西田佐知子に似ている」

なおさらきょとんとした顔をされた。

「西田佐知子といっても谷口さんはちんぷんかんぷんですよね」

私は笑う。

「僕が小学生の頃に人気があった歌手なんです。彼女が関口宏との結婚を発表したときは子供心にショックでした。たしか中一のときだったんですけどね」

里佳は、関口宏という名前でようやく少し分かったような顔をした。

「まあ、僕より二十歳近くも年上なんで、大人の女性って感じでした。クールなイメージで売ってましたから、へぇー、こんな人でも人並みに男性を好きになったりする

のかってすごく意外に感じたおぼえがある。それ以来、僕は関口宏のことはどうしても好きになれない」

冗談まじりに言うと、

「でも、そういうのってありますよね」

里佳は笑いながら同意した。

「たとえば谷口さんが最近一番がっかりしたカップルってどのカップルですか」

これだけの年齢差だと会話にもなかなか気を遣う、といつもながら思う。

「えーっ誰だろう？　芸能人ですよねえ」

里佳が考えているところへ生ビールが届いた。

「僕は最近だと、満島（みつしま）ひかりの結婚にはげっそりしましたね。何であんな可愛い子があんな監督風情と一緒にならなきゃいけないのか理解できない」

そう言いながら「乾杯」とグラスをぶつけてビールを喉に流し込む。

「そうですか。でも石井裕也（ゆうや）って将来を嘱望されてる監督さんでしょう」

「そんなこと知りませんよ。どうせ、ただの女たらしに決まってる。というか映画監督が女優に手を出すなんて完全なルール違反だ」

「そうですか。そんなこと言ったら日本の映画監督なんてみんな失格ってことになりませんか」

「だから日本映画はいつまで経っても復活しない」

「ここ数年、邦画はすっかり復活してますよ」

「まあ、そう言われればそうですけどね。ただ、石井監督の撮った映画なんて僕は金輪際観たくない」

「そんなあ。菊池さんの言ってることって支離滅裂ですよー」

反論しながら里佳はげらげらと笑った。

「たしかに」

私も素直に同意する。

「ま、きれいな女の子と結婚した男のことはどれほどクソミソに言ってもいいんですけどね」

付け足すと、

「ほんとですかー」

里佳はまた笑った。

「ところで谷口さんは、このお店、どうやって見つけたんですか」

多少、里佳の気持ちもほぐれたようだと感じながら訊ねた。

「会社の先輩に連れてきてもらったんです」

「こっちに来てからですよね？」

「はい」

里佳は甲陽新聞に入社してすぐに姫路支局に配属され、二年の支局勤務を終えてこの春神戸本社に戻ってきていた。そういう話は前回、二軒目の店で聞かされた。彼女はもともと京都の出身で、大学は阪大だった。両親はいまも京都で暮らしているようだ。

「じゃあ、ずいぶん足繁(あししげ)く通ってるんですね」

と言うと、またきょとんとした。

「いや、四月からだったらまだ半年くらいだから」

「あ、そうですね。忙しくないときは週二くらいで来てるから」

取ってつけたような物言いで里佳は答えた。

カウンターの中に入っていた女の子が料理を運んできた。鳥肝の煎(い)り煮、タコのガーリック炒め、豆鰺(まめあじ)の唐揚げなどの皿が目の前に並んだ。

箸をつけてみるとどれもなかなかの味付けだった。

「おいしいですね」

「でしょう」

里佳が嬉しそうな顔になる。

「しかしここに週二だったら、なるほどガード下の店には来てくれないわけだ」

私はグラスを空にしてから言う。

「本当にごめんなさい」

里佳が殊勝な声を出す。

「いやいや。谷口さんは何にも悪くない」

そう言って、

「だけど、今朝の夢に出てきたってことは、僕は内心やっぱりうらんでいたのかなあ」

ことさら真面目な声色で言ってみた。

「えーっ」

里佳がこちらを見る。彼女のグラスも空になっていたので、「もう一杯ビールでいいですか?」と確かめてからおかわりを注文した。

女将さんの姿はカウンター越しには見えない。きっと料理も彼女が作っているのだろう。この席数を二人で切り盛りするとなると、これくらいの入りが限界かもしれないとふと思った。

「冗談ですよ」

と言うと、

「これからはこのお店でときどきお目にかかりましょう」

里佳が返してくる。

「夢の中で僕たちはどんな話をしてたんですか」

一番訊ねたかったことを口にした。

今日の昼間、夢の中で私は何事かを熱心に里佳に話していたが、その内容をまったく思い出せなかった。私たちが話していたのはホテルのロビーのような場所で、これは里佳が見た夢の情景と同様だった。だとすれば、その夢の中身を聞けば、昼間の夢で自分が何を一生懸命話していたかを思い出せるかもしれない。そして、万が一にもそれが同じ内容だったとすれば、里佳と私とは同じ日にまるきり同じ夢を見たという信じられない話にもなってくる。

「よく憶えてないんです。豪華な応接セットに差し向かいで座って、いろいろ話したような気がするんですけど……」

「そうなんですか。ただ、僕たちがいろいろ話すっていうのも、それはそれでヘンな話ですよね」

「そう言えばそうですよねえ」

里佳は初めて思い当たったような顔になる。

会話の中身を憶えていないという彼女の言葉は私を半分落胆させ、半分ほっとさせたのだった。

二杯目のビールもそうそうに飲み干し、里佳は「山ねこ」の水割りを注文した。山村はるかといい彼女といい、いまどきの女性は実によく飲む。大学卒業と同時に結婚した次女の千晶はほとんど下戸だったが、長女の真尋の方は私に似たのかかなりの酒豪だった。先般ニューヨークに行ったときも二人でずいぶんバー巡りをしたものだ。

しばらく飲んでいると、里佳が椅子に置いたバッグから携帯を取り出した。留守録かメールでもチェックしているのかと眺めていると、

「この人ですね」

と携帯を向けてくる。

「そういえばちょっと似てるような気もしますね」

アイフォーンの画面には西田佐知子の顔写真がずらりと並んでいた。ほとんどがレ

コードのジャケットのようだ。

大ヒットした「アカシアの雨がやむとき」のシングルジャケットもあった。

私は人指し指を伸ばして、そのジャケ写真にタッチする。画像が拡大された。

神宮外苑あたりの裸の並木道を背景にベージュのレインコート姿の西田佐知子が遠くを見つめて立っていた。長い髪は後ろに流して額まであらわになっている。細面にくっきりした目鼻立ち、口許は薄く、理知的な面差しだった。なぜか左手でコートの襟を握り締め、右肩にはショルダーバッグのストラップが掛かっている。たったいまこの並木道で別れを告げた男の遠ざかる後ろ姿をじっと見送る女——そういう設定のカバー写真なのだろう。

しかし、その西田佐知子は、女将ではなくむしろ目の前の谷口里佳とよく似ているのだった。

「いま気づいたんだけど、谷口さんも西田佐知子に似ていませんか？」

私は言った。

谷口里佳が手の中の携帯を引き寄せて拡大された写真に見入る。

「そうですかあ」

怪訝な声を出しているが、まんざらでもなさそうだ。

「その画像なんて谷口さんにそっくりですよ」

そこへ女将がおでんの皿を持ってやって来た。

大きな皿にさまざまなおでん種が盛りつけられている。巾着、厚揚げ、ごぼ天、大根、じゃがいも、たまご、豆腐つみれ、牛すじ、ロールキャベツ。東京のおでんほど色濃くはないが、しっかりと味はしみていそうだった。

「それぞれ二つに割っておきましたけど、大根さんとおいもさんと牛すじは一人一つずつにしておきました」

皿を置いて女将が言う。

「菊池さん、お飲み物はどうされます？」

空になった二杯目のグラスを引き取りながら訊いてきたので、

「じゃあ、僕も彼女と同じものを」

と答えた。

谷口里佳も携帯から目を離し、「おいしそう」と皿を見つめている。

まずは大根を小皿に取って箸を入れた。カツオだしの香りが食欲をそそる。里佳は厚揚げをよそっていた。

「これは、うまいな」

「でしょ」

厚揚げを頰張りながら里佳が嬉しそうにする。「山ねこ」の水割りを持って女将が戻ってきた。

「おでんおいしいです」

「ありがとうございます」

女将が小さく会釈する。

「女将さん、西田佐知子って知ってます？」

箸を握ったまま里佳が訊いた。

「もちろん」

「菊池さんが、よく似てるっておっしゃってますよ」

「あら、そうですか。それは光栄やわ」

女将が手を口許にあてて微笑んだ。

「いままで似てるって言われたことないですか？」

私が質問すると、

「若い頃はたまに言われてましたね」

「でしょう」

すると里佳が、手元に置いていた携帯を再び取ってカウンターの向こうに突き出した。女将が小さな顔を近づける。

「でも、菊池さんが、この写真は私に似てるって言うんですよ」

「あら」

と女将は熱心にアイフォーンの画面を見ている。

「ほんまやねえ。里佳ちゃんによう似てる」

「そうかなあ」

里佳は甘えたような声を出した。

そんなやりとりを交わす二人を眺め、私はあらためて女将を観察した。

西田佐知子というよりも淡路恵子に似ているように思う。最近の女優だと誰だろう。強いて挙げれば雰囲気は松雪泰子あたりか。勝手気ままに生きてきたようにも見えるし、逆に人の倍の苦労を重ねてきた女性のようにも見える。自らの気ままさがそういう辛苦を招き寄せ、それでもわがまま放題に生きつづける女――そんなタイプなのかもしれない。知り合いの銀座のママたちの中にはこういう色合いの女性が多かった。

私がしばらくその顔を注視していると、

「おでん、足りなかったら言ってくださいね」

女将がこちらを向いて柔らかい口調で言った。

「はい」

頷いて、慌てて視線を逸らす。

女将の方はそのまましばらくじっと私の方を見ていた。

「菊池さん、西田佐知子がこの神戸の町の歌を歌ってるのご存じですか」

不意に訊いてきた。

「いやあ、知りませんが」

むろん心当たりはない。

「神戸で死ねたら、ていう曲なんですよ」

「神戸で死ねたら？」

「ええ。何だか物騒な題名ですけどねえ。でもとてもいい歌です」

私が黙っていると、

「いっぺんぜひ聴いてみて下さい」

女将はなぜか強い口調で言う。

魔法のような考え方

十月の末、『スティーブ・ジョブズ』（井口耕二訳　講談社）Ⅰ、Ⅱ巻が下柳から送られてきた。

予約が殺到していると知り、送ってくれるようメールで依頼しておいたのだ。

神戸の連絡先はむろん総務部長の中根には届け出ていた。名ばかりとはいえ私はまだ取締役の一人だ。所在不明というわけにはいかない。ただ、かつての部下たちには何の連絡もしていなかった。向こうからも電話一本掛かってくることはない。

いかなる関係も、どちらか一方が本気で絶とうとすれば、あっと言う間に雲散霧消してしまう――これは私がこの社会で生きてきて学んだ大切な真理の一つだ。

本と一緒に短い手紙がついていた。

「菊池さんがいなくなって、こんなにさみしくなるとは思ってもいませんでした。一日も早い無事の帰還を部員一同、心よりお待ちしております」

末尾の一文にはさすがに涙が出そうになった。

スティーブ・ジョブズ氏がカリフォルニア州パロアルト市の自宅で亡くなったのは

十月五日午後三時頃。死因は膵臓腫瘍による呼吸停止だった。

アップル社は当日、ジョブズ氏の死去を発表したが、死因や死亡時刻、場所などについては明らかにしなかった。

私がその詳細を知ったのは、訃報から六日後の十月十一日。ブルームバーグ通信がサンタクララ郡発行の死亡証明書を入手して報じたスクープが「読売オンライン」に転載され、それを読んだのだ。

そして、さらに十日後の十月二十一日。二十四日に世界同時発売される公式伝記『スティーブ・ジョブズ』Ⅰ・Ⅱの販促のためだろう、ジョブズ氏の死をめぐる大きな秘話が米メディアで一斉に報じられた。

その内容は、二〇〇三年秋に膵臓がんと診断されたジョブズ氏が医師の勧めに頑強に抵抗し、九カ月にわたって手術を拒否しつづけて、食事療法、漢方、鍼治療、さらには心霊治療といった手術に頼らない治療に専心していたというものだった。

伝記の著者であるウォルター・アイザックソンはCBS「60ミニッツ」のインタビューの中で、ジョブズ氏が手術を拒んだ理由について「身体を切り開くのは嫌だった。そのように侵されるのは嫌だった」と本人が話していたことを明らかにし、そのときのジョブズ氏の心境に関して次のように分析していた。

「ジョブズ氏はあるものを無視すれば、あるものの存在を望まなければ、呪術思考（マジカル・シンキング）ができるようになると感じたのだろう。彼は過去にそれに成功している。もっとも、彼は（手術を拒んだことを）後悔していた」

私は、アイザックソンのこの発言を知って、ジョブズ伝を読んでみようという気になったのだった。

私が訃報に接したのは、初めて野々宮を訪ねた翌日、十月六日の朝のことだった。同じ膵臓がん患者であるジョブズ氏の死を知っても、ほとんど何の感慨も湧かなかった。

それは自分でも不思議なくらいだった。

その後半月ほどして、ジョブズ氏が手術を九カ月間も拒んでいたという事実を知ったのだが、そのときもさしたる驚きはなかった。

私が思い至ったのは、ジョブズ氏はスタンフォード大学で例の有名な演説を行ったとき、事実とは相当に異なるニュアンスで語ったのだな、ということだった。

すぐにネットでもう一度、二〇〇五年六月の演説を読み返してみた。

〈私は（膵臓がんと記された）診断書を一日抱えて過ごしました。そしてその日の夕方に生体検査を受けた。喉から内視鏡を入れ、胃、腸を経由して膵臓に針を刺し、腫瘍細胞を採取しました。私は鎮静状態でしたので、妻の話によると、顕微鏡で細胞を覗いていた医師が不意に泣きだしたという。私のがんは膵臓がんとしては珍しい、手術を受ければ治せるタイプのがんだったのです。

手術を受け、ありがたいことに今もこうして元気です。〉

この演説の十カ月前の二〇〇四年七月三十一日にジョブズ氏は手術に踏み切っているが、実はそのさらに九カ月前の二〇〇三年十月に膵臓がんと診断され、「手術を受ければ治せるタイプのがん」だと告げられていたのだった。

こうした時間的経緯は、ジョブズ氏の演説からはまったく窺い知ることができない。演説だけ聞けば、〝医師が泣きだすほど悪性度の低いがん〟と診断されたジョブズ氏は、自らの強運に感謝しつつ、すぐにも手術を受けたと誰もが思ってしまうだろう。

しかし、事実はまったく違っていたのだ。

ジョブズ氏は〝幸運な膵臓がん〟であったにもかかわらずなぜ手術を受けようとしなかったのか？

あげく九カ月後に手術を決断したのはなぜなのか？

手術をためらいつづけた九カ月をジョブズ氏は後悔していたと伝記作家は語っているが、それは本当なのか？　また彼はなぜ後悔していたのか？

そして何より、遅すぎた手術にもかかわらず八年もの生存を実現したジョブズ氏は本当にがんに敗れたのか？

私はそうしたことを知りたいと思った。ゆえに下柳に本を送ってくれるよう頼んだのだった。

本は十月三十一日に届いた。さっそくその晩、夕食のあとページを開いた。

手始めに、膵臓がんが見つかった経緯を記したⅡ巻の34章から読んだ。

ジョブズ氏のがんは「膵島細胞腺腫（すいとうさいぼうせんしゅ）」あるいは「膵臓神経内分泌腫瘍（ぶんぴ）」と呼ばれる珍しい腫瘍で、進行が遅く、治療できる可能性が高いものだったようだ。しかし、彼は手術を拒否する。「60ミニッツ」のインタビューにあった通り、

〈「体を開けていじられるのが嫌で、ほかに方法がないか少しやってみたんだ」

そう当時を回想するジョブズの声には、悔やむような響きが感じられた。〉

とアイザックソンは書いていた。

手術を拒絶したジョブズ氏は、

・新鮮なにんじんとフルーツのジュースを大量に取る絶対菜食主義

・鍼治療
・有機ハーブ
・ジュース断食
・腸の浄化
・水治療
・負の感情の表出
・心霊治療

などの療法を片っ端から行ったという。

妻のパウエルは「スティーブは直面したくないことはみんな無視してしまうのです。そういう人なんですよ」と証言していた。そして、著者のアイザックソンは次のように書いていた。

〈それまでジョブズは、妻が言う「魔法のような考え方」――想いが強ければなんでも望むとおりにできるという考え方――で大きな成果をあげてきた。がんはそういうわけにいかない。〉

結局、二〇〇四年七月のＣＴ検査で、自分のがんが予想に反して大きくなっている事実を突きつけられる。

ジョブズ氏もようやく観念し、手術を受け入れる。

ジョブズ氏はティーンエイジャー時代から折に触れて浄化・断食を行い、菜食主義を通してきていた。その奇妙な食習慣が術後の回復を遅らせてしまったようだ。

ジョブズ氏の食癖については次のような詳しい記述があった。

〈結婚して子どもが生まれても、ジョブズは怪しげな食習慣を変えなかった。レモンを搾ったにんじんサラダだけ、あるいはリンゴだけなど、同じものを何週間も食べたかと思うとそれを放り出し、なにも食べないと宣言する。そして、ティーンエイジャー時代と同じように断食に入り、それがいかに優れているのかをテーブルでしきりに講義するようになる。〉

こうした食事は、がんが広がりだした二〇〇八年になって、ジョブズ氏の体力を急速に奪っていった。

この年の春だけでジョブズ氏の体重は二十キロも減ってしまったのだ。

二〇〇九年三月二十一日、がんが転移していた肝臓を切り取り、自動車事故で亡くなった若者の肝臓を移植する。そして、この手術の際にがんが腹膜に播種していることが確認された。

にもかかわらず、専門の医師団によるさまざまな先端的治療の効果もあって、ジョブズ氏は腹膜播種を抱えながらもアップルの経営に全精力を注ぎ込むことができた。

私はこの本を読んで初めて知ったのだが、ジョブズ氏の名声を不動のものとした画期的なアップルの製品は、アイポッドミニ（二〇〇四年）もアイフォーン（二〇〇七年）もアイパッド（二〇一〇年）もすべて膵臓がんが発見されてのちに発表されたものだった。

私が本書で最も注目したのは、ジョブズ氏が「魔法のような考え方」（想いが強ければ何でも望むとおりにできる）の持ち主であり、その考え方によってがん治療を除くさまざまな成功を手に入れてきたという「事実」だった。

著者のアイザックソンは「がんはそういうわけにいかない」と断定していたが、その根拠はただ、ジョブズ氏が「魔法のような考え方」によって手術を先送りしてしまい、結果、膵臓がんで死んでしまったというに過ぎなかった。

しかも、その根拠について、アイザックソン自身が〈残念ながら、がんは広がっていた。手術中、肝臓に3ヵ所の転移が見つかった。9ヵ月早く手術していたら広がる前だったかもしれない〉と綴ったあとで、〈もちろん、確実なことは誰にも言えないのだが〉と留保をつけているのだ。

私は、こうした著者の書き方は、結果的にジョブズ氏の「魔法のような考え方」の持つ価値を不当におとしめているように感じられた。

アイザックソンはジョブズ氏のビジネス上のもろもろの成功がその「魔法のような考え方」（彼はそれを〝ジョブズ氏の現実歪曲フィールド〟と呼ぶ）によってなし遂げられたことを全編にわたって強調していながら、確実なことは誰にも言えないとしつつ、ジョブズ氏のこうした「魔法のような考え方」が、実は、ジョブズ氏の最も大切な生命を縮める有害な「狂信」でしかなかったのだ、と暗に示唆していた。

そこには、この伝記作家が持つある種の偏見が透けて見える。

ジョブズ氏がアップルにおいてなし遂げた数々の事業よりも、膵臓がん治療の方が遥かに困難な事業であり、ジョブズ氏の「魔法のような考え方」でがんが克服できるかといえば「がんはそういうわけにはいかない」というわけだ。

だが、私はこうした著者のレトリックに大きな疑問を持った。

ジョブズ氏のような輝かしい成功を得ることと、さほど悪性度の高くない膵臓がんを完治させることと、そのどちらが容易かと問われるならば少なくとも答えは五分五分といったところなのではないか？

現実的に言えば、前者の方がはるかに難しかろう。膵臓がんを奇跡的に治癒させた患者は何百人と現存するだろうが、スティーブ・ジョブズのような成功と名声を手に入れた人間はこの世界に一握りしかいない。

当のジョブズ氏が自らの信ずる成功原理に基づいて手術を退けたのは、ある意味で当然のことだったろうと私は感じた。あれほどの成功をなし遂げた者であれば、「俺は俺のやり方でがんだってやっつけられる」と思うのは無理からぬところだ。そして、実際、ジョブズ氏は発病から八年の歳月を生き通し、その間、氏特有の「魔法のような考え方」によって、それまで以上の成功を積み重ねることができた。

だとすれば、アイザックソンが註釈（ちゅうしゃく）のように簡単に片づけた「もちろん、確実なことは誰にも言えない」という一語は、もっと真剣に捉え直されるべきだろう。

もしかしたら、あのときジョブズ氏が自らの信奉する成功原理に基づいて九カ月間にわたって手術を見送ったことは、アイザックソンが言外に匂わせるような〝とんでもないミスジャッジ〟ではなく、むしろそれこそがその後の八年の歳月をジョブズ氏に約束した決定的な決断だったのではないか？　もっと言えば、たとえがんが一時的に大きくなっていたとしても、ジョブズ氏が引き続き手術を拒否し、自らの信ずる治療を選びつづけていれば、いずれ完治させる可能性すらあったのではないか？

なぜなら彼は希代の成功者、スティーブ・ジョブズその人なのだから。

少なくとも「確実なことは誰にも言えない」という言葉の中には当然そのような意

味合いも含まれてしかるべきであろう。

そう考えると、ジョブズ氏ががん手術のあと、自分は「治った」と公言していた理由もよく分かってくる。そしてまた、あのスタンフォード大学での演説でいかにもすべてがうまくいったかのように語ったことの真意も摑めてくる。

ジョブズ氏は手術後も「魔法のような考え方」、つまり想いが強ければなんでも望むとおりにできる、という信念を手放すことなく忠実に実践しつづけていたのだ。

私はこの「魔法のような考え方」に強く惹かれるものを感じた。そうやって想いを強くすることであれほどの成果を上げた人間がいるのならば、自分もその「考え方」を信じてみるべきだと思った。

私はジョブズ氏のようなめくるめく成功などまったく望んでいない。

私が望んでいるのはこの腹中の膵臓がんを治癒させること、それ一つきりだ。

ジョブズ氏は仕事と治癒という二兎（にと）を追った。もしも彼に何か落ち度があったとすれば、きっとそれだったのだろうと私には思えた。そして、ジョブズ氏は心の奥の奥で、自分の病気の治癒よりも、仕事での成功をおそらくは優先していたのだ。

『スティーブ・ジョブズ』を二日がかりで読んで、私は、ジョブズ氏は最後の最後まで自分の望む通りの人生を生き抜くことができたに違いないと考えを大きく改めた。

彼は挫折したわけではなかった。がんに敗北したわけでもなかった。しかし、彼はがんによって五十六歳の若さで死んでしまったのだ。

直感が花ひらく

〈ジョブズが東洋思想やヒンズー教、禅宗、悟りを求めたのは、19歳という多感な一時期だけではなかった。その後もずっと、般若（はんにゃ）とも呼ばれる仏智（ぶっち）、心を研ぎ澄ませることによって体得する最高の智慧（ちえ）や認識など、東洋の宗教を支える教えを求め続けたのだ。インドへの旅はのちのちまで自分に影響を与えたと、後年、パロアルトの自宅の庭で私に語ってくれた。

僕にとっては、インドへ行ったときより米国に戻ったときのほうが文化的ショックが大きかった。インドの田舎にいる人々は僕らのように知力で生きているのではなく、直感で生きている。そして彼らの直感は、ダントツで世界一というほどに発達している。直感はとってもパワフルなんだ。僕は、知力よりもパワフルだと思う。この認識は、僕の仕事に大きな影響を与えてきた。

西洋の合理的思考は人間が生まれながらに持っているものじゃない。習得するものであり、西洋文明の大きな成果でもある。インドの村では合理的思考を学ばないんだ。彼らは別のものを学ぶ。合理的思考と、ある意味、同じくらい重要な面も持ち、それほどでもない面も持つものだ。それが直感の力、体験にもとづく智慧の力だ。

インドの田舎で7ヵ月を過ごしたおかげで、僕は、西洋世界と合理的思考の親和性も、そして西洋世界のおかしなところも見えるようになった。じっと座って観察すると、自分の心に落ちつきがないことがよくわかる。静めようとするともっと落ちつかなくなるんだけど、じっくりと時間をかければ落ちつかせ、とらえにくいものの声が聞けるようになる。このとき、直感が花ひらく。物事がクリアに見え、現状が把握できるんだ。〉(『スティーブ・ジョブズ』I　九三～九四ページ)

〈ジョブズは頭がいいのだろうか。いや、それほどいいわけではない。むしろ天才、ジーニアスなのだ。彼の想像力は、予想もできない形で直感的にジャンプする。ときとして魔法のように感じるほどだ。数学者、マーク・カッツが言う「魔法使いのような天才」とは彼のような人間を指すのだろう。どこからともなく着想が湧いてくる人物、知的な処理能力よりも直感で正解を出してしまうタイプの人間だ。まるで探検家のように、ジョブズは周囲の状況を把握し、風のにおいをかぎながら、先になにがあるのかを感じ取る。〉（『スティーブ・ジョブズ』Ⅱ　四二三ページ）

〈僕は自分を暴虐だとは思わない。お粗末なものはお粗末だと面と向かって言うだけだ。本当のことを包みかくさないのが僕の仕事だからね。自分がなにを言っているのかいつもわかっているし、結局、僕の言い分が正しかったってなることが多い。そういう文化を創りたいと思ったんだ。

僕らはお互い、残酷なほど正直で、お前は頭のてっぺんから足のつま先までくそったれだと誰でも僕に言えるし、僕も同じことを相手に言える。ギンギンの議論もしたよ。怒鳴り合ってね。あんないい瞬間は僕の人生にもそうそうないほどだ。僕は、「ロン、この店はまるでクソだね」ってみんなの前で言える。全然平気なんだ。「こいつのエンジニアリングは大失敗だったな」って、責任者を前にして言うこともできる。超正直になれる――これが僕らの部屋に入る入場料なのさ。〉（同四一八ページ）

〈前に進もうとし続けなければイノベーションは生まれない。ディランはプロテストソングを歌い続けてもよかったし、おそらくはそれで十分に儲かったはずだ。でも、彼はそうしなかった。前に進むしかなくて、1965年にエレキを採用したんだけど、それで多くのファンが離れていった。〉（同四二八〜四二九ページ）

〈なにが僕を駆り立てたのか。クリエイティブな人というのは、先人が遺してくれたものが使えることに感謝を表したいと思っているはずだ。僕が使っている言葉も数学も、僕は発明していない。自分の食べ物はごくわずかしか作っていないし、自分の服なんて作ったことさえない。

僕がいろいろできるのは、同じ人類のメンバーがいろいろしてくれているからであり、すべて、先人の肩に乗せてもらっているからなんだ。そして、僕らの大半は、人類全体になにかをお返ししたい、人類全体の流れになにかを加えたいと思っているんだ。それはつまり、自分にやれる方法でなにかを表現するってことなんだ——だって、ボブ・ディランの歌やトム・ストッパードの戯曲なんて僕らには書けないからね。僕らは自分が持つ才能を使って心の奥底にある感情を表現しようとするんだ。僕らの先人が遺してくれたあらゆる成果に対する感謝を表現しようとするんだ。そして、その流れになにかを追加しようとするんだ。

そう思って、僕は歩いてきた。〉（同四二九〜四三〇ページ）

確かめて、助ける

十月、十一月と体調にさしたる変化は見られなかった。野々宮に初めて行った日は血尿が出て肝を潰したが、あれもその日のうちにおさまってしまった。

十月五日の夜。野々宮で里佳と酒を酌み交わし、半ばやけくそ気味に酔っぱらった。店のトイレを借りてみると、不思議なことに尿の色は普通に戻っていたのだった。

血尿は少なくとも二、三日、長いときは一週間以上も続く。いままではそうだっただけに意外だった。がんの腎転移の場合だと病態が違うのかもしれないが、それにしても毎度真っ赤なおしっこが出るよりはずっといい。血尿は心底気分を滅入らせる。

結局、あの日以来、血尿が出ることは一度もなかった。

山村はるかが連れて行ってくれた浅井本店からは足が遠のき、もっぱら野々宮に顔を出すようになった。いまでは週に二度くらいは出かけているのではないか。

どうせ通うならげんのいい店がいい。

谷口里佳ともずいぶん親しくなった。

里佳はどういうわけか、野々宮には誰も連れて来なかった。会社の先輩に紹介された店だと最初に言っていたが、甲陽新聞の連中にばったり会うこともなく、里佳の話にしばしば出てくるあの中西優香も姿を見せない。

「谷口さん、いっつも一人だね」

あるとき、その点を指摘してみると、

「そういえばそうですねえ」

本人が初めて気づいたような顔をしていた。

西田佐知子の「神戸で死ねたら」はユーチューブで探すとすぐに見つかった。この曲は西田が関口宏と結婚する前年の一九七〇年五月に発表されている。作曲は三木たかし、作詞は橋本淳。

これといって印象に残る詞や曲ではなかったが、しかし、野々宮の女将からこの曲名を教えてもらったとき、私には天啓のように気づかされたことがあった。

私は、体調が悪化し、痛みの治療が不可欠になったら東京に帰るつもりでいた。万事休すと見極めた時点で長年暮らした東京に舞い戻り、国立国際医療センターの医師たちに我が身を委ねようと端から思い込んでいた。

だが、よくよく考えてみれば、神戸で病状を悪化させたとしても、その段階でどこか新しい病院を探してしまえばそれでいいのだった。

神戸にだって終末期医療の専門医の一人や二人はいるに違いない。

死ぬと決まったとき、なぜあの東京のあの病院に帰る必要があるというのだろう？

「神戸で死ねたら」という曲名が女将の口をついて出た瞬間に、

――なんだ、俺はこの街で死んだって全然構わないじゃないか。

はたとその一事に思い至ったのである。

そして、そう気づいた途端に気持ちがすーっと楽になった。

この神戸で死んでもいいんだ。むしろそっちの方がずっとすっきりするじゃないか、と思った。

東京での人生には何の未練も執着もなかった。愛してくれる人も、愛すべき人もあの街にはいなかった。むろん幼少期の無垢の思い出が詰まった故郷というわけでもない。

私はそんな当たり前のことに気づき、どうせ消えてしまうのならば、まっさらなこの神戸の土地で消えた方がよほど思い切りがいいと結論づけたのだった。

女将に「神戸で死ねたら」を教わったこともまた、私が野々宮をげんのいい店だと感じた一因ではあった。

十一月十八日は真尋と千晶の二十五歳の誕生日だった。

海外にいる彼女たちにはそれぞれバースデイカードを送ったが、差出人住所は神楽坂のままにしておいた。そのあとどちらとも電話で話したが、相変わらず東京暮らしであるかのように偽った。真尋も千晶も私に重大な変化が起きているとは気づきもしない様子だった。

十一月の後半になってもなかなか染まらぬ木々に京都や奈良では気を揉(も)んでいたようだが、下旬に入るとさすがに風は秋めいてきた。朝晩かなり冷え込む日もあって、紅葉は一気に進んだ。

私も月末に一度、京都に足を運んだ。南禅寺(なんぜんじ)から永観堂(えいかんどう)へとつづく並木道を歩き、人でごった返す堂内にも入った。ジョブズ氏のマジカル・シンキングに倣って、御本尊の見かえり阿弥陀様の前で「来年も必ずこの紅葉を観に参ります」と約束してきた。

そして、十二月三日土曜日。

いつも通り、八時過ぎには目を覚まし、マンションの二階に設けられたトレーニングルームのランニングマシーンで一時間余り歩いた。

十二月に入った途端に真冬並みの寒さに変わったので、毎日続けてきたウォーキングを冬場も欠かさないためにはマシーンに慣れておく必要がある——そう思い立って一日からさっそくトレーニングルームを使い始めたのだった。

一日、二日と最高気温が十度を下回り、ことに昨日は雨のぱらつく陰鬱な一日だった。今朝になって雨は止んだものの日射しは戻ってきていない。ただ、湿った南風が入ってきたせいか気温はぐんと上がるようだった。予報では午後からは晴れて、最高気温は十五度を超えるという。

私は部屋に戻るとシャワーを浴び、朝食の支度にとりかかる。

最近は朝御飯をしっかりと食べ、昼は抜いて、夜は外食と自炊を半々くらいにしていた。食材の買い出しは昼間の散歩のときに済ませている。

昨日、余計に作っておいたひよこ豆のコロッケを冷凍庫から出して新しい油で揚げる。コム・シノワで買ってきたコッペパンに切れ目を入れ、たっぷり塗ったマーガリンの上に千切りのキャベツとたまねぎを載せ、二つに割った揚げたてのコロッケを挟み込む。粒マスタードとマヨネーズ、イカリソース、ケチャップを混ぜたソースを振って、ずしりと重いコロッケサンドを両手で捧げ持つようにして大口でかぶりつく。付け合わせはドライオニオンとニンニクチップ、オリーブオイルとハーブソルトをかけた輪切りトマトのサラダ。あとは昨日の夜、圧力鍋で作っておいたミネストローネだった。

二個目のコロッケサンドを食べ終わったところで電話が鳴った。

私はびっくりして電話機を置いている寝室まで走る。神戸に来てからは携帯の着うたを聞くことは滅多にない。会社関係からの連絡は皆無だし、たまに事情を知らない友人が電話してくるが、病気療養中だと告げるともう二度と掛けてこなかった。ちなみに私の携帯の着うたはずっと宇多田ヒカルの「Can You Keep A Secret?」だ。

着信画面に表示されたナンバーに見憶えがある。

電話機を握り締めたまま、出るか出ないか迷う。

一体何のために電話をしてきたのだろうか？

もう金輪際コンタクトするはずのない相手だった。だからこそこの番号をメモリーから削除したのだ。それは先方だって同様だったに違いない。

しかし、着信音は鳴りやまない。留守録を解除しているので向こうが諦めるか、こちらがガチャ切りしない限り宇多田ヒカルの英語交じりの歌が延々鳴り響きつづける。

——かすかな物音、追ってくるムービングシャドウ……振り切れなくなる影……

そこまで聴いたところで、一つ深呼吸して、着信ボタンを押した。

「三喜男さん」

という懐かしい声が耳元に聞こえてきた。

「わたし」

心なしか声が震えていた。

それだけで彼女が私の状況を聞きつけて連絡を寄越したのだと分かる。

どうしようか、と思う。電話に出たことをたちまち後悔する。意外なほどに動揺している自分がいた。

「いまマンションの入り口にいるの」

高木舞子の一言に我に返ったような心地になる。

「マンション？」

思わず聞き返していた。

「そう。インターフォンの前。二五〇一号室でいいんだよね」

「一体どうしたんだよ」

私は小さな玉でも飲み込んだような声を出す。

「とにかく、部屋に入れてちょうだい。外はすっごく寒いわ」

その言葉と同時にインターフォンが鳴り、慌ててオートロック解除ボタンを押した。

十カ月ぶりに見る舞子はすこし痩せていた。五月二十三日が誕生日だから、彼女ももう三十一歳だ。顔を合わせるなり大きな笑みを浮かべた。こんなに嬉しそうに笑う人だったろうか、と思う。

「よかった」

と彼女は言った。

ピンクの薄手のコートを羽織っただけで、その下はグレーのワンピースだ。きっと東京は神戸よりもずっとあたたかいのだろう。

玄関先でしばし見つめ合った。

「げっそり痩せて、いまにも死にそうな顔をしてると思ってた？」

私は返す。

「こんなに元気そうだとは思わなかった」

彼女が言った。

リビングに通し、ダイニングテーブルの上を急いで片づける。

舞子のために久しぶりにコーヒーを淹れることにした。

「すばらしい」

レースのカーテンを開けて外の景色を見つめ、舞子が呟く。窓からは薄日が射し込んでいた。予報通り、午後からは晴れるのだろう。

「一昨日から神戸ルミナリエが始まってるんだ。暗くなったらきれいなイルミネーションが見えるよ」

対面キッチン越しに声を掛けた。

ルミナリエのメイン会場である東遊園地は神戸市役所の隣で、ここから目と鼻の先だった。二十五階のこの部屋のベランダからは東遊園地に設置された巨大な電飾の城「スパリエーラ」を見下ろすことができる。旧居留地から遊園地へとつづく三〇〇メートルほどの光の回廊「ガレリア」も眺めることができた。

マグカップを二つ持ってリビングに戻る。窓辺にいた舞子がカーテンを元に戻してからテーブルの前に着席する。脱いだコートは隣の椅子の背に掛け、ハンドバッグは座面に置いた。

「東京はまだ寒くないの？」

私は向かいの席に座り、コーヒーを差し出しながら訊ねた。

「そうね。こっちの方が寒いんでびっくりしちゃった。風が冷たいんだもの」

「やっぱり海が近いからね」

「海、ほんとにすぐそこなのね」

窓からは市街地とともに海上に浮かぶポートアイランドや大阪湾が一望にできた。

「山があって人里があってすぐに海がある。神戸は細長い街だ」

「短大時代の親友が神戸の人だったの」

コーヒーを一口すすって舞子が言った。

「彼女の帰省にくっついて来て一週間くらい滞在したことがあるわ」

「そうだったんだ」

舞子の学生時代となれば十年ほど前か。

「その彼女はいまは何をしてるの」

「結婚して大阪に住んでる。でも結婚式は神戸でやったから、そのときも来たわね。だんなさんも神戸の人だったから」

「いつ頃？」

「五年くらい前かな」

五年前と聞いてすぐに思い浮かぶのは、藍子との別れだった。

「とってもいい街でしょう？」

と訊かれ、私は頷いた。

「でも、どうして神戸なの？」

舞子が怪訝そうな表情を作る。

「さあ、どうしてかな」

私はぼんやりとした物言いをしてコーヒーを口に含む。数カ月ぶりのコーヒーはやけに苦い。酒はいまも口にしているが、そういえばコーヒーはすっぱりやめてしまった。あれほど毎日飲んでいたのに、といまになって振り返れば不思議な気がする。

「誰か知り合いでもいるの？　お医者さんとか」

舞子は身を乗り出してきた。思いつめたような顔つきに変わっていた。

「そういうことを訊きにきたわけ？」

私は交ぜっ返すように言った。とっくに別れた相手がこうしていきなり訪ねてくるのは決して一般的ではない。

「そうよ」

しかし、舞子ははっきりとした口調で言った。

「あなたがどうしているか、この目で確かめにきたの」

と言う。

「それで」

「まずはそれだけ」

私は二口目をすする。今度はやけに美味しく感じられる。忘れていたコーヒーの味を舌が思い出している。一度馴染んだものを払拭するのは容易ではない、と目の前の舞子の顔に見入りながら思う。

「確かめてどうするんだよ」

私は笑ってみせた。

「あなたが困っていたら助けようと思ったの」

「助ける？」

どうやってと訊きそうになって出かかった言葉を引っ込めた。

「そうよ。この目で確かめて、今度は私があなたを助けるの」

また舞子ははっきりと言った。

私は彼女の顔から視線を逸らして背後の窓を見た。さきほどよりもさらに光は度合いを増しているようだった。そのレース越しの光を背負って、少し痩せた舞子の輪郭がきらきらと輝いているように見えた。

私は、十カ月前に別れた人に向かって、がんの告知を受けて以降のこの数カ月の何もかもを洗いざらい語り尽くしてしまいたいという衝動に駆られた。自分がこれまでひどく孤独だったのを思い知ったような気がした。

――確かめて、助ける。

彼女はそう言った。

確かめて、助ける。確かめて、助ける。確かめて、助ける。

頭の中でそのフレーズを呪文のように繰り返してみる。

私はいまそのように生きているだろうか、とふと思う。

私自身は私自身を確かめ、助けようとしているのだろうか？

花婿はゾウに乗って

コーヒーを飲み終わるまでずっと、舞子はインドの結婚式の話をしていた。

英国に留学し、そのままロンドンで働いていた三歳下の妹がイギリス生まれのインド人と結婚し、彼の母方の実家があるニューデリーでの結婚式に家族揃って出席したというのだ。ちょうど一カ月前、十一月初めのことだったらしい。一カ月前といえば、私が『スティーブ・ジョブズ』を読んでいた時期だった。かのジョブズ氏もインド・フリークだったなと思い、何とはない共時性を感じて、私は興味深く彼女のインド話に耳を傾けた。

「お婿さんのエドワードはイギリス生まれのイギリス育ちで、イギリス人のお父さんは早くに亡くなって、お母さんが彼をずっとロンドンで育ててたわけ。だけど、やっぱりインドとの繋がりは深くって、まして母親の実家はインドのすっごいお金持ちだから、エドワードも将来的にはインドに帰ってビジネスをやりたいって思ってるんだって」

というわけで、妹とエドワードはニューデリーで当地の親戚縁者へのお披露目も兼ねた盛大な結婚式を執り行うことになったらしかった。インドの名家の結婚式というのは一週間以上にわたるのが通例で、エドワードの母親の実家が所有する幾つもの邸宅で連日パーティーが催され、ほかにも親類や友人宅でさまざまな披露宴がそれこそ時間をかえ、場所をかえて昼夜ぶっ通しでつづけられたのだという。

昼間のプレパーティーでも三百名以上、夜のパーティーには毎夜、千人近くの人々が集まったのだそうだ。

「本家のお兄さんのお屋敷なんて、ニューデリーから車で二十分くらいのところにあるんだけど、ゴルフ場の中に建ってるの。門をくぐって十五分ばかり走ると巨大な噴水が設けられたものすごいお庭があって、パーティーはそのお庭でやるのよ」

むろん舞子や舞子の母親はサリー着用が義務づけられていた。サリーはエドワードの母親が二人のサイズを聞いて事前に何着も用意してくれていたのだという。ちなみに男性は普通のタキシードで構わないらしい。

「ただし、必ずピンクかブルーのターバンを巻かなくちゃいけないんだけどね」

と舞子が言った。

結婚式三日目の〝婿入り行列〟のときはエドワードが本物のゾウに乗って目抜き通りを練り歩いた。

「あれには、びっくり仰天だったわ」

と舞子は笑った。

さすがにインドとあって供されるのはすべてスパイシー料理だったようだ。

「あっちの人たちはみんな宵っ張りで、パーティー自体が夜の八時半くらいから始まるの。食事はビュッフェなんだけどそれこそ十時とか十一時。やっぱりカレーとかサモサがとっても美味しかった。デザートは甘すぎて食べられないって感じ。まるで砂糖の塊みたいなんだもの」

「それじゃあ、みんな太っちゃうだろう」

と訊くと、

「そうなのよ。でも、インドでは太ってる人がセクシーなんだって。サリーから肉がはみ出してるくらいの女の人がもてるんだってエドワードが言ってた」

妹の結婚式のありさまを生き生きと話す舞子を見ながら、おそらくいまの彼氏との交際も順調に進んでいるのだろうと私は想像していた。

こうやって面と向かってみれば、顔つきは引き締まり、むしろ彼女は以前より若返ったようにも見える。そういえば早瀬常務は舞子のことを「僕の女神さま」と呼んでいたな、と懐かしく思い出した。初めて会ったあの晩がもう何年も昔だったように感じられる。

舞子はいま付き合っている彼氏と来年の六月に結婚式を挙げるだろう、と私はふと思った。

なぜそんなことが閃（ひらめ）いたのか理由は分からなかったが、しかし、きっとそうなるという気がした。

その頃、俺は果たして生きているだろうか？

舞子の土産話を耳にしつつ、頭ではまったく別のことを考えていた。

六月といえば半年も先だが、自分はいまと変わらず元気でいるだろうと思った。

なぜそんなふうに思うのかもよく分からなかった。しかし、それは確信めいたもので、ジョブズ流に言うならば、まさしく「直感が花ひらく」という感じだった。

舞子は、益体もない話を一生懸命に喋りながら、私の様子をつぶさに観察していた。

そうやって彼女は私の心身の状態を細心の注意を払って確かめようとしていた。

今度は私があなたを助ける――この部屋に来てすぐに彼女は言った。

私がすっかり弱り果てていたならば、首に縄をつけてでも東京に連れ帰るつもりだったのだろう。私が頑強に抵抗すれば、何度でも訪ねてきて説得を重ねるつもりでいたのだろう。

現在どんな治療をしているのか？

何を支えに残された時間を過ごしているのか？

私が何を望み、何を求めているのか？

彼女は自分の納得がいくまでそれらの疑問を追求する覚悟で、いまこうしてここにいる。

それは我々が長い時間を生きるあいだにも、滅多には遭遇できないような人間の真摯な姿勢にほかならなかった。

妹の結婚式の話を面白おかしく語る舞子には、この部屋に入ってきたときのような切羽詰まった雰囲気は感じられなかった。だが、彼女はどのタイミングであらためて本題に切り込むべきかと慎重に間合いを推し量っていた。

私はそんな彼女と相対し、彼女がこうして神戸まで訪ねて来てくれたことには何か大切な意味があるのかもしれないと感じていた。いまは分からなくとも、いずれその意味を知るときが来るような気がした。

インドの話が一通り終わると、舞子は席を立ってふたたび窓辺に行き、レースのカーテンを引いて外を眺めた。私は空になったコーヒーカップを片づけてから彼女のそばへと歩み寄った。

「どこか行きたいところがあれば案内するよ」

空はもうすっかり晴れていた。午後はあたたかくなりそうだった。

「といっても、今日中に東京に戻るのならそんなに遠出はできないけどね」

ハンドバッグ一つきりということは、とりあえず今日は東京に帰るつもりかもしれない。それとも荷物だけをホテルに預けてやって来たのだろうか。

「別に遊びに来たわけじゃないから」

そう言うと舞子は、

「私は、ちゃんとあなたと話し合いたいと思って来たのよ」

ようやく話を本題に戻してきた。

「コーヒー、もう一杯飲む？」

舞子は首を振ってから窓辺を離れ、元の席に戻った。

私は、リクライニングチェアのサイドポケットからリモコンを取って、ＣＤプレイヤーを起動させた。最近よく聴いているシークレット・ガーデンの曲が流れ出す。音量を絞ってリモコンをポケットにおさめ、私もダイニングテーブルを挟んで彼女と向かい合う自分の椅子に戻った。

「ねえ、お医者さんには行っているの？」

舞子はテーブルの上で手を組みながら言った。

「僕のこと、早瀬さんに聞いたの？」

質問には答えず、まずはそう訊き返す。早瀬常務には何も知らせてはいなかった。ただ、彼が私の会社の誰かから聞きつけた可能性は充分にあった。私以外にも知り合いが何人かいるはずだ。

「そうよ」

舞子は頷く。

「常務も先週耳にしたばかりだったみたい」

「だけど、よくここが分かったね」

一番知りたいのはそこだった。たとえ私の休職が知れ渡っていたとしても、この神戸の住所を把握している人間の数は限られている。

「常務が力になりたがってるからって言って、逢坂さんに教えてもらったの」

舞子は意外な名前を口にした。私が、「どうして？」という顔を作ると、

「だって、ほかに方法がないじゃない」

あっさりと言い切る。

「ねえ」

そんなことなんてどうでもいい、という顔で舞子は私を真っ直ぐに見た。

「いま、どんな治療をしているの？」

もう話を逸らすのは認めないという表情だ。こういうときの女性には男にない強さがあった。あえて譬えるなら母親の強さのようなものだろうか。

私は、窓の向こうに目をやる。神戸市役所ビルの青い窓ガラスが眩しいほどに光っていた。

「これっていう治療はやっていないんだ。というより末期の膵臓がんに有効な治療法なんてないからね」

「手術は無理なの？」

「そういう時期はとっくに過ぎてたみたいだよ。医者たちもいまさらどうしようもないってあっさり匙（さじ）を投げてた」

私はそう告げながら、あの二人の医師の顔を思い浮かべようとしたが、うまく思い出せなかった。

「セカンドオピニオンはとったの？」

舞子はいろいろ調べてきたのだろう。矢継ぎ早に質問してくる。

「いや。だけど、診断してくれた国際医療センターの医師たちは充分に信用ができる。そのうちの一人はむかしからの知り合いだしね」

「だけど、万が一、誤診ってことだってあるでしょう」

「そうだったらいいと心から思うよ」

私が言うと、舞子はちょっと呆れたような顔になった。

「だったら、他の専門医にも診て貰うべきだわ」

「そういうことはしたくないんだよ」

私は言う。考えてみれば自分の病気について誰かとこんなふうに真剣に話し合うのはまったく初めてだった。我ながら意外な気がする。

「どうして？」

ますます分からない、という顔で舞子が問い返してくる。

「おそらく誤診ではないからさ。またもう一度、末期の膵臓がんだと別の医者に宣告されるのは極力避けたいんだ」

「なぜ？　もしかしたら何でもないかもしれないじゃない。一パーセントでも可能性があるのならセカンドオピニオンをとるべきよ。何か治療法だって見つかるかもしれないでしょう」

「それは違うよ」

私は、今日初めて自分から舞子の目を見据えて言った。

「僕はね、誤診かもしれないという余地をほんのわずかでも最後まで残しておきたいんだ。だから、国際医療センターでも画像検査のあとの細胞検査は受けなかった。駄目押しされるのだけはどうしてもイヤなんだよ」

私の言葉に舞子は困惑の様子を濃くしていく。たしかに、普通の人がこんな言い分を聞けば誰だって多少耳を疑うだろうとは私も思っていた。

「ごめんなさい」

舞子はテーブルに載せていた手を引っ込めて、前髪をかき上げる。どこかで見たような仕種に思えて、谷口里佳をふいに思い出した。里佳には緊張すると前髪をかき上げる癖があった。野々宮に初めて連れて行かれた日、そういえばこの舞子と里佳とがどことなく似ているような気がしたものだ。だが、こうして面と向かってみれば、二人の容姿に共通点はほとんど見あたらなかった。

「私には三喜男さんの言ってることがよく分からないわ。ちゃんと最後まで検査もしないし、何か治療法を探し出そうという努力もしない。それじゃあ、ただ、病気から逃げてるだけじゃないの」

「そういうわけでもないよ。これでも僕なりに治療の道は探っているつもりなんだよ」

この一言で、舞子の瞳にわずかに光が灯る。

「どんな道？　漢方とか食事療法とか？」

もしかしたら、彼女は何か勧めるべき薬なり治療法なりを準備してきているのかもしれないと私は思った。

「そういうんじゃないんだ」

「じゃあ、どんなの？」

私は、少し言葉を溜める。この人には本当のことを言おうとは思っていたが、しかし、それで彼女を落胆させたり、さらに困惑させたりするのは本意ではない。

「実は、人を探してるんだ」

「人？」

舞子が怪訝な声を出す。

「そう。そのために僕はこの神戸にやって来た」

「人って……」

瞳を丸くして舞子が私を見ている。

「もしかしたら、僕のこの病気を治してくれるかもしれない人だよ」

私はそこで椅子から立ち上がった。

「ちょっと待っててくれるかい」

と言い置いてリビングルームを出て寝室に向かう。

静かに死んでいきたい

舞子は山下やよいとのやりとりを記したメモ書きを何度も何度も読み返していた。

そのあいだに、二十年前、やよいの電話を受けた際の詳しい状況や、「つゆくさ」が当時たしかに東門街の一画にあったのを電話帳で確認したことなどを説明した。

舞子は私の話にいちいち頷いてはいたが、ろくに耳には入っていないようだった。

それより何より、この一連の経緯について、私に一体何と言えばいいのか思いあぐねているふうに見受けられた。

「たったこれだけ？」

手渡したメモ書きにさっと目を通した直後、彼女が一度顔を上げて、まるで不思議な生き物でも見るかのような目つきで私にそう言ったのが、その気持ちのすべてを物語っているように思えた。

私は、山村はるかのことも、浅井本店で出会った谷口里佳たちのことも包み隠さずに伝えた。

「で、登記簿は調べてみたの？」

メモ書きを私に差し戻したあと、なるだけ冷静に話さなくてはと自らに言い聞かせるように、舞子はそう訊いてきた。

私は、黙って首を横に振った。

「どうして？　その山村さんが言うみたいに、昔の登記簿を調べてみるのが一番近道なんじゃないかしら」

言葉と一緒に小さなため息が彼女の口から洩れる。

「何となくそういう気になれないんだよ」

私は言う。

「そんなことをしても彼女は見つからない気がするんだ。逆にそういう理詰めなことはやらない方がいい。理詰めにやっていくと、たとえ見つかったとしても意味がないような気がしてるんだ」

「でも、それじゃあ、この山下さんという人を探してることにならないし、そもそもあなたが神戸に来た理由も失われてしまうんじゃない？」

「そんなことはないよ」

私は目の前で手をひらひらさせた。

「きみには僕が現実から逃げてるように見えるかもしれないけど、決してそういうわけじゃないんだ。いま僕に分かっていることは、自分が末期の膵臓がんだということ。医者の診立てだと余命は一年程度に過ぎないってこと。そして、この最悪のがんを治す方法を誰も知らないってこと。この三つだよ。そこで僕は考えたんだ。こんな状況に自分が陥ってみて、さて、俺はこれから何をすればいいんだろうってね」

舞子がわずかに身を乗り出してくる。

「それで……」

柔らかな口調で先を促す。

「結局、何もしたくないんだってことに気づいたんだよ」

私は椅子の背に身体を預けるようにして言った。

「どうせ死ぬんだったら、このまま静かに死んでいきたいんだ。治癒の可能性もないるのに自分の身体を他人にまかせて、いいようにされて、死に時をめちゃくちゃにされるのは御免だ。だから、膵臓がんという診断を確定させるつもりもないんだよ。だって、元気なうちはずっと『もしかしたら、誤診だったんじゃないか』って思い続けていたいだろう。それに、本当はその山下さんだってすぐに見つからない方がいいくらいなんだ。彼女は、こうして僕が普通に暮らしていくための安全装置みたいなものだからね。僕に必要なのは、この病気を治癒させてくれる人がいるかもしれないという希望であって、実際にそんな人はいなくても構わない。もしも彼女が見つかって、だけど何もしてくれなかったら、その瞬間に僕のこの平穏な生活は壊れてしまうわけだからね」

舞子は黙ったまま私の顔を注視している。

いま彼女がひどくもどかしい思いでいるのはよく分かる。だが、それは私にとっても同様なのだった。むかし読んだ柳原和子(やなぎはらかずこ)の本に、がんになるというのは子供時代を終えて大人になるようなものだ――と書いてあったが、たしかにその通りだ。がん患者のことはがん患者にしか分からないし、幾ら言葉で説明しても、健常者にこの実感が伝わるとは思えない。

「いまの僕は、早寝早起きをして、自分でご飯を作って、昼間は散歩して、映画を観たり、本を読んだり、音楽を聴いたりして、ときどき少しだけお酒を飲んで、一人きりで暮らしている。ただ、ひたすら一日一日を生活している。こんなの生まれて初めてだよ。この街にはほとんど知り合いはいないし、どこを歩いても見知った顔とぶつかることもない。仕事もないし、やるべきこともない。ただ静かに生活している。これまでと比べたらまるで時間が止まったみたいな暮らしなんだ。そうやって、ゆっくりと流れるようになった時間の中で何とか生き長らえたいと願って、僕は一生懸命にしているんだよ」

それでも私は現在の自分の心境を伝えたかった。そうすることで曖昧な言葉にしかならない自身の気持ちを幾らかはっきりさせられるような気がするからだ。

「こんなふうに言うと、せっかく心配してくれているきみには失礼かもしれないけど、僕はこのまま放っておいてほしいんだよ。誰にも引っ掻き回されたくない。僕はこれまでたくさんの取材をしてきた。抗がん剤が効かないこともよく知っているし、他の臓器にがんが転移していたら、もうどんな医学的な治療も効果がないことも知っている。その一方で、転移しないがんであればそのまま放置しておいた方が有益だという考え方もよく理解しているつもりなんだ。もっと言うと、たとえ転移性のがんだったとしても、自覚症状が出るまでは放っておいた方がずっといい場合が多い。本物のがんは治療してもしなくても寿命にさほどの差はないからね。医者だって、実はそのことはよく分かっている。ただ、がん患者はいまや彼らにとって一番のお得意さんだから、そういう事実はなるべく言わないようにしているだけの話だ。

がんの他臓器への転移の有無は、そのがんが発生して一ミリの大きさにもならないうちに決まってしまうという最近の研究結果もある。僕の膵臓がんだって、転移能力のあるがん細胞だとすれば、もうとっくにどこかの臓器に転移してしまっているんだと思う。いまさらじたばたしても始まらない。医者たちは画像を見て、膵臓がんだと断言していたし、がんの大きさからして周辺臓器への転移はほぼ間違いないだろうと言っていた。だけどそういう彼らの判断は、転移の時期まで正確に把握した上でのことじゃない。僕の膵臓がんが転移しているんだったら、それは画像に写る以前の段階でもう他の臓器に取りついてしまっていた可能性も大いにあるんだ。

ちょうど一カ月前、きみがインドで妹さんの結婚式に出席していろ頃、僕はこの部屋でスティーブ・ジョブズの伝記を読んでいた。大ベストセラーになっている例の二巻本だ。

作者のウォルター・アイザックソンはピュリツァー賞の最終候補になったこともある一流の伝記作家だし、彼はジョブズ本人に直々（じきじき）に頼まれてその伝記を書いたんだ。

だけど、そんなに有名なジャーナリストでさえも、ジョブズが身体を切り刻まれるのを嫌って九カ月も手術を先延ばしにしたために、彼の膵臓がんが肝臓に転移してしまったと考えている。そして、ジョブズ本人もそのことをひどく後悔していたとはっきりと伝記に記している。

だけど、それは医学的に証明されていることなんかじゃない。

ジョブズの膵臓がんが肝臓に転移していたとしたら、それは彼の膵臓がんが画像検査で発見されるよりもはるかに小さかった時期、それこそミリ単位のときの出来事だった可能性だって大いにある。だから、ジョブズは手術を延期したことを後悔する必要なんてこれっぽっちもなかったんだ。彼の膵臓がんは見つかったときにはすでに肝臓に転移してしまっていたのかもしれないんだからね。だけど、アイザックソンのような優れたジャーナリストにして、がんに対する知識はその程度のものでしかない。

ひとむかし前までは、がんは早期発見、早期治療が不可欠だとさかんに言われていた。これは要するに、早期がんを放っておくと周辺の組織にがんが広がって、他の臓器に転移する進行がんになり、さらには末期がんになって人の命を奪う――と考えられていたからなんだ。だけど、いまやこの『多段階発がん説』はかなり疑問視されている。もし、こうしたがん発生プロセスの解釈が誤りであったとすると、それこそ早期発見、早期治療なんてまったくナンセンスな話ってことになる。その一方で、転移能力のない大半のがんは大袈裟な治療なんてしなくても、別に僕たちの命を奪ったりはしないというデータも相当数報告されてるんだ。

僕は医者たちから余命一年の末期がんだと告知されたとき、ああこれで自分は死ぬんだと思った。そして、きっといまが死に時ってことなんだろうって思ったんだよ。当たり前のことだけど、僕たちは永遠に生きられるわけじゃないし、永遠に生きるなんて誰も望んではいないだろう。いつかは死の世界へと跳躍しなくちゃいけない。だとしたら、病気にしろ事故にしろ、そうなったときこそがまさに死に時なんじゃないか。そうでもしなきゃ、僕たちはいつまでたっても死ねやしないからね」

私はそうやって話しているうちに、自分がさほど我が身のがんについて気にならなくなっていることに気づいていた。黙殺しているわけではなかったが、痛みや倦怠感、食欲不振といったがん特有の自覚症状が出るまでは無益な心配や不安は無意味だと割り切っている。その割り切りがしっかりと身についてきたのだと感じた。喋りながらドクターが書いていた一節を思い浮かべていた。むろんその箇所も書写していたからよく憶えていた。

〈ここ数年の間に患者が親と同じ病気で同じ年ごろで亡くなる傾向があることがわかってきた。人びとがそのことに気づいた時点で、「親と同じにはなるまい」と、生活状態を変えるのを見てきた私は、条件づけとは少なくとも遺伝的傾向（私は心理的遺伝と呼ぶ）と同じくらい重要な因子であると考える。患者があきらめたような口調で、「三月に初めてがんに気がつきました。再発したのも三月。そして今度も三月です」と言って再々発し、一ヵ月もしないうちに亡くなると、遺伝以外の何かがあることに気づく……運命論はその人の運命を左右しかねないのだ。〉

この一節は私にとって深々と納得できるものだった。たしかに診断を聞いたとき、私の心に何よりも重く届いたのは、

「何とかもってぎりぎり一年というところでしょうか」

というあの坂元という若い医師の一言だったのだ。「あとどれくらいかな？」などとドラマじみた質問をどうしてしてしまったのかとずっと後悔していた。末期がんの告知を受けてさすがに動揺していたのだろう。その動揺を気取られたくなくて、つい余裕のあるところを見せたくなってしまったのだ。まったく馬鹿げたことをしたものだと思う。

しかし一度聞いてしまったからには、「余命一年」という医師の予言を記憶からすっかり消去してしまうことはできない。言葉というのは一度頭におさまると陰に隠れることはあっても消えてなくなることは決してない。であるならば、この「余命一年」を何とか自分自身の治療のために活用できないかと私は考えた。忘れるのではなく、一年を超えて生きるための道具として使う手はないかと発想をきりかえたのだ。

その視点で、あらためて「余命一年」を見直してみると、これほど便利な免罪符はなかった。仕事や煩雑な人間関係を一方的にうっちゃって、こうして神戸という見知らぬ土地にやって来ることができたのも、ひとえにこの免罪符の力のおかげだった。

舞子はよく分からないといった表情で私の話を聞いている。ただ、私が絶望しているわけでも、取り乱しているわけでもなく、それは表面的にそうだというのではなくて、かなり深さのある部分でもそうなのだということは次第に理解しはじめている気配だった。

（下巻に続く）

この作品は二〇一四年毎日新聞社より刊行されました。
初出「毎日新聞」連載（二〇一二年九月〜二〇一三年十二月）

白石一文（しらいし・かずふみ）

一九五八年福岡県生まれ。早稲田大学政治経済学部卒業。出版社勤務を経て、二〇〇〇年に『一瞬の光』でデビュー。〇九年『この胸に深々と突き刺さる矢を抜け』で山本周五郎賞、一〇年『ほかならぬ人へ』で直木賞を受賞。その他の著書に『　億円のさようなら』『プラスチックの祈り』『君がいないと小説は書けない』『ファウンテンブルーの魔人たち』『我が産声を聞きに』『てがでかこちゃん』（絵本）『道』『松雪先生は空を飛んだ』『投身』などがある。

装丁　鈴木成一デザイン室
装画　しらこ

毎日文庫

◆ ◆

神秘（しんぴ） 上

印刷 2023年7月15日
発行 2023年7月30日

著者 白石一文（しらいしかずふみ）
発行人 小島明日奈
発行所 毎日新聞出版
東京都千代田区九段南1-6-17 千代田会館5階
〒102-0074
営業本部：03(6265)6941
図書編集部：03(6265)6745
ブックデザイン 鈴木成一デザイン室
印刷・製本 中央精版印刷

 ISBN978-4-620-21058-2

毎日文庫　好評既刊

あなたが消えた夜に

中村文則

9784620210230 定価：本体750円（税別）

連続通り魔殺人事件の容疑者〝コートの男〟を追う所轄の刑事・中島と捜査一課の女刑事・小橋。しかし、事件はさらなる悲劇の序章に過ぎなかった。〝コートの男〟とは何者か。誰が、何のために事件を起こすのか。男女の運命が絡まり合い、やがて事件は思わぬ方向へと加速していく。闇と光が交錯する中、物語の果てにあるものとは。

ストロベリーライフ

荻原　浩

9784620210285 定価：本体750円（税別）

父親が倒れ、やむなく家業の農業を手伝う恵介。両親は知らぬ間にイチゴの栽培にも手を出していた。農家を継ぐ気はないが、目の前のイチゴをほうっておくことはできない。一方、東京においてきた妻との間にミゾができ始め……。富士山麓のイチゴ農家を舞台に、これからの農業、家族の姿を描き出す感動作。

素晴らしき家族旅行　上下

林真理子

上 9784620210292 定価：本体680円（税別）
下 9784620210308 定価：本体660円（税別）

どんな家にも人には言えないことがある。ひと回り年上の人妻・幸子と駆け落ちの末結婚した菊池忠紘。それから約十年、祖父母の介護のため、妻と子ども達を連れて実家に戻る。突然の同居と介護で右往左往する忠紘に嫁姑問題、相続、妹の婚活と次々騒動が巻き起こる。切実・鋭利なのに温かい、絶品家族小説。

毎日文庫　好評既刊

英龍伝

佐々木譲

9784620210315 定価：本体780円（税別）

開国か。戦争か。いち早く「黒船来航」を予見し、平和的開国に尽力した知られざる異能の行政官、伊豆韮山代官・江川太郎左衛門英龍。誰よりも早く、誰よりも遠くまで時代を見据え、近代日本の礎となった希有の名代官の一代記。『武揚伝』『くろふね』に続く、幕臣三部作、完結。新たな幕末小説の誕生。

その話は今日はやめておきましょう

井上荒野

9784620210353 定価：本体750円（税別）

趣味のクロスバイクを楽しみながら、定年後の日々を穏やかに過ごす昌平とゆり子。ある日、昌平が転倒事故を起こし、青年・一樹が家事手伝いとして家に通い始める。彼の出現を頼もしく思っていた二人だったが、ある日家の中の異変に気付き、夫婦の日常は揺らぎ始める。第三十五回織田作之助賞受賞作。

島のエアライン　上下

黒木　亮

上 9784620210384 定価：本体800円（税別）
下 9784620210391 定価：本体800円（税別）

人口十五万人の島が、八十五億円の空港を建設し、自前の飛行機を飛ばす。地方自治体が独力で経営する日本初の定期航空会社「天草エアライン」。たった一機で、地方の生活、医療、観光を支える、熊本・天草の小さな航空会社の苦難と挑戦の軌跡を、多数の関係者への取材をもとに辿る異色の〈実名〉ノンフィクション・ノベル。

毎日文庫　好評既刊

やっぱり食べに行こう。　原田マハ

9784620210377 定価：本体700円（税別）

小説、アートと同じくらいおいしいものが大好き。ルーアンのチーズ、ゲルニカのタパス、ロンドンの豚骨ラーメン……。人気作家のパワーの源泉「忘れられない一品」、取材先で出会った「思い出の一品」を綴るグルメエッセイ。世界中の「おいしい！」を探しに、いざ、アートと小説と美味探訪の旅へ。

待ち遠しい　柴崎友香

9784620210537 定価：本体900円（税別）

住み心地のいい離れの一軒家で一人暮らしを続ける北川春子三十九歳。母屋に越してきた、夫を亡くしたばかり六十三歳、青木ゆかり。裏手の家に暮らす、今どきの新婚二十五歳、遠藤沙希。偶然の出会いから微妙な距離感のご近所付き合いが始まった。「分かりあえなさ」を越えて得られる豊かな人間関係を描き出す。

針と糸　小川　糸

9784620210407 定価：本体600円（税別）

ひと針、ひと針、他愛のない日々が紡ぎ出す〈希望の物語〉。ベルリン、ラトビア、モンゴル、鎌倉……転がり込んだ見知らぬ土地で変化する、幸せの尺度。母親との確執を乗り越え辿りついた、書くことの原点。デビュー十年の節目、赤裸々に綴られた人気作家の素顔。人生が愛おしくなる珠玉のエッセイ。